Amber Beach

황금빛 해변

엘리자베스 로웰

장은영 옮김

현대문화센타

Amber Beach

by *Elizabeth Lowell*

황금빛 해변

1

아너 도노반은 첫눈에 그 남자가 귀찮은 존재일 거라고 짐작했다. '도노반 인터내셔널' 경영에도 신경 쓰지 못할 정도로 머리가 복잡한 요즘이었다.

「경찰서에서 온 거라면 보고 싶지 않으니 그냥 가세요. 신문기자면 지옥에나 가 보고요.」

아너는 단호히 한마디하고 입을 다물었다.

「그곳에 가서 이미 모든 걸 체험하고 돌아왔습니다. 갔다 왔다는 증거로 지옥행 기념 티셔츠라도 보여 드릴까요?」

남자는 기름때가 묻은 재킷을 벗어 보이려는 시늉을 했다. 아너는 재빨리 손을 내저었다.

「아니, 필요 없어요. 당신, 기자예요?」

「아뇨, 낚시 가이드입니다.」

「피라나(사람이나 짐승까지 먹어치우는 남미산 어류. 미국에선 기자를 지칭함)라도 잡나 보죠?」

「아녀 도노반 양 맞죠? 태평양 북서해와 시스포트(낚싯배의 한 종류) 어선에 전문적인 지식이 있는 사람을 구한다고 광고를 내지 않으셨습니까?」

아녀는 피할 수 없는 상황임을 인정하며 한숨을 내쉬었다. 앞에 있는 거구의 남자는 거뭇거뭇한 턱수염에 옅은 색 눈동자를 지니고 있었다. 왼쪽 눈썹 근처에 흉터가 있고, 손톱은 깨끗하게 손질되어 있었다. 이곳, 퓨젯사운드(워싱턴 주 북서부에 위치한 만)에 자리잡은 오빠의 별장에 우연히 발을 들여놓은 사람은 아닌 게 분명했다. 아녀의 오빠 카일은 어디론가 사라져서 행방불명된 상태였다. 아녀는, 인상은 그리 좋은 편이 아니지만, 지원자들 중에서 이 남자가 제일 낫겠다는 생각을 했다.

어부로 가장해서 접근한 경찰이 있는가 하면, 이민한 지 얼마 안 돼 의사소통이 거의 힘든 사람도 있었다. 세 번째로 왔던 남자는 아녀가 자신의 멋진 몸매에 관심이 있다고 착각에 빠져 있었고, 네 번째 지원자는 눈빛이 너무 끈적거렸다.

겨우 3일 만에 새로운 지원자가 등장했다. 대체 언제쯤이면 카일이 장난기 어린 얼굴로 불쑥 나타나서, 백만 달러를 훔친 죄로 경찰한테 쫓기게 된 사정을 속 시원히 설명해 줄까? 아녀는 입이 바짝 말랐다. 카일이 행방불명된 이유가 뭔지 알 수는 없었지만, 절도 혐의로 쫓기는 게 차라리 나았다. 또 다른 가능성은 떠올리기도 싫었다. 그 생각만 하면 눈물이 핑 돌고 목이 따끔했다.

'오빠는 절대 죽지 않았어. 분명히 어딘가 살아 있을 거야.'

「도노반 양?」

그제야 아녀는 지원자가 자신의 대답을 기다리고 있다는 사실을 깨달았다.

「네, 광고를 내긴 했어요.」

「내 말이 바로 그 말입니다.」

씩 웃음 짓는 남자를 보면서, 아녀는 '빨간 망토'라는 동화를 떠올렸다. 소녀가, 할머니로 변장한 늑대의 이를 봤을 때 받은 느낌이 이렇지 않았을까 싶었다.

「뭐라고 하셨어요?」

아녀가 멍한 얼굴로 남자를 바라보았다.

「저만한 적임자는 없을 거란 말을 하려던 참이었습니다.」

「그럼 신원을 보증할 만한 신분증은 갖고 오셨나요?」

「운전 면허증이나 어획 허가증 같은 거 말입니까? 아니면 선박 기사 자격증은 있는지 파상풍 주사는 맞았는지 궁금한 겁니까?」

「광견병 주사는요?」

저도 모르게 툭 튀어나온 말이었다. 짓궂은 오빠들을 상대하다 보니 생긴 버릇이었다.

「미안해요. 음…….」

「맬러리.」

「맬러리 씨.」

「그냥 제이크라고 해요. 말끝마다 맬러리 씨, 맬러리 씨 했다간 입만 아플 테니까요.」

「음, 제이크, 전에 같이 일하던 사람들한테 받은 신원 보증서 같은 건 없으세요?」

「낚시 가이드에 관해서는 문외한이신 것 같군요.」

「아는 게 있으면 가이드를 구할 생각을 안 했겠죠. 안 그래요?」

남자가 다시 한 번 씩 웃었다. 아녀의 머릿속에 '빨간 망토' 이야기가 다시 떠올랐다.

「계속 그렇게 웃어 봤자, 아무 소용 없어요.」

제이크는 풀 죽은 시늉을 했다. 방금 전의 웃음처럼 전혀 설득력이 없었다.

「언변만큼 손재주가 좋다면…….」

제이크가 얼른 아녀의 말에 대꾸했다.

「당신을 훌륭한 낚시꾼으로 만드는 건 시간 문제일걸요.」

「낚시꾼이요? 음, 좋아요. 함께 일하죠.」

「후후, 둘이 한팀이 돼서 낚시꾼이 됩시다.」

아너의 얼굴에 따뜻한 웃음이 떠올랐다. 행방불명된 오빠에 대한 걱정으로 건조해진 마음이 촉촉해지는 기분이었다. 손을 내려다보면서 헛기침을 했다.

「낚시꾼이라고요?」

아너는 생각 없이 되물었다가 재빨리 덧붙였다.

「그래요, 낚시꾼. 일은 언제부터 시작하실 수 있어요?」

「어획 허가증은 있습니까?」

「아뇨.」

「그럼 바로 시작은 못하겠군요. 정말 유감인데요. 태양도 뜨겁고, 하늘엔 구름 한 점 없는데 말입니다. 몇 시간 후면 게조(憩潮. 조수가 정지한 상태)가 있을 테고……, 지금이 딱 좋을 때예요. 여기, 산후안(푸에르토리코의 수도, 항구도시)에서 오늘같이 바다에 나가기 좋은 날씨는 찾기 힘들걸요.」

「바다에 나가면 뭘 낚을 건데요?」

「잡히는 걸 건져 올리기만 하면 됩니다. 그런 식으로 생각해야 실망도 적은 법이죠.」

「그게 그쪽 인생 철학인가 보죠?」

「철없을 땐 그런 생각 못 했어요.」

아너는 고개를 들고 제이크를 뚫어져라 쳐다봤다.

「왜요? 내 귀가 뒤에 붙기라도 했습니까?」

제이크가 싱글거리며 물었다.

「그쪽이 어렸을 때 모습을 상상하기가 힘드네요.」

「그거 이상하네요. 난 그쪽이 어렸을 때 어땠을지 상상이 가는데. 수영할 줄 알아요?」

「물론 물고기처럼 잘하죠.」

「난 물고기를 잡는 사람인데, 그런 표현은 좀 낯뜨겁지 않습니까?」

「날카로운 지적이군요.」

「낚싯바늘은 날카로우니까 조심한다. 낚시꾼이 되는 첫번째 강의.」

무표정한 얼굴로 우스갯소리를 하는 제이크를 보며 슬며시 웃음 짓는데 갑자기 왠지 모를 설움이 밀려들었다. 지난 몇 주 동안 내내 잠을 설쳤다. 몸과 마음이 많이 약해진 상태에서 만났기 때문인지, 마음이 끌렸다. 어쩌면 다른 상황에서 만났다고 해도 이 남자의 남성적인 푸근함이나 거친 면모, 냉소적인 유머 감각에 끌렸을지 모른다. 한데 지금처럼 경계심도 약해지고 극도로 감정적인 상태라면 더하겠지. 이 남자는 정말 매력이 철철 넘쳤다! 무슨 말을 하는 거야, 아너는 속으로 자신을 나무랐다.

눈을 깜빡이면서 창 밖을 내다봤다. 바위가 빽빽한 비탈길을 거쳐 청록색으로 빛나는 바닷가까지 전나무들이 죽 들어서 있었다. '앰버 비치'는 황금빛 모래사장이 길게 펼쳐진 해변이었다. 주위는 조수에 닳아빠진 통나무와 검은 바위로 에워싸여 있었다. 카일이 직접 만든 부선거(浮船渠: 수리할 선박을 싣고 다니는 궤짝 모양의 구조물) 옆에서 8미터 남짓 되는 하얀 모터보트가 빛을 발하고 있었다. 카일은 평상시에 낚시하러 갈 여유가 없었기 때문에, 언젠가 낚시하러 바다에 나갈 날을 기약하는 의미에서 배 이름을 '투마로우(tomorrow)'라고 붙였다.

아너는 카일이 앞으로도 낚시를 못하게 되는 건 아닐까 싶어 두려웠다. 하지만 정신을 가다듬고 쉰 목소리로 대꾸했다.

「알았어요. 날카로운 낚싯바늘을 염두에 두란 말이죠?」

「그래야 손가락이 성할 겁니다. 언제쯤 허가증을 받을 수 있습니까?」

「어획 허가증이요?」

「그래요.」

「아무 때나 상관없어요. 어디서 받는 거죠?」

「낚시도구 파는 가게에 가서 받으면 됩니다.」

「낚시라……, 기대되네요.」

미끈거리고 냄새가 고약한 생선을 만지작거려야 하다니, 아너는 길게 한숨을 내쉬었다.

제이크의 눈이 가늘어졌다. 속눈썹 사이로 눈동자가 빛을 발했다. 자신도 모르는 사이에 카일 도노반의 여동생에 대해 기대를 했는지 모르지만, 아너(Honor)라는 이름처럼 인격이 훌륭하길 기대하진 않았다.

「열심히 해보겠다는 의지를 좀 보여야 하는 거 아닙니까?」

「신문을 봤으면 아시겠지만, 한 달 동안 정말 힘들었어요.」

「남편이 행방불명…….」

제이크는 짐짓 아너가 누군지 모르는 척하면서 말을 꺼냈다.

「오빠예요.」

아너가 옆에서 거들었다.

「아직 무사합니까?」

「오빠는 절대로 안 죽었어요.」

「그래서 경찰이 당신 오빠를 찾으려고 하는 거군요.」

「무슨 말을 하는 거예요?」

제이크는 어깨를 으쓱했다. 온갖 풍파를 경험한 사람답게, 재빨리 상황을 머릿속으로 정리해 보았다. 슬퍼 보이면서도 섹시한 입술, 단호해 보이는 턱, 헐렁한 운동복 차림의 이 여자가 별장으로 통하는 도로에 사복 경찰이 어슬렁거리고 있다는 사실을 눈치채지 못할 정도로 둔하단 말인가? 아니면 카일이 어떤 일을 저지르고 있는지 정말 아무것도 모르나? 카일의 생사를 모르는 이상, 지금 무슨 일을 꾸민다는 말을 할 수는 없었다.

「편지함을 보니 카일 도노반이라고 적혀 있던데, 실종됐다는 당신 오빠가 아닌가요?」

아너는 고개를 끄덕였다. 밤색 단발머리 위로 햇살이 미끄러져 내렸다. 황록색 눈동자에 물기가 촉촉이 맺혀 반짝거렸다. 제이크는 고개를 살짝 내저었다. 살인에다 절도까지 저지른 인간의 동생치고는 여려 보였다.

그렇긴 해도 외모와 마음은 별로 상관이 없다. 제이크도 경험으로 그 사실을 잘 알고 있었다. 아너 도노반은 자기 오빠를 꾀어서 죄를 저지르게 부추긴 여자임이 틀림없었다. 순진한 소녀처럼 보여도 낚시 가이드를 찾는 구인광고를 낸 걸 보면, 보물찾기 경주에 참가하겠다는 얘기였다. 규칙이라고는 승자가 모든 걸 차지한다는 규정 하나밖에 없는 게임이었다.

그 게임에서 제이크는 승자가 될 작정이었다.

「우리가 탈 보트 좀 봅시다. 그리고 걱정거리가 있으면 혼자 고민하지 말고 털어놓는 게 어때요?」

「신부님이라도 되고 싶으세요?」

「원하시면 뭐든지 해드립니다. 바텐더처럼 서비스 정신이 투철하거든요.」

「그럼 보수에 대해 의논해 봐야겠군요.」

「하루에 백 달러.」

「그게 의논하겠다는 사람의 자세예요?」

「이백 달러.」

제이크는 고개를 끄덕이며 덧붙였다.

「그럼 백 달러로 해요.」

「그렇게 합시다. 이제 보트 구경 좀 할까요?」

아너는 왠지 속은 기분이었다. 책상에는 작은 상자며 종이들이 어지럽게 놓여 있었다. 몸을 일으키다가 잘못해서 책상에 놓인 상자를 건드렸다. 상자가 바닥으로 떨어지면서 노란빛이 도는 투명한 덩어리가 상자에서 튀어나왔다. 바닥엔 카펫도 깔려 있지 않았다.

아너가 반응하기도 전에 제이크가 먼저 허리를 숙였다. 바닥에 떨어지는 그 어떤 소리도 들리지 않았다.

「휴, 정말 다행이다. 카일이 호박(노란빛을 띠는 보석의 일종)도 유리처럼 잘 깨진다고 그랬거든요. 고마워요.」

아너가 안도의 숨을 내쉬었다.

　제이크는 아녀가 말하기 전에, 자신이 지금 손에 들고 있는 게 호박임을 잘 알고 ·있었다. 그것은 따뜻하고 가볍고 매끈했다. 창문을 통해 쏟아지는 햇살에 호박을 이리저리 비춰 보았다. 짐작이 맞다면, 이 호박은 발트해에서 산출된 최상품임이 분명했다.

　「우리, 그러니까 언니하고 나한테 온 물건이에요. 그 전에는 한번도 다뤄 본 적이 없었는데, 정말 볼수록 끌리는 물건이에요. 이렇게 깨지기 쉬운 물건이 오랜 세월 아무 일 없이 보전되었다는 게 신기하지 않아요?」

　「보석상 일을 합니까?」

　제이크가 아녀를 곁눈질하며 물었다.

　「아뇨, 보석 디자이너예요. 우리 집안 남자들은 여자들이 험한 세상에 나가 세공도 안 된 보석을 사는 꼴은 못 본대요.」

　「아주 듬직한 형제분들을 두셨군요.」

　「글쎄요, 그거야 생각하기 나름이겠죠.」

　「당신 오빠란 분이 지금 디즈니랜드에서 미아가 된 건 아니잖습니까? 가끔 일부러 집을 떠나는 경우도 있다더군요.」

　아녀의 입가에 희미한 경련이 일었다.

　그때 전화벨이 울렸다. 아녀는 안도의 숨을 내쉬면서 수화기를 집어들었다. 기자가 전화했다면 화풀이 대상으로 금상첨화이리라. 수화기를 부서져라 꽝 내려놓으면, 조금이나마 스트레스가 해소될 테니까.

　「아녀 도노반입니다.」

　「아너니? 도대체 어떻게 된 거야?」

　수화기 너머로 큰오빠가 잔뜩 조바심이 난 목소리로 물었다.

　「어딘데 이렇게 감이 멀어?」

　「페트로파블로프스크 코랴크 자치구에 있어.」

　「어디라고?」

　「동러시아, 캄차카 반도 말이야.」

　아녀가 수화기를 꽉 붙들고 마음을 가라앉히며 조심스레 물었다.

「카일 오빠 찾았어?」
「아니.」
「경찰도 못 찾았대?」
「경찰? 너 또 그 치들한테 전화를……」
「전화 안 했어. 근데 경찰들이 사흘 동안 내리 여기 죽치고 있어. 어떻게 된 건지 모르겠어.」
아너가 재빨리 변명했다.
전화에서 지지직거리는 소리가 들렸다. 언뜻 들리는 말로, 생각 좀 잘 해보라는 얘기를 하는 것 같기도 했다.
「왜들 그러고 있대?」
큰오빠 아처의 목소리에 짜증이 잔뜩 묻어 있었다.
「물어 봤는데, 대꾸는 안 하고 나한테 질문만 하던걸.」
「뭘 물어 봤는데?」
「내가 누구고, 여기서 뭘 하는 거며, 카일을 언제 마지막으로 봤는지, 혹시 소포를 받진 않았는지……」
제이크는 조심스럽게 호박을 상자에 집어넣었다.
「……왼손은 손가락이 셋이고, 삼류 치과에서 이를 해 박은 남자라니, 내가 아는 사람이야?」
아너는 금시초문이라는 듯 의아한 표정을 짓고 있었다.
제이크는 욕을 퍼붓고 싶은 충동을 참았다. 철부지 같은 남매, 하지만 정작 중요한 얘기는 한마디도 하지 않았다! 시치미를 떼고 있는 건지 아니면 정말 모르는 건지 알 수 없었다. 카일과 공범이건 아니건, 사라진 호박을 찾으려면 아너가 있어야 했다.
「카일 오빠한테선 연락도 없고 미치겠어. 카일 오빤 시애틀에 도착했는데 왜 나한테 연락을 안 하는……」
「카일이 돌아왔어?」
「경찰한테 물어 봐. 나도 들은 거야. 여기선 카일 오빠 비슷한 사람도 못 찾겠어. 시택 공항(시애틀에 있는 국제 공항)에서 카일 오빠 여권이 통과한 기록이 남았다나 봐.」
　아녀가 딱딱하게 대꾸했다.
　아처는 아프가니스탄어로 잔뜩 욕지거리를 퍼부었다.
「무슨 말인지 모르겠지만, 내 말이 그 말이야. 근데 그게 무슨 말이야?」
　아녀가 비아냥대며 수화기를 꽉 부여잡았다.
「편지함은 살펴봤니?」
「묻는 말에나 대답해. 무슨 말이냐고?」
「자동응답기는 들어봤어?」
　갑자기 수화기에서 잡음이 커졌다.
　참을성에 있어선 아처가 늘 한 수 위였다.
「들어봤어. 들어봤다니까.」
　아녀가 짜증 섞인 목소리로 대꾸했다.
「뭐 건질 만한 거 없디?」
「정말 눈곱만치도 없었어.」
「계속 잘 찾아봐.」
「자세한 얘기도 안 해주면서 뭘 찾으란 말이야?」
「네 오빠. 벌써 잊었냐? 눈이 좀 이상하게 생기긴 했지만, 눈웃음이 섹시한 카일 오빠 말이야.」
「도둑맞은 호박 얘긴 왜 빼먹어?」
　아녀가 쏘아붙였다.
「뭐?」
「도둑맞은 호박, 아직도 기억이 안 나?」
「지금 내 옆에 있었으면, 널 한 대 확 쥐어박았을 텐데. 호박이라니 무슨 소릴 하는 거야?」
「경찰한테 물어 봐.」
「그 얘기만 한 거냐? 도둑맞은 호박 얘기만 한 거야?」
「응.」

「천연 광물? 아니면 수공한 거?」

「그런 얘긴 없었어. 카일 오빠가 대체 뭘 갖고 있기에 그런 거야?」

「그런 얘긴 어디서 들었어?」

「경찰한테.」

「어딜 가나 이렇게 비밀을 퍼뜨리는 인간들이 있다니까.」

아처가 툴툴댔다.

「그런 소리 할 자격 있어? 나한테 여기 와 있으라고만 하고 아무런 얘기도 안 해줬잖아. 그건 그렇고 그게 사실이야?」

「또 뭐?」

「카일이 보물을 갖고 도망친 거라면서?」

「나도 몰라. 경찰들이 그래?」

「그 사람들이 하는 얘길 듣고 내가 추측한 거야. 나한테 일방적으로 질문만 했다니까. 그나저나 로위 오빠는 어딨어?」

아너는 '추측'이란 말을 강조했다.

「리투아니아(발트해 연안에 위치한 구소련의 공화국)에 있다는 거 같더라.」

「저스틴 오빠는?」

「칼리닌그라드(발트해 남부에 위치한 도시)에 있대. 근데 지금 페이스랑 같이 있니?」

「아니. 샌프란시스코로 돌아갔어. 한 달 정도 하와이에 있을 거래.」

「그거 하나는 신에게 감사할 일이군.」

「무슨 소릴 하는 거야?」

「너희들 쌍둥이는 같이 있어 봤자 사고만 일으키잖아.」

「로위랑 저스틴 오빠는 안 그러나 뭐. 좋게 좀 봐 주라.」

「좋은 점이 뭐가 있는데? 한번 얘기해 봐.」

「엄마가 세 쌍둥이를 낳았으면 어쩔 뻔했어. 페이스(믿음)와 아너(명예)라고 했으니 세 번짼 뭐였겠어? 분명히 채스터티(순결)쯤 됐을 거 아냐. 여동생 이름이 채스터티라면 오빠 좋았겠어?」

　호탕한 웃음소리가 수화기를 타고 흘러나왔다. 아처는 물론 아녀 자신도 기대하지 않았던 웃음이었다.

「고맙다.」

「뭐가?」

「웃게 해줘서.」

　아녀가 웃음을 지었다. 한없이 슬퍼 보이는 웃음이었다.

「아처 오빠?」

「왜?」

「카일 오빠한테 무슨 일 없겠지? 살아 있을 거야, 그렇지?」

　전화기의 잡음이 신경에 거슬렸다. 아녀는 숨을 멈추고 오빠의 대답만 기다렸다.

「시체를 보기 전엔……」

　아처가 희미한 목소리로 말했다.

「알았어. 하지만 카일 오빠가 도둑에다 살인자라니, 믿을 수가 없어.」

　수화기 너머로 아무 대답이 없었다. 아녀는 갑자기 온몸이 오싹했다.

「큰오빠?」

「그 자식, 여자한테 빠져서 망한 거야.」

「그게 무슨 소리야?」

「카일을 꾄 계집애가 있었나 봐.」

「그럼 카일 오빠가 여자 때문에 도둑질을 했다는 거야?」

　아녀는 눈을 꼭 감고 숨을 멈춘 채 가만히 대답을 기다렸다. 수화기에선 지지직거리는 소리만 들려 왔다. 한참 만에 욕지거리가 들려 왔다. 오빠의 모습이 어떨지 안 봐도 훤했다. 손으로 머리를 빗고 있으리라. 도노반 집안의 남자들은 초조하면 다들 그랬다.

「자세한 건 나도 몰라. 카일한테 절대적으로 불리한 증거들만 있어서 문제야. 내가 봐도 정말……」

　다시 아처의 목소리가 끊겼다.

「계속 말해 봐. 오빠는 경찰들하곤 생각이 다르지?」

아녀는 오빠를 추궁했다.

「카일이 절도죄를 범했다는 거?」

「그리고 살인죄에 관해서도.」

「사실이야 어떻든, 내가 들은 얘기가 너무 논리 정연해서 말이다.」

「그게 무슨 소리야?」

「설명하자면 길어. 그냥 그렇게 받아들여.」

「그래도…….」

「보트는 살펴봤니?」

아처가 재빨리 말을 가로챘다.

「오빠, 지금 카일 오빠가 185센티미터밖에 안 되는 왜소한 체구라, 보트에서 못 찾았을까 봐 걱정하는 거야?」

아녀가 장난기 어린 목소리로 말했다.

「됐다 됐어. 거기 있지 말고 이제 집으로 돌아가.」

「뭐? 나 여기 온 지 얼마 안 됐어.」

「잔말 말고 집에 가.」

「카일 오빠 보트는 어떻게 하고?」

「그냥 놔둬. 투마로우를 손댈 재주 있어? 어이, 말썽꾸러기, 빨리 짐 싸서 집으로 돌아가, 얌전히 디자인이나 하고 있어.」

말썽꾸러기, 아녀는 그 끔찍한 별명이 싫었다. 거기다 막대사탕이나 빠는 어린애 취급당하는 데엔 이제 신물이 났다.

「큰오빠, 정말…….」

「경찰이 와서 또 귀찮게 굴면 말이다, 우리 회사 변호사들한테 연락해서 그 치들 손 좀 봐 주라고 해.」

아처가 아녀를 달래듯이 말했다.

「기자들은 어떻게 하고?」

「입만 꼭 다물고 있으면 돼.」

「그거야 쉽네. 아는 게 있어야지 말을 하지.」

「그럼 됐어. 빨리 짐 싸.」

「그래도…….」

뚜뚜 하는 소리가 들렸다. 아너는 욕설을 내뱉으면서 수화기를 내려 놓았다. 절대로 떠나지 않으리라. 이제 혼자 판단하고 행동할 수 있는 성인 아닌가.

「문제가 생겼습니까?」

제이크의 목소리였다. 아너는 퍼뜩 놀라 몸을 돌렸다. 방 안에 누군 가 다른 사람이 있다는 사실을 까맣게 잊고 있었다. 제이크는 신문을 들고 서 있었다. '카일 도노반의 실종과 의문의 시체, 사라진 호박에 관 해 밝혀지지 않은 진실'이니 어쩌니 하는 기사를 읽었는지도 모른다.

「가족이란 건, 모른 척하고 살려고 해도 맘대로 안 되는 관계예요.」

아너가 퉁명스럽게 대꾸했다.

제이크는 이해한다는 뜻인지 어쩐지 뭐라고 투덜거렸다. 아너는 자신 을 동정한다는 뜻으로 받아들이기로 했다. 정말이지 동정을 받아야 할 상황이었다. 큰오빠는 원래부터 입이 무겁기로 유명한 사람이었다. 게다 가 경찰들은 아너가 제일 사랑하는 오빠를 살인범으로 지목하고 있었다. 한술 더 떠서 자신은 방금 전에 낚시 교습을 받기로 하지 않았던가.

정말 모든 게 악몽이었다.

「그럼 보트를 보러 가도 될까요?」

「왜 안 되겠어요, 되는 일도 없는데…….」

「막힌 변기처럼 답답하신가 보군요.」

아너의 담담한 대꾸에 대한 제이크의 비아냥거림이었다.

「그럴듯한 표현이네요. 하지만 정말 기대돼요.」

아너의 힘없는 대꾸에 제이크는 믿을 수 없다는 듯 눈썹을 치켜 올 렸다.

「낚시 가이드를 구한다고 구인 광고까지 낸 사람 맞아요?」

아너가 숨을 크게 들이마셨다.

「당연하죠. 지금 기운이 빠져서 그러니까 이해해 주세요.」

「커피 한 잔 마시면 좀 괜찮아질 거예요」

제이크가 이해한다는 듯이 말을 이었다.

「보트 안에 주방도 있어요?」

「그럴 거예요」

「그럴 거라니, 하도 오래 전에 구입해서 기억이 가물거리기라도 합니까?」

제이크가 기가 막히다는 듯 고개를 내저었다.

「아뇨. 오빠에게서 인수받은 지 얼마 안 돼서 그래요」

자신이 들어봐도 궁색한 변명이었다. 아너는 보트 타는 게 두려웠고 낚시할 일만 생각해도 속이 매슥거렸다. 얼마 안 있으면 제이크도 이 사실을 알게 될 것이다. 그렇게 되면 낚시를 배우려는 이유가 뭔지 물어 볼 게 뻔했다. 원래 마조히즘(이성에게 학대당하면서 쾌감을 느끼는 변태성욕) 증세가 있다고 하면 수긍하려나.

「저…… 설명할 기분이 아니거든요. 이런 얘긴 그만 했으면 좋겠군요」

아너는 침을 꿀꺽 삼키고 말을 이었다.

제이크로선 예상했던 일이었다. 아무리 순진해 보여도 아너 도노반은 숨기고 있는 게 많은 여자였다. 그건 제이크 자신도 마찬가지였지만.

「그럼 우리가 탈 보트를 살펴보러 가죠」

2

깃털이불 같은 구름이 산등성이에 걸려 있었다. 하늘에선 해가 쨍쨍
내리쬐고 있었다. 청색 비단처럼 부드러워 보이는 바다는 반짝반짝 빛
을 발했다. 잔잔한 수면에 파도만 흔적을 새겨 넣고 있었다.

아너는 절벽에서 자갈길을 따라 내려갈까 망설이고 있었다. 해변으로
가려면 이 자갈길을 통해야 했다. 차갑고 청량한 공기를 타고 전나무
냄새가 떠돌았다. 주위엔 정적이 감돌고 있었다. 가뜩이나 생각이 복잡
한 아너한테는 그나마 다행이었다. 아무리 생각해도 낚시하러 갔다가는
간신히 편해진 마음이 다시 심란해질 것 같았다. 그렇지만 가만히 앉아
속상해하고 있는 것보단 나으리라. 아너는 마음을 다져먹고 부두 쪽으
로 발길을 옮겼다.

제이크는 아너가 망설이고 있는 모습을 보지 못했다. 자갈길을 내려
와 부두에 매인 투마로우에 훌쩍 몸을 실었다. 곧바로 조타실 문을 열
어제치고 배터리를 점검했다. 그제야 제이크는 배 안엔 자신밖에 없다

는 사실을 깨달았다. 자신의 파트너가 뭐하고 있나 싶어 주위를 살펴봤다.

아너는 부둣가에 서서 뚫어져라 배를 쳐다보고 있었다. 고양이가 물이 가득 찬 욕조를 봤을 때 저런 눈빛이 되지 않을까 싶었다.

「뭐 잘못된 거라도 있어요?」

「움직이잖아요」

제이크는 재빨리 주위를 둘러봤다. 배는 밧줄로 단단하게 부두에 고정되어 있었다.

「무슨 말이에요? 뱃머리, 뱃고물 양쪽 모두 단단하게 묶여 있는데.」

「근데 배가 왜 저렇게 흔들려요?」

제이크는 갑판 위를 쳐다보았다. 배는 자신의 몸무게와 파도 때문에 조금씩 흔들리고 있었다.

「원래 이 정도는 흔들려요. 전에 배 타본 적 없어요?」

제이크가 담담하게 말을 이었다.

「아뇨, 있어요」

「언제요?」

「얼마 전에도 밴쿠버 섬까지 유람선을 타고 갔는걸요」

「그건 배라고 할 수 없죠. 유람선은 크기가 보통 항공 모함 수준이잖습니까.」

「그래서 나도 유람선을 애용해요. 전혀 흔들리지 않으니까.」

「그래도 바람이 불면 사정은 달라지는데, 그거 알아요?」

아너는 제이크의 말을 들은 척도 안 했다.

「그럼 이런 소형 보트는 타본 적 없어요?」

「한 번 타봤어요」

아너의 얼굴 표정을 보니 그때 기억이 별로 좋지 않은 모양이었다.

「그때 무슨 일 있었어요?」

「로위 오빠와 저스틴 오빠가 낚시를 가기에 따라갔어요. 근데 갑자기 돌풍이 불어 배가 미친 듯이 흔들리잖아요. 빠지지 않으려고 바닥에 엎

드려야 했죠. 낚은 고기들이 갑판에서 파닥거리고 있는데 말이에요.」
「그때가 언제였어요?」
「열세 살 때요.」
「그 후에 낚시해 본 적은 없었어요?」
「내가 마조히스트처럼 보여요?」
「지금 내 눈엔, 당신이 헐렁한 운동복 속에 모직 스웨터를 입었을 것 같은데요.」
아너는 운동복 상의를 들쳐 보였다. 놀랍게도 몸에 꽉 달라붙는 청록색 스웨터가 보였다.
「그냥 순면이에요. 그리고 이 운동복이 뭐가 헐렁해요. 딱 맞기만 한데.」
아너가 말을 이었다.
제이크는 날씬한 아너의 몸에 붙박인 시선을 재빨리 거둬들였다. 건장한 남자가 입어도 넉넉할 것 같은 운동복, 그 밑에 숨겨진 날씬한 몸매는 제이크의 마음을 흔들어 놓았다.
지나치게 마르거나 뚱뚱하지도 않았고, 너무 작거나 크지도 않았다. 품에 안기에 딱 알맞은 몸이었다. 입술로 애무하기에도……, 모든 면에서 그랬다.
아너가 도노반 집안 사람이라 안타까웠다. 제이크는 의심스러운 구석이 있는 여자하고 잘 생각은 없었다. 그런 짓은 철없을 때나 하는 짓이 아니던가. 불행하게도 아너처럼 자극적인 여자는 처음이었다. 사라진 호박과 카일을 찾기 위해선 아너 도노반한테 접근할 필요가 있었다. 더구나 육체적으로 끌려서 접근했다고 하면 이상하게 볼 사람이 있을까.
제이크는 아너를 보면서 살짝 웃음 지었다.
「그래요, 편하단 말이죠? 어쩌다 내 옷이 젖어도 갈아입을 운동복이 있어서 든든한데요.」
「그런 소리 말아요. 내 옷이 젖을 확률이 더 크다고요.」
「부두에 서 있으면서 그런 말이 나옵니까?」

아녀는 한숨을 내쉬면서 제이크를 똑바로 쳐다보았다. 일단 배 안에 들어가면 다시 저 남자를 올려다보는 신세가 되겠지. 배는 잔뜩 흔들릴 테고. 아녀는 기도하는 심정으로 발을 내디뎠다. 하지만 너무 서두는 바람에 신발 뒤축이 뱃전에 걸렸다.

제이크는 재빨리 아녀를 부축했다. 놀라서 잔뜩 긴장한 아녀의 눈을 들여다보면서 살짝 웃고는, 천천히 그녀의 몸에서 손을 뗐다.

「고마워요.」

아녀는 작은 목소리로 말했다.

「시내에 나가면 갑판용 신발을 파는 데가 있어요.」

「사람들 이용하기 편하고 잘됐네요.」

「남들 생각 안 해줘도 되니까 자기 걱정이나 해요. 갑판이 젖으면 아이스링크가 따로 없어요. 갑판용 신발을 안 신으면 완전히 스케이트 타는 기분이 들걸요.」

「젖다뇨? 갑판을 적시면 어떻게 해요? 그걸 미연에 방지하려고 가이드를 고용한 거예요.」

「물에 가까이 있으면 젖는 게 당연하겠죠? 그리고 배는 물에 떠다니는 기구를 말하는 겁니다. 따라서 보트가 젖을 수밖에 없다는 결론이 나오죠.」

「팁은 없어요.」

제이크는 큭큭거리다가, 못 참겠는지 머리를 흔들면서 크게 웃어 젖혔다. 자기 형제들에 관해선 맹목적이라 해도, 아녀 도노반은 역시 매력적인 여자였다.

제이크는 갑자기 심각해졌다. 절대 카일의 여동생을 좋아하는 끔찍한 사고를 저질러서는 안 된다. 매력이 철철 넘친다고 해서 꼭 좋아해야 할 이유는 없었다. 더구나 경계심을 늦추고 아녀 도노반을 신뢰할 수는 없는 노릇이었다. 그랬다가는 어떻게 될지 뻔했다. 괜찮은 친구라 믿었던 카일이 사실은 한심한 모리배였다는 사실을 알았을 때, 얼마나 배신감에 치를 떨었던가. 그때와 비슷한 상황이 재현될 게 분명했다. 카일 때문에 제이크의 회사, '이머징 리소스'는 지금 최악의 상황에 처하게 되었다. 전처럼 회복하려면 몇 년이 걸릴지 알 수 없었다.

그렇게 철저하게 한 인간에 대해 오해할 수도 있을까 싶었다. 다시는 그런 실수를 반복할 수 없었다. 그런 실수로, 생명에 위협을 받는 사람도 있었다.

「팁 안 받아도 사는 덴 아무 지장 없습니다. 어획 허가증 받을 때 갑판용 신발 사는 거 잊지 말아요」

아녀는 눈을 동그랗게 뜨고 제이크를 응시했다.

제이크는 억지웃음을 지어 보였다. 확실히 카일의 여동생은 바보가 아니었다. 그새 제이크의 기분을 파악하고는 덩달아 입을 꼭 다물었다. 뭐 새삼스러운 일도 아니었다. 대부분이 제이크의 그런 눈빛을 불편해 했으니까.

제이크는 손을 내밀었다.

「팁은 사절이라면서요?」

「열쇠 줘 봐요」

아녀는 아무 말 없이 운동복 주머니에서 열쇠고리를 꺼냈다. 열쇠가 겨우 두 개 걸려 있었다. 하나는 닳아빠진 만능열쇠, 또 하나는 트렁크 열쇠처럼 보였다.

「난 엔진을 어떻게 작동시키는지 몰라요」

아녀가 주뼛주뼛 입을 열었다.

「걱정 말아요. 그래서 날 고용한 거 아닙니까.」

제이크는 만능열쇠로 선실 문을 열었다. 커다란 유리가 햇빛에 반사되어 반짝거렸다.

「보조석에 앉아 봐요」

「그러죠. 근데 보조석이 어디 있는데요?」

「앞쪽으로 가서 왼편을 살펴봐요. 키 조종석 바로 옆에 있어요. 자동차 핸들 비슷한 걸 키라고 해요.」

「그쪽 바로 뒤에도 핸들 비슷한 게 있는데요?」

「거기말고 그 안쪽에 있는 거예요」

하지만 아너는 움직일 생각을 안 했다.

「나한테 조종하는 법도 가르쳐 줘야죠. 거기 앉아서 구경만 하고 있긴 싫어요」

「정말 배우고 싶은 거예요?」

「그럼요」

제이크는 아너의 반짝이는 눈을 가만히 들여다봤다. 낚시는 싫어하는 게 분명했지만 배를 조종하겠다는 의지는 확실히 엿보였다.

안도와 실망이 동시에 몰려 왔다. 카일과 공범이란 사실이 실망스러웠지만, 한편으로는 아처하고 통화할 때처럼 그렇게 대책 없는 사람 같진 않아서 다행스러웠다.

「좋아요. 자, 그럼 첫번째 교습을 시작할까요?」

아너는 고개를 끄덕거렸다.

「배에 오르고 나서 제일 먼저 엔진을 점검해야 해요」

「저기 저 조그만 칸에 가서요?」

아너가 뱃고물 쪽을 가리키면서 물었다.

「아니, 여기요」

제이크는 뱃고물의 반을 차지하는 네모난 모양의 칸을 가리켰다.

「아깐 작은 칸을 먼저 열었잖아요. 그리고 나서 선실 문을 열었던 거 같은데요」

아너가 의아한 얼굴로 제이크를 쳐다보았다.

「당신 생각해서 일부러 그랬어요」

「왜요?」

「엔진 뚜껑한테 발가락을 잡아먹히는 수가 있으니까요」

「그럼 발가락 대신 치즈 샌드위치로 때우라고 하면 되죠」

제이크의 얼굴에 웃음이 피어올랐다. 아너는 여성적이면서도 결코 만만하게 볼 여자가 아니었다. 카일하고 똑같았다.

사실 카일은 무쇠라도 녹일 만큼 매력적인 친구가 아니었던가.

「이쪽으로 와요.」

제이크는 아녀를 자신의 오른쪽으로 오게 했다.

「발가락 조심해요.」

제이크는 몸을 수그리고 왼손으로 엔진 뚜껑을 들어올렸다. 뚜껑을 열고 보니 공간이 더욱 협소해졌다. 문과 엔진 뚜껑 사이로 사람이 드나들 틈도 없어졌다.

아녀는 검은빛을 내는 물체를 보고 휘파람을 불었다.

「저게 바로 엔진이군요.」

「엄청난 파워를 낼 수 있지요. 기름 살 돈만 아끼지 않으면 말입니다.」

「공짜론 안 된다, 이 말이군요.」

「공짜 너무 좋아하면 대머리 되는 수가 있어요.」

제이크는 계심봉(計深棒, 기름을 재는 봉)을 꺼내 살펴봤다. 그러고는 아녀한테 건네줬다.

「기름처럼 보이는데요.」

「명심할 사항 하나, 기름에 이물질이 스며들면 안 됩니다. 그런 불행한 사태는 미리 예방하는 게 상책이죠. 일단 배를 정박했으면 잘 체크해 두세요.」

제이크는 계심봉을 제자리에 놓았다. 그리고 쭈그리고 앉은 채로 호스며 나사, 부속품들을 천천히 살펴보았다.

「뭘 찾는 거예요?」

「정비가 제대로 됐는지 보는 겁니다.」

「카일 오빠는 성질이 급하긴 해도 부주의하진 않아요.」

제이크는 뭐라고 투덜거리며 계속 뭔가를 살폈다. 카일과 알고 지낸 지는 얼마 안 됐지만 부주의한 사람처럼 보이진 않았다. 거기다 사기꾼처럼 보이지도 않았다. 카일 도노반에 관해서라면, 자신의 눈으로 하나하나 확인하지 않는 이상, 믿을 만한 게 하나도 없었다.

「별 이상 없어 보이는군요.」

제이크가 몸을 일으켰다.

「제이크, 발가락 조심하세요. 엔진 뚜껑이 너무 무거워서 잘못하다간 순식간에 동강나는 수가 있으니까요.」

아너는 뒤로 물러서서, 제이크가 엔진 뚜껑을 천천히 덮는 모습을 지켜보았다. 자물쇠가 없어도 별 상관 없을 것 같았다. 뚜껑이 하도 무거워 꼼짝도 하지 않으니까.

「다음은 뭐죠?」

「송풍 장치예요. 안으로 들어가 조타수 자리 왼쪽에 앉아요.」

「조타수? 뱃사람들은 캡틴이니 뭐 그런 말을 쓰던데, 안 그래요?」

「그거야 쓰는 사람 맘이죠. 난 보트를 조종하는 사람에게 '뱃사람'이란 말만큼 걸맞은 호칭이 없다고 생각하는데요.」

아너는 선실로 내려가 좁은 통로를 따라 위로 올라갔다. 그리고 뱃머리 쪽을 향해 놓인 좌석에 앉았다. 키는 보트의 오른쪽 구석에 있었다. 앞에 놓인 유리창 세 개가 전경을 훤히 비추어 주었다.

조금 있으니까 제이크가 와서 바로 옆자리에 섰다. 몸집이 하도 커서 통로가 꽉 찼다. 희미한 비누 냄새가 코끝에 와 닿았다. 면도한 지 얼마 안 돼 보이는 얼굴이 청량해 보였다. 숱이 많은 검은 머리는 잘 빗어 넘긴 상태였고 코밑에 난 거뭇거뭇한 수염 때문에 입매가 더 또렷해 보였다.

아너는 제이크의 도톰한 입술을 만져 보고 싶은 충동을 느꼈다. 흥분이 일었다. 놀라운 일이었다. 사춘기 이후로 이성한테 호기심을 느껴 본 적이 있었던가?

「이게 송풍기 조종 버튼이에요.」

제이크가 입을 열었다.

아너는 어쩔 수 없이 시선을 계기반으로 돌렸다. 제이크는 검은 스위치를 가리키고 있었다.

「송풍기 조종 버튼이요.」

아너가 반복해서 말했다.

「엔진 칸에서 공기를 빨아들이는 역할을 해요. 송풍기를 몇 분 정도 돌려놓고 나서 배를 움직여야 하는 거 잊지 말아요」

「왜요?」

「가스 때문에 그래요. 가스가 잔뜩 차 있는데 점화장치를 켜면 어떻게 되겠어요. 지구 바깥까지 붕 하고 날아가고 싶지 않으면 알아서 조심해요」

아녀의 눈이 커졌다.

「불행한 사태가 생긴단 말이군요」

「최악의 사태라는 게 맞을걸요」

제이크가 스위치를 건드리자 송풍기가 돌아가기 시작했다.

의자를 들어올려 앞으로 기울이자, 조그만 싱크대가 나왔다. 펌프를 작동시키고 주전자를 찾았지만 없어서 냄비로 대신하기로 했다. 제이크는 스토브에 냄비를 올려놓고 물을 끓였다.

그러고 나서 아까 했던 작업을 다시 진행했다. 조종장치들을 살펴보면서 계기반을 체크하고 일기예보를 들었다. 제이크는 각종 장치의 기능에 관해 하나하나 설명을 해줬다.

아녀는 열심히 보고 들으면서 마음에 새겼다. 전 같으면 부속품 이름이 뭔지 상관없다는 식이었겠지만 지금은 사정이 달랐다. 카일 오빠가 행방불명이 된 이후론 모든 게 변해 버렸다.

오빠를 도우려면 투마로우가 필요했다. 사실 그래봤자 소용없단 생각이 들었지만 그렇다고 가만있을 순 없었다. 지금으로선 할 수 있는 게 이것밖에 없었다. 큰오빠가 떠들어댄 것처럼 집으로 돌아가 디자인이나 하고 앉아 있긴 싫었다.

카일 오빠의 행방불명에 관한 의혹을 풀어낼 단서가 분명히 산후안 어딘가에 있으리라는 생각이 드는 마당에 집으로 돌아간다는 건 말도 안 되는 소리였다. 그래서 시스포트에 관해 잘 아는 가이드를 구한다는 구인 광고를 내게 되었고 결국 가이드를 구했다.

지금은 감정이라곤 없는 기계장치들에 정신을 집중해야 할 때였다.

눈앞에 자꾸 아른거리는 섹시한 입매에 대한 생각은 접어둬야 했다! 남자들하고 데이트를 거의 하지 않는 것도 다른 이유에서가 아니었다. 섹스가 필수 불가결이란 생각을 하는 남자들한테 질려버린 지 오래였다. 그런 마당에 기계장치에 정신을 집중하는 게 뭐가 어려울까 싶었다.

그렇지만 현실은 냉혹했다.

제이크가 숨 좀 덜 쉬면 안 될까 싶었다. 향긋한 커피 냄새가 숨결에 섞여 코를 간질였다. 그 때문에 아녀는 맘이 불편해졌다.

「해도(海圖) 플로터 말이에요.」

아녀가 생각을 가다듬으면서 입을 열었다.

「왜요?」

아녀는 키 왼편에 위치한 컴퓨터 모니터를 들여다보면서 고개를 갸우뚱거렸다. 뭐가 뭔지 모를 문자 버튼들이 모니터 가장자리에 붙어 있었다. 아래쪽엔 숫자 버튼들도 있었다.

아무리 쳐다봐도 그 버튼들이 무슨 기능을 갖고 있는 건지 알 도리가 없었다. 거기다 카일 오빠가 추가로 부착해·놓은 부속 장치 때문에 더 복잡해 보였다. 대관절 기본 셋업을 어떻게 손대 놓은 건지 감이 안 왔다.

컴퓨터에 암호를 걸어 놓은 거라면 별 문제가 없었다. 아녀도 오빠가 다른 컴퓨터에 걸어 놓은 암호가 뭔지 알고 있었다. 보트 작동법도 배워야 하지만 기계에 대한 기본적인 이해가 필요했다. 그 다음엔 컴퓨터 속에서 카일 오빠를 찾아낼 단서를 찾기만 하면 될 일이었다. 배를 전속력으로 몰아 오빠를 구하러 가는 것도 시간 문제였다.

어려울 거 없잖아.

뭔가 계획에 허점이 있어서 자신감이 사라지는 느낌이었지만 무시해버렸다. 저번 주 내내 골머리만 썩혔지 한 일이 아무것도 없었다. 초조한 마음에 마루가 닳아빠질 정도로 왔다갔다한 기억밖에. 한 번에 두 마리 토끼를 잡으려다가는 실패할 확률이 컸다. 지금으로서는 투마로우의 공학적인 면에 관해 익혀 두는 게 우선이었다.

「해도(海圖)플로터는 어떻게 작동하죠?」

아너가 물었다.

「잘 작동돼야 할 텐데. 안 되면 할 수 없어요. 구시대적인 방법을 써먹는 수밖에.」

「어떻게요?」

「컴퍼스하고 연필, 지우개를 써 가면서 좌표를 설정해야지요.」

「그런 수동식은 설명 안 해줘도 돼요.」

제이크는 눈썹을 치켜 올렸다. 무례한 태도는 아니었지만 명령이나 다름없는 말투였다. 마음 한복판에서 설레는 감정이 솟더니 온몸으로 퍼져 나갔다. 아너는 보트 타는 것도 싫다, 물도 싫다는 식이었지만 좌표 설정법을 배우려는 의지는 확고했다. 경찰 말대로 카일이 국내로 돌아온 게 확실하다면 사라진 호박에 관한 단서는 투마로우에 있을 게 분명했다.

이 여자는 분명 호박에 관해 아는 게 있어서 이러는 거야. 그게 사실이라면 제이크한테는 낭보나 다름없었다. 호박이 없어지고 리투아니아, 칼리닌그라드, 러시아 정부한테 영구적으로 입국을 금지당하는 수모를 겪은 이래 처음으로 희망이 솟아났다. 입국 금지는 자신에게만 적용되는 게 아니라 자신의 회사, '이머징 리소스'에도 해당되는 사항이었다.

「이런 셋업은 처음 보는 거네요.」

제이크가 솔직하게 말했다.

「내가 먼저 연구를 하고 나서 나중에 설명해 줄게요.」

그건 거짓말이었다. 연구 따윈 할 필요가 없었다. 양심에 가책 따윈 느낄 필요 없어. 제이크는 속으로 되뇌었다. 거짓말이야 도노반 집안 전매특허니까.

「같이 연구해 보면 되잖아요.」

아너가 대꾸했다.

컴퓨터로 이것저것 알아내려면 아너가 옆에 없는 게 편했다.

「그렇게 급하면 혼자서 해봐요.」

「어떻게요?」

「설명서를 읽어보면 되잖아요.」

「찾아봐도 없던데요.」

「그럼 내가 하자는 대로 하는 수밖에 없겠군요.」

「젠장.」

제이크의 입가에 슬며시 미소가 피어올랐다.

「인내심은 최고의 미덕이란 말이 있어요.」

「부부간에 정조를 지키는 것도 미덕이에요. 여태껏 그런 걸 강조하는 남자들은 별로 못 봤지만요.」

「여자들도 바람만 잘 피웁디다.」

「그런 걸 두고 남녀 평등이라 하는 거예요. 멋지잖아요, 남녀 평등.」

제이크는 아너의 입가에 어린 해맑은 미소를 물끄러미 응시했다. 이 여자도 세련된 도시 여성입네 하면서 성적으로 자유분방하게 즐기면서 사는 타입일까. 이래저래 헤픈 여자들은 정말이지 질색이었다.

「아주 멋지군요.」

제이크가 쌀쌀하게 대꾸했다.

「흰 버튼이 경적이고 여기 이 레버들이 연료 주입기랑 변속기입니다.」

「어떤 게 연료 주입기예요?」

「검은색 손잡이가 변속기고 빨간 게 연료 주입기예요. 그리고 송풍기는 꺼요.」

계기반을 자세히 보기 위해 아너는 몸을 옆으로 기울였다. 경적만 빼고는 스위치들이 하나같이 다들 비슷했다.

검은 스위치들 아래 조그맣게 적힌 글자를 읽느라고 몸을 한껏 기울였다. 그 바람에 제이크의 체온을 느낄 수 있었다. 얼룩진 제이크의 재킷을 통해 열기가 발산되고 있었다. 재킷은 묵은 기름때로 얼룩이 져 있었지만 더없이 청결해 보였다. 옷을 벗었을 때는 어떨까? 몸 전체가 저렇게 따뜻하고 깨끗할까?

딴 생각 하지 마. 아너는 속으로 자신을 나무랐다. 낚시나 생각해. 마취 안 하고 썩은 이 뽑는다고 상상하는 거야.

아너는 송풍기 버튼을 눌렀다. 뒤쪽에서 들리던 소음이 사라졌다.

「이건 내가 전에 써보던 엔진하고 아주 흡사한데요」

「무슨 말이에요?」

제이크는 커다란 손으로 빨간색 손잡이가 달린 레버를 감싸고는 연료 주입기를 껐다켰다했다.

「이놈도 처음 몇 번 어루만져 주면 불이 붙을 거란 말이지요.」

「그거 은근히 야한 말 아니에요?」

제이크가 못 들으려니 생각하고 아너는 조그맣게 중얼거렸다.

「뼈와 살이 타는 밤이니, 폭풍의 밤 같은 건 어때요?」

제이크가 아무렇지도 않은 얼굴로 대꾸했다.

아너는 고개를 획 돌렸다. 제이크는 바로 코앞에서 아너를 지켜보고 있었다. 맑디맑은 은빛 눈동자에 청색과 초록색, 검은색 흔적이 한데 섞여 묘한 조화를 이루고 있었다. 터프가이치고는 속눈썹이 너무 길었다.

정말이지 이 남자의 눈은 너무 예뻤다.

「어디 내가 맞춰 볼까요? 음…… 내 눈이 너무 매혹적이란 생각을 한 거 아니에요?」

아너의 광대뼈 주위로 붉은 기운이 감돌았다.

「족집게군요. 여자 고객들이 그쪽만 보면 침을 흘리기라도 하나 보죠?」

아너가 느릿하게 말했다.

「어떨 거 같습니까?」

「팁 사양하는 건 아주 잘한 일이에요 인간성이 워낙 뛰어난 분이시라 다들 팁 줄 생각은 안 할걸요」

제이크는 웃음을 터뜨리면서 시동을 걸었다. 엔진 소리가 요란하게 퍼졌다. 그는 연료 주입기를 움직여서 공급량을 대강 조절했다. 엔진 소리가 기분 좋게 귓속을 파고들었다.

「몇 분 정도는 워밍업 하는 기분으로 가는 겁니다. 다른 말로…….」

「말 안 해도 다 아니까 가만있어 봐요. 몇 번 어루만져 주면 불이 잘 붙는다는 말을 하려는 거죠?」

「윤활유를 안 치면 엔진이 뻑뻑해져서 힘들어진다는 얘긴 어때요?」

「그만 해요. 카일 오빠하고 둘이서 경주 차 조립하는 게 취미였다는 말 안 했죠?」

「그럼 연료 수치를 파악하는 건 누워서 떡 먹기겠군요.」

「그럼요.」

「그렇다면 더 재밌는 일에 많은 시간을 할애할 수 있겠군요.」

「기계에 관해 배우는 건가요?」

「낚시.」

아너는 한마디해 주려다가 입을 다물었다.

「오빠분은 어디다 서류들을 보관해요?」

제이크가 물었다.

「무슨 서류요?」

「보트 등록증이나 보험증서 같은 거 말입니다.」

「바로 뒤, 두 번째 서랍에 있어요.」

제이크는 등을 돌렸다. 주방으로 쓰이는 공간은 조종석 바로 뒤편에 있었다. 조그만 스토브에다 캐비닛 하나. 그는 커피 물이 끓는지 살펴보고는 서류를 꺼냈다.

서랍에는 방수 처리를 한 커다란 봉투가 두 개 들어 있었다. 첫번째 봉투에는 증명서니 등록증 같은 게 들어 있었다. 다른 봉투에는 보증서와 설명서가 들어 있었다.

「커피는 내가 탈 테니까 일보세요.」

아너가 말했다.

제이크는 고개를 끄덕이고서 봉투 안에 있던 서류를 꼼꼼히 살펴봤다.

아너는 커피를 따라서 제이크한테 건네줬다.

「고마워요.」

제이크는 증명서에서 눈을 떼지 않고 말했다. 한 모금 마시더니 갑자기 아너한테 시선을 던졌다.

「내가 설탕은 안 넣고 크림만 넣는다는 건 어떻게 알았어요?」

「아까 입에서 크림 냄새가 났어요. 잘됐지 뭐예요. 나도 곧잘 시리얼(아침으로 먹는 오트밀이나 콘플레이크 류)에 크림을 넣어 먹거든요.」

아너는 등을 돌리고 크림을 냉장고 안에 집어넣었다.

제이크는 아너가 지금 불장난을 해보겠다는 심산으로 던진 말인지, 아니면 아무 생각 없이 한 말인지 구분할 수가 없었다. 등을 돌리고 있어서 눈빛을 볼 수가 없는 게 한이었다.

「설탕을 안 넣는다는 건……」

아너는 커피잔을 들고 보조석에 앉았다.

「단 걸 많이 먹었으면 지금처럼 성격이 모나지 않았을걸요. 지금보다는 두루뭉실했을 거예요.」

살짝 미소를 지으면서 제이크는 하던 일을 계속했다. 빠짐없이 살펴본 연후에 증명서들을 제자리에 집어넣었다.

「어때요?」

아너가 물었다.

「문제될 건 없군요.」

현재 투마로우에 있는 설비 용품에 관한 보증서들만 있었던 게 아니었다. 보증서를 봐서는 선외(船外) 엔진이 두 개 더 있는 걸로 나와 있었다. 하나는 배고물에 영구적으로 부착시키는 낚시용 모터였고 다른 하나는 조디악(공기를 주입시켜서 부풀린 소형 보트)용으로 출하된 엔진이었다.

소형 GPS(군사용 항법 시스템) 수신기에 관한 보증서와 영수증이 봉투에 아무렇게나 쑤셔 박혀 있었다. 아무래도 카일이 급하게 서두르면서 그렇게 된 것 같았다. 영수증에 적힌 날짜는 13일 전이었다.

카일은 4주 전에 칼리닌그라드에서 사라졌다. 그곳에서 지구 반바퀴를 돌아 태평양 남서부에 모습을 나타냈다가 다시 흔적도 없이 증발해 버렸다. 조디악에 부착할 엔진도 같이 없어졌다. GPS 수신기도 들고 간 모양이었다.

제이크는 오늘밤 자신의 시스포트(낚싯배의 한 종류)에서 GPS 수신기를 가지고 올 생각이었다.

「오빠한테 소형 보트가 있었어요?」

제이크가 아너에게 물었다.

아너는 멍한 눈으로 제이크를 쳐다봤다.

「뭐라고요?」

「크기가 작은 보트 말입니다.」

「이거말고 딴것 말이에요?」

「아니, 이렇게 큰 거말고 더 작은 게 없냐고요. 뭍에 끌어다 놓을 수 있는 그런 배 말입니다. 왜, 선착장이 없는 델 갈 때 유용한 배 있잖습니까.」

「잘 모르겠는데요. 꼭 알아야 하는 일이에요?」

「난 해안 경비대는 아니니까 사서 걱정하지 말아요.」

아너는 뭐라고 하려다가 말았다. 자꾸 입만 열어 봤자 손해보는 건 자신밖에 없단 생각이 들었다. 상대를 보고 있으면, 자신은 쿵쿵 뛰는 심장과 혓바닥만 살아서 움직이는 느낌이었다. 머릿속은 텅 빈 것 같고 멍청이가 된 기분이었다.

「구명장비는 다 어디 갔습니까?」

제이크가 물었다.

「잘 모르겠는데요」

모르겠다는 대답을 예상했는지 제이크는 별로 놀란 눈치가 아니었다. 그는 몸을 구부리고 뱃머리 쪽을 훑어봤다. 아무래도 해안 경비대한테 걸릴 확률이 높았다. 해안 경비대의 조사를 받을지 모른다는 불길한 예감이 들었다. 낚시 가이드로 위장 취업을 못했다면 해안 경비대원들 하듯이 몰래 조사할 작정이었다.

아너는 제이크가 뭘 보는지 자기도 확인하고 싶었다. 하지만 제이크가 문을 가로막고 있어 불가능한 얘기였다. 정말이지 몸집이 엄청나게 큰 남자였다.

「저기, 그 구명장비 찾았어요?」

아너가 물었다.

「아뇨. 옷가지며 낚싯대, 그물, 다운리거(릴과 비슷한 낚시도구) 두 개…….」

「다운리거라니, 그걸 구명대로 쓰면 안 돼요?」

「글쎄요. 닻이랑 부력이 비슷하다는 것만 알아둬요.」

「그럼 어디에 쓰는 거예요?」

「낚시할 때 씁니다.」

제이크는 허리를 굽힌 채로 몸만 아너 쪽으로 돌렸다.

「다리 좀 움직여 봐요.」

제이크의 손이 언뜻 종아리를 스치는 바람에 아너는 숨이 막혔다. 손은 스치기만 했지만 마음이 동요되었다. 아너는 재빨리 몸을 움츠려 제이크가 의자 밑으로 손을 뻗칠 수 있게 했다.

말은 안 했지만 제이크도 아너가 흠칫 놀라서 눈을 크게 뜨는 모습을 봤다. 성적으로 자유분방하게 지낸 여자라면 이런 반응이 나올 리가 없었다. 본능적인 행동은 아무 때나 꾸며 댈 수 없는 법, 확실히 이 여자는 육체적인 접촉에 익숙지 않은 게 분명했다.

별로 달가운 일은 아니었다. 차라리 매일 밤 남자를 갈아치우는 여자라면 더 쉬울 뻔했다. 그랬다면 자신을 이성으로 바라보는 저 여자의 눈길에 응해 줄 수 있을 텐데.

어디 도둑에다 살인범의 누이동생한테 끌린다는 게 말이나 되는가. 제이크는 나지막하게 욕지거리를 내뱉으면서 의자 밑을 살펴봤다. 자신의 배에선 그곳에 구명장비를 놓아두곤 했다.

시간을 이렇게 허비할 작정은 아니었다. 운동복을 벗기고 늘씬한 다리를 만져보고 싶다는 생각에 젖지만 않았다면 금세 끝날 일이었다.

「찾았어요.」

아너는 제이크의 손에 들린 오렌지색 구명조끼를 쳐다보았다.

「색깔이 너무 유치한 거 같은데요.」

「일부러 눈에 잘 띄라고 이렇게 만든 겁니다. 바다에 곤두박질쳐도 이것만 입고 있으면 건져내기 쉬워요. 검시관들은 할 일이 생겨서 좋아할걸요.」

「검시관이라뇨? 목숨 보전하라고 이걸 입으라는 거 아니에요?」

「애당초 물에 빠질 생각을 말아요. 여름이건 겨울이건 30분 정도 물속에 들어가 있으면 저체온 현상 때문에 물귀신 되는 수가 있거든요.」

아너는 선실 창문을 통해 청록빛 바다를 바라보았다. 변덕스러운 미풍이 비단결 같은 수면을 출렁거리게 했다. 바다는 아주 평화로워 보였다.

그렇긴 해도 바람이 거세지면 파도가 위협적으로 변한다는 걸 아너도 알고 있었다. 어렸을 때 직접 체험한 일이었다. 저스틴 오빠와 로위 오빠가 뒤집힌 배를 해안까지 끌어내느라 얼마나 고생을 했던지……. 그 이후로는 소형 보트를 타고 싶다는 생각이 싹 달아나 버렸다. 그만큼 아너한테는 끔찍한 경험이었다. 카일 오빠를 찾는 일만 아니었으면 죽어도 이 짓은 안 했을 것이다.

제이크는 구명조끼를 의자 밑에 도로 넣었다. 그때 저쪽 출입구 끝에 있는 구명조끼가 두 벌 눈에 들어왔다. 두툼한 오렌지색 조끼에는 해안경비대의 승인을 받았다는 검인 표시가 있었다.

제이크는 아너에게 시선을 돌렸다. 여배우 기질을 타고났는지 아니면 진짜로 제이크한테 이성을 느끼는 건지 알 수가 없었다. 차라리 자기 오빠처럼 연기를 하는 게 나을 것 같았다. 최소한 다른 식구들처럼 건방지고 잘난 척하는 구석은 없는 것 같았지만…….

제이크는 자기 짐작이 옳다면 좋아해야 할지 슬퍼해야 할지 알 수가 없었다. 괜스레 마음만 복잡해졌다. 아너 도노반한테서 나는 청량한 페퍼민트 향기 때문에 더 혼란스러웠다.

카일이 한 짓을·잊어버린 거냐? 제이크는 속으로 자신을 다그쳤다.

카일을 믿었잖아. 그러다가 그 자식한테 당했지.

아너한테 '육체적으로 당하는 거'라면 사양할 게 없을 테지만.

「오빠가 항해일지는 써 뒀겠죠?」

제이크가 조급한 맘으로 물었다.

「네. 내 가방 좀 집어 주실래요? 항해일지를 쭉 읽어왔거든요. 혹시 오빠가 어디다……. 아니 어디서 낚시를 했는지 알려고요.」

제이크는 어깨 너머로 아너가 가리키는 곳을 쳐다보았다. 주방 바로 건너편에 있는 의자 사이에 탁자가 놓여 있었다. 의자는 끼여 앉으면 네 사람 정도 앉을 수도 있을 것 같았다. 물론 친한 사이라야 그렇게 붙어 앉겠지만. 잠을 잔다고 하면 두 사람 정도 잘 수 있을까? 물론 굉장히 친밀한 사이라야 가능한 일이었다.

「이거 말입니까?」

제이크는 검은색 가죽 배낭을 들고 물었다.

「네, 그거요.」

제이크는 배낭을 한 손에 들었다.

「그래서 뭣 좀 찾았어요?」

「뭘요?」

「괜찮은 낚시터 말이에요.」

「아, 아뇨.」

「그래서 가이드를 쓰기로 한 건가요?」

「어……, 네.」

확실히 아너 도노반은 거짓말 연습을 더 해야 할 것 같았다. 오빠의 절도 행각에 관해 정말 아무것도 모르는 순진한 여동생 연기를 하고 있는 거라면…….

사실이야 어떻든 상관없다지만 그래도 고양이 같은 눈에 눈치가 빠른 이 여자는 골칫덩어리임에 틀림없었다. 아무리 헐렁한 운동복 차림이라고 해도 그랬다.

「왜 그런 눈으로 보는 거예요?」

아녀가 물었다.

「여자 가방, 처음 봐요?」

「못 본 게 없을 정돈데 그 무슨 섭한 소리. 한번은 어떤 여자가 가방에서 수탉하고 병아리 두 마리를 꺼내는 것도 봤다니까요. 시장에 내다 팔려고 나가는 길이었다지만 말입니다.」

「계란은 없었어요?」

「계란 프라이는 안 될까요?」

「당연하죠.」

「프라이라면 모를까 날계란은 못 봤어요.」

미소 때문에 아녀의 긴장된 얼굴이 부드러워졌다. 잠깐이었지만 그래서 더 예뻐 보였다.

「저기, 어디서 본 거예요?」

칼리닌그라드였다고 말했다간 아녀가 수상쩍게 여기고 이런저런 질문을 해댈지도 몰랐다.

「시골에서요.」

제이크는 재빨리 화제를 돌렸다.

「그게 항해일진가요?」

「네. 볼 게 별로 없더라고요. 날짜하고 연료 소비량, 정비 기록 같은 것만 잔뜩 적혀 있던데요.」

갑자기 심장이 두근거리기 시작했다. 제이크는 카일이 기록을 꼼꼼히 해뒀을 거라고 기대했다. 해도플로터와 컴퓨터도 그렇지만 항해일지를 보면 최근 얼마간 카일의 행적에 관해 알 수 있을지도 모른다.

제이크는 아녀한테서 항해일지를 건네받았다. 한동안 열심히 책장을 넘기다가 고개를 들었다.

「일 시작하기 전에 이걸 먼저 자세히 검토해 봐야겠는데요. 그 동안 시내에 가서 허가증하고 갑판용 신발을 사 와요. 빨리 움직이면 조수가 바뀌기 전에 시작할 수 있을 겁니다.」

아너는 한동안 망설이다가 고개를 끄덕였다.

「알았어요.」

「한 시간 삼십 분 있다가 여기서 봅시다.」

제이크는 의자에서 일어나면서 말했다.

「잠깐만요. 그때까지 배는 어떻게 하고요?」

「무슨 말입니까?」

「움직이잖아요.」

제이크는 엔진을 끄고 열쇠를 아너한테 던졌다.

「이까짓 기계 갖고 뭘 그래요.」

제이크가 일부러 성가시다는 듯이 말했다.

「잡아먹진 않으니까 걱정 말아요. 그냥 자동차라고 생각하면 될 거 아닙니까.」

차라리 날 잡아잡수.

아너는 그 말을 하려다가 참았다. 그랬다가는 진짜로 무슨 일이 벌어질지 모르니까.

3

제이크는 낡아빠진 트럭을 진흙이 질펀대는 길로 몰고 갔다. 자신의 통나무집으로 가는 길이었다. 풍파에 시달린 흔적이 역력한 전나무들로 둘러싸인 조그만 집은 퓨젯사운드의 절벽에 웅크리고 있었다. 시애틀에 있는 회사에서 벗어나고 싶을 때나 집중해서 일을 해야 할 때는 이곳을 찾곤 했다. 이곳의 주소나 전화번호는 아무한테도 알리지 않았다.

그런데 포드 자동차 한 대가 집 근처 차도에 서 있었다. 제이크는 그걸 보고 욕지거리를 내뱉었다. 빨간 블라우스에 검은 스커트를 입은 여자가 손을 흔들었다. 아무래도 일진이 안 좋은 모양이었다.

제이크 자신이 세상을 구할 수 있으리라는 거창한 포부를 갖고 있던 시절에 알고 지내던 여자가 앨런 라자루스였다. 지금은 비 피할 장소나 있으면 상관없다는 식이었지만.

제이크는 엔진을 끄고 트럭에서 나왔다. 그리고 문에 기대 여자가 먼저 입을 열기만 기다리고 있었다.

「어머, 웃는 얼굴을 보여줘야 하는 거 아닌가요? 아니면 손이라도 흔들든지.」

앨런이 그에게 다가서면서 말했다.

제이크는 냉소적인 얼굴로 다가오는 앨런을 지켜보고 있었다. 유혹한답시고 일부러 엉덩이를 슬슬 흔들 필요가 없는 여자였다. 워낙 자연스럽게 몸에 배어 있어서 어색해 보이지 않았다. 커다란 푸른 눈동자에 검은 머리카락, 빼어난 두뇌, 철저한 현실주의를 신봉하는 여자였다. 그 덕에 정보기관에서 최고의 수사 요원이 될 수 있었다.

「날 어떻게 찾아냈는지 안 물어 봐도 뻔하지. 당신하고 같이 일하는 치들은 그런 게 전문이니까. 근데 무슨 일로 여기까지 납신 거야?」

제이크가 입을 열었다.

「이런, 기분이 별로신가 봐. 날씨도 이렇게 좋은 날에 그럼 못쓰죠. 태평양 북서부엔 맨날 비만 온다고 들었는데 말이에요.」

앨런이 우아하게 손을 흔들면서 말했다.

제이크는 신음소리를 냈다.

「아무래도 좋았던 시절 얘기는 하기 싫은가 봐요.」

흉터가 난 제이크의 눈썹이 잔뜩 일그러졌다.

「좋았던 시절? 3초를 줄 테니까 당장 꺼져. 잘 가라고. 전화는 절대 하지 마. 내가 걸게. 이 봐, 3초 다 됐어.」

앨런의 얼굴에서 미소가 사라졌다. 앨런이란 여자는 뭐에도 만족하지 못하는 여자였다. 물론 거기엔 남자들도 포함돼 있었다.

「왜 그러는 거예요, 제이크? 우리도 좋은 때가 있었잖아요.」

앨런이 부드럽게 말했다.

「쓰레기 같은 추억은 돌아볼 필요가 없다는 거 몰라?」

「사람이 왜 이렇게 힘들게 굴어요?」

「철없을 때나 좋은 시절을 찾는 거야.」

앨런은 어깨를 으쓱해 보였다.

「맘대로 생각해요.」

「그럴 거야. 잘 가. 윗대가리들한테 안부나 전해 줘.」

제이크는 앨런을 지나쳐 집으로 향했다. 앨런은 재빨리 제이크 앞을 가로막고 그를 올려다보았다. 새파란 눈동자는 사기로 만든 인형의 눈동자처럼 맑고 깨끗했다.

「다른 사람이 왔으면 이런 식으론 안 나왔을 거예요. 안 그래요?」

「아니, 마찬가지야.」

「무슨 얘기 할지 들어보지도 않았잖아요.」

「안 듣는 게 차라리 나아.」

산들바람이 불어와 앨런의 블라우스 깃에 주름을 만들었다. 앨런은 옷을 바로 펴면서 생각에 잠겼다. 생각을 짜는 데 시간이 많이 필요한 건 아니었다. 원래부터 소심한 것과는 거리가 멀었다.

「과거에 우리가 깊은 관계였다 해도 아무 도움 안 될 거라는 말도 해봤어요.」

앨런은 차분하게 말을 이었다.

「당신은 몇 년 동안 나와 연락을 끊고 산 사람이잖아요. 나한테 끝났다고 그랬을 때 진심이었다는 거 나도 알아요.」

아무래도 앨런을 쉽게 떼어 내긴 그른 것 같았다. 과거에도 제이크는 이 여자한테 벗어나지 못할까 봐 두려워했다. 뭔가 전문가조차 해결하지 못한 문제가 생기지 않는 이상 정보기관이라는 곳에서 민간인을 귀찮게 할 리가 없었다.

「그 대단하던 애국심은 어디 갔어요?」

앨런의 조롱 섞인 말에 제이크는 비웃음을 흘렸다.

「이상주의자가 변심하면 정말 갈 데까지 간다더니. 현실에 눈뜨기 시작하면 현실주의자보다 더 무섭다니까.」

「전에 했던 얘길 뭘하러 꺼내.」

앨런은 손으로 가방을 톡톡 건드리면서 숲으로 시선을 돌렸다. 흰머리독수리가 하늘로 비상해서 이쪽저쪽을 살피며 먹이감을 노리고 있었다.

「알았어요, 그만 할게요.」

앨런은 단호하게 말을 이었다.

「당신, 카일 도노반을 찾고 있잖아요. 우리도 그렇지만. 서로 도와서 일 하는 건 어때요?」

제이크의 표정은 하나도 변하지 않았다. 앨런을 처음 본 순간부터 이런 말이 튀어나오리라는 걸 짐작하고 있었던 탓이었다.

「왜?」

「왜라뇨?」

「카일을 찾는 이유가 뭔데?」

「정말 몰라서 묻는 거예요? 백만 달러를 호가하는 호박을 훔쳤잖아요.」

제이크는 호박의 가치가 앨런이 말한 두 배는 된다는 걸 알고 있었다. 도노반 집안에서 그렇게 우긴다면 할 수 없는 일이었다. 엄청난 재산에 높으신 분들을 많이 아는 집안이라 호박의 가치를 조작하는 것쯤이야 쉬운 일일 것이다.

「카일이 호박을 훔쳐서 어쨌다는 거야? 수천만 달러를 도둑질해도 세금만 꼬박꼬박 내면 윗대가리들한텐 상관없는 일이잖아.」

「카일은 외국에서 절도 행각을 벌였다고요.」

「말도 안 돼.」

「정말이에요.」

「정신 차려. 날 만만하게 보지 말라고. 당신 몸매에 침 흘리느라 정신 빼놓는 그런 놈들하고 혼동해서는 곤란해. 카일을 찾으려는 이유가 뭔지 솔직히 털어놓으시지.」

앨런은 잠깐 동안 차선책을 강구했다. 아무래도 조금쯤은 사실을 털어놓아야 할 것 같았다. 문제는 사실을 최대한 숨겨야 한다는 데 있었다.

「카일은 리투아니아 공화국의 분리주의자들하고 관련돼 있어요.」

앨런이 솔직히 털어놓기 시작했다.

「테러 비용을 지원해 주려고 호박을 훔친 것 같아요.」

제이크는 앨런의 추측이 틀리기를 빌었지만 믿기 힘든 얘긴 아니었다. 그렇지만 그것만으론 뭔가 설명이 부족했다.

「그래도 뭔가 이상한데. 지정학상으로 봐도 리투아니아 공화국에 연연할 필요가 없잖아? 그런 조그만 나라에서 벌어지는 일에 정부가 그렇게 관심이 많다는 게 웃기지.」

앨런은 대답하기 싫었지만 어쩔 수가 없었다.

「당신이 이렇게 나올 줄 알았어요.」

제이크는 대꾸도 않고 가만히 있었다.

「트럭 운전사가 죽기 전에 화물에다 뭔가를 같이 집어넣었어요.」

「그게 뭔데?」

「그건 말 못해요.」

「모르는 거야, 말 안 하겠다는 거야?」

「알아서 생각해요.」

제이크는 은근히 앨런을 떠보았다.

「카일은 절대로 핵무기 취급하는 놈들하고 어울리는 바보짓은 안 해.」

「누가 핵무기랬어요? 그런 거면 우리 선에서 다 해결했을 거예요.」

「그럼 호박도 아니고 핵무기도 아닌데 정부에서 안달을 한다 이 말이지? 엄청나게 값이 나가나 보군. 카일이 그렇게 멍청한 친군지 누가 알았겠어.」

「헛된 망상에 젖어 사는 이상주의자들이라니. 하는 짓들이라곤 다 시원찮아서 골치만 썩인다니까.」

「마르주 애길 하는 거야?」

제이크 물음에 앨런이 고개를 끄덕였다.

「마르주의 할아버지는 2차대전 당시 골수분자였어요. 독일군과 싸우고 러시아인에 대항해서 싸웠어요. 그뿐이면 말 다 했게요. 나중엔 평화를 바라는 자기 동포들한테까지 총을 겨눴던 인간이에요.」

제이크는 목구멍을 넘어오는 욕지기를 삼켰다. 여자 때문에 남자는 한순간에 백치로 돌변하는 수가 있었다.

「카일한테 마르주는 골치만 안겨 줄 거라고 했지만 어디 말을 들어먹어야지. 마르주한테 완전히 빠졌던걸. 자기가 백마 탄 기사라도 되는지 마르주를 돕겠다고 하더니만…….」

「어찌됐건 간에 한심한 인간이에요. 운전사까지 죽이고 트럭과 함께 어디론가 사라졌잖아요.」

「내가 모르는 얘길 좀 해봐.」

「당신이 먼저 나한테 아는 걸 털어놓으면 서로 편하잖아요. 입 아프게 내가 아는 얘기 할 필요도 없고.」

앨런이 지지 않고 내쏘았다.

「카일을 어디서 놓친 거야?」

「처음부터 놓치고 자시고 할 것도 없었어요.」

제이크는 그 말을 믿기가 힘들었지만 아무래도 상관없었다.

「칼리닌그라드에서 리투아니아까진 쫓아갔는데 러시아에서 놓쳤어.」

「우리도 거기서 놓쳤어요.」

앨런이 사실을 인정했다.

「내가 탈린(에스토니아의 수도)까지 뒤따라갔다면?」

제이크가 비꼬듯이 말했다.

「당장 전화를 해야겠네요.」

「에스토니아에 지금 가봤자 헛수고야. 동쪽으로 갔으니까. 카일은 러시아 국경에서 한 3백 킬로미터쯤 떨어진 곳에서 사라졌어. 러시아 안으로 들어간 거지. 결국 난 러시아 관료들한테 걸려서 강제 추방 명령을 받은 거고. 물론 공식적으로는 그렇게 됐지.」

「그럼 비공식적으로는요?」

「가로 1미터 세로 2미터 안팎의 독방에서 영구적으로 거주할 생각은 없냐고 하던걸.」

앨런은 고개를 흔들었다.

「비잔티움(동로마 제국. 과거 러시아가 이 문화권에 속했음)의 신비 속에?」

「동로마 제국이 망한 게 언제 적 일인데 그래.」

「그래서 열흘 전에 여기로 돌아와 혼자 상처를 삭이고 있었군요. 아니면 카일의 별장에 가서 한밤중에 수색이라도 하려던 참이었어요?」

제이크는 아무 말 없이 어깨만 으쓱했다. 사실에 근접한 얘기라서 마음에 동요가 왔다.

「그러다가 H. 도노반이란 사람이 낚시 가이드를 찾는다는 구인광고가 눈에 들어왔겠죠.」

앨런은 계속해서 말을 이어 나갔다.

「제이크 맬러리 특유의 삐딱한 미소로 상대방을 녹여서 일을 얻었을 거예요.」

「반만 맞췄어. 어쨌든 일을 얻긴 했어. 당신들이 보낸 녀석보다는 내가 괜찮다는 증거겠지.」

「아니 그럼 그걸 알고 있었단……」

앨런은 상대편이 자신을 떠보기 위해 한 말이었다는 걸 깜빡했다.

「괜찮아. 가이드로 위장해서 접근하겠다는 생각은 누구나 할 테지.」

「미스 도노반한테 사실대로 얘기했어요?」

「아니.」

「그럴 줄 알았어요.」

앨런이 흡족한 표정을 지으면서 말했다.

「도노반 집안 사람들끼리 똘똘 뭉쳐서 방해공작을 해대니까 당신도 가만있을 순 없다 싶었겠죠. 그래서 카일의 여동생을 이용하기로 한 거잖아요.」

앨런의 목소리에는 비난의 기색이 전혀 없었다. 오히려 남들이 못한 걸 해내서 축하한다는 식이었다. 제이크는 차라리 앨런이 충격을 받았으면 나을 성싶었다. 물론 충격을 잘 받는 사람이 살아남기 힘들다는 게 세상 이치긴 하지만.

「방해는 안 할게요.」

앨런이 재빨리 덧붙였다.

「그냥 연락만 계속해 줘요.」

「지금 방해하고 있잖아.」

「그러려니 해요. 안 그랬다간 미스 도노반한테 들러서 당신 정체를 낱낱이 밝혀 버릴 테니까.」

제이크는 한참 앨런을 쳐다보고만 있었다. 그러다가 머리를 살짝 흔들었다.

「글쎄, 그럴 수 있을까?」

「뭐가요?」

「도노반 집안과 접촉할 수 있는 사람은 현재 나밖에 없잖아. 그런 마당에 다 불어 버리면 그나마 생긴 기회가 다 날아가 버릴 텐데.」

앨런이 손가락으로 가방을 톡톡 건드렸다. 서늘한 바람이 불어왔다. 그 바람에 가늘고 붉은 껍질의 매드로나 나무들이 흔들렸다.

제이크는 하늘을 쳐다보지 않고서도 남서쪽에 구름이 몰려와 있으리라는 사실을 알아차렸다. 해가 지기 전에 비가 올 것 같았다. 숲이 울창한 데에는 다 이유가 있었다.

「좋아요. 뭘 도와주면 되겠어요?」

「카일이 2주 전에 시택 공항을 거쳐갔다던데, 맞는 얘기야?」

「여권상으로는요. 입국 수속 담당자 말로는 여권을 들고 온 사람 얼굴과 여권에 붙은 사진이 똑같았대요. 캄차카 반도에서 낚시 여행을 하고 온 사람이라고 보기 힘들 정도로 행색이 별로 변한 게 없었나 봐요.」

「그래서 어떻게 된 거야?」

「담당자 얘기가 사실이라면 십중팔구 카일 도노반은 아닐 거예요.」

제이크의 눈이 가늘어졌다.

「나쁜 소식이군.」

「도노반 집안 사람들한테는 그렇겠죠. 혹시 알아요? 가로 1미터 세로

2미터의 독방 신세가 됐는지. 우리한테도 나쁜 소식인지 어쩐지는 두고
봐야 알겠지만.」
　「그럼…….」
　「잠깐만요. 혹시 당신 회사 정보망으로 발트산 최고급 호박이 암시장
에 나왔다는 소문은 안 들어왔어요?」
　「천연광물 아니면 세공한 거?」
　「둘 다요.」
　「이 바닥은 항상 똑같애. 밀수꾼들이라고 해봤자 대부분 피라미들뿐
이야. 정말 큰 거 챙기는 놈들은 다들 정부하고 관련된 녀석들이지. 대
부분이 그렇다고.」
　「구소련에 오신 걸 환영합니다.」
　앨런이 비꼬듯이 말했다.
　「당신처럼 공무원들의 부정부패로 한몫 잡으려는 사람을 위한 천국이
바로 여기니까요.」
　「신용이 추락하거나 아예 신용 같은 거하곤 담싼 사람이라면 그런 독
창적인 물물교환도 때론 필요한 거야.」
　「독창적인 물물교환이요? 재밌네요.」
　앨런의 얼굴에 미소가 떠올랐다.
　「당신하고 거래하는 사람들 중에 발트산 호박에 관련된 사람은 없었
어요?」
　「러시아 플라스틱 공장에서 약간의 위조지폐가 발견됐어. 2차대전 중
에 도난당한 걸로 알려진 물건도 있었지. 차르(제정 러시아의 황제)의 앰
버룸에 있었다는 테이블을 기가 막히게 모조해 놓았더군.」
　앨런의 얼굴이 미묘하게 긴장했다. 그걸 알아차릴 수 있는 사람은 그
다지 많지가 않았다. 앨런의 눈에 떠오른 표정을 보고 있자니 정신이
번쩍 들었다.
　핵무기가 아니라 확실히 호박 때문이란 얘기군.
　앰버룸.

제이크는 앰버룸이 발견됐다는 소문을 듣긴 했다. 2차대전 중에 사라진 보물, 앰버룸을 둘러싸고 갖가지 소문과 억측이 현재까지 난무한 실정이었다.

1941년 나치는 러시아 황제의 궁전에 있는 방 하나를 조각조각 분해했다. 그 방은 천장과 문, 벽에서부터 가구, 테이블, 의자와 램프, 촛대, 장신구, 꽃병, 나이프와 포크, 스푼, 상자, 골동품에 이르기까지 모든 게 호박으로 되어 있었다.

예외가 있다면 금박을 두른 커다란 거울밖에 없었다. 그 거울 덕에 이 신비스런 방에서는 끊임없이 반사되고 또 반사되는 빛의 현란한 유희를 즐길 수가 있었다. 아마 이 방 안에 들어간 사람이라면 누구나, 장대한 러시아의 잿빛 겨울 안에 머물러 있는, 온통 황금빛으로 빛나는 천국에 도달한 느낌을 받았을 것이다.

독일군들이 앰버룸을 상트페테르부르크(제정 러시아의 수도)에서 칼리닌그라드로 운반해 갔다. 거기서 앰버룸은 자취를 감췄고 그때부터 보물을 찾겠다는 사람들이 끊이질 않았다. 인간의 상상력과 욕망이 사라지지 않는 한, 그게 아니면 앰버룸이 발견되기 전까진 이런 상황이 계속될 게 분명했다.

「테이블이 가짜였어요?」

앨런이 물었다.

「모자이크 무늬는 진짜 호박이었어. 테이블 자체는 아주 잘 만들어졌더군. 그렇긴 해도 앰버룸에 있던 건 아니야.」

「어떻게 그렇게 확신해요?」

「그거야 내 직업이니까.」

「그럼 증거를 대봐요.」

제이크는 뭐라고 한마디해 주려다가 꾹 참았다. 물러설 줄 아는 사람이 결국 승리하는 법이었다.

「발트산 호박을 손에 넣기가 어디 쉬운 줄 알아? 그쪽 정부나 마피아 대부하고 연줄이 닿지 않는 이상 힘들지. 멕시코나 코스타리카산 호박은 돈만 있으면 쉽게 구할 수 있어. 앰버룸의 테이블을 위조한 작자는 분명히 남미산 호박을 썼을 거야.」

「남미산인지 유럽산인지 구분할 수 있는 근거가 뭐예요?」

「당신 친구들한테 물어 봐.」

「그 사람들은 지금 여기 없잖아요.」

제이크는 물끄러미 하늘을 올려다보았다. 구름이 점점 몰려오긴 했지만 시간이 촉박한 건 아니었다. 날씨가 험악해지기 전에 투마로우를 몰고 나갈 여유는 있었다.

「발트산 호박은 숙신산(도료, 염료, 향수 제조에 쓰이는 산酸)을 많이 함유하고 있어.」

제이크가 결국 입을 열었다.

「다른 호박들하고는 다른 점이지. 어떤 사람들은 극단적으로 발트산 호박만이 진짜 호박이라고 하지. 나머지는 엄밀하게 말해서 호박이라고 할 수 없다는 식이지.」

「발트산 호박이라고 하면 모두 숙신산을 함유하고 있는 거예요?」

「아니, 아닌 것도 있지만 아무래도 상관없어.」

「왜요?」

제이크는 손목에 찬 시계를 들여다봤다. 카일의 항해일지를 사진복사하는 일이 더 급했다. 호박을 취급하는 보석상이라면 누구나 다 알 만한 얘기를 앨런한테 하느라 시간 낭비하긴 싫었다. 차라리 훗날을 위해 투자한다는 생각을 하기로 했다.

「발트산 호박이라고 해도 숙신산을 함유하고 있지 않은 물건이 10퍼센트 정도 돼. 그렇지만 황제의 궁전에 쓰인 것들은 그렇지 않아.」

「그래요?」

「숙신산이 포함되지 않은 호박은 너무 무르고 부서지기 쉬운데다가 장식용으로 쓰기엔 모양이 형편없어. 니스나 약, 아니면 향료로 쓰이는 게 고작이지. 문제의 테이블에 쓰인 호박은 너무 투명하더군. 남미산 호박이었어. 유럽 사람들은 잡종호박을 더 좋아하지.」

「잡종이요?」

「불투명한 호박을 말하는 거야. 색이나 감촉에 따라 구분해서 버터니 뼈, 상아, 뚱보, 구름, 반잡종이라고 불러.」

「정말 부르는 호칭도 갖가지네요.」

「색과 투명도에 따라 종류가 나눠지거든. 인류의 문화적인 측면에서 호박이 차지했던 부분은 절대 무시 못해. 특히 발트해 연안에서는 더 그렇지. 호박에 붙여 놓은 갖가지 호칭만 봐도 알 수 있잖아.」

앨런은 나지막한 바람소리에 맞춰 빨간 매니큐어를 칠한 손톱으로 가방을 톡톡 두드렸다. 머릿속으로 방금 들은 애기를 열심히 되새겨 보고 있었다.

「색과 투명도로 발트산 호박을 구분한단 말이죠.」

「아니, 그게 전부는 아냐. 맛보기만 얘기해 준 거지. 호박을 종류별로 나누고서 이름을 붙여 놓은 것들이 수백 개가 넘어. 그걸 소유한 주인들도 다양할뿐더러 호박에 얽힌 비사들도 갖가지니까.」

「당시 다른 나라와 교역이 활발했을 거 아니에요. 그렇다면 발트산 호박이 아닌 외부의 아주 순도 높은 호박으로 앰버룸을 만들었을 가능성은 없을까요?」

「뭐든 가능성이야 있지.」

「가능한 일이냐고요?」

「아닐걸. 멕시코니 푸에르토리코에서 호박이 채굴된 건 얼마 전 일이야. 앰버룸의 존재는 18세기 초반 프로이센 시대까지 거슬러 간다고. 거기다 국내에서 거의 공짜로 얻을 수 있는데 뭣하러 외국에서 비싼 돈을 들여 사올 생각을 했겠어?」

「공짜라니, 어떻게 그럴 수가 있어요?」

「발트의 호박 광산은 모두 황실이 독점으로 관리했단 말이야.」

「세상에, 그럼 색이나 투명도에 상관없이 호박은 모두 황제의 광산에서 나온 것이겠군요.」

「발트해 연안에 있는 광산들도 있긴 해. 리투아니아와 칼리닌그라드에도 괜찮은 광산들이 있거든. 거기다 그것들이 전부는 아니지.」

「그럼 대체…….」

「이젠 내 차례야.」

제이크가 앨런의 말을 가로막으면서 물었다.

「도노반 집안에서 카일을 조종했다는 증거는 없어?」

「재판까지 끌고 갈 결정적인 증거는 없어요. 추측만 할 뿐이에요. 당신은 어때요? 증거가 될 만한 걸 발견했어요?」

「아니. 당신 패거리들, 앰버룸을 통째로 다 찾으려고 하는 거야?」

「찾는다는 얘기, 한 적 없잖아요.」

「그렇게 잡아떼시겠단 말이지. 나한테 얘길 듣고 싶으면 정보를 줘야 할 거 아냐. 앰버룸을 통째로 찾으려는 거야?」

앨런은 아무 말 없이 어깨만 으쓱해 보였다.

「내가 이럴 줄 알고 당신은 안 될 거라고 그랬건만……. 당장 우리가 찾고 있는 건 카일이 훔쳐간 패널화(판에 그린 그림)밖에 없어요.」

「그럼 카일이 앰버룸 전체를 손에 넣었다는 거야?」

「그건 몰라요.」

「대강 추측한 거라도 있을 거 아냐.」

「카일이 앰버룸 전체를 팔려는 사람의 끄나풀일지도 몰라요. 그게 사실이든 아니든 간에 카일이 훔쳐 낸 패널화 때문에 전세계가 시끌벅적하게 됐으니까요.」

「젠장. 그나저나 산후안에서 발견된 시체는 신원이 확인됐어?」

「구소련의 전직 KGB 요원이었대요.」

「최근엔 무슨 짓을 벌이고 다녔대?」

「사람 죽이는 일이요.」

「특정한 사람만 골라서 제거하는 타입이야, 아니면 눈에 뵈는 대로 무차별 학살을 하는 타입이야?」

「모스크바의 마피아 대부 수하에 있다가 프리랜서로 일했다네요.」

「카일은 왜 쫓기는 거야?」

「대답 못 해요.」

「당신네들, 마르주한테 왜 그렇게 관심이 많은 거지?」

「끊임없이 짓밟히고 핍박받은 나라에서 애국자를 자처하는 여자니까요. 원래 전쟁이나 유혈을 추구하는 쪽은 죄다 패배자들이잖아요. 다들 철저히 앙심만 품고 있다고요.」

그 정도는 제이크도 아는 얘기였다.

「그 여자는 리투아니아를 해방시키겠다는 의지가 투철한 거야?」

「할아버지한테 잔뜩 세뇌당한 눈치예요. 비밀 회합에 정기적으로 나간다고 하더군요. 리투아니아측 정보원이 러시아에 흘린 정보에 의하면 그래요.」

「그냥 단순한 모임이야, 아니면 뭔가 음모를 꾸미는 기색이라도 있다는 거야?」

「이봐요, 리투아니아라는 나라에는 음모라는 뜻도 제대로 모르는 사람들만 모여 있다고요. 우리 불쌍한 할아버지의 할아버지, 또 그 할아버지의 할아버지가 얼마나 고생을 했는지 아느냐고 난리 치는 사람들이에요. 몇백 년 전에 있었던 강간이며 강탈당한 얘기를 떠들어대니 얼마나 기가 차요.」

「화폐 개혁에나 힘쓰는 게 나을 텐데. 러시아에서 쓰는 루불말고 딴 걸 만드는 거야.」

「별로 구미가 안 당기는 일일걸요.」

「그럼…….」

「호박 얘기로 돌아가서 말이에요, 앰버룸에 관해 들은 소문 좀 없어요?」

「당연하지.」

제이크는 앨런의 안색이 변하는 걸 알 수 있었다.

「들은 얘기 좀 해봐요.」

「당신은 시간이 남아도나 본데 난 안 그래.」

「혼자 바쁜 척은.」

　제이크는 그나마 남아 있던 인내심이 바닥났다. 앨런 같은 인간들이 기생충처럼 달라붙지만 않으면 살기가 얼마나 수월해질까 싶었다.

「어떤 사람들 말로는 앰버룸이 상트페테르부르크에 그냥 남아 있었을 거라더군. 그러다 전쟁이 끝날 때쯤 폭격을 맞고 사라졌을 거라는 얘기야. 그렇긴 해도 1941년에 나치가 앰버룸을 쇠톱이랑 지레로 분해해서 배에 싣고 칼리닌그라드로 옮겼을 거라는 추측이 훨씬 우세한 실정이지.」

「그래서요?」

「정말 웃기는 건 말이야, 앰버룸을 실은 상자들이 1945년경에 자취를 감췄다는 거야. 그 후로 앰버룸을 봤다는 사람이 없어. 현실적인 타입은 분명히 폭격을 맞는 바람에 없어졌을 거라고들 하지.」

　앨런이 얼굴을 찌푸렸다.

「다른 생각을 하는 사람들은 없어요?」

「나치 당원이었던 에릭 코흐가 누군지 알지?」

「글쎄요.」

「앰버룸이 칼리닌그라드에 묻혀 있다고 주장한 사람이야. 자기가 직접 파묻었다니까 알고 있었겠지.」

「왜 그걸 안 파냈대요?」

「독일이 패망하고 나서 죽을 때까지 감옥에 있었거든. 각계각층의 사람들이 접근해 감옥에서 풀어주는 대신 정보를 요구했지만 실패했어. 죽을 때까지 입을 안 열었거든.」

「다른 사람 얘기로 넘어가요.」

　앨런이 냉랭하게 말했다.

「알프레드 로데 박사란 사람이 또 있지. 지하실에 호박을 숨겨 뒀다고 주장한 사람이야. 숨겨 둔 장소는 코흐처럼 칼리닌그라드라고 했어. 연합군의 폭격을 맞아 완전히 폐허가 되기 전 이야기지만 말이야. 소련군이 들어와서 그 위에 새로운 도시를 건설했지.」

　앨런의 얼굴엔 동요하는 기색이 전혀 없었다.

　제이크는 계속해서 말을 이어갔다. 말하는 투로 봐서는 사람들 얘기가 순전히 허무맹랑한 공상이라고 생각하는 눈치였다. 제이크는 이제 겉만 번지르르한 말들은 믿지 않았다.

「근래 앰버룸을 찾고 있는 사람의 얘기로는 칼리닌그라드의 한 양조장에 있다고 하더군.」

「당신 생각은 어떤데요?」

「그 낡아빠진 건물 밑을 파내다간 죽기 십상이야. 50년 동안 전쟁이니 혁명이니 벌여 놓은 게 많은 나라라 여기저기 잘못 쑤셨다간 쾅 하고 폭발할 공산이 커. 거기다 지하에 묻힌 건물이 침수되면서 벽이 튼튼하지 못한 상태일 거라고. 무너질지도 몰라. 너무 위험해.」

　앨런은 고개를 끄덕였다.

「선박을 통해 미국으로 들어왔다는 설도 있어. 이름이 알려지지 않은 엄청난 부자가 앰버룸을 수백만 달러에 사들여서 자기 집에 숨겨 놨다는군. 남미로 갔다는 얘기도 있지. 어떤 나치 당원이 제 3제국(1933~1945년까지의 독일을 지칭)이 붕괴될 무렵 앰버룸을 들고 우루과이나 아르헨티나로 들어갔다는 거야. 내가 슈타지 애길 했던가?」

「아뇨.」

「그걸 빼먹으면 안 되지. 전 동독의 비밀 경찰, 보통 슈타지라고 알려진 친구들이 한참 동안 거금을 들여 앰버룸을 찾아다녔다는군. 물론 소득은 하나도 없었지만.」

「왜 그런 말을 해요? 앰버룸이 발견될 가능성이 전혀 없다는 뜻인가요?」

「아무래도 연합군의 폭격으로 연기가 돼서 날아가 버렸을 공산이 커. 호박은 송진처럼 아주 잘 타거든. 타는 냄새가 아주 그만이야. 거기다 아주 신속하게 불이 붙지.」

「보리스 옐친 대통령은 독일인들한테 앰버룸이 동독 어딘가에 숨겨져 있다고 그랬잖아요.」

「옐친은 몰락 일보 직전의 사회주의 환경에 시장경제 체제를 접목시

킬 수 있다고 주장한 사람이야. 그것도 일 년 내에 할 수 있다고 단언
했지. 다른 이유가 아니라 허기진 국민들의 시선을 다른 데로 돌릴 수
작으로 호박을 들먹이는 거야. 그래봤자 별 소득이 없을 거라는 데 내
전 재산을 걸지.」
　제이크는 시계를 다시 들여다봤다. 고작 몇 분 지났을 뿐인데도 시간
이 훨씬 많이 지난 것 같았다. 같이 있으면 시간이 지루하게 흘러가는
사람들이 있었다. 바로 앨런이 그런 부류에 속했다. 과거엔 그렇지 않았
지만, 누구나 철없는 시절이 있기 마련이었다.
　「앰버룸을 찾아보겠다는 생각은 없는 거로군요.」
　앨런은 제이크를 뚫어져라 쳐다보면서 말했다.
　「당신 말처럼 이젠 헛된 망상에 젖은 이상주의자가 아니니까.」
　「정보가 있으면 나한테 연락해 줄 거죠?」
　「전화번호를 모르는데.」
　「연락할게요. 거기다 항상 근처에 있을 테니까 걱정 말아요.」
　제이크는 불쾌하다는 감정을 숨기지 않았다.
　「괜히 수고스럽게 그럴 거 없어.」
　「그런 건 걱정 안 해줘도 돼요.」
　「제기랄, 카일이 호박을 훔쳐갔다고 거의 확신한다는 얘기군.」
　앨런은 잠깐 망설이는 눈치더니, 다시 입을 열었다.
　「우리로선 그렇게 믿는 척하면서 일을 진행시킬 수밖에 없어요.」
　「왜?」
　「안 그랬다간 위험 부담이 너무 크거든요. 지금부터 72시간을 줄 테
니까 알아서 미스 도노반을 잘 구워삶아 봐요. 전화 옆에 연락처를 놔
뒀어요. 혼자만 건수 챙기지 말고 연락해요. 당신한테도 손해볼 일은 아
닐 테니까. 어떤 게 당신한테 유리한지 머리를 쓰라고요.」
　「잘 가.」
　제이크는 앨런을 지나치면서 말했다.
　「내 말 명심해요.」

「그건 당신도 마찬가지야.」

문을 닫고 집 안으로 들어서는데 앨런이 시동을 거는 소리가 들렸다. 전화기를 들었을 때는 벌써 구불구불한 길 저 아래로 엔진 소리가 멀어졌다. 신호가 가는 동안 카일의 항해일지를 훑어보았다.

「'이머징 리소스'입니다. 뭘 도와 드릴까요?」

상대는 상쾌한 목소리로 전화를 받았다.

「그래, 프레드, 나 좀 도와줘. 부사장, 자리에 있어?」

「사장님이시군요. 부사장님은 지금 칼리닌그라드에 장거리 통화 중이신데요.」

「꼭 이럴 때 전화가 올 건 또 뭐야.」

「그쪽 접선자가 보드카를 진창 마셔 대느라 바빠서 그랬겠죠. 방금 전에 전화했거든요. 잠깐만요, 통화가 끝났어요. 연결해 드릴게요.」

제이크는 항해일지로 다시 시선을 돌렸다. 얼마 지나지 않아 '이머징 리소스'의 부사장, 샬럿 피츠로이의 목소리가 들려 왔다. 샬럿은 제이크의 절친한 친구이기도 했다.

「뭐 건진 거라도 있어?」

「노력 중이야. 혹시 정부에서 이리저리 들쑤시진 않았어?」

「지긋지긋하게 굴던걸. 웬만하면 도와주려고 했지만…….」

제이크는 웃으면서 항해일지를 넘겼다.

「뭘 알고 싶어하는지 자세히 말도 안 하던데.」

「앰버룸을 찾으려고 그러는 거야.」

「앰버룸 얘기만 들으면 개나 소나 눈이 시뻘게져서 난리를 쳐대니…….」

「맞는 말씀. 어쨌든 일은 어떻게 되어 가는 거야?」

「사업 얘기를 하는 거야, 아니면 카일 도노반 얘기야?」

「둘 다.」

「사장 없어도 일은 잘 되고 있어. 사장이 자리를 비우는 바람에 대신 내가 계약서 몇 장 보낼 게 있긴 하지만. 카일에 관해선 건진 게 별로

없어. 호박 때문에 마피아한테 살해당한 사람도 없었고, 신식 치과에서
이를 해 박은 사람이 시체로 발견된 일도 없었다고.」
　「뭔가 숨기고 있는 거지?」
　「숨기긴 뭘 숨겨?」
　「이봐, 샬럿, 월급은 누가 주지?」
　「확신이 서면 그때 말할게.」
　「지금 말해.」
　「알았어, 알았다고. 칼리닌그라드에 있는 접선자 얘기로는 다른 쪽을
찾아보는 게 좋을 거라던데.」
　「어디?」
　「캄차카 반도.」
　제이크는 항해일지를 넘기려다 말았다. 캄차카 반도는 알래스카에서
엎어지면 코 닿을 곳이었다.
　「왜 하필이면 거기지?」
　「카일이 그쪽으로 몇 번 전화를 걸었대. 낚시꾼들을 위한 휴양지 정
도 되나 봐. 러시아인들이 운영하는 곳이래. 블라드 키로프라는 사람이
주인이고.」
　「얘기 계속해 봐.」
　「카일을 안다고 그랬다나 봐. 다른 식구들하고 같이 몇 번 낚시를 하
러 왔대. 그게 전부야.」
　제이크는 다시 시선을 항해일지로 돌렸다.
　「캄차카에 누가 가 있지?」
　「에드 벌스. 그래봤자 말이 안 통하는 사람인데 어쩌겠다고.」
　「그 친구한테 카일 사진을 보내. 통역관 하나 달고 다니면 되잖아.」
　「지질학자한테 탐정 노릇을 시키자는 얘긴 아니겠지.」
　「도둑 맞은 호박과 우리 회사가 아무 연관이 없다는 걸 증명 못했다
간 에드도 일자리를 잃는 수가 있지.」
　「알았어. 내가 그 얘길 하면 분명히 소리를 벅벅 질러 댈걸.」

「잭한테 병원이나 응접실을 이 잡듯이 뒤져보라고 해.」
「어디에 있는 병원?」
「시택 공항에서 애너코르테스 주위에 있는 병원이란 병원은 모두.」
「카일이 그럼 국내에 있다는 거야?」
샬럿이 놀라서 물었다.
「여권만. 앨런 라자루스 말로는 그렇다더군.」
「앨런 라자루스라니! 여기서 그 여자가 갑자기 왜 나와?」
「앰버룸을 찾고 있대.」
「세상에.」
「그래, 살다 보면 별일이 다 생긴다니까.」
「내가 아직 보존돼 있을 거라고 했잖아. 나중에 나한테 천 달러 내놔
야 해. 내기에 이겼으니까.」
「내가 찾고 있다고 했지 언제 찾았다고 했나?」
「자세히 설명 좀 해봐.」
「안 들어도 상관없는 얘기야.」
「앨런이 아직 거기 있는 거야?」
「아니.」
「무슨 말 했어?」
「같이 상부상조하자고 하던걸.」
「그래서 어떻게 할 건데?」
제이크는 전화기 옆에 놓인 명함을 쳐다보았다.
'앨런 라자루스, 컨설턴트.'
전화번호에는 지역번호가 없어 위치를 짐작할 수가 없었다.
「생각 중이야. 늑대한테 잡아먹힐 걸 알면서도 시키는 대로 해야 하
는 불쌍한 어린양이 된 기분이야.」
샬럿은 웃음을 터뜨렸다.
「피하지 말고 앨런을 잘 구워삶으면 되잖아. 신변에 위험이 생길 것
같으면 고무장갑(콘돔을 뜻함)이라도 끼고 덤벼들어. 그건 그렇고 말이

야, 혹시 정부에서 카일을 잡아두고 있는 건 아닐까?」

「그럼 뭐하러 나한테 달라붙겠어?」

「카일이 국내에 들어오긴 한 걸까?」

「그거야 나도 모르지. 카일이 어디 있건 간에 호박은 여기 있으리라는 게 중론이야. 앨런만 그런 생각을 하는 건 아니라고. 정부측에선 미스 도노반이 낚시를 핑계 삼아 숨겨 놓은 호박을 챙기려고 한다는 거야.」

「신빙성 있는 얘기 같아?」

「윗대가리들 생각이 맞을지도 모르지. 카일의 별장엔 경찰들이 깔려 있어.」

「왜?」

「시간이 남아도니까 그렇겠지.」

제이크가 비꼬듯이 말을 이었다.

「해변에서 시체로 발견된, 삼류 치과에서 이를 해 박았다는 그 친구에 관한 정보를 얻으려고 그러는 거야.」

「카일이 칼리닌그라드에서 훔친 트럭을 찾긴 한 거야?」

「아니. 사실 안 찾아도 그만이야. 찾아봤자 물건은 하나도 없을 테니까.」

「의외로 담담하신데.」

「카일은 그렇게 머리가 나쁜 친구가 아니야. 분명히 따로 트럭 하나를 더 준비해 놨을 거야. 그래야 의심 안 받고 추적을 피할 수 있으니까.」

「호박을 다른 트럭으로 옮겼다면 옆에서 도와주는 사람이 있지 않았을까?」

「어디 무거운 호박 봤어?」

제이크는 항해일지를 훑어보면서 대꾸했다.

「아무래도 정신이 딴 데 가 있는 거 같은데.」

「카일이 적어둔 항해일지를 훑어보는 중이야.」

「건질 만한 건 없어?」

「그나마 건질 만한 건 기록이 빠진 부분이 있다는 거야.」

「뭔데?」

「엔진 가동 시간을 자동적으로 체크하는 기계가 있는데, 거기 기록된 사항이랑 카일이 적어 놓은 시간이 일치하질 않아.」

「쉽게 설명해 봐.」

「칼리닌그라드에 가기 전에 항해일지 쓰는 걸 빼먹었거나, 그게 아니면 국내에 들어와서 몰래 보트를 사용했을 가능성도 있지.」

「그럼 아직 살아 있을지도 모른다는 얘기네.」

「가능성은 반반이야. 앨런 말로는 해변에서 발견된 시체의 신원을 파악했는데 러시아 출신의 킬러라더군. 보통 둘씩 짝을 지어서 일을 처리한다지.」

「대단한 사람들이야.」

「그래.」

제이크는 항해일지를 덮으면서 말을 이었다.

「카일의 여동생을 만나러 가야겠어. 다른 얘기 할 건 없어?」

「여동생이라니? 대체 무슨 얘길 하는 거야?」

「바다낚시를 가르치려고.」

잠깐 침묵이 흐르는가 싶더니 샬럿이 입을 열었다.

「목적 달성이 한결 쉬워지겠네.」

「그거야 두고 봐야겠지. 자동응답기에 메시지 남길 때 조심하라고. 도청당할 게 뻔하니까.」

「알았어. 카일의 여동생이 호박 있는 곳을 알고 있을까?」

「그 집 식구들 중에 아는 사람이 하나는 있겠지. 지금 당장 내가 접근할 수 있는 사람은 그 여자뿐이니 어쩌겠어.」

「호박이 정말 산후안에 있을까?」

「그럴 거란 생각이 들어. 그걸 찾아내서 불명예를 씻어야 우리 회사가 러시아에서 일을 벌일 수 있어.」

「카일의 여동생은 어때?」

제이크가 아무 말도 안 하자, 샬럿이 다시 입을 열었다.

「으음, 여자 카일인가?」

「매우 여성적이야.」

「앨런과…….」

「앨런은 아녀(명예라는 뜻)가 아니야.」

「맞는 말씀. 앨런은 명예의 ‘명’자도 모르는 여자야.」

제이크가 삐딱하게 미소를 지었다.

「아녀는 사람 이름이야. 카일의 여동생이라고.」

제이크는 샬럿이 괜한 질문을 또 할까 봐 얼른 전화를 끊었다. 그는 사진복사기를 켜고 작업을 시작했다.

항해일지를 복사하는 시간은 얼마 걸리지 않았다. 카일이 배를 사들인 건 15개월 전의 일이었다. 카일이 배에서 보낸 시간은 얼마 되지 않았다. 투마로우라는 이름이야말로 딱 맞는 이름이었다.

불쌍하게도 카일은 맘 잡고 휴식할 짬이 별로 없었다.

그 자식을 동정하다니 미쳤어?

제이크는 속으로 자신을 나무랐다.

누가 낚시 대신 일하라고 다그치기라도 했나? 그렇다고 해도 카일의 눈부신 미소며 둘이서 함께 했던 시간을 잊을 수는 없었다. 발트해 특유의 지루한 장마를 이기려고 맥주를 나눠 마시면서 연어 낚시 얘기를 하곤 했었다.

항해일지를 복사하고 나서 제이크는 산후안의 해도를 보면서 연필로 체크해 나갔다.

손목시계 알람이 울렸다. 그때까지 제이크는 한 가지 분명한 사실을 알아냈다.

카일의 항해일지는 당장 쓰레기통에 버려도 아까울 게 하나도 없다는 사실! 카일이 몰래 투마로우를 몰고 바다에 나갔을 가능성이 있다는 것만 알아냈을 뿐 어딜 갔었는지는 알 도리가 없었다.

아무리 생각해 봐도 아너만이 유일한 해결책이었다. 자신의 결백을 증명하기 위해서는 카일이 자신에게 했듯이 아너를 무자비하게 이용하는 수밖에 없었다.

아너가 카일의 동생이라고는 해도 제이크는 그런 식으로 아너를 이용하긴 싫었다. 하지만 카일 때문에 지난 한 달 동안 겪어야 했던 수모를 생각하면…….

4

「엽서에 나올 만한 광경이죠?」

아너는 깜짝 놀라서 뒤를 돌아봤다. 불안한 마음을 안고 창 밖을 내다보았다. 로사리오 해협의 청록색 해안은 엽서에 나오고도 남을 만큼 예뻤다. 차라리 엽서 안의 풍경이라면 좋겠다는 생각이 들었다.

아너는 아까 선착장을 벗어날 때부터 잔뜩 긴장한 상태였다. 벌써부터 움직일 염려가 없는 탄탄한 땅을 그리워하며 마른 입술을 축였다.

「엽서라면 발 밑에서 이렇게 출렁거리지 않을걸요」

「출렁거리다뇨? 아무 느낌도 없는데.」

아너는 입술을 다시 축이면서 아무 말도 안 했다.

제이크는 아너가 점점 더 긴장하고 있다는 사실을 알고 있었다. 잔뜩 겁에 질려 있으니 그럴 수밖에 없었다. 궁지에 몰려 본 적이 있는 사람만이 상대방의 두려움을 알아본다고 했던가. 지금 자신의 고용주는 입술이 새파랗게 질려서 사시나무 떨듯 떨고 있었다.

　저렇게 뿌리 깊은 공포심에 어쩔 줄 모르면서도 바다에 나온 걸 보면 그만큼 중요한 일이라는 얘기였다. 그게 혈육에 대한 정 때문인지 아니면 앰버룸이라는 뜬구름을 잡으려는 탐욕 때문인지 알 길이 없었지만.

　잔잔한 수면이 거칠어지면 아너가 어떻게 반응할지 궁금했다. 정신을 잃지나 않았으면 좋겠는데. 제이크는 속으로 중얼거렸다. 이런 지루한 작업 대신 좀 느긋하게 즐길 만한 일을 하고 싶었다. 차라리 연어나 낚으면 좋겠다 싶었다. 소문에 의하면 시크릿 항구에서 연어 낚시가 한창이라고 했다. 연어 낚시라면 사족을 못 쓰는 제이크지만 지금은 사정이 달랐다. 좀더 멀리까지 나가 보기로 마음먹었다. 카일의 시스포트가 제대로 기능을 발휘할 수 있는지 알아보기 위해서도 그런 작업은 필요했다.

　자신의 고용주가 기절 일보 직전이라면 자신도 알아야 할 필요가 있었다. 그래야 바다가 거칠게 돌변하기 전에 미리 손이라도 써볼 수 있을 테니까.

　제이크는 45도 방향으로 선로를 바꾸면서 발로 스로틀(엔진에 유입되는 공기, 기름 등을 조절하는 밸브)을 차올렸다.

「뭐하는 거예요?」

　아너 자신도 불필요하게 새된 목소리를 냈다는 걸 알고 있었지만 어쩔 수가 없었다. 신경이 날카로워질 대로 날카로워진 상태였다. 배를 타고 바다에 나오니까 생각보다 훨씬 감당하기 힘들었다. 나이를 서른이나 먹었으니 이젠 잊어도 좋으련만, 어렸을 때 느꼈던 공포가 다시 한번 가슴을 후벼파고 있었다.

「낚시를 해도 좋겠다는 생각을 했지만……」

「잘됐네요.」

　시큰둥한 기색이 전보다는 덜했다. 상대방이 의욕에 넘쳐 있다고 착각할 정도였으니까. 제이크는 놀란 얼굴로 아너를 쳐다봤다.

「잘됐다고요?」

「그래요. 실제로 하겠다는 얘기도 아니고 그냥 낚시할 생각을 해봤다는 거잖아요.」
제이크는 고개를 내저었다.
「아무래도 그 태도를 좀 고쳐야 할 것 같아요.」
「고칠 건 하나도 없어요.」
「무섭게만 생각하는 태도 말입니다.」
아녀는 아무 말이 없었다. 누가 빼앗아 가기라도 할까 봐 겁이 난 사람처럼 양손으로 의자를 거머쥐고 있었다.
제이크는 나지막이 욕지거리를 내뱉었다. 아녀를 이용하는 거랑 고문하는 건 엄연히 다른 문제였다. 정말이지 그런 건 취미 없었다. 미련 없이 앨런과의 관계를 청산하게 된 것도 그래서였다. 물론 그게 헤어진 이유의 전부는 아니었지만. 앨런은 자신의 욕망을 위해서라면 주위의 모든 사람을 희생시키고도 남을 여자였다. 제이크는 남이 고통당하는 걸 보면서 즐길 만큼 독한 사람이 아니었다.
결국 제이크는 욕지거리를 내뱉으면서 키를 돌렸다.
「뭐하는 거예요?」
아녀가 재빨리 물었다.
「돌아가는 겁니다.」
「왜요? 문제라도 생겼어요?」
긴장한 나머지 목소리에 잔뜩 힘이 들어가 있었다.
「그래요.」
「뭔데요?」
「당신.」
아녀는 고개를 획 돌렸다.
「무슨 말이에요?」
그녀는 이를 악물면서 물었다.
「난 문제될 거 하나 없어요.」
「그럼 내가 부활절의 토끼라 해도 할말없겠군.」

「그쪽한테 어울리는 역은 따로 있어요. ‘빨간 망토’에 나오는 늑대가 제격이라니까요.」

제이크는 웃으면서 고개를 흔들었다. 하얗게 질린 얼굴을 하고 있으면서도 아너는 유머 감각을 잃지 않았다.

「빨리 배를 돌려요. 낚시하러 가자고요.」

제이크는 꿈쩍도 하지 않고 있었다. 이제 선착장까진 고작 5분 거리였다. 아너는 그를 노려보았다.

「내 말 들어요. 빨리 안 돌릴 거예요?」

「어느 정도 두려움을 느끼는 게 아예 못 느끼는 것보다는 낫지요. 의식적으로 조심하려고 한다는 점에서요. 그게 정도를 지나치면 아무짝에도 쓸모가 없어요. 일하는 데 방해만 될 뿐이니까.」

제이크가 차분한 목소리로 말했다.

「낚시하는 데 말이에요?」

아너가 내쏘았다.

「살아남기 힘들단 얘기지요.」

아너는 그의 눈을 똑바로 쳐다보았다.

「그쪽은 두려움이니 살아남는다니 하는 말하고는 전혀 안 어울려 보이는 타입이에요.」

「그게 뭔지 지겹도록 많이 경험해서 탈이죠.」

냉정하게 딱 잘라서 말하는 폼이 아무래도 질문을 꺼리는 눈치였다.

아너는 망설이지 않고 대번에 물었다.

「무슨 일이 있었는데요?」

제이크는 아너를 흘낏 쳐다보았다.

「이런저런 폭력 사건이랄까.」

「어머, 뉴스에 나오는 사건 같은 거요?」

「술집에서 치고 받았다고 뉴스에 나옵니까?」

「술집이요? 혹시…….」

「아뇨.」

제이크가 말을 재빨리 끊었다.

「내가 무슨 말 하려는지 어떻게 알고서 그래요?」

「알면 점쟁이게요?」

「오라, 나하고는 상관없는 일이니까 신경 꺼라, 이 말이군요?」

「방석 붙든 손 좀 풀어요. 손 안 저려요?」

조심스럽게 아너는 손가락을 풀었다. 대번에 핏기가 돌면서 피부가 분홍빛을 되찾았다. 아너는 한숨을 내쉬면서 입술을 계속 축였다.

「손이 저린지 어쩐지 어떻게 알았어요?」

「그거야 나도 겪어 본 일이니까.」

아너는 자신이 지금 바다 위에 있다는 사실을 너무 오랫동안 망각하고 있었다는 생각이 들었다. 제이크를 흘끗 곁눈질해 보니 천하태평이었다. 온몸에서 풍기는 분위기가 벌써 자신만만하고 여유 만만해 보였다. 변덕스러운 바다가 자기 집이나 되는 양 행동하고 있었다.

「당신도 두려워한 적이 있다고요? 사람을 약 올려도 유분수지.」

아너가 코웃음을 치면서 말했다.

「자꾸 자극하지 말아요.」

「자극하려고 해도 방법을 알아야 하죠.」

제이크는 믿을 수 없다는 표정을 짓고는 아무 경고도 없이 레버를 움직였다.

갑자기 배가 멈췄다. 아너는 외마디 비명을 지르면서 벽에 찰싹 달라붙었다. 얼마 안 있어 엔진이 일으킨 물보라가 철썩 하고 배 밑 부분을 강타했다. 그 바람에 배가 좌우로 살짝 흔들거렸다. 제이크는 아무렇지도 않은 것처럼 보였다. 하지만 아너는 아니었다.

「뭐하는 거예요?」

화가 잔뜩 난 목소리로 아너가 물었다.

「몇 가지 기본 원칙을 세우는 게 좋겠어요. 규칙 하나, 아너 도노반이 매력 넘치는 여자라는 건 제이크 맬러리도 알고 아너 자신도 아니까, 자꾸 입술을 핥으면서 곁눈질하는 건 다른 남자들한테나 한다.」

아너는 눈을 부릅떴다.

「지금 무슨 말을……」

「규칙 둘, 규칙 하나를 다시 한 번 되새긴다. 알았나, 애송이?」

제이크는 군대에서 졸병을 다룰 때 흔히 쓰는 어투로 말했다.

「지금 제정신으로 하는 얘기예요?」

아너는 톡 쏘아 주고는 즉시 덧붙였다.

「내가 입술을 핥은 건 긴장이 돼서 그런 거다. 곁눈질한 것도 그렇고. 알았나, 애송이?」

아너는 제이크의 말투를 그대로 흉내냈다. 반짝이는 눈동자며 화가 나서 발그스레해진 얼굴이 귀여웠다. 아까처럼 두려움에 떨던 기색은 더 이상 찾아보려야 찾아볼 수가 없었다. 제이크는 빙그레 웃었다.

「그렇게 화내는 편이 나아요.」

아너는 황당한 기분이 들어서 되물었다.

「이봐요, 지금 우리 다투던 중 아니었어요?」

「의논을 하던 중이었잖아요.」

아너는 놀라 벌어진 입을 재빨리 다물었다.

「의논이라뇨?」

「어떻게 하면 당신이 두려움을 극복할 수 있을까에 관해 의논했잖습니까? 간단해요. 뭔가 주의를 돌릴 만한 화제를 꺼내면 된다는 사실.」

화도 나고 너무 어처구니가 없어서 웃음이 나왔다. 왠지 실망스럽기도 했다. 마지막 감정은 무시하는 편이 나을 것 같았다.

「준비됐어요?」

「당신 목을 졸라버릴 준비는 다 끝냈으니까 말만 해요.」

제이크는 나지막이 웃었다.

「당신한텐 식은 죽 먹기란 말이겠죠? 미스 도노반.」

「어디 두고 봐요. 내가 가만있나.」

아너는 숨을 내쉬면서 입술을 축이려다가 말았다.

「이제 좀 진정됐어요?」

아녀는 고개를 끄덕거렸다. 정말이지 이젠 맘이 많이 진정된 상태였다.

「이런 구시대적 방법도 확실히 효과는 있나 봐요.」

제이크가 삐딱한 미소를 지었다.

「나란 사람은 원래 그렇습니다. 가히 핵폭탄의 위력을 갖춘 대인 관계, 거기다 그 가공할 위력의 최소한 두 배 이상은 웃기는 사람이죠.」

「기분 상하라고 한 말은 아니었는데…….」

「기분 상하고 자시고 할 것도 없어요. 원체 매력적이란 말하고는 담을 쌓은 사람이니까. 사실 매력적이다 싶은 남자들 중에 사기꾼들이 많다지요?」

카일 도노반 같은 자식들 말이지, 제이크는 속으로 거세게 되뇌었다.

나머지 식구들도 마찬가지야. 그저 할 줄 아는 게 남들한테 이래라저래라하는 것밖에 없지. 진실은 어떻게든지 숨기기에만 바쁘고.

어찌됐든 아녀는 도노반 집안의 일원이었다. 그 사실을 잊어선 안 됐다.

제이크는 배를 돌리고 속도를 올렸다. 시스포트는 수면을 스치듯이 내달리기 시작했다. 아무 생각 없이 기계적으로 트림 탭(배의 전후 균형을 잡아주는 장치) 스위치를 건드렸다. 집중하지 않아도 별 문제가 없을 만큼 자연스럽게 몸에 밴 동작이었다. 사실 눈을 감고도 시스포트를 움직일 자신이 있었다. 그러니 당연히 주변을 돌아볼 여유도 있었다. 차라리 안 보는 게 나았지만. 보트 세 대가 투마로우 뒤를 쫓아오고 있었던 것이다.

두 척은 선착장을 떠나고 나서 얼마 안 지나 모습을 나타냈었다. 새로 등장한 세 번째 배는 현란한 오렌지색의 조디악이었다. 해안 경비대의 배였다. 조디악의 갑판에 있던 경비대원 한 사람이 멈추라는 신호를 보냈다.

「낚시하긴 다 글렀구만.」

「왜요? 때를 놓친 거예요?」

「그렇게 될걸요.」

「왜 그러는데요?」

「저기 오렌지색 조디악 보여요?」

바다 위에 오렌지색 보트는 하나밖에 없었다.

「보트가 아니라 꼭 뗏목 비슷하게 생겼네요.」

「그래도 수륙양용인데다 속도상으로도 따라갈 배가 없어요.」

제이크는 아너를 놀라게 하지 않을 생각에 가급적 천천히 엔진을 껐다.

「보트에 문제가 있어서 그런 걸까요?」

아너가 걱정스럽게 물었다.

「글쎄요. 어쨌든 해안 경비대한테 무차별 수색을 받게 될 건 분명해요.」

오렌지색 조디악은 거리를 점점 좁혀 왔다. 이제 투마로우는 수면에 가만히 뜬 상태로 있었다.

「아무 보트나 다 수색을 하나요?」

「그건 아니에요.」

「그럼 보통은 다들 그런 수색을 받나요?」

「아뇨.」

「열 척 중 한 척 꼴 정도 될까요?」

「아마 백 척 중 한 척 꼴 정도 될걸요.」

「그럼 왜 우리 배가 찍힌 거죠?」

「운이 좋으니까 그렇겠죠.」

제이크는 냉소적인 목소리로 대꾸했다. 거기에 답하는 아너의 미소도 냉소적이긴 마찬가지였다.

「육지에서도 경찰, 바다에서도 경찰이라니.」

아너가 자조적으로 덧붙였다.

「보호해 주겠다는 사람이 많아서 좋아해야 하는 건가.」

「왠지 가슴이 뜨뜻해진다든지 뭉클해지는 건 아니고요?」

「축축한 기저귀 찼을 때처럼 말이에요?」

제이크는 웃으면서 서류 뭉치를 서랍에서 꺼냈다. 그리고 뱃고물에 가서 해안 경비대원들한테 배 안으로 들어오라고 '허락'했다.

카일이 자진해서 검문을 받은 지 채 6개월이 안 된 상태였다. 그때는 아무 문제 없이 무사 통과였다. 보통 검문을 통과하면 6개월 동안은 검문을 안 받아도 상관없었다.

앳돼 보이는 경비대원 한 명이 배 위로 올라왔다.

「수고 많으십니다. 그런데 무슨 일이시죠?」

「안전 점검차 나왔습니다.」

「그럼 낚시하기 아주 그른 건 아니겠군.」

제이크가 말을 이었다.

「검문 받은 지 6개월이 아직 안 지났어요. 그 동안 규칙을 위반한 적도 없었고. 여기 증명서가 있으니까 살펴봐요. 그래도 성이 안 차면 본부로 연락해서 대조해 보든지.」

경비대원은 망설이면서 등뒤만 흘끔거렸다.

제이크는 경비원의 어깨 너머로 시선을 돌렸다. 목까지 차 오른 욕지거리를 간신히 삼키며, 사람들을 불편하게 만드는 특유의 그 미소를 떠올리지 않으려고 노력했다.

「잘 있었어? 누구한테 밉보여서 이렇게 검문이나 다니는 신세가 된 거야?」

제이크는 두 번째로 배에 오른 경비대원에게 말을 건넸다.

경비대원이 주춤하면서 되물었다.

「제이크? 여기서 뭐하는 거야? 이 배는 카일 도노반 거라고.」

「아너 도노반 양한테 항해술을 지도하게 됐거든.」

「그래? 음, 잠깐 살펴봐도 도노반 양한테 실례는 안 되겠지?」

제이크는 선실 쪽으로 몸을 돌렸다. 아너는 문가에 서 있었다.

「괜찮겠어요?」

「나한테 무슨 권한이 있다고 물어 봐요?」

「사실 콘로이한테 당장 꺼지라고 말해도 괜찮아요. 그만한 권리쯤은 있다고요.」
「그렇게 하라고 부추기는 거예요?」
제이크가 어깨를 으쓱했다.
「지금보다 더 타이밍이 안 좋을 때 검문을 받는 것보단 나을지도 몰라요.」
제이크는 콘로이에게 시선을 돌렸다.
「내 말이 맞지?」
「그래. 어쨌든 지금으로선 그렇게 대답할 수밖에 없어.」
제이크의 눈이 가늘어졌다.
「무슨 말인지 알아듣겠어. 어디서 거지발싸개 같은 일을 맡았군.」
「더 거지 같은 일도 많아.」
콘로이는 다른 경비대원 쪽으로 고개를 획 돌렸다.
「시작해.」
「알았습니다!」
앳돼 보이는 경비대원은 씩씩하게 선실로 발길을 돌렸다.
「가서 송풍기 작동법을 보여줘요.」
제이크가 아너한테 느릿하게 말했다.
아너는 경비대원보다 먼저 선실로 들어갔다. 송풍기가 가동되었다. 그러다가 30초쯤 후에 꺼졌다.
「신참이야?」
제이크가 등록 서류를 콘로이한테 건네주면서 물었다.
「교육 좀 단단히 받아야 할 거 같은데.」
조디악에 남아 있는 나머지 경비대원 두 명이 열심히 투마로우를 살펴보고 있었다. 콘로이는 서류들을 꼼꼼히 살펴보았다. 당연히 문제될 만한 건 없었다. 그는 서류를 제이크에게 건네줬다.
「또 뭘 보여줘야 하는 거예요?」
아너가 선실 문간에서 물었다.

「규칙에 잘 따르고 있다는 사실.」

「구체적으로 뭔데요?」

「경비대의 검인을 받은 구명조끼와 소화기, 그리고 낚시도구 외의 다른 물건을 바닷물에 던지면 불법이니 어쩌니 하는 문구가 들어간 벽보 같은 게 있어야 해요.」

「아하, 그래서 카일이 그 야릇한 빨간색 포스터를 스토브 위에 붙여 놓았군요.」

「엔진 뚜껑 밑에 붙여 놓은 야릇한 검은색 포스터도 있잖아요. 왜 모터 기름의 해악성이니 어쩌니 하고 써 붙인 거 말이에요.」

제이크는 콘로이한테 몸을 돌렸다.

「직접 살펴보겠어?」

「지미가 아직 볼보 엔진을 못 봤잖아. 그거 보면 아주 좋아할걸.」

「내가 신참한테 몸소 교육 좀 시켜 보면 안 될까요?」

아너의 장난기 어린 얼굴을 보며 제이크는 킥킥거렸다.

콘로이는 아주 심각해 보였다. 자기 말마따나 하도 거지 같은 일을 많이 해서 그런가 싶었다.

엔진 뚜껑이 열리자, 아너는 열정에 찬 강사처럼 설명에 열을 올렸다. 계심봉이며 누수방지 처리가 된 연료선, 점화기, 냉각수의 작용, 연료 공급 및 엔진 관리에 관한 일장 연설이었다. 결국 호기심 많은 신참까지 지루해서 하품을 해댔다.

아너가 엔진을 분해하려 하자, 제이크는 얼른 끼여들어 말렸다.

「오늘은 여기서 그만 합시다. 잘못했다간 낚시 못 해요.」

순간 아너는 실망한 표정을 지었다.

「괜찮겠어요?」

아너가 경비대원 두 사람을 번갈아 쳐다보면서 물었다.

「이 엔진, 얼마나 쌩쌩 잘 돌아간다고요.」

「내가 엔지니어들을 좀 아는데 그 치들 일하는 데 구경 좀 시켜 달라고 할까요?」

콘로이가 억지미소를 끌어내며 물었다.

「증기기관은 안 돼요. 핵무기도 사양이고요. 난 철저한 미국산 내연기관 신봉자니까요.」

이번엔 콘로이도 큰 소리로 웃어 젖혔다. 그리고 지미한테 조디악으로 돌아가라고 손짓했다. 신참은 민첩하게 조디악에 승선했다.

「협조해 주셔서 감사합니다, 미스 도노반.」

콘로이가 덧붙였다.

「이제 전처럼 엔진을 무심코 보는 일은 없을 거 같군요.」

「검문 작업할 게 남은 거야?」

「글쎄, 그거야 봐야 알지.」

「심심하면 저것들도 좀 봐줘. 저기 저 보트 두 대 보이지? 저것들도 해안 경비대 소속이야?」

제이크가 손으로 투마로우 근처를 맴도는 배 두 척을 가리켰다.

「아닐걸.」

「가서 검문 안 할 거야?」

「오늘은 안 돼.」

「그럼 내일은?」

콘로이는 입술을 앙다물었다. 이번에 자기가 맡은 임무가 영 맘에 안 드는 모양이었다.

「언제쯤 시내에 돌아올 거야?」

콘로이가 제이크에게 되물었다.

「얼마 안 걸릴 거야. 오늘 비번이야?」

「그래.」

「그럼 내가 술 한잔 사지.」

콘로이가 긴장을 풀었다.

「좋아. '솔티로그'에서 만나자고. 18시 정각에.」

제이크는 시계를 들여다봤다. 거의 5시, 군대식으로 17시가 가까워지고 있었다. 사실 시간이 촉박했지만 뭐라고 할 계제가 아니었다. 해안 경비대에 압력을 가한 인물의 배후에 누가 숨어 있는지 알아내는 게 훨씬 중요했다.

「이따 거기서 보자고. 재닛이랑 같이 오든지.」

「나중에. 이런 복잡한 일에 끼여들게 하긴 싫어.」

그다지 좋은 소식은 아니었지만 제이크는 미소를 지었다.

「맘대로 하라고. 그럼 이따 18시에 보는 거야.」

콘로이는 계단식 발판을 내려가 조디악에 발을 내디뎠다. 아너가 보기엔 너무나 우아한 동작이었다.

「어떻게 저렇게 우아하게 움직여요?」

「저 친구 딴엔 신경 좀 썼을걸요」

제이크는 몸을 돌려서 선실로 들어갔다. 아너는 잠깐 동안 조디악을 멍한 상태로 쳐다보고만 있었다. 선실도 없는데 비바람이 몰아치기라도 하면 어쩔까 싶었다.

바닥에서는 생선 냄새가 나지 않을까 의심스러웠다. 아너는 몸서리를 치면서 선실 안으로 들어갔다. 해안 경비대의 배에 비하면 카일 오빠의 시스포트는 안락함을 보장해 주는 천국이나 다름없었다.

제이크는 벌써 자리에 앉아서 바다 위에 떠 있는 보트들을 살펴보고 있었다. 아너도 제이크 건너편에 털썩 앉았다.

「해안 경비대가 언제부터 오렌지색 유니폼을 입은 거예요?」

「생존을 위한 방편이라고 보면 돼요」

「경비대 소속 배들도 가라앉을 때가 다 있어요?」

「규칙이니까 어쩔 수 없어요. 갑판도 없는 작은 배에 승선했을 땐 현란한 오렌지색 유니폼을 입어야 하거든요.」

「오렌지색도 형광색이니 검시관들이 아주 좋아하겠어요.」

「다들 드라이슈트(다이버들이 찬물에 들어갈 때 보온을 위해 입는 옷)를 착용하고 있으니까 그렇지도 않아요. 아마 며칠 동안 물위에 떠 있어도 끄떡없을걸요.」

「기저귀를 차고 있을 때처럼 축축해서……」

제이크는 웃으면서 스로틀을 툭 쳤다. 엔진이 기분 좋은 소리를 냈다. 연료가 한꺼번에 몰려들어 엔진 안에서 화염을 일으키고 있으리라. 내연기관의 엔진 내부에서 작은 폭발이 일어야 프로펠러도 돌아가고 시스포트도 바다를 내달릴 수 있었다.

아녀는 미소 띤 얼굴로 눈을 감고 엔진 소리에 귀를 기울였다. 속도를 한껏 내면서 달리고 있다지만 엔진 소리로 봐서 동력은 충분한 것 같았다. 네 개의 카뷰레터 중에서 두 개만 작동하고 있었다. 두 개는 나중에 필요할 때를 대비해 비축해 놓고 있었다.

「나머지 두 개도 같이 작동시키면 소리가 훨씬 죽여주겠어요.」

제이크는 곁눈질로 아녀의 미소 띤 얼굴을 훔쳐봤다. 침대에서 저런 반응을 보이게 만들 수 있다면 얼마나 만족스러울까. 이런 정신 나간 생각을 하다니 미쳤군. 제이크는 고개를 흔들었다. 동기가 불순해서 그렇지 어쨌든 지금 하는 일은 사업의 일부나 다름없었다.

아무리 생각을 추스르려고 해도 머릿속에 자꾸 이상한 이미지가 떠올랐다. 그 바람에 숨을 쉴 때마다 바지가 점점 더 꼭 끼는 느낌이었다.

「한번 들어올려 봐요.」

제이크는 연료 공급을 늘리면서 말했다.

「그럼 세 번째, 네 번째 것도 작동합니다.」

보트가 앞으로 휙 내달렸다. 엔진 소리가 더 깊고 높게 들렸다. 아녀는 피 속을 타고 흐르는 흥분을 느꼈다. 아녀는 활짝 핀 미소를 짓다가 이내 큰 소리로 웃음을 터뜨렸다.

「정말 멋져요.」

아녀가 덧붙였다.

「베토벤이 아마 지하에서 부러워할걸요. 생전에 이런 소리 한번 들어봤겠어요?」

제이크도 뒤돌아보면서 미소를 지었다. 시스포트 주위를 맴돌던 보트가 기를 쓰고 쫓아오려고 난리였다. 제이크는 정면으로 시야를 돌리고 혹시 거치적거리는 물체가 없는지 살폈다. 수면은 깨끗했다.

「이 녀석이 얼마나 쌩쌩한지 한번 살펴볼까요.」

나중에 목숨이 턱에 걸려 어쩔 수 없이 엔진의 한계를 시험해 보느니 한가할 때 해보는 게 낫겠지. 제이크는 속으로 중얼거렸다. 아너의 얼굴에서 미소가 사라지게 하고 싶지 않았다. 그런 마당에 깊고 푸른 바다나 고약한 생선 비린내보다 더 무서운 일들이 벌어질지도 모른다고 얘기할 순 없었다.

아무것도 모르니까 상황이 얼마나 위험한지 자각 못하고 있는 건 아닐까. 갑자기 그런 생각이 머리를 스쳤다.

그건 말도 안 돼. 어떻게 아너가 모를 리 있겠어.

그렇긴 하지만 카일의 별장에 경찰이 깔려 있었다는 사실도 모르지 않았던가. 절대 머리가 둔하다거나 주의력이 부족해서 그런 건 아니었다.

그렇다면 남은 건 아너가 결백하다는 결론뿐이었다.

아처하고 통화하는 걸 봐서는 아무것도 모르는 사람처럼 보였다. 아처라는 인간은 자신한테 그랬듯이 자기 누이동생한테도 모든 걸 비밀에 붙였다.

제이크는 한순간이라도 그런 생각에 빠진 자신에게 화가 치밀었다. 아너의 해맑은 황록색 눈동자를 보면서 결백할 거라고 믿었다니 바보나 다름없었다.

사실 그 사실이 중요한 건 아니었다. 견고하게 방어 세력을 굳힌 도노반 집안에 접근하는 유일한 열쇠를 아너 도노반이 쥐고 있었다. 아너는 그저 목적을 달성하기 위한 이용 대상일 뿐 사랑이나 존경, 혹은 증오하는 마음이 끼여들 여지가 없었다. 그저 손안에 들어온 기회를 잘 이용하면 될 일이었다.

투마로우는 퓨젯사운드의 잔잔하고 차가운 바다 위를 질주하고 있었다. 배 뒤쪽으로 포말이 새하얗게 부서지면서 부채꼴을 이뤘다. 뒤를 돌아보니 한 척은 벌써 뒤에 처졌고 나머지 한 척과 조디악이 끈질기게 쫓아오고 있었다.

제이크는 속도를 더 올렸다. 엔진 소리가 사방에 울려 퍼지는가 싶더니 시스포트의 속력이 점점 빨라졌다.

「이래서 내가 카일 오빠를 제일 좋아한다니까요.」

아녀는 요란한 엔진 소리에 맞춰 큰 소리로 말했다.

제이크는 아녀를 흘끔 쳐다봤다. 아녀는 눈을 감고 살포시 미소를 떠올리고 있었다. 소형 보트와 바다를 무서워하면서도 아이처럼 경쾌한 엔진 소리를 좋아했다.

엔진의 회전속도를 4000rpm(엔진의 분당 회전 수)으로 유지시키면서 제이크는 정면을 보랴, 계기들의 수치를 체크하랴, 양쪽으로 신경을 써야 했다. 조수의 소용돌이 때문에 보트 속도가 약간 느려졌을 뿐 변동 사항이라고는 없었다.

그는 팔꿈치를 이용해 스로틀 레버를 위로 올렸다. 시스포트는 아직 속도를 다 내고 있는 상태가 아니었다. 선체가 수면과 접촉하는 면이 적어졌다. 제이크는 무심한 손길로 배의 성능을 시험해 보았다. 배의 잠재 능력과 한계를 알아볼 수 있는 좋은 기회였다.

계기반의 수치는 평균을 밑도는 정도였다. 투마로우는 수면을 깨끗하게 가르면서 질주했다. 속도에도 불구하고 뱃고물 양쪽에서 물이 분수처럼 솟아나는 일도 없었다. 그러기엔 제이크가 워낙 노련한데다 선체의 디자인이 너무 잘 돼 있었다.

20분쯤 걸려, 제이크는 섬을 한 바퀴 돌았다. 엔진에서 취약점을 찾아낼 수 없었다. 그는 엔진의 회진속도를 3400rpm으로 떨어뜨리면서 고개를 돌리고 뒤를 살폈다.

해안 경비대의 배가 오렌지색 점으로 보였다. 콘로이가 전속력을 내지 않은 게 분명했다. 조디악이 시스포트와 속도를 견주지 못할 이유가 없다는 걸 제이크는 알고 있었다. 뒤쫓아오던 다른 두 척 중 한 척은 안 보였다. 나머지 한 척은 한참 뒤처져서 간신히 따라오고 있었다. 배가 수면에 부딪히면서 물보라가 사방으로 튀었다. 조종하는 사람이 누구인지는 알 수 없었지만 등보호대가 없으면 고생 좀 할 것 같았다.

「왜 그래요?」

「배가 멋져서 구경합니다.」

「음, 낚시의 매력을 이젠 좀 알 것 같기도 한데요.」

「낚시요? 말도 안 되는 소리. 이런 속도로 달리는데 무슨 낚시를 합니까? 날치나 잡으면 모를까.」

「그럼 더 좋고요.」

「생선 요리 좋아해요?」

「생선요? 음, 맛있겠다.」

「갓 잡은 신선한 생선은요?」

「신선하지 않은 생선도 먹나요?」

「언젠가는 당신을 진정한 낚시맨……, 아니 낚시인 대열에 끼게 해줄 겁니다.」

「그럴 필요가 뭐 있어요. 생선장사하고 친해서 물 좋은 걸로만 먹고 있는데요.」

「자기가 직접 잡은 것만큼 신선한 건 없어요.」

아녀는 믿을 수 없다는 눈빛으로 제이크를 쳐다보았다.

「차라리 보트 다루는 법이나 배우겠어요.」

제이크는 미소를 지었다. 아마 '빨간 망토'에 나오는 불쌍한 소녀가 저 미소를 봤다면 일찌감치 도망쳤으리라.

「좋습니다. 대신 기름값은 배 주인이 부담해야 한다는 거 잊지 말아요.」

「그거 나 약 오르라고 하는 소리예요?」

제이크는 절반 정도 되는 연료 수치를 눈으로 확인했다.

「어차피 그렇게 될걸요. 그러니까 내가 하는 말 잘 들어요. 수면이 잔잔하다고 가정했을 때, 제일 효율적이다 싶은 속력은 대략 3400rpm 정도에서 나와요. 그 정도 속도가 되면 배가 말을 잘 듣거든요. 정비례 관계에 있는 속도와 선체의 균형이…….」

제이크는 설명하면서 침착하게 갑판으로 나갔다. 한참 동안 제이크의 설명을 듣고 있자니 기운이 다 빠졌다. 제이크는 무자비하게도 이런저런 제반사항이며 수치들, 해양 용어 같은 걸 끝도 없이 열거해 나갔다. 아너 자신이 얼마나 아는 게 없으며, 그에 반해 제이크 자신은 너무나 아는 게 많다는 사실을 실감하게 하려는 것 같았다.

별로 탐탁지 않기는 제이크도 마찬가지였지만 별수 없었다. 사라진 호박으로 한몫 잡겠다는 꿈에 젖어 있는 고집불통 아너 도노반에게 J. 제이콥 맬러리가 필요하다는 사실을 각인시키려면.

5

　‘솔티로그’는 벌목꾼, 어부, 불평꾼들의 소굴쯤으로 치부되는 곳이었
다. 어획 보유고의 감소, 점박이 올빼미의 출현, 거기다 정부의 규제보
다는 자기 부족의 관습에 따르는 인디언 출신의 어부들이 증가하면서
솔티로그도 쇠락의 길을 걷게 되었다. 처음부터 발을 안 들여놓는 게
나을 성싶은 곳이었지만, 좋게 말하면 나름대로 분위기를 갖고 있는 곳
이기도 했다.

　발을 들여놓는 순간, 제이크는 퀴퀴한 담배 연기와 떠들어대는 소리
에 휩싸였다. 아는 거라고는 아무것도 없는 수산부 관료들이며 환경보
호 운동가들, 자기 것만 챙기기 바쁜 인디언들에 대한 불평들이 여기저
기에서 터져 나왔다. 자원이 고갈돼 간다는 게 새삼스러운 일이 아니듯
이런 불평도 어제오늘 일이 아니었다. 제이크도 전엔 공감할 만한 부분
이 있다고 생각했지만 지금은 한심스럽게만 보였다.

　콘로이는 구석진 곳의 조그만 탁자에 앉아 기다리고 있었다. 잔뜩 바

랜 회색 작업바지에 플란넬 셔츠 차림이었다. 지친데다 화가 난 기색이었고 바로 앞의 맥주는 손도 대지 않은 상태였다.

제이크는 바에서 맥주를 받아 들고 그쪽으로 갔다. 아무도 눈여겨보는 사람은 없었다. 가끔씩 여기 죽치고 사는 치들의 무심한 시선과 마주치곤 했는데, 이 지방 출신 같긴 한데 솔티로그에선 처음 본다 싶은 표정이었다.

「내가 한잔 산다고 했잖아.」

제이크가 자리에 앉으면서 말했다.

술집 안에 모인 사람들을 바라볼 수 있는 위치에 자리를 잡았다. 낡아빠진 술집이긴 해도 사람들 기세는 그게 아니었다. 싸움도 비일비재했고 한번 벌어지면 끝장을 보는 경우가 많았다. 칼이나 총이 동원되지 않는 한, 경찰들도 무시하고 넘어가는 곳이었다.

콘로이는 술잔을 들어올리면서 제이크를 맞았다.

「어서 와. 내가 마실 건 내가 내야지. 꼴을 보아하니 고생 좀 했군. 꼭 구멍 뚫린 배로 뒤쫓아오는 태풍을 피해 도망친 사람 몰골이야.」

「이 정도 가지고 뭘 그래. 더한 일이 생길지도 모르는데.」

「어떤 일이 생길 거 같은데?」

「이번엔 그냥 경고만 하지만 다음번엔 어떻게 나올지 모른다, 그런 식 아니겠어.」

「무슨 일을 벌인 거야?」

「그런 거 없어.」

「웃기시네. 투마로우한테서 눈을 떼지 말라는 명령을 받았는데 그런 말이 나와?」

「그게 어디 내 보트였나?」

「그럼 그 배 근처에서 어슬렁대지 말라고.」

「해안 경비대원으로서 하는 말이야?」

「아니. 같이 낚시하고 싸움질하던 옛정을 생각해서 하는 말이니까 잘 새겨 둬.」

「그럼 지금 하는 얘기가 다른 사람들한테 알려지지 않으리라 생각해도 되겠지?」

「당연하지.」

제이크는 한시름 놓으면서 맥주를 한 모금 들이켰다. 어디선가 잔뜩 쉰 목소리로 다투는 소리가 들렸다. 석 달에 한 번씩, 그것도 겨우 네 시간 동안만 낚시를 허용하기로 한 멍청한 관계당국 관리와 환경보호운동가 중에서 어느 쪽이 더 나쁜 놈들인가 하는 내용이었다.

「혹시 상관들이 카일 도노반 얘긴 안 해?」

제이크가 들릴 듯 말 듯하게 물었다.

「투마로우의 주인이란 얘긴 하더군.」

「뭘 찾으란 얘기도 없었고?」

「특별히 찾으라는 건 없었어. 내 딴엔 ‘도노반 인터내셔널’에서 밀수를 했구나 싶었지. 캐나다 쪽으로 시가를 들여보내고, 그쪽에서 헤로인을 들여오는 거야. 그게 아니면 마리화나든지. 뭐, 세 가지 다 취급할 수도 있겠지. 난 그런 정도로만 생각하고 있었어. 사실 이 정도 규모의 도시에서 미궁에 빠진 살인 사건은 많을 수밖에 없다고.」

「살인이라니? 요즘 지방신문에서 그렇게들 떠들어대고 있는 건가?」

「바다에서 발견된, 도끼로 목구멍을 찍힌 시체, 카일 도노반은 행방불명 상태, 흔적도 없이 사라진 러시아산 호박을 되찾기 위해 러시아 정부가 미국 정부에 도움 요청, 나머지는 다 광고나 팔아먹으려는 쓰레기 같은 것들뿐이야. 처음에는 누구나 한재산 그러모을 수 있을 것처럼 껄떡거리더니 막판엔 입에 거품을 물며 ‘살인이라니, 끔찍한 일 아니냐’는 식으로 마무리를 짓더군.」

제이크는 미소를 지었다.

「언제부터 그렇게 삐딱하게 된 거야?」

「수색이니 구조 작업을 하게 된 다음날 신문을 보니까 말이 안 나오더군. 뭔 소리를 써놓은 건지 당사자인 나도 모르겠어. 신문기자라는 것들은 지들 맘대로 써대는 게 취미인가 봐.」

「역시 자넨 뭔가 다르긴 달라. 해안 경비대 일이 싫어지면 나하고 같이 일해도 되겠어.」

제이크의 얼굴에서 미소가 사라졌다.

「회사가 망하지만 않으면.」

「괜히 투마로우 근처에 얼쩡대지 말라고. 카일 도노반이 무슨 짓을 했건 다들 계속 떠들어댈 게 분명하니까. 베니어 합판 공장이 문닫고 난 이후 이렇게 엄청난 인기를 끈 사람은 카일 도노반이 처음이야.」

「나도 골치 아픈 일은 질색이야. 그래도 어쩔 수 없어.」

「그러지 말고 어떻게 머리 좀 굴려 봐.」

제이크는 맥주를 마시면서 콘로이한테 사실을 털어놓는 편이 낫겠다는 생각을 했다. 위험 부담이 있긴 했지만 협조를 구할 수 있을지도 몰랐다.

「카일이 훔친 호박은 구소련 정부가 소유한 광산에서 나온 거야. '이머징 리소스'가 거래를 중개했지. 호박은 '이머징 리소스'의 중개하에 '도노반 인터내셔널'로 인계하기로 돼 있었어. 우리 정부와 러시아 정부 측은, 카일이 훔친 호박을 그 화물 안에 숨겨서 옮겼다고 생각하고들 있지. 러시아 측에선 그걸 되찾았으면 하는 거야.」

「근데 왜 그 치들이 자네한테 껄떡대는 거야?」

「카일이나 나, 두 사람 중 한 명이 훔쳤다고 생각하니까.」

제이크가 담담하게 말을 이었다.

「'도노반 인터내셔널'은 나를 범인으로 지목하고 있어. 난 그저 카일 도노반한테 화물을 넘겨준다는 서류에 사인을 한 죄밖에 없는데 말이지. 그러고 나서 카일 그 자식이 종적을 감춰 버린 거야. 그런데도 '도노반 인터내셔널'에서는 내가 화물을 건네주지 않았을 거라고 막무가내로 떠들어댄다고.」

콘로이의 가늘어진 눈을 보며 제이크는 말을 이었다.

「아무래도 나보다는 그쪽이 정부 인사와 연줄이 많아. 덕택에 우리 회사만 절도에다 나머지 자질구레한 죄목까지 덮어쓰게 생겼지 뭐야.

내가 결백하다는 사실을 밝히지 못하면 우리 회사는 그 길로 끝장이
야.」
　콘로이는 작게 휘파람을 불었다.
「그 거만한 도노반 녀석들이 날 얼마나 물 먹인 줄 알아?」
　제이크가 거칠게 말했다.
「이리저리 캐묻고 다녔다는 이유로 발트해와 러시아에서 추방을 당하
질 않나. 카일 도노반, 그 자식을 어떻게 해서든지 붙잡아야 하는데 말
이야.」
「카일 도노반 목이 아직 붙어 있을까?」
「글쎄, 전엔 죽었을 거라 믿었는데 지금은 살았다는 쪽에 걸까 생각
중이야. 솔직히 그게 희망 사항이야. 그 자식한테 꼭 할말이 있거든.」
「자네만 그런 거 아냐.」
「카일이 해안 경비대 규칙을 위반하기라도 했다는 거야?」
　콘로이는 망설이다가 입을 열었다.
「그런 거라면 차라리 낫지. 아무래도 이번 일엔 정치판에다, 국제적인
문제까지 개입된 것 같애. 그런 데 끼여 봤자 승산은 하나도 없고 손해
만 보는 게 당연한 일 아니냐고.」
　제이크는 험상궂은 얼굴로 맥주를 들이켰다.
「계속해 봐.」
「어떻게 손떼는 방향으로는 안 되겠어?」
「벼랑 끝에 서 있는 사람한테 무슨 말이야?」
「젠장.」
　콘로이는 한잔 들이켜고 나서 담배를 피워 물었다.
「담배 끊었잖아?」
「지금까지 네 번쯤 시도했다가 망했지. 아마 계속 이런 식일걸.」
「순한 담배 너무 좋아하지 말라고. 내가 듣기론 그쪽이 니코틴이 더
많다고 하던걸. 자네처럼 몸 생각한답시고 순한 담배 피우는 사람들이
중독되기 딱 좋아.」

콘로이는 찡그린 얼굴로 담배를 한번 쳐다보더니, 이내 한 모금 빨았다.

「상관들이 내가 무슨 얘길 떠들어댔는지 알게 되면 나도 끝장이야.」

「친구하고 술 마시는 게 뭐가 어때서?」

「아까 자네랑 술래잡기하던 보트 두 척의 등록번호를 이 몸이 직접 컴퓨터로 조회해 봤지.」

제이크의 눈이 불빛 아래서 반짝거렸다.

「알 만해.」

「이름도 모르는 남자가 무조건 명령만 내리니 긴장 안 할 수가 있어야지.」

「정치가로군.」

콘로이는 담뱃재를 털었다.

「워싱턴 쪽인가 봐. 자네 일거수 일투족을 보고하라는 거야.」

제이크는 얼굴을 찌푸리면서 맥주를 마셨다. 미적지근한 맥주 맛 때문은 아니었다. 헛된 망상에 젖은 이상주의자인 자신은 전설과도 같은 앰버룸에 관해 생각하고 있었다.

「별로 놀란 눈치가 아닌걸.」

「그럼 어떻게 보이길 바래? 지금으로선 화가 나기도 하고 흥미가 생기기도 하고 반반이야. 워싱턴 그 치가 어느 기관 소속인지 밝혔어?」

「아니. 이름이나 지위 같은 건 절대 밝히지 않고 암호명만 얘기해 주더군. 군 출신일 수도 있을 거야. 아까 뒤쫓던 보트 중에 파란 돛대를 단 건 휘드비 기지(퓨젯사운드 근처에 위치한 미군 주둔기지)의 해군 대령 거라고.」

「그 치가 직접 배를 몰았을까?」

「그거야 장담할 수 없지만, 키를 잡았던 사람이 대령이라고 하긴 좀 어려 보였어.」

「늙어 가는 자네 처지에 비교해 그렇다는 거 아냐?」

콘로이가 담배 연기를 허공에 내뿜었다.

「말이 되는 소리를 하시지.」

「아니면 워싱턴 그 치가 보트를 빌렸을 수도 있지. 졸병 하나 시켜서 키를 잡게 하면 될 테고.」

갑자기 콘로이가 거칠게 담배를 비벼서 껐다.

「두 번째 그 낡아빠진 보트는 이 근방에서 빌린 거야. 지금 당장은 누가 빌렸는지 모르지만 알아볼 수는 있어.」

「괜히 위험한 짓 하지 말라고. 내일 내가 누군지 살펴보면 되니까. 내가 아는 사람일지도 몰라.」

「카일 도노반?」

「희망 사항일 뿐이야.」

콘로이는 화난 얼굴을 해서는 꺼진 담배꽁초를 쳐다보았다.

「혹시 두 번째 보트를 검문할 일이 있으면 조심하라고. 해안에서 발견된 시체는 러시아 출신 킬러야. 그놈들은 혼자선 일 안 해. 파트너가 꼭 붙어 있지.」

「친구를 사귀어도 잘 골라서 사귈 것이지.」

「멋진 신세계가 저기 있노니, 전통과 과거를 존중할 줄 아는 사람들과 만날 수 있다. 이쪽 세계는 온통 인위적인 현대 문명에 젖어 있으니.」

제이크는 헉슬리의 '멋진 신세계'에 나오는 구절을 낭송했다.

「그나저나 세 번째 보트엔 누가 타고 있었는지 궁금해 죽겠어.」

제이크가 고개를 획 들었다.

「세 번째 보트라니?」

「레이더 옆에 검은색 그물을 매달고 다닌 보트가 있었어. 호기심이 동한 낚시꾼일 수도 있겠지만 망원경으로 투마로우를 뚫어져라 살펴보던걸. 다른 배들도 마찬가지고.」

「배 주인이 누구야?」

「차라리 안 듣는 게 나을걸.」

「얘기해 봐.」

「2년 전에 러시아에서 이민 온 남자야. 이름은 바실리 바스코프. 바실리의 어선을 검문한 적이 있어서 어떻게 생겼는지 알지. 바실리가 세 번째 보트 주인인 건 맞지만 키를 잡은 사람은 녀석이 아니었다고.」

「제기랄.」

콘로이는 담배 한 개비를 꺼내 물고 불을 붙였다.

「세 번째 배를 몰았던 녀석은 어떻게 생겼어?」

「나하고 비슷한 체격에 금발, 그리고 남자. 수줍음을 많이 타는지 어쩐지 이쪽을 똑바로 쳐다보지도 못하더군. 거기다 나는 자네를 감시하라는 명령을 수행하느라 바빴잖아. 그러니 제대로 못 볼 수밖에.」

「뭐, 딴 얘기 할 건 없어?」

「배를 다루는 솜씨를 보니까 초심자는 아니더라고. 그렇다고 뭐 특별히 눈에 띌 만큼 잘하는 것 같진 않고. 아직 퓨젯사운드의 삼각파(三角波, 불규칙한 물결) 앞에서는 무기력해 보이더구만.」

「기억해 두지.」

「그 친구 잔뜩 혼을 내주려고?」

콘로이의 입가에 미소가 머무는 듯했다.

제이크가 특유의 삐딱한 미소를 지으면서 말했다.

「나한테 지나친 관심을 보인다 싶은 사람 혹시 없었어?」

「왜, 그 예쁜 아가씨 있잖아. 그나저나 진짜 카일 도노반 동생이야?」

「그래.」

「자네 목적이 뭔지 아는 거야?」

「아니.」

콘로이가 고개를 내저었다.

「자네 앞날도 깜깜하구만. 내 보기에도 꽤 괜찮은 여자던데.」

「고집불통이야.」

「자네한테 반한 건 아냐? 눈치를 보니까 그런 거 같던데.」

제이크는 김빠진 맥주를 가만히 들여다봤다.

「내가 왜 자길 돕기로 했는지 알게 되면 맘을 바꿔 먹겠지.」

「그래, 제정신이면 그렇게 하겠지. 겪어 보니까 성질 좀 있어 보여?」
「두말하면 잔소리지.」
「아주 재밌겠네 뭘.」
「퍽이나 재밌겠다.」
콘로이는 미소 띤 얼굴로 맥주를 들이켜고 잔을 세게 내려놓았다. 이내 자리에서 일어나면서 말했다.
「괜찮은 정보가 생기면 연락해 주지.」
「상관한테 비밀로 해야 할 내용이라면 전화로 하지 않는 게 좋아.」
콘로이는 그제야 상황이 실감나는 것 같았다.
「그 정도야?」
「아직은 몰라도 앞으로 그렇게 될 공산이 커.」
「백만 달러짜리 호박 때문에 고생 좀 하겠군.」
「오십만 달러치야. '도노반 인터내셔널' 대표 격인 카일 도노반한테 고스란히 넘겨줬지.」
「그 정도 되는 호박을 투마로우에 몽땅 다 실을 수 있을까?」
「글쎄, 억지로 실으면 되긴 될 거야. 근데 그건 왜 물어?」
「워싱턴 그 치가 전화할 때마다 투마로우를 수색해야 할 판이야. 아무래도 자네가 뭘 찾아내지는 않을까 기대하는 것 같애.」
「망상에 젖은 이상주의자.」
「뭐라고?」
제이크는 고개를 내저었다.
「윗대가리 하나가 사라진 보물을 찾겠다고 용 좀 쓰는 거 같애.」
「무슨 말이야?」
「앰버룸이라고 들어봤어?」
「아니.」
「운이 좋으면 계속 모르는 채로 있을 수 있겠지. 잘 가라고. 고마웠어. 그리고 웬만하면 이번 일에 관여하지 않도록 해.」
「이봐, 친구 좋은 게 뭔데?」

「친구 사이 망치는 것보다는 낫겠지.」

제이크가 조용히 덧붙였다.

「워싱턴 그 치가 우리가 무슨 얘길 했냐고 물으면 아는 대로 얘기해 줘.」

「내가 아는 게 뭔데?」

「자넨 워낙 고지식하고 정직한 타입이라서 상관 명령 때문에 친구를 위험에 빠뜨리게 할 순 없었던 거야. 그래서 나를 만나서 술 한잔했고, 내가 자네한테 카일이 산후안에 숨어 있는 것 같긴 한데 호박은 아직 못 찾았다고 얘기한 거지. 아너 도노반이 카일이나 사라진 호박에 관해 선 나보다 더 잘 알 거 같아 접근했다고 그래. 내 말을 듣고 나니 특별히 단서가 될 만한 얘기가 없어서 그냥 그 자리를 떴다고 하고. 이상 끝.」

「자네도 나 못지않게 고지식하고 정직하다고 얘기하면 어떨까?」

「괜한 수고 하지 마. 그런 얘긴 해봤자야. 그리고 갈 때 괜히 악수하 자고 손 내밀지 마.」

콘로이는 고개를 떨구고 있다가 입을 열었다.

「도와주고 싶어.」

「벌써 많이 도와줬잖아. 이번 일 끝날 때까지 서로 모른 척하고 지내 자고.」

콘로이는 망설이다가 그 자리를 떠났다. 그는 뒤도 돌아보지 않고 술 집을 나갔다.

제이크는 남은 맥주 몇 모금을 들이켰다. 그러고 나서 술집을 나와 재빨리 골목으로 들어갔다. 몸을 살짝 틀어 뒤쪽을 살폈다. 몸을 굽히고 신발 끈을 묶는 척했다.

한 일 분 동안 그러고 있었는데도 쫓아오는 사람이 없었다.

카일의 별장에 혼자 남은 아너는 눈을 비비면서 한숨을 내쉬었다. 몸 이 두 개면 좋으련만. 그럼 이런 엄청난 양의 정보를 한꺼번에 받아들일 수 있고 얼마나 좋아. 대학에서 학위 받느라 머리 싸매고 공부하던 이래 이렇게 머리를 혹사시킨 적은 없었다. 구시렁거리면서도 아녀는 낚시 가이드께서 내일 아침까지 다 읽어 놓으라고 한, 부피가 엄청나게 큰 참고서적을 뒤적였다.

며칠 배를 곯은 고양이처럼 별장 주위에 여름 안개가 달라붙어 있었다. 그 사실을 의식하지 못할 정도로 아녀는 열심히 책에만 매달렸다. 지금 읽고 있는 부분은 위험 지역을 판별해 내는 방법과 다른 배와 충돌선상에 있는지 어떤지 구분하는 법, 그리고 충돌선상에 있을 때 해양법상 어느 쪽이 먼저 양보를 해야 하는지에 관해 다루고 있었다.

「오빠가 아니면 이런 짓 안 해.」

아녀는 허공에다 대고 중얼거렸다.

「나한테 골치 아픈 대수 문제나 잔뜩 풀게 했지. 일정한 간격을 두고 출발한, 시속 62킬로미터 기차가 시속 35킬로미터 기차를 따라잡으려면 얼마나 걸릴까, 그런 문제들.」

아녀는 한숨을 내쉬면서 이마를 문질렀다. 별장으로 온 이래 잠을 제대로 자본 적이 없었다. 사실 30줄에 접어들면서 깊이 잠들지 못하는 버릇이 생겼다. 그 동안 자신이 사귄 남자들치고 얌전한 샌님 타입이 아닌 경우가 없었다. 원래 가족들끼리 스스럼없이 소리지르고 포옹하고 웃고 떠드는 환경에 익숙한 아녀였다.

나이를 먹어 가면서 가끔 오빠들 때문에 속 좀 끓여야 했다. 다들 하나같이 커다란 몸집에다 힘만 세고 거만한 성격의 소유자로서 '힘만이 모든 걸 해결해 준다'는 식의 사고방식을 갖고 있었다. 어린 시절, 갖가지 형태의 원초적인 힘 자랑에서 맨날 오빠들한테 지기만 했던 아녀는 절대로 오빠들 같은 남자들과는 사귀지 않겠다고 맹세했다.

그 맹세는 지금까지도 변함없었다. 요즘 들어 자꾸만 잘한 일인가 싶어 회의가 생기긴 했지만.

과거에는 사귀던 사람을 두 번이나 집에 데려가는 뼈아픈 실수를 저질렀다. 처음엔 오빠들이 부어라 마셔라 술을 잔뜩 먹인 통에 비틀대면서 걷다가 바닥에 넘어져 얼굴을 다치는 불상사가 일어났다. 그 다음번 엔 카일 오빠 혼자서 방해꾼 역할을 톡톡히 했다. 아녀가 사귀는 사람 을 조용조용한 말씨로, 그렇지만 가차없이 자극했던 것이다. 결국 당사 자는 당황해서 도망치고 말았다.

아녀는 그 사람처럼 도망치는 대신 그 자리에 남아서 카일 오빠한테 소리를 빽빽 지르면서 따졌다. 그런데도 오빠는 미친 듯이 웃어대기만 했다. 화가 나 냄비로 머리통을 한 대 후려갈기고 싶었다. 그때 오빠는 아녀 자신이 인정하고 싶지 않은 사실을 대신 얘기해 주었다.

'언젠가 네가 열받아서 성깔 좀 보여 줬다간 그 약골은 분명 놀라 나 가떨어질걸. 웬만하면 무게가 있는 놈을 골라서 사귀라고. 그래야 너하 고 궁합이 잘 맞을 거다. 남자가 얌전하기만 하면 다냐! 제발, 정신 좀 차려. 언제까지 그러고 있을 거야?'

그러면서 카일은 아녀를 꽉 끌어안아 줬다. 아녀가 얼마나 괜찮은 여 동생인지 다 안다면서 자동차 수리를 도와 달라고 했다.

분노, 웃음, 눈물, 사랑. 카일 오빠에 대한 추억이 너무 많았다. 자신 이 오빠한테 얼마나 애착을 갖고 있었는지 이제야 깨달을 수 있었다. 오빠를 잃고 난 지금에야……

아녀는 재빨리 머릿속에서 생각을 가다듬었다. 오빠를 잃었다니, 그건 잘못된 말이었다. 무슨 일이 있어도 자신은 오빠를 찾아낼 테니까.

아녀는 잔뜩 우거지상을 해서는 읽던 책으로 눈을 돌렸다. 자신한테 는 걸맞지도 않는 얌전한 남자들에 얽힌 추억을 떠올려 봤자 도움될 건 아무것도 없었다. 무엇보다 오빠를 찾아내는 일이 중요했다.

도노반 집안 남자들은 카일을 찾으려고 전세계 구석구석을 뒤지고 다 녔다. 아녀는 산후안과 캐나다 쪽의 걸프 섬을 맡을 생각이었다. 그 때 문에 어떻게 해서든 이곳에 남아 있어야 했다. 그리고 보트를 다룰 줄 알아야 했다. 유람선이 운행하는 곳은 규모가 큰 섬들이 대부분이었다.

배를 빌리면 간단하겠지만 아녀의 생각은 달랐다. 카일 오빠가 지금 어딘가 숨어 있다면 그의 배에서 단서를 찾는 게 유리할 것 같았다. 오빠가 자존심 때문에 가족들의 도움은 필요 없다고 할지도 모르지만 일단 얼굴을 맞대면 생각을 고쳐먹을 게 분명했다.

그러려면 카일 오빠의 배를 다룰 수 있어야 했다. 그래서 이렇게 머리가 터질 정도로 어려운 책과 씨름하고 있는 게 아닌가.

때로는 자신이 무의미한 짓을 하는 건 아닌가 싶기도 했다. 침몰 사고로 바다 저 밑에 가라앉은 사람들을 위해 화환을 물에 띄워보내는 것처럼 무의미한 짓을 벌이고 있는 건 아닌지. 지도상으로 보면 섬들이 모두 조그마해서 접근하기도 쉬울 것처럼 보였지만, 사실은 그렇지가 않았다.

전나무로 뒤덮인 바위섬들이 바다에 솟구쳐 있었다. 비바람과 태양, 그리고 어둠이 머물렀다 가는 섬들은 하나같이 숨이 멎을 만큼 유려한 장관을 보여 주고 있었다. 접근하기 힘들다는 특성 때문에 한층 더 신비감을 자아냈다.

한꺼번에 생각하려고 하지 말자.

아너는 수도 없이 자신을 타일렀다.

바로 다음에 할 일만 생각하면 돼. 그리고 나서 그 다음 일, 또 그 다음 일로 넘어가면 되잖아. 그렇게 못하겠다면 차라리 눈물이나 철철 흘리면서 카일 오빠를 위해 바다에다 꽃이나 던지든지. 지금 하는 일이 중요하게 안 보인다고는 해도…….

그때 전화벨이 울렸다. 아너는 전화기를 들고 다급하게 말했다.

「아처 오빠?」

「제이크입니다.」

「어, 웬일이세요?」

「맨날 하는 말이지만 시큰둥한 버릇 좀 고쳐요.」

아너는 미소를 지으면서 의자에 앉았다. 낚시 가이드와 입씨름을 하다 보면 어느새 두려움이 사라졌다.

「자신 있으면 시큰둥하지 않게 만들어 봐요.」

「저녁 먹었어요?」

아너는 시계를 들여다봤다. 7시가 조금 지난 시간이었다. 배가 고픈 것도 무리가 아니었다.

「점심 먹고 나서 아무것도 안 먹었어요. 치즈샌드위치 반쪽도 점심에 속하는 건지 모르겠지만 말이에요.」

「게 좋아해요?」

「음, 그냥 좋아하는 게 아니라 광적으로 좋아해요. 살아 있는 게를 손질하기는……」

「그건 됐어요. 벌써 내가 죽여서 요리로 만들어 놨으니까. 저녁 먹고 나서 낚시도구를 어떻게 다루는지 가르쳐 줄게요.」

「갑자기 식욕이 싹 달아나네요.」

「금세 돌아올걸요.」

「그나저나 신선한 거예요?」

「그렇다니까요. 오늘 아침에 잡은 걸 저녁때 먹으려고 손질해 뒀어요.」

「배가 고프긴 해요.」

「내 오두막으로 올래요, 아니면 별장으로 갈까요?」

「오두막이 어딨는데요?」

「디셉션 도로 근처예요.」

「애너코르테스에 사는 줄 알았어요.」

「전엔 그랬죠. 그 집은 휴식처 정도 될까, 거기서 살진 않아요.」

아너는 잠깐 머뭇거리다가 카일한테 전화가 올지도 모른다는 생각을 했다.

「전화기 옆에 붙어 있어야 할 거 같아요.」

「좋아요. 30분 후에 거기서 봅시다. 빵하고 샐러드는 있어요?」

「내가 알아서 해놓을게요.」

「와인은요?」

「그것도요.」

「바다에서 충돌을 피하는 방법이 뭔지 알아냈어요?」

「육지에 그냥 있는다.」

「틀렸어요. '위험 지역'이라는 제목이 붙은 장을 찾아봐요.」

「위험한 지역을 뭐하러 찾아요?」

「위험한 일을 당하기 싫으면 그렇게 하는 게 신상에 좋습니다. 그럼 30분 후에 봐요.」

아녀는 미소 띤 얼굴로 전화를 끊고 자리에서 일어났다. 샤워를 하고 옷을 갈아입을까 생각했지만 그만 두기로 했다. 검은색 운동복에 흰색 운동화가 뭐 어때서. 제이크는 가이드이지 데이트 상대가 아니잖아. 아녀는 속으로 중얼거렸다. 보트를 모는 데 공부가 필요할 거란 생각은 못 했다. 열심히 머리를 굴려 공부를 하다 보면 더 빨리 카일을 찾아낼 수 있을지도 모른다.

그런 걸 생각해 보면 제이크한테 주기로 한 일당 백 달러는 너무 적은 액수였다. 아침부터 저녁까지 고생이 이만저만 아니었다.

그럼 밤은?

갑자기 심장이 두근거리고 몸이 떨렸다. 오빠는 죽었는지 살았는지 모르는데, 천박하게 남자한테 정신 팔아도 되는 거야? 속으로 자신을 나무랐지만 소용이 없었다. 하지만 오빠한테 무슨 일이 생겼을지도 모른다는 끔찍한 상상에서 벗어나려면 뭔가 다른 생각을 할 대상이 필요했다.

「그래도 지금은 타이밍이 나빠.」

아녀는 중얼거렸다.

「정신을 딴 데로 돌리려면 바쁜 게 최고야. 낚시를 하러 간다든지……, 아무튼 뭔가 일을 해야 해.」

그렇게 생각하니까 낚시도 하면 할 수 있을 것 같았다.

웃을 듯 말 듯한 표정을 지으면서 아녀는 부엌으로 갔다. 와인 한 병을 냉장고에 넣고 나서 책을 붙잡았다.

그때 전화벨이 울렸다.

「젠장, 이해가 가려던 참이었는데……」

벨이 계속 울렸다. 무시하고 책에 집중하려 했지만, 그래도 계속 울렸다. 할 수 없이 아너는 수화기를 집어 들었다.

「여보세요?」

아무런 대꾸가 없었다.

「누구세요?」

전화를 끊는 소리가 찰칵 하고 들렸다.

갑자기 불안했다. 한편으로는 과민 반응이라는 생각이 들었다. 잘못 걸려 오는 전화쯤이야 늘 있는 거 아닌가. 카일 말마따나 지도의 한 귀퉁이에 있는 곳이니만큼 이상할 게 없었다.

그렇긴 해도 요즘 들어 매일 밤 있는 일이었다. 어떤 땐 하루에 두 번씩 그런 전화가 걸려 오기도 했다.

아무리 머릿속에서 지우려고 해도 자꾸 떠오르는 사람이 있었다. 가이드를 해보겠다고 나선 후보자 중 한 명이었다. 별장에 아무 말도 없이 불쑥 나타났던, 눈빛이 잔인하고 탐욕스러운 사람이었다. 눈은 꼭 뱀을 연상시켰다. 어두컴컴한 골목길에서는 절대로 만나고 싶지 않은 타입이랄까.

아너는 자리에서 일어나 현관문과 뒷문을 잠갔는지 살펴봤다. 그러는 자신이 한심하다는 걸 알면서도 어쩔 수가 없었다. 문은 확실히 잠겨 있었다. 아너는 머뭇거리다가 커튼을 쳤다.

「카일 오빠가 지금 내 꼴을 봤으면 미친 듯이 웃어댔을 거야. 깜깜한 게 무섭다니! 그러지 말고 침대 밑까지 살펴보지 그러냐. 옷장도 그렇고.」

아너의 자조적인 목소리가 방 안에 울려 퍼졌다. 주위가 너무 고요해서 나뭇가지에서 지붕 위로 물방울이 똑똑 떨어지는 소리가 들렸다.

「오빠, 22구경짜리 권총은 어디다 둔 거야?」

아너가 속삭이듯이 말했다.

총기 소지 허가증을 봤기 때문에 오빠가 총을 갖고 있다는 사실을 알고 있었다. 아무리 별장을 샅샅이 뒤져도 총은 나오지 않았다. 물론 보트 안에도 없었다. 단서를 찾을 수 있을까 해서 안 뒤져본 곳이 없었다.

「정말 어디다 감춘 거야?」

아녀가 아무리 외쳐도 대답은 돌아오지 않았다.

언젠가 아처 오빠가 충고랍시고 해줬던 말이 떠올랐다. 여동생 둘이서 대학에 진학하느라고 집을 떠날 때 했던 말이었다.

'필요하면 뭐든지 무기가 될 수 있다. 그렇지만 뭐니뭐니 해도 제일가는 무기는 네 두뇌야. 머리를 써라, 머리를.'

그러고 나서 아녀와 페이스한테 치한 퇴치법을 전수해 주었다. 데이트하던 상대가 억지로 성관계를 강요한다든지 할 때 유용할 거라는 말을 하면서. 그렇다 해도 애당초 문젯거리를 만들지 않는 게 백 배 낫다는 걸 끊임없이 강조하곤 했다.

아녀는 아처 오빠가 카일 오빠한테도 그런 충고를 해줬는지 궁금했다. 만약 들었으면 그 충고를 따랐어야 옳지 않은가.

「백만 달러를 호가하는 호박이 사라졌어.」

아녀는 방 안에다 대고 소리쳤다.

「오빠는 행방불명되고, 시체로 발견된 남자도 있어. 큰오빠 충고에 따르느라 이렇게 된 거라면 차라리 그냥 내 식으로 사는 게 백 배 낫지.」

아녀는 창문을 다시 한 번 살펴봤다. 창문 걸쇠는 새거였다. 낡아빠진 걸쇠를 보강하느라 빗장을 새로 달아 놓은 모양이었다.

「이건 초강력 제품이잖아. 저 빗장만 걸어 놓으면 벽을 부수고 들어오지 않는 한 안전하다고. 그런데도 왜 이렇게 불안하지?」

오빠가 이런 촌구석에 위치한 별장에다 빗장까지 설치했다는 사실이 맘에 걸려서이리라. 더구나 싸움에 일가견이 있는 사람이 권총까지 준비했다면 뭔가 있다는 얘기였다.

훔친 호박, 바다에서 발견된 시체, 행방불명된 오빠.

「오빠, 정말 어딨는 거야? 왜 전화는 안 해? 무슨 일을 했든 우린 오빠 편이라는 거 알잖아. 가끔 서로 힘들게 할 때도 있었지만 뭐 어때. 우린 가족이잖아. 가족이란 게 그런 거 아니냐고!」

아녀는 허공에다 대고 외쳤다.

그래 봤자 지붕 위로 물방울 떨어지는 소리밖에 안 들렸다. 아녀는 한기를 느끼고 팔을 문질렀다. 실제로 추워서라기보다는 심리적인 요인 때문이었다. 아녀는 부엌에서 거실로 다시 부엌으로, 침실로 왔다갔다했다.

조금 있으니까 자기가 내는 발소리까지 귀에 거슬렸다. 결국 연필과 스케치북을 집어 들었다. 아침에 제이크가 아슬아슬하게 붙잡았던 호박도 가져왔다.

얼마 지나지 않아, 무서웠던 마음이며 걱정거리, 물방울이 똑똑 떨어지는 소리도 잊어버렸다.

몇 달 전, 카일 때문에 처음 접하게 된 순간부터 아녀는 완전히 호박에 반해 버렸다. 호박만이 갖고 있는 독특한 특징 때문에 더 그랬다. 다른 보석들이 지질학적인 변동에 의해 형성된 거라면 호박은 살아 있는 생명체인 나무로 형성된 유기체였다. 보석에 속하면서도 화석으로 구분되는 건 오로지 호박밖에 없었다.

확실히 신비스럽고 감각적인 면이 있어서 아름다웠다. 지금 들고 있는 호박의 둥그스름한 모형도 시간과 풍향에 시달린 탓이리라. 송진이 화석으로 변한 그 자체가 바로 호박이었다. 황금빛 덩어리 안에 과거와 미래를 감춰 두고 조금씩 들여다볼 수 있게 해주는 거울 같은 존재.

아녀는 캘리포니아에 있는 자신의 아파트에서 호박에 관해 이런저런 공부를 하고 있었다. 그러던 참에 아처가 전화로 카일의 별장으로 가라고 명령을 내렸다. 평상시에도 엄청나게 자제력이 강한 걸로 유명한 큰 오빠가 도와 달라고 하니 아녀로서는 놀라 자빠질 일이었다.

그 바람에 화물로 받은 호박이랑 옷을 챙겨서 바로 공항으로 달려가 비행기를 탔다.

그 후 며칠 동안은 하도 정신이 없어서 일할 여유가 없었다. 6주만 있으면 LA에서 보석 전시회가 열릴 예정이었다. 평소 사용하던 재료로 벌써 디자인과 세공을 마치고 전시할 날만 기다리고 있었다.

그렇지만 카일한테 발트산 호박을 담은 화물을 받고 나서부터는 온통 정신이 그쪽에만 팔려 있었다. 확실히 다듬어지지는 않았지만 가능성 같은 게 엿보였다. 뭔가가 있었다. 뭔가 아주 빼어난 가능성이 숨어 있었다. 아직 발견을 못했지만.

왼손에는 호박을, 오른손엔 연필을 쥐고 아너는 까마득한 옛날에는 나무 송진이었던 황금색 덩어리 안에서 빛과 그림자가 변형하는 걸 물끄러미 쳐다보았다. 빛과 그림자가 흩어졌다가 다시 섞이고 서서히 아주 서서히 가까워지면서 뭔가…….

문을 두드리는 소리가 들렸다. 눈앞에 보이는 단단한 빗장이 커다랗게 다가왔다. 심장 박동 소리가 커졌다. 아너는 목이 마르고 입술이 바짝바짝 타는 느낌이었다.

「누구세요?」

아너는 새된 목소리로 물었다.

6

「제이크 맬러립니다.」

길게 한숨을 내쉬면서 아너는 호박을 한구석으로 치우고 스케치북을
접었다. 제이크가 왔다고 해서 안도감을 느낀다는 게 이상했지만 사실
이 그랬다. 그의 단단한, 때로는 너무 위압적이다 싶지만, 남성적인 분
위기가 묘하게 아너를 안심시켰다. 말로 표현하기는 힘들었지만 본능적
으로 혹은 육감적으로 알 수 있었다. 최소한 여자들한테 이상한 전화를
걸어 겁주는 타입은 아니었다.

아너는 재빨리 문을 열고 제이크한테 들어오라고 손짓했다.

「배달까지 해주는 생선장사라니, 덕분에 호강하네요.」

「그런 얘긴 여기 이 예쁜이들을 먹어 보고 나서 해요.」

제이크는 종이백에서 '예쁜이' 하나를 꺼냈다. 아너는 제이크의 손에
대롱대롱 매달린 커다랗고 빨간 게를 쳐다보았다. 사실 반쪽은 게가 틀
림없는데 나머지는 너덜거리는 게 뭔가 이상했다.

「왜 그렇게 됐어요?」

「뭐가요?」

「게는 껍질까지 통째로 요리하는 거 아니에요? 지금 그건 어디서 잔뜩 얻어터진 불쌍한 놈을 골라온 거 같잖아요.」

「찌기 전에 미리 씻어서 그래요.」

「그렇게 하면 뭐가 달라져요?」

「그럼요. 속을 들어내는 건데.」

「속이요?」

「내장이요. 살아 있는 걸 통째로 찌는 대신 죽은 걸 씻어서 요리한 겁니다. 그 차이에요.」

「물어 봐서 미안해요.」

「인스턴트 식품을 많이 먹는 편이죠?」

「엄청나게요.」

제이크는 미소를 지었다.

「접시 있어요?」

「가져올게요.」

「이 요리는 어디다 둘까요?」

아너는 식탁 위에 펼쳐 놓은 책을 내려다봤다.

「그 위에 놓으면 되잖아요.」

「참고도서로는 이만한 게 없어요. 나도 이 책 덕을 톡톡히 봤거든요. 거기다 이 식탁엔 식탁보 안 깔아도 되겠어요. 저기 흠집들 봐요 그 동안 이 식탁, 엄청나게 수난을 당한 모양이에요.」

아너의 시선이 제이크의 눈가에 난 흉터에서 입매로 갔다. 콧수염 아래에도 보일 듯 말 듯 상처가 나 있었다.

「당신처럼요?」

혹시 아너가 자기 큰오빠와 통화를 해서 낚시 가이드에 관해 떠들어 댄 건 아닐까 의심스러웠다. 카일은 원래 제이크라는 이름 대신 제이라고 불렀지만 아처가 두 이름에서 연관성을 찾지 못할 이유가 없었다.

앨런이 시간을 너무 촉박하게 줬지만 그거야 좀 연장해 달라고 말하면 불가능한 일도 아니었다. 뭔가 단서를 찾을지도 모른다고 하면 그렇게 해줄 게 분명했다. 아녀가 자신에 관해 알게 되면 모든 게 끝장이었다. 너무 빨리 사실이 밝혀지지만 않았으면 하는 생각이었다. 지금은 자신에게 이성으로서의 흥미를 느끼고 있는 게 분명하다지만 진실이 밝혀지면 가차없이 돌아서리라.

아녀는 책을 싱크대 위에 올려놓았다. 아무런 꾸밈없이 서두르지도 않고 움직이는 아녀의 뒷모습이 보기 좋았다. 엄청나게 헐렁한 운동복을 벗었을 때의 모습이 좋았다. 청록색 니트는 성에 굶주린 남자의 손길처럼 아녀의 몸에 밀착되어 있었다. 청바지 위로 드러난 부드러운 곡선을 보니 자신의 추측이 들어맞았음을 알 수 있었다. 아녀와 사랑을 나눈다면 분명 촉촉하고 아늑한 느낌일 것이다.

이런 젠장, 제이크는 화가 나서 시선을 획 돌렸다. 벌써 몸은 잔뜩 흥분한 상태였다.

아녀 때문에 호르몬 분비가 왕성한 청소년기로 돌아간 느낌이었다. 그렇긴 해도 아녀의 성이 도노반이란 걸, 아녀도 도노반의 일원이라는 사실을 명심해야만 했다. 한집안 사람들끼리 서로 똘똘 뭉쳐서 남들이야 어떻게 되든 상관없다는 식으로 나오는 게 그 집안 내력 아니던가.

「이것들 좀 식탁에 놔줄래요?」

아녀는 제이크한테 접시를 건네주면서 말했다.

제이크는 계속 아녀를 곁눈질하면서 식탁을 차렸다. 아녀는 손을 씻더니 바게트 빵을 젖은 손으로 문질렀다.

「결벽증이라도 있는 겁니까? 아니면 너구리(미국산 너구리는 음식을 발로 씻는 버릇이 있음)하고 비슷한 습성이라도 있는 건가요?」

아녀는 멍한 표정으로 제이크를 바라봤다.

「빵을 먹기 전에 물로 적시는 사람은 못 봤거든요」

「바게트는 그렇게 하면 더 바삭거려요」

「물기를 묻히면요? 음, 새로운 사실을 하나 배웠네요」

  왠지 제이크한테는 새로운 사실을 배운다는 말이 안 어울렸다. 흉터
도 그렇지만 무엇보다 눈 속에 깃들인 표정을 봐서는 산전수전 다 겪은
티가 물씬 풍겼다. 그런 걸 보면 거부감이 들어야 할 텐데 오히려 아너
한테는 자극적이었다.
  「게 껍질을 부술 도구가 있어야 할 텐데요」
  제이크는 식탁을 차리다가 말했다.
  「껍질 부수는 망치 두 개요? 대령하죠」
  아너는 서랍을 뒤져보다가 덧붙였다.
  「이런, 어째 안 보이네」
  「없어도 상관없어요. 이런 조그만 게들은 껍질도 약한 편이라 괜찮아
요. 커다란 놈들이 좀 먹기가 힘든 편이죠. 망치까지 동원해서 껍질을
깨 부숴야 속살을 한번 맛볼까 말까 하는 놈들도 있으니까요」
  「오빠가 분명히 이 지저분한 소굴 어딘가에 놔뒀을 거예요. 나처럼
게요리를 굉장히 좋아하거든요」
  아너의 입에서 갑자기 카일이 언급되자, 제이크는 입을 다물었다.
  「내가 와인 병을 딸게요」
  「냉장고 안에 있어요」
  「빵을 물에 씻고 와인을 차갑게 한다. 왜 여태껏 그런 간단한 걸 몰
랐지?」
  제이크가 장난기 어린 목소리로 말했다.
  「너무 고지식해서 그런 거 아니에요?」
  「아하, 맞아요. 바로 그겁니다. 내가 생각해도 난 너무 고지식해요」
  제이크는 냉장고에서 와인 병을 꺼내 거꾸로 들고 밑바닥을 한 번
세게 쳤다. 코르크 마개가 반쯤 바깥으로 올라왔다. 제이크는 손가락으
로 재빨리 비틀어서 마개를 잡아 뺐다.
  「당신이라면 입으로 총알을 받아내라고 해도 잘할 거 같아요」
  「총알은 피해야지 뭣하러 받아냅니까?」
  「나한테 어떻게 하는지 가르쳐 줄래요?」

「총알 피하는 법요?」

제이크가 놀라서 아녀를 쳐다봤다.

「병따개 없이 와인 병 따는 방법 말이에요.」

「왜요? 병따개로 하는 게 훨씬 쉬워요. 어딨는지 몰라서 임시방편을 사용한 것뿐인데.」

「카일 오빠가 놀라서 입이 딱 벌어지는 걸 보고 싶어서요. 큰오빠도 그렇고. 어쩌면 우리 대장도 놀랄걸요.」

「누구요?」

「우리 아빠요.」

아녀는 제이크한테 빈 와인 잔을 건네줬다.

「대단한 가족들이 모인 것 같군요.」

「대단한 가족이라……, 그렇게 얘기할 수도 있겠어요. 몸집만 커다랗고 잘난 척하는 남자가 다섯이나 되니까요. 페이스 언니하고 같이 나와서 사는 이유도, 그 인간들하고 계속 살다가는 살인날 것 같아서예요.」

제이크는 고개를 내저었다. 사랑은커녕 좋아하지도 않는 가족들과 같이 산다는 게 얼마나 끔찍한 일인지 자신도 경험해 봐서 알고 있었다. 오빠들이 지겹다고는 하면서도 아녀의 목소리에는 애정이 물씬 배여 있었다.

예상하지 못한 일은 아니었다. 도노반 집안은 원래 한 무리의 늑대들처럼 뭉치길 좋아했다. 결국 J. 제이콥 맬러리는 그 늑대들한테 잡아먹히길 기다리고 있는 불쌍한 어린양이 아닌가.

「어머니는요?」

제이크는 와인을 잔에 따르면서 넌지시 물었다. 도노반 집안에 관해서라면 정보를 많이 얻을수록 좋았다. 옛말에도 적을 알고 나를 알면 백전백승이라는 말이 있지 않은가.

「엄만 정말 대단하신 분이에요. 내 어깨에 닿을까 말까 체구도 자그마한 분이지만 항상 자신이 원하는 대로 일을 밀고 나가세요. 그러면서도 절대 남자들의 자존심은 건드리지 않으시거든요.」

「그거 아주 괜찮은 전략이네요.」

「나도 해봤는데 안 되더라고요. 엄마는 강철 같은 의지의 소유자거든
요. 남자들이 별별 방해 공작을 시도해 봤자 엄만 그냥 볼에 쪽 하고
뽀뽀를 해주시고 말아요. 그리고 언제나처럼 하하호호 하시는 거예요.」

아너가 어깨를 으쓱해 보였다.

「아마 예술가라서 그런가 봐요.」

「예술가요?」

「화가예요.」

「무슨 화가예요?」

「괜찮은 화가요.」

제이크는 나지막이 웃으면서 잔을 들고 아너의 잔에 부딪혔다.

「낚시를 위하여!」

아너는 얼굴을 찌푸리면서 입을 열었다.

「위하여!」

제이크는 잔을 들어 보이고 마셨다.

「호주산 와인도 꽤 괜찮은데요.」

「카일 오빠가 그러는데, 아무것도 안 섞은 샤르도네보다는 차라리 다
른 거랑 섞은 와인이 낫대요.」

그 얘기는 벌써 카일한테 들어서 제이크도 알고 있었다. 카일은 칼리
닌그라드의 지저분한 뒷골목에서도 괜찮은 와인을 찾아내곤 했으니까.
두 사람은 숙소로 돌아가서 캐비아 깡통을 따고 눅눅한 크래커를 먹으
면서 섹스; 정치, 종교, 고독에 관한 얘기를 나누곤 했다. 역사가 짧은
신생국에서 어떻게 하면 성공적인 거래를 할 수 있을지에 관해서도 의
논했다.

오랫동안 친구다운 친구를 사귀어 보지 못한 제이크였다. 그런 제이
크한테 카일은 그나마 친구라고 부를 수 있는 대상이었다. 카일이 사기
꾼에 도둑, 살인범이란 사실이 안타까울 따름이었다. 차라리 여자에 혹
해서 판단을 그르친 거라면 나을 것 같았다. 그건 제이크도 이해할 수

있었다. 자신도 때때로 그런 실수를 범하곤 했으니까.

사기꾼처럼 등쳐먹었다고 하는 게 맞는 말이었다.

「언제쯤이면 빵이 말라요?」

「말라요? 아, 언제 데워지냐고요? 몇 분 더 있어야 해요. 그건 그렇고 게요리에 뭘 곁들여 먹을까요?」

「내 입이요.」

「그렇게 배가 고파요?」

「너무 고파서 껍데기까지 씹어 먹을지도 몰라요.」

「레몬을 뿌려 드실래요? 아니면 해산물 소스를 드릴까요?」

「둘 다 줘봐요. 소스는 내가 책임지고 만들게요.」

아너가 샐러드 접시를 식탁에 놓을 때쯤 소스도 완성되었다. 두 사람은 앉아서 먹기 시작했다. 묘하게도 친밀감이 느껴졌다. 손가락에 묻은 게를 쪽쪽 빨아먹어야 하는 마당에 격식이니 그런 걸 따지는 건 우스운 일이겠지만.

「정말 빵이 더 바삭거리네요.」

제이크는 빵을 씹으면서 말했다.

아너는 게살이 입에 가득 차서 대답할 수가 없었다.

「이제껏 먹어 본 게요리 중에서 이렇게 맛이 좋은 건 처음일걸요?」

아너는 열심히 고개를 끄덕거렸다.

「다음엔 게를 잡아서 어떻게 손질하는지 가르쳐 줄게요.」

아너는 머리를 좌우로 흔들었다.

나지막하게 웃으면서 제이크는 조그만 집게다리를 이용해 게다리 안에 숨어 있는 살을 끄집어냈다. 눈 깜짝할 사이에 그의 접시엔 흰 게살이 수북하게 쌓였다.

「배고픈 거 아니었어요?」

「왜요? 그렇게 안 보여요?」

「그런데 그렇게 맛있는 걸 왜 안 먹고 그냥 놔둬요?」

제이크가 슬며시 미소를 지었다. 그걸 바라본 아너의 뇌에서 경보 신호가 강하게 울려 퍼졌다.

「안 먹긴 왜 안 먹어요? 아껴 두느라고 그러는 거죠. 그랬다가 한꺼번에 맛을 보면 세 배는 더 맛있다고요.」

「그럼 삼분의 일만 먹어도 똑같은 거……..」

아너의 눈길이 제이크의 접시에 쌓인 게살에 고정돼 있었다.

「일찌감치 포기해요.」

「뭘요?」

「내 걸 훔쳐먹을 생각 말이에요.」

「그쪽이 나한테 주면 그건 도둑질이 아니잖아요?」

제이크는 웃으면서 게살을 포크로 찍어 아너의 접시로 옮겼다. 그러다 갑자기 자신이 무슨 일을 하나 싶어 그만 뒀다. 도노반들은 하나같이 매력이 넘치다 못해 매력을 흘리고 다니는 치들이었다. 그래서 남들한테 더 손쉽게 신뢰를 얻는 건지도 모른다.

「그 매력적인 예쁜 눈을 동그랗게 뜨는 건 딴 남자들한테나 써먹어요. 나한텐 통하지 않으니까.」

제이크는 포크로 게살을 찍으면서 말했다.

아너는 제이크를 쳐다보면서 믿을 수 없다는 듯이 되물었다.

「매력적인 예쁜 눈이요?」

제이크는 신음소리를 내면서 게살을 씹었다.

아너는 매력적이라는 말에 말문이 막혔다. 여태껏 남자한테 매력적이란 말을 들어본 적이 없었다. 고집스럽고 충동적인데다 여자치고는 너무 똑똑하다는 얘기를 듣긴 했지만, 매력적이라니!

그럴 리가 없었다.

「고마워요.」

제이크는 고개를 획 들었다. 기분 나빠할 줄 알았는데 고맙다고 하니까 이상할 수밖에 없었다. 그래서 아너한테 이유를 물어 보려던 참에 전화벨이 울렸다.

아너는 깜짝 놀라서 벌떡 일어났다. 쓰러지려는 의자를 제이크가 간

신히 붙잡았다. 전화벨이 두 번 울리기도 전에 아녀는 재빨리 수화기를
집어 들었다.

「큰오빠?」

대답이 없었다.

「여보세요?」

아무 말도 없었다. 아녀는 수화기를 쾅 내려놓았다.

제이크의 눈이 가늘어졌다. 아녀가 생각보다 훨씬 긴장하고 있다는
사실을 그제야 깨달았다. 지금 아녀는 새하얗게 질려서 입술을 꼭 깨물
고 있었다. 손이 떨리는지 두 손을 꼭 쥐어 모으고 있었다. 뭐 때문인지
몰라도 미스 도노반은 겁에 질려 있었다.

갑자기 아녀를 보듬어 주고 싶었다. 제이크는 가차없이 그런 감정을
접어 두고 카일 도노반을 떠올렸다. 살인, 절도, 배신, 그리고 카일 도노
반.

「왜 그래요?」

「경찰이 이런 일에도 관여하려고 할까요?」

「어떤 일이요?」

「전화 폭력이요」

제이크의 냉정한 얼굴에 뜨거운 피가 솟구쳤다. 미스 도노반한테 접
근하려는 사람이 자기 혼자는 아닐 거라는 생각은 했었다.

「음란 전화예요?」

「아뇨. 아무 말도 안 하니까 더 무서워요」

제이크는 발로 아녀의 의자를 뺐다. 아녀는 제이크의 의도를 파악하
고 의자에 털썩 앉았다. 식욕은 다 사라졌는데 목이 말랐다. 아녀는 와
인 잔을 비우고 다시 또 한 잔을 비웠다.

「전화 건 사람이 여자일 수도 있어요」

「왜 그런 소리를 해요?」

「여긴 당신 오빠 별장이잖아요」

「그런데요?」

「그 행방불명됐다던 사람이 오빠, 맞아요?」

제이크는 조심스럽게 물었다. 카일 도노반에 관해서 아는 거라고는 신문에서 읽은 것밖에 없다는 인상을 줘야 했다.

아녀는 고개를 끄덕였다.

「그럼 상황은 더 간단하네요. 당신 오빠 정도의 용모라면 여자들한테 인기가 있는 건 당연하잖아요. 당신 목소리를 듣고 오해해서 그냥 끊었는지도 몰라요. 어떻게 한 번만이라도 같이 침대에 들어가 볼까 싶어서 안달하는 그런 여자들이요.」

「난 여자지만 카일 오빠가 섹시하단 생각은 안 드는데요.」

「형제니까 그런 소리 하는 거예요. 자기 가족을 객관적으로 평가하긴 힘들거든요.」

그런 면에서는 카일도 마찬가지였다. 자기한테 쌍둥이 누이동생들이 있는데 유머감각이 풍부하고 똑똑하다는 얘기만 했지 중요한 얘기는 안 했다. 자그맣지만 섹시한 몸매의 소유자라거나 뭐 그런 내용 말이다.

「그런데 우리 오빠가 잘생겼는지 어떤지 어떻게 알았어요?」

제이크는 갑자기 말문이 막혔다. 그러다가 신문에서 보았던 사진이 떠올랐다. 여권 사진쯤 돼 보였다.

「신문에서 사진을 봤거든요.」

「잘 안 나온 건데.」

맞는 말이었지만 아무 소리 안 하고 있는 게 안전했다.

「형제끼린 서로 좋은 꼴을 못 본다네요.」

아녀는 희미하게 미소를 지었다. 아무래도 여자일 거라는 설명이 안 먹혀 들어간 모양이었다.

「그런 전화가 계속 왔어요?」

「기자들이 전화를 걸긴 했었는데 며칠 있으니까 제풀에 지쳐서 그만 됐거든요.」

「그럼 지금까지 이런 전화를 몇 통이나 받았어요?」

「어, 대여섯 통이요.」

「하루에요?」
「아뇨, 지난주에.」
「전화 시설이 한심해서 그럴지도 몰라요.」
「그럴지도 모르죠.」
말은 그렇게 했지만 아너의 목소리엔 자신감이 없었다.
제이크는 아너의 조심스러운 미소 아래 숨겨진 공포심을 읽었다. 아너를 돕고 싶다는 마음이 일었다. 매력이 넘치다 못해 흘리고 다니는 망할 놈의 도노반 집안 인간들.
「무슨 생각 해요?」
제이크가 생각 없이 물었다.
「방금 전화한 남자에 관해서요. 오늘밤엔 두 번이나 걸었거든요.」
「아무 말도 안 했다면서 남자인 줄 어떻게 알아요? 거기다 같은 사람이 아닐 수도 있잖아요.」
아너는 게살을 집어 들면서 대답을 회피할까 어쩔까 망설였다. 막상 대답할 말이 떠오르지 않았다.
「왜 그래요?」
제이크가 물었다.
아너는 한숨을 쉬면서 제이크를 쳐다봤다.
「혹시 그쪽도, 여자들이 일차원적인 방식 외의 다른 방식으로 정보를 얻어낸다고 하면 비웃는 타입이에요?」
아너가 무슨 소리를 하는 건지 알 수가 없었다. 그러다가 카일이 입에 올리던 육감이라는 말이 떠올랐다. 자신의 엄마 쪽으로 예언자의 피가 흐르고 있다고 장난스럽게 말하곤 했었다.
「일차원적인 방식 외의 방식이라……, 여자들의 직감 같은 걸 수사적으로 표현한 겁니까?」
「육감이라고 하는 게 낫겠어요」
「좋아요, 아까 전화한 사람이 오늘 두 번 전화를 건 그 남자라는 감이 왔다고 쳐요. 그거말고 또 뭐가 있죠?」

「내가 이런 말 하면 이상하게 생각할지도 몰라요.」

「게들도 그렇게 생각할걸요. 그런다고 말 안 합니까?」

아너의 얼굴에 장난기 어린 미소가 떠올랐다.

카일의 여동생이란 사실을 몰랐다 해도, 저 미소를 보면 쉽게 추측할 수 있었으리라. 바로 저런 미소가 도노반 집안 사람들 특유의 철철 넘치는 매력이었다.

「신문에 광고를 내고 나서 찾아온 사람들이 몇 있었거든요. 그 중 어떤 사람 때문에 온몸에 소름이 다 돋은 적이 있었어요.」

「당신한테 손을 댔어요?」

제이크는 담담한 목소리로 말하고 있었지만 아너는 알 수 있었다. 제이크가 화가 났다는 사실을.

「아뇨. 집안으로 들이지도 않은걸요.」

「왜요?」

「그 사람 눈빛 때문에요.」

아너의 몸이 부르르 떨렸다.

「차라리 뱀눈이 예뻐 보일 정도였다고요.」

「뱀이라고 너무 무시하지 말아요. 내 보기엔 예쁘기만 하던데.」

「당신이나 페이스 언니나 다를 게 없네요. 언니는 다리가 둘 달린 뱀이 진짜 무서운 거라고 하거든요.」

「와인이나 좀더 마셔 봐요.」

제이크는 아너의 잔에 술을 따랐다.

「하도 긴장해서 몸이 북어처럼 빳빳해 보여요.」

아너는 몇 모금 가볍게 마시다가 단숨에 꿀꺽 삼켰다. 조그맣게 한숨을 내쉬면서 아까 먹다 남긴 게요리를 쳐다봤다.

「눈말고 다른 특징 같은 건 없었어요?」

아너는 포크를 들고서 잠깐 머뭇거렸다.

「백인이고 삼십대 중반, 키는 중간 정도에 갈색 머리였어요. 약간 발음이 어색했고요.」

「유럽인 같진 않았어요?」

「글쎄요. 그래도 프랑스나 이태리, 독일 사람은 아니었어요.」

「확실해요?」

「그럴 거예요. 언니하고 같이 일하면서 유럽인들을 많이 접하는 편이
거든요.」

「얼마 전에 러시아에서 이민 온 사람들이 있는데 대부분 노동자로 일
하고 있어요. 핀란드와 크로아티아에서 온 사람들도 있지만 워낙 오래
전 일이라 발음이 어색한 건 노인들이나 해당되는 얘길 겁니다.」

「시애틀에 산다면서 이쪽 사정에 관해 빠삭하네요.」

「여기서 자랐거든요.」

「아, 그래서 그 사람도 아는 거군요. 오렌지색 조디악을 끌고 검문하
러 왔던 남자분 말이에요.」

「콘로이요? 아까 그 뱀눈이 무슨 옷을 입었었죠?」

「시장에서 파는 그런 종류요. 검은색 셔츠에다 바지를 입었는데 체육
복하고 비슷했어요. 싸구려 가죽 재킷에다 좀 낡은 운동화를 신었고요.
거기다 꼭 쓰레기통에서 주워온 것 같은 야구모자를 썼어요.」

갑자기 머릿속에서 뱀눈을 한 어떤 남자의 모습이 번개같이 떠올랐
다. 가능성이 별로 없다지만 자꾸 디미트리 파블로프의 작은 눈이며 하
고 다니던 복장이 눈앞에 어른거렸다. 동구권에서는 깡패 패션쯤 될까,
그런 옷차림을 하고 있었다. 소비재를 찾기 힘든 서방세계에서나 찾아
볼 수 있을 듯한 그런 복장이었다.

아녀가 말하는 뱀눈이 파블로프가 아닐 거라 생각하는 이유는 딴게
아니었다. 그 치한테는 미국까지 올 만한 차비가 없었다. 보드카 한 잔
마실 돈이 없어 빌빌거리곤 했으니까. 그렇긴 해도 앰버룸이 발견됐다
는 소문이 전세계적으로 퍼지면서 군침을 흘리는 작자들이 한둘이 아니
었다. 죽은 차르의 앰버룸에 비하면 비행기 티켓 정도야 아무것도 아니
었다. 돈 많은 재벌이 파블로프한테 여행 경비를 대주었을 수도 있었다.
앰버룸이 손에 들어오면 천문학적인 재화를 거머쥘 테니까.

「손가락이 다섯 개 맞습디까?」

제이크가 물었다.

아녀는 얼굴을 찌푸렸다.

「안 세어 봤어요. 그래도 손가락이 하나 없다든지 그런 건 아니었어요.」

「그 사람을 처음 본 게 언제였죠?」

「나흘 전이었나 그래요.」

「그럼 마지막으로 본 건요?」

「처음 보고 나서 10초쯤 후에요. 벌써 사람 다 구했다고 말하고 문을 쾅 닫아 버렸어요.」

「그래서 그 치가 화를 내던가요?」

「아무 말도 안 하던데요. 무례하게 굴지도 않고요.」

「그럼 그때부터 지금까지 한번도 못 본 겁니까?」

「네. 정말 다행이지 뭐예요.」

제이크가 얼굴을 찌푸렸다.

「어쨌든 이 근처 뒷골목에 있는 술집을 돌아다니면서 알아봐야겠어요.」

「그럴 필요 없어요.」

「술집에 갔다가 의자에 발이 걸려 넘어질까 봐요?」

잔뜩 긴장하고 있던 아녀가 웃음을 터뜨렸다.

「나 때문에 무슨 일이 생기면 어떻게 해요? 그런 건 싫다고요.」

「아무 일 없을 겁니다.」

「뒷골목에 포진한 술집은 다 섭렵한 사람 같네요.」

아녀가 호기심 어린 목소리로 말했다. 제이크가 자기 얘긴 거의 안 했지만 궁금한 건 어쩔 수가 없었다.

「그런 술집은 벌써 오래 전에 졸업했어요. 그렇긴 해도 자전거 타는 거하고 비슷해요. 한번 배우면 어떻게 해야 엉덩방아를 안 찧는지 잊어 버리질 않거든요.」

「낚시 가이드가 되는 게 그렇게 힘든 일인지 몰랐어요.」
「어른이 되는 게 그렇죠. 최소한 이런 곳에서는요.」
아너는 먹고 있던 음식에서 시선을 떼고 고개를 들었다.
「아버지가 뭘 하시는 분이었어요?」
「이런저런 일이요.」
제이크는 와인 잔을 들고 한 모금 마셨다.
「저기 저건 스케치북인가요?」
아너는 한숨을 내쉬었다. 제이크 맬러리에 관한 화제가 도마에 오른
건 아주 잠깐뿐이었다. 딴청 피우겠다면 그러라지. 나라고 못할 줄 아
나. 아너는 속으로 중얼거렸다.
「교점의 각도나 벡터값에 관해 얘기하는 것까진 괜찮아요. 그 이상은
안 돼요.」
제이크는 아너의 말이 끝나자마자 물었다.
「스케치를 시작하게요?」
「뭐 그것도 제가 하는 일이긴 하죠. 준보석들을 재료로 해서 여러 가
지를 디자인해요.」
「보석 세공이요?」
「보석 세공, 장식 예술. 사람들의 눈과 영혼을 즐겁게 해주는 일이라
고나 할까요. 잘난 척하는 우리 오빠들 말에 의하면 쥐방울만한 장신구
라고 하지만요.」
제이크는 살짝 미소를 지었다.
「뱀눈을 했다는 그 사람 얼굴도 스케치할 수 있겠어요?」
「그럼요.」
아너는 의자를 등뒤로 젖히면서 스케치북을 집었다. 연필은 좀더 멀
리 떨어져 있었다. 의자를 한껏 뒤로 젖히면서 팔을 뻗었다. 의자는 앞
뒤로 흔들리면서 쓰러지기 일보 직전이었다.
눈 깜짝할 사이에 제이크가 일어나서 아너의 의자를 똑바로 잡아 주
었다. 그리고 연필을 대신 집어 주면서 말했다.

「어머니한테 의자에 앉아서 장난치지 말라는 애기 못 들었어요?」

「가끔 들었어요」

「그럼 말 좀 들어요」

「어릴 때 누가 그렇게 부모님 말을 잘 들어요?」

한번 코웃음을 치고 나서는 덧붙였다.

「훔쳐보지 말아요. 옆에서 누가 보고 있으면 신경 쓰여서 못 그리니까.」

제이크는 머뭇거리다가 자리에 앉아서 게살을 포크로 찍었다.

아녀는 고개를 수그리고 집중하느라 눈에 힘이 들어갔다. 손목을 유연하게, 그렇지만 연필은 단단히 쥔 채로 스케치를 시작했다. 그 남자의 용모는 쉽게 떠올랐다. 얼마 안 되는 시간이었지만 위험한 인물이라는 직감 때문에 머릿속에 각인되다시피 했던 것이다.

아무 대꾸도 없는 전화를 받고 난 이후로 그 남자를 꿈속에서 보곤 했다. 끔찍한 악몽이었다.

스케치북에 그 남자의 윤곽이 조금씩 자리잡히기 시작했다. 대강의 얼굴 형태와 체격을 먼저 잡고 나서 세부적인 면에 손을 댔다. 창작이라면 속도가 더디겠지만, 이미 존재하는 대상을 스케치북에 옮기기만 하면 되는 일이라 가속도가 붙었다.

잠시 후, 아녀는 약간의 거리를 두고 살펴봤다.

「다 된 겁니까?」

제이크가 손을 뻗으며 물었다.

「아직이요」

아녀는 눈썹과 입가에 음영을 주고 나서 제이크한테 스케치북을 건넸다. 제이크는 아녀의 재능에 놀랐다는 듯 휘파람을 불었다. 그 모습을 보니 카일 오빠가 플루트를 연주하던 모습이 떠올랐다.

「정말 죽여주는 솜씨로군요. 이건 완전히 예술이네요」

스케치북 속의 인물은 디미트리 파블로프였다. 아녀가 말했듯이 일명 뱀눈이라고 알려진 작자.

「그냥 스케치한 건데요 뭘. 이런 건 예술이라고 하는 게 아니에요.」

「누가 그런 말을 합디까?」

「그런 거 구분하는 걸로 밥 먹고 사는 사람들이요.」

제이크는 투덜거리면서 스케치북을 쳐다보았다. 대체 무슨 이유로 자신의 리투아니아 측 접선자가 미국에 와서 낚시 가이드를 자처했는지 알 수가 없었다.

좋은 쪽으로 생각하려고 해도 그럴듯한 이유를 찾기가 힘들었다. 나쁜 쪽으로 추측하는 게 오히려 더 그럴듯해 보였다. 어쩐지 수상하다 생각했는데, 그 망할 자식이 양다리를 걸치고 일한 게 틀림없었다. 어쩌면 고용자가 세 명이나 네 명, 아니 그 이상 될 수도 있었다. 발트해 연안에 위치한 국가들에 있어서 정치란 허울뿐이지 몇천 년 동안 쌓인 불만으로 인해 인간 사냥이 자행되고 있는 실정이었다. 누구나 맘만 먹으면 뛰어들 수 있지만 빠져 나가긴 불가능하다는 게임.

「이 남자 혼자 왔어요?」

제이크가 손가락으로 그림을 가리키면서 물었다.

「다른 사람은 못 봤어요」

「차나 트럭 같은 것도 못 봤어요?」

「그럴 겨를이 있었어야죠. 문 열자마자 빨리 닫아 버리고 싶은 마음뿐이었다니까요.」

「지금 탓하자는 게 아니에요. 그림을 보아하니 아주 질이 나쁜 작자 같아서 그러는 겁니다.」

사실 그랬다. 파블로프의 두뇌는 신통치 않았지만 그에게는 연줄이라는 게 있었다. 선악의 구분이 없고 화합이라는 걸 모르는 나라에서는 연줄이라는 방편이 상당히 중요했다.

과거 '도노반 인터내셔널'과 '이머징 리소스'는 파블로프의 전문지식을 샀다.

제이크는 자기들말고 누가 또 그걸 샀는지 알아내야 했다.

스케치한 그림을 조심스럽게 접어 재킷 주머니에 넣었다. 물론 술집을 돌아다니면서 스케치 속의 주인공이 누군지 물어 볼 필요는 없어졌지만 아녀가 이상하게 생각하면 곤란했다.

「보트도 잘 잠가 놓았죠?」

「도둑 걱정은 안 해도 될 거 같은데요.」

「워낙 촌구석이라서 그렇다는 말입니까?」

「아뇨, 배전기에서 로터캡을 떼어냈거든요. 그러니 엔진이 작동할 이유가 없죠.」

제이크는 한쪽 눈썹을 치켜 올렸다. 보트에서 밤을 새면서 주위를 감시하고, 아녀가 없을 때 전자장비들을 뒤지면서 정보를 찾을까 했는데 아무래도 힘들 것 같았다.

그 정도 되는 호박을 숨기는 방법은 여러 가지가 있었다. 그 중에서 제일 돈 안 들고 쉬운 방법은 바다 밑에 숨기고 그 위치를 해도플로터 같은 데 남기면 될 일이었다. 그렇게 하면 흔적 하나 남기지 않고 호박을 숨길 수 있었다. 호박이 상할 염려는 더더욱 없었다.

카일의 조디악, 잠수복, GPS 수신기가 자취를 감췄다. 거기다 호박을 몽땅 가라앉힐 정도로 무거운 닻도 사라졌다. 제이크가 할 일은 그저 컴퓨터에서 해도플로터를 꼼꼼히 살펴보기만 하면 될 일이었다.

「엔진을 분리해 놨다 이겁니까? 그걸 집으로 가져왔어요?」

「아뇨. 왜요? 나사를 박아서 단단히 고정시켜 놨는데 걱정할 거 없잖아요.」

「꼭 그런 건 아니에요.」

「그럼 누가 뜯어서 다시 조립해 쓸지도 모른다는 얘기예요?」

「원체 복잡하게 만들어 놔서 그러진 못할 거예요.」

「그럼 지금 와서 어쩌겠다고요?」

「간단해요. 내가 투마로우 안에서 숙식을 하면 되니까. 그렇게 하면 누가 들어와서 수천 달러짜리 장비를 훔쳐 가는 일은 없을 겁니다.」

「누가 오빠 컴퓨터를 손댈까 봐 그러는 거예요?」

누가 도노반 집안 사람 아니랄까 봐, 역시 아녀는 눈치가 빨랐다.

「컴퓨터는 원래 비싸고 무겁지도 않고 팔아 넘기기도 쉬워요. 그러니까 도둑들이 눈독을 들일 수밖에 없어요.」

「보트는 열쇠로 잠가 놨다니까요.」

제이크는 머뭇거리다가 마지막 남은 히든카드를 써먹기로 했다. 두꺼운 지침서를 읽어봤으니 아너도 하루아침에 항해술을 마스터한다는 건 불가능하다는 사실을 깨달았을 것이다. 호박을 찾으려면 아너한텐 믿을 만한 가이드가 필요했다. 그게 아니라면 최소한 경험이 많은 노련한 가이드가.

「신문을 읽어봐요. 호박을 손에 넣겠다고 당신 오빠를 뒤쫓는 작자들이 아마 한둘이 아닐걸요. 별장 문을 잠근다고 해서 아무 일 없으리란 생각은 하지 않는 게 좋을 겁니다.」

아너는 주위를 둘러봤다. 새로 설치한 빗장이며 자물쇠가 아너를 비웃는 것처럼 보였다.

카일 오빠, 사라진 호박, 큰오빠가 회피했던 대답들……

「내가 보트 안에서 자면 돼요.」

아너도 별로 내키지 않았지만 할 수 없었다.

「그럴 필요가 뭐 있어요? 그쪽은 물위에 있는 걸 싫어하고 난 오히려 좋아하는데.」

아너는 얼굴을 찌푸렸지만 뭐라고 반박은 하지 않았다.

「그래도 괜찮겠어요?」

「괜찮아요. 내가 집에서 짐 챙겨 올 동안 엔진을 제대로 해놔요. 오늘밤에 옮길 겁니다.」

「진짜 강도가 침입해 오면 어떻게 하죠?」

「비명을 질러요.」

「그쪽 덕보긴 글렀군요.」

「해보지도 않고서 그렇게 단정 짓지 말아요. 그게 아니면 그쪽은 호신용이랍시고 권총이니 가스총 같은 걸 갖고 다니는 타입입니까?」

「권총 같은 건 안 갖고 다녀요. 가스총은 한번 써볼까 생각했지만.」

「비명 지르는 건 자신 있어요?」

「리히터 진도 측정기로 재니까 한 9정도 나오던데요. 언니가 나보다 더 높이 올라가긴 했지만 큰오빠 말로는 내가 소리를 지르면 50미터 떨어진 거리에 있던 사람 고막도 터질 거래요.」

제이크가 미소를 지었다.

「그 동안 이상한 전화 받으면서 무섭지는 않았어요?」

「얼마나 무서웠는데요. 이제 소리지르면 달려올 사람이 있다고 생각하니까 그렇게 안심이 될 수가 없네요.」

「나 때문에 안심이 된다고요?」

「그런 생각 안 했으면 그쪽을 고용했겠어요?」

「내가 뱀눈이 아니라서 그런 겁니까?」

아너는 술잔을 들고 건배를 했다.

「회색 눈을 한 뱀은 아직 못 봤거든요. 그쪽한텐 다행스러운 일이지 뭐예요. 안 그래요?」

아너는 아주 조심성 많은 타입이었지만 자신의 상대가 얼마나 두려운 존재인지 알지 못했다.

제이크는 잔을 들어올리면서 말했다.

「더 많은 행운이 따라 주길 빌면서.」

실타래처럼 얽히고 설킨 상황에서 벗어나려면 지금보다 훨씬 많은 운이 따라 주어야 했다. 그건 아너도 마찬가지였다. 그 사실을 아직 본인이 깨닫지 못했다고 해도.

7

아직 깜깜한데도 자명종이 울리기 시작했다. 처음엔 소리가 작게 들렸다가 사이렌처럼 들리더니 발정 난 암코양이 소리로 변했다. 하도 찢어지는 소리라서 교미하던 고양이들마저 도망칠 판국이었다. 세 가지 소리가 한 번씩 끝나는 데 15분이 걸렸다. 아너는 그 한 단계가 거의 끝나 갈 때까지 잠에서 깨지 않았다. 아직은 일어나기가 싫었다.

아너는 신음소리를 내면서 이불을 뒤집어썼다. 자명종에서 나는 찢어지는 소리가 계속 귓속을 파고들었다. 소리를 일부러 증폭해 놓은 기계음을 무시하기란 쉬운 일이 아니었다. 카일 오빠한테 욕지거리를 퍼붓는 일이 일중행사나 다름없었다. 자명종에서 저 끔찍한 비명소리가 나게 하다니 카일 오빠의 손재간도 어지간했다.

「알았어. 알았다니까. 일어났어.」

자명종은 아너의 항복을 믿을 수 없는지 끊임없이 울어댔다. 할 수 없이 아너는 자리에서 일어나 그 빌어먹을 자명종을 꺼버렸다.

「오빠가 술에 절어 살진 않았다는 증거지.」

아너는 눈을 비비면서 말을 이었다.

「흐리멍덩한 머리로는 이런 자명종을 못 만들었을 테니까.」

그때 현관문을 쾅쾅 두드리는 소리가 들렸다.

「무슨 일 있어요?」

아너는 현관문으로 달려가서 빗장을 풀었다.

제이크가 주먹을 들어올리는 모습이 현관 불빛 아래 비쳤다. 애꿎은 별장 문만 부서져라 또 두드리려던 참인 게 분명했다.

「아직 해도 안 떠올랐는데 왜 그렇게 문을 두드려 대는 거예요?」

「정말 아무 일 없어요?」

「잠 깨고 나서 말할게요. 뭐 때문에 이러는 건데요?」

제이크는 문지방에 팔을 올려놓고 몸을 기댔다.

「방금 전에 무슨 일이 있었던 겁니까?」

제이크의 목소리는 나른한 단잠의 여운이 달아나게 만들었다. 아너는 눈을 크게 뜨고 제이크를 바라봤다. 속옷 차림에 면도를 하려던 참이었는지 한쪽 뺨에 비누거품이 묻어 있었다. 묘하게 생긴 메달이 가슴털 위를 배회하고 있었다.

「참 나, 그렇게 속옷 바람으로 다니면 어떻게 해요?」

아너가 시선을 아래쪽으로 두면서 말했다.

「비명이나 질러대는 아둔한 인간들을 구출할 때만 이럽니다.」

「비명이라니, 배 안에서도 들렸던 거예요?」

「배요? 젠장, 그 소리를 공습 경보로 착각하고 휘드비 공군 기지에서 부대가 출격하지나 않을까 걱정됩디다.」

아너는 신음소리를 내면서 손을 내저었다.

「이게 다 카일 오빠 탓이에요.」

「지금 여기 와 있어요?」

제이크는 날카로운 목소리를 내면서 집안을 살폈다.

「아뇨, 자명종 말이에요.」

「자명종이요?」

아너가 고개를 끄덕였다.

「카일 오빠하고 나는 닮은 구석이 하나 있는데 말이죠, 둘 다 아침에 일찍 일어나지 못해 고생한다는 거예요」

「그래서요?」

「그래서 오빠가 자명종을 직접 만들어 줬어요. 생일 선물로요」

제이크는 눈을 감고 마음을 진정시키려고 노력했다. 아까 그 끔찍한 비명소리를 들었을 때는 심장이 덜컥 내려앉는 줄 알았다.

「생일 선물이라니, 그런 선물 주고 몸이 성하길 바라면 제정신이 아닐 겁니다.」

제이크는 이를 악물고 대꾸했다.

「맞는 말씀. 잠 깨워서 미안해요.」

「진즉 일어났어요. 한 달 만에 수염이나 깎아 볼까 하던 참이었는데. 자꾸 그렇게 쳐다보고 있기만 할 겁니까? 내 팬티에 지폐라도 한 장 꽂아 줄까 해서 그래요?」

아너는 놀라서 입이 벌어졌다. 이내 화가 난 얼굴로 문을 쾅 닫아 버렸다.

제이크는 숨을 몰아쉬면서 문가에 올려놨던 손을 조심스럽게 내렸다. 그의 손에 들려 있는 검은색 권총은 아주 성능이 괜찮았다. 아너가 보지 못하게 권총을 든 손은 내내 문지방에 올려놓고 있었다. 낚시 가이드가 뭘하러 그런 걸 갖고 있냐고 아너가 대뜸 물어 보기라도 하면 곤란했다.

도노반 집안 특유의 불같은 성미에 감사할 따름이었다. 아너를 화나게 한 건 순전히 순간적으로 기지를 발휘한 덕이었다. 권총을 빗물 홈통에 슬쩍 떨어뜨려 놓을까 싶었지만 그랬다가는 나중에 한 시간 이상 공들여 손질해야 하는 수고를 거쳐야 했다. 거기다 커다란 눈동자가 자신의 몸을 감상하듯이 바라보는 건 고문이나 다름없었다. 몇 초만 더 그대로 있었으면 당장 팬티를 벗어 던졌을지도 모를 일이었다.

124

「이제 흥분 좀 가라앉혀라.」

제이크는 나지막이 혼잣말을 내뱉으면서 선착장으로 걸어갔다.

아무것도 건진 게 없었다. 그게 문제였다. 자기가 원하는 걸 눈으로 확인만 했지 손에 넣은 건 없었다. 헝클어진 다갈색 머리, 잠에 취한 부드러운 입술, 엉덩이까지 내려오는 헐렁한 티셔츠……. 당장이라도 그 안에 뛰어들고 싶은 충동이 솟구쳤다.

「그딴 여자 필요 없어.」

말은 그렇게 했지만 사실이 아니었다.

「이 바보 멍청이, 천치……, 윽.」

돌부리에 부딪히고 나서야 제이크는 자신이 별장까지 맨발로 뛰어갔다는 사실을 깨달았다. 차라리 발이 아픈 게 낫다 싶었다. 그쪽이 사타구니 쪽에 신경을 덜 쓰게 했다.

보트로 돌아온 제이크는 면도는 집어치우기로 맘먹었다. 한 달 동안 수염이 제법 자라서 가렵거나 하진 않았다. 얼마 안 있으면 겨울인데다, 여자들이 수염을 싫어한다는 얘기를 제법 믿을 만한 소식통을 통해 들은 적이 있어서였다. 여자들은 깨끗하게 면도한 곱살한 타입의 남자들을 좋아했다. 그게 아니면 야성적으로 보인답시고 계획적으로 한 이틀쯤 면도를 안 한 남자들한테 유혹당해 침대로 끌려가기 마련이었다.

욕지거리를 계속 내뱉으면서 제이크는 위안을 찾아내려고 노력했다. 누군가 별장을 감시하고 있었다면 지금쯤 아너가 무사하다는 사실을 알았으리라.

앨런은 새벽부터 전화를 받느라 고생 좀 할 거고.

아너는 옷을 챙겨 입고 선착장으로 내려갔다. 아직도 날은 어둑어둑했다. 선실에서 불빛이 흘러나오고 있었다. 엔진 소리가 까마귀들 푸드덕거리는 소리 비슷하게 들려 왔다. 선실 문 바로 옆에 낚싯대가 세워져 있었다. 플라스틱 양동이 가장자리에 낚시도구가 살짝 걸쳐져 있었는데, 미끼로 써먹을 냉동 생선들이 양동이 안에서 조금씩 녹고 있었다.

「고작 이까짓 일 때문에 새벽부터 일어나다니, 내가 미쳤지 미쳤어.」

아너는 암울한 기분에 휩싸여 이슬이 잔뜩 맺힌 보트에 발을 내디뎠다. 선실 문을 열었더니 뜨거운 커피 향이 부드럽게 몸을 휘감았다. 제이크는 머그잔을 들고 키 앞에 앉아 있었다.

「용서해 주기로 할게요」

커피잔을 집어 들면서 아너가 무턱대고 말을 꺼냈다.

「뭘요?」

제이크가 놀라서 물었다.

「뭐든지요. 커피 좀 마셔도 돼요?」

「당신 거잖아요. 설탕하고 크림도.」

「이 빠진 머그잔이라도 커피만 맛있으면 상관없어요. 한잔 주세요.」

제이크는 아너한테 커피를 따라 주었다. 아너는 천천히 커피를 음미했다. 뜨거운 커피가 목구멍을 타고 뱃속으로 흘러 들어가는 짜릿한 기분에 몸이 떨려 왔다.

「잠은 잘 잤어요?」

제이크가 물었다.

「어땠을 거 같아요?」

「한숨도 못 잔 얼굴이네요. 이상한 전화 온 거 없었어요?」

아너는 고개를 끄덕이면서 커피를 꿀꺽 삼켰다.

「정말 커피 맛 한번 죽이네요. 이 정도라면 여자들이 당신하고 결혼하겠다고 줄서겠는데요.」

아너는 마지막 남은 한 모금을 음미하면서 미소를 지었다.

「저기, 낚시하러 가야 해요?」

「당연한 말씀. 발뺌하려 해봤자 소용없어요.」

아너는 웃음을 터뜨렸다. 제이크하고 같이 보내는 새벽녘이 나쁘진 않았다.

「휴전합시다.」

제이크가 말했다.

「그래요. 지금은 잠도 다 깼으니까.」

「나도 그래요.」

제이크는 아까 들여다보았던 해도플로터 쪽으로 몸을 돌리면서 말했다.

「쳐다보지 말라고 어쩌고 그랬던 거 미안해요.」

「쳐다본 쪽이 실수했죠.」

아너가 중얼거렸다.

「남자가 벗고 돌아다니는 걸 거의 못 봐서 그랬나 봐요.」

「신에게 부여받은 성적인 자유는 어떻게 하고요?」

「에이즈니 뭐니 병들이 많잖아요. 안전을 위해서도 금욕하는 게 좋아요.」

아너는 커피메이커 쪽으로 손을 뻗으면서 말했다.

「사는 게 너무 지루할걸요.」

「섹스도 마찬가진데요, 뭘.」

아너는 하품을 하며 덧붙였다.

「어때요, 생각 있어요?」

제이크는 고개를 획 돌렸다. 아너는 커피를 잔에 따르고 있었다. 아너가 생각 있냐고 물어 본 건 섹스가 아니라 커피를 염두에 두고 한 말이었다. 제이크는 자신이 실망한 게 아니라 안도의 숨을 내쉬고 있다고 되뇌었다.

「그래요, 한잔 줘요.」

아너는 커피에 크림을 따른 뒤, 제이크한테 건네줬다.

「남한테……, 누구한테 커피를 많이 타준 솜씨 같아요.」

「페이스 언니한테요. 언니는 크림하고 설탕을 잔뜩 넣어 마셨어요.」

아너는 뜨거운 액체가 전해 주는 기분 좋은 자극에 몸을 떨었다.

「아침을 이렇게 먹다니…….」

「별장에서 뭐 먹은 거 있어요?」

「내 자명종이요.」

제이크가 고개를 획 돌렸다.

아너는 웃음을 터뜨렸다.

「지금 표정이 얼마나 웃긴지 알아요?」

「내일 새벽에 당신 뱃속에서 무슨 소리가 날지 궁금할 따름이에요.」

「내일도 꼭두새벽부터 움직일 필요 없잖아요?」

「무슨 말씀. 자명종이랑 같이 소화되게 오믈렛이라도 먹을래요?」

아너는 다시 봤다는 듯이 제이크를 쳐다봤다.

「진짜 요리할 수 있는 거예요?」

「내가 굶고 다니는 사람처럼 보입니까?」

「음식점에 가서 사먹을 수도 있잖아요.」

「음식점이 하도 형편없어서 할 수 없이 요리를 배운 겁니다.」

아너는 제이크가 결혼을 했었는지 넌지시 물어 보고 싶었지만 아무리 생각해도 적당한 질문이 떠오르지 않았다. 하는 수 없이 직선적으로 물었다.

「결혼한 적 있어요?」

「네. 당신은요?」

「없어요. 우리 집안 식구들을 상대할 만한 남자를 못 만났거든요. 그런데 결혼 생활은 몇 년 동안 지속됐어요?」

「유부남이면 어쩔래요?」

아너는 놀라서 아무 말도 못하고 입을 벌린 채 제이크를 쳐다봤다.

「12년이나 지난 얘기예요. 한 일 년 지속됐을까, 그때 난 해군으로 복무 중이었고 아내는 혼자 있는 걸 싫어하는 타입이었어요. 아이는 무, 후회도 무. 다른 질문 있어요?」

제이크의 얼굴에 미소가 떠올랐다.

아너는 몸을 움찔했다.

「미안해요. 궁금해서 물어 본 건데…… 평상시보다 일찍 일어나서 그런 건지 실례라는 걸 깜빡했네요.」

제이크는 바람에 나부끼는 아너의 머리카락을 가볍게 잡아당겼다.

「나도 원래 직선적인 사람이니까 괜찮아요. 어때요? 그쪽도 아이는 없었어요?」

「결혼한 적 없다고 했잖아요.」

「이봐요, 결혼한 여자만 임신하란 법 있어요? 텔레비전 연속극도 안 보나……. 요리는 할 줄 알아요?」

제이크가 고개를 흔들면서 말했다.

「그럼요. 오믈렛에 넣게 계란 껍질 벗겨 놓을까요?」

제이크는 아너를 쳐다보았다. 삶은 계란도 아닌데 껍질을 벗겨 놓다니. 제이크는 슬머시 미소를 지으면서 스토브 쪽으로 움직였다. 카일도 저랬는데……, 재치 있고 농담을 좋아했다. 같이 있으면 즐거운 상대라고나 할까.

제이크는 그릇에 계란을 깨뜨려 넣었다. 그가 오믈렛을 만드는 동안 아너는 컴퓨터 모니터들을 들여다봤다.

「이게 뭐예요?」

「컴퓨터에 저장된 항로를 찾아냈어요.」

「어디로 통하는 항로인데요?」

「섬 외곽 쪽으로요.」

「낚시터로 가는 항로를 표시해 놓은 건 아니에요?」

「그런 거 같아요.」

「낚시는 나중에 해요. 보트 다루는 법을 먼저 배우고 싶다고요.」

아너가 조바심을 냈다.

「한꺼번에 두 가지를 다 배우면 되잖아요.」

「그러든지요. 빨리 시작했으면 좋겠어요.」

「아침 먼저 먹고요. 배가 든든해야 뭘 해도 제대로 하는 법이에요.」

아너한테 말은 안 했지만 이유가 하나 더 있었다. 콘로이가 말했던 네 번째 배를 확인해 보고 싶었던 것이다. 누가 키를 잡고 있는지 알아야 했다. 게임에서 경쟁자가 누군지 모르면 그만큼 불리한 법이었다. 이름도 모르는 경쟁자 때문에 제이크는 신경이 날카로운 상태였다.

　그는 계란을 풀어서 달군 프라이팬에 부었다. 표면이 노릇노릇해지자 나머지 재료를 뿌렸다.

「오빠분이 스킨스쿠버엔 취미가 없었어요?」

제이크가 슬쩍 질문을 던졌다.

「여기서요?」

「네.」

「여기말고 몇 년 전에 호주에서 했을걸요. 큰오빠는 그때 브루메에서 나는 진주가 괜찮은지 어쩐지 조사하던 중이었고요.」

「그럼 여기선 안 했대요?」

「여긴 장소가 안 좋다나 봐요.」

「열대지방에 비하면 그렇긴 해요. 수온이 너무 낮아서 힘들거든요. 조류가 일정치 않아서 예측하기도 쉽지 않고, 아무튼 위험해요.」

「스킨스쿠버 할 줄 알아요?」

「약간은요. 오빠가 별장에다 스킨스쿠버 장비를 놔두진 않았어요?」

「아뇨.」

「확실해요?」

「오빠 권총 찾느라고 안 뒤져본 데가 없다고요. 스킨스쿠버 장비 비슷한 건 하나도 없었어요.」

「권총은 찾았어요?」

「없어졌는지 못 찾겠어요.」

아녀가 재빨리 덧붙였다.

「노파심에서 하는 말이지만 해변에서 시체로 발견된 사람은 총상을 입은 흔적이 없었어요.」

「내 머릿속에는 지금 계란을 태우지 말아야 한다는 생각밖에 없어요.」

제이크는 프라이팬을 휘저으면서 맛을 봤다.

「별장 안에서 이런 건 못 봤어요?」

제이크는 몸을 돌리고 물었다.

아너는 제이크의 손에 들린 조그만 기계를 쳐다봤다.

「그게 뭐예요?」

「GPS 수신기입니다.」

「뭐요?」

「군사용 항법장치예요. 이 수신기만 있으면 누가 몇 미터 혹은 몇천 미터 안에 있는지 위치를 파악할 수가 있어요.」

「이런 건 없었어요.」

아너는 기계를 살펴보면서 말했다.

예상했던 일이었다. 안 그래도 카일이 GPS를 같이 들고 갔을 거란 생각이 들었다. 무슨 이유인진 몰라도 카일은 시스포트 대신에 조디악을 끌고 갔다. 바다 밑에 숨겨 놓은 물건을 다시 건져낸다는 게 쉬운 일이 아닌 만큼 GPS가 필요했을 것이다. 물론 GPS가 있다고 해도 힘든 작업이긴 마찬가지였다.

「어디 다른 곳에 둔 건 아니고요?」

「차 안엔 없었어요. 거길 제일 먼저 뒤져봤거든요.」

제이크는 오믈렛으로 시선을 돌렸다. 너무 속이 뻔히 들여다보이는 질문 공세를 퍼붓고 있는 건 아닌가 싶었다. 그렇긴 해도 확실히 알아 둘 건 알아 둬야 했다.

「오빠가 시내 외곽에 있는 보관 창고를 빌려 썼을지도 모르잖아요?」

제이크가 오믈렛을 두 겹으로 접으면서 말했다.

「수표책을 살펴봤는데 그쪽에다 돈 쓴 일은 없었어요. 냄새가 정말 좋은데, 재료로 뭘 넣은 거예요?」

「실란트로(멕시코 음식에 쓰이는 향료), 양파, 잭치즈(캘리포니아산 치즈)요.」

제이크는 기계적으로 나열했다. 마음속으로는 아너가 자기 오빠의 수표책을 살펴봤다는 사실을 곱씹고 있었다. 일차원적인 방식 외의 방식 어쩌고 하긴 했어도 일차원적인 방식을 거치지 않은 건 아니었군.

「좀 이상하다 싶은 구석은 없었고요?」

「글쎄요. 큰돈이 왔다갔다한 흔적은 없었어요. 캘리포니아에 거주하는 와인 업자한테 수표를 썼다는 게 조금 의외긴 해요. 오빠가 워낙 와인을 좋아하는 사람이라 사실 그렇게 이상할 것도 없지만요. 그렇긴 해도 유난을 떨면서 마시진 않는다고요.」

「유난을 떨면서 마신다고요?」

「순은으로 만든 코르크 마개로 열고 크리스털 잔에 따라 마시는 그런 와인들 있잖아요. 음미한답시고 잔뜩 혀를 굴려 대면서 말이에요.」

제이크는 웃으면서 오믈렛의 한 귀퉁이를 들춰보았다. 아직 몇 분 더 있어야 익을 것 같았다.

「우체통은 살펴봤어요?」

「쓸데없는 것밖에 없었어요. 고지서니 뭐니 그런 것들이요.」

「전화요금 고지서는요?」

갑자기 아너의 얼굴에서 웃음기가 사라졌다.

「그것도 있었어요.」

제이크는 자신이 경찰처럼 심문조로 얘기한 건 아닌가 걱정스러웠다.

「오빠가 칼리닌그라드에 가고 나선 장거리 전화 내역으로 청구된 요금이 없어요. 최소한 지금까지는 그런 명목으로 돈이 나간 적이 없다고요.」

제이크는 죽은 사람들이 전화를 걸리는 만무하고 호박을 훔쳐서 도주하는 마당에 이쪽으로 전화를 걸 이유가 없다는 얘기를 하려다가 말았다. 대신 오믈렛을 접시에 얹어 아너한테 건네줬다.

「출항 준비를 할 동안 먹고 있어요. 조류란 놈은 원래 참을성이 없거든요.」

「당신은요?」

「상황만 괜찮다 싶으면 오래 버티는 타입이에요.」

아너는 의미심장하게 미소짓는 제이크를 가만히 쳐다보았다. 저런 미소도 흉기에 속하는 거 아닌가 몰라.

「음……, 난 오믈렛 얘기 한 거예요. 아침 안 먹을 거냐고요?」

「아까 먹었어요.」

제이크는 선실을 나오면서 문을 닫았다. 먼 곳에서 다가오는 새벽과 함께 차가운 바람이 폐부를 파고들었다. 투마로우의 항해등이 서서히 사라져 가는 밤을 눈부시게 밝혀 주었다. 그는 밧줄을 풀고 뱃고물에 있는 조종간에 자리를 잡았다. 이내 보트가 방향을 잡는 걸 보고 나서 다시 선실로 들어왔다.

「다른 배들은 없어요?」

「아직은요.」

「캡틴 콘로이가 또 검문하러 올까요?」

「다시 나타나도 놀라 자빠지진 않겠죠.」

「그쪽이 뭔가에 놀라는 일도 있어요?」

제이크는 무슨 뜻인가 싶어 아너를 쳐다봤다. 아너는 포크를 입으로 가져갔다. 오믈렛 부스러기를 깔끔히 혀로 핥아내고 있는 참이었다. 제이크는 고개를 돌려 버렸지만 이미 엎질러진 물이었다. 바지가 또 꼭 조여 오기 시작했다. 고작 조그만 혀가 움직이는 걸 봤다고 이렇게 흥분하다니, 욕지거리가 튀어나왔다.

「정말 죽여주네요.」

제이크가 투덜거렸다.

「정말이에요. 너무 맛있었어요.」

「실란트로 때문에 그래요. 입맛을 돋워 주거든요.」

아너는 포크를 다시 한 번 핥으면서 한숨을 내쉬었다.

「그건 포크지 막대사탕이 아니에요.」

제이크가 나지막하게 한마디 내뱉었다.

「뭐라고요?」

「쌍안경 갖고 왔어요?」

「네.」

아너는 가죽 배낭에서 조그만 쌍안경을 꺼냈다.

「여기요.」

제이크는 화사하기만 해 보이는 쌍안경을 물끄러미 쳐다봤다.

「내 걸 써요. 빛이 약한 곳에선 내 게 훨씬 성능이 괜찮으니까요. 이쪽으로 오는 배가 없는지 오른쪽을 살펴봐요.」

「좌현이요.」

아너가 재빨리 덧붙였다.

「봐요, 어제 많이 공부한 티가 나죠?」

「미안하지만 좌현은 왼쪽이에요.」

「오른쪽하고 우현도 있잖아요.」

아너가 자랑스럽게 말했다.

「그게 뭔대요?」

「됐어요. 매사에 시큰둥한 건 나보다 한 수 위네요.」

제이크는 매사에 시큰둥한 사람 바짓가랑이가 이렇게 부풀어오를 수도 있냐고 말하려다가 말았다. 그때 다른 방향에서 불빛이 점점 다가오고 있었다.

「쌍안경으로 저기 저 보트들 좀 봐요.」

「뭘 보라고요?」

「배 이름, 등록번호, 모델명, 눈에 보이는 건 아무거나요.」

「내가 배를 몰 테니까 직접 보지 그래요. 찾고 싶은 게 있으니까 그럴 거 아니에요.」

제이크는 아너가 비꼬고 있는 게 아님을 알아차렸다. 낚시 가이드가 다른 보트에 왜 그렇게 관심이 많은 거냐고 묻는 게 아니었다. 아너도 제이크와 같은 생각을 하고 있는지도 몰랐다. 카일과 사라진 호박.

「난 수면에 통나무들이 떠다니는지 어쩐지 봐야 해요.」

아너는 검게 빛나는 바다를 바라보았다.

「그거 찾으려고 지금 8노트 속도로 느려 터지게 가고 있는 거예요?」

「이렇게 깜깜할 때 속도를 내려는 사람을 뭐라고 하는 줄 알아요? 죽고 싶어서 환장했다고 하는 거예요.」

「맘대로 해요.」

아너는 쌍안경을 집어 들고서 초점을 맞췄다.

「확실치는 않지만 배 이름이 '베이타이머' 같은데요.」

「베이라이너겠죠. 유명한 선박 제조 회사의 제품이에요. 배 안에 몇 사람이나 탄 거 같아요?」

「모르겠어요.」

「우현에 있는 보트를 살펴봐요.」

「오른쪽에 있는 보트를 살펴보란 얘기죠? 맞죠?」

「맞아요, 맞아.」

아너는 미소를 지었다.

「아까 거 보다는 좀 작아 보이는데요.」

「그것도 아마 베이라이너일 거예요.」

「뭐라고요?」

「어제 두 척 있었거든요. 다른 보트들은 없어요?」

「지금 찾아보는 중이에요.」

아너가 더 잘 볼 수 있게 하려고 제이크는 속도를 죽였다. 순식간에 새벽이 밝아 오기 시작했다. 하늘을 가로질러 황금빛 폭염이 피어올랐다.

「오렌지색 점이 방금 전에 튀어나왔어요. 캡틴 콘로이일걸요.」

「그럴지도 모르죠. 다른 건 안 보여요?」

「모르겠어요. 아무튼 왼……, 아니 좌현 쪽으로 움직이는 보트가 있는 거 같아요.」

제이크는 왼쪽으로 시선을 돌렸다.

「불빛은 안 보이는데요.」

「나도요 그래도 지평선 쪽에 보트 비슷한 형체가 보여요.」

「계속 보고 있어요.」

제이크는 항해등을 껐다. 그러고 나서 아너가 말한 배가 있는 방향으로 항로를 바꿨다.

「보트에 탄 사람들이 보이면 나한테 말해요.」

「그 사람들이 우릴 먼저 보면 어쩌죠?」

「뒤쪽을 봐요.」

확실히 뒤쪽은 아직 더 어두웠다. 앞쪽에서 동이 트고 있으니 그럴 수밖에 없었다.

「누굴 찾는 건데요?」

「뱀눈이요.」

아너는 쌍안경으로 열심히 살펴보기 시작했다.

「뭐처럼 보여요?」

「이젠 안 보여요. 보트였는데.」

「그럼, 이쪽 보조석에 착석!」

아무 말 없이 아너는 자리에 앉았다.

「말투가 엄청나네요. 신참들 골탕먹이는 훈련 교관은 아니었나 몰라?」

「해군엔 그런 거 없어요. 꼭 붙들어요. 잔뜩 흔들릴 테니까.」

「뭐하려고요?」

「제대로 들여다보게 가까이 가봅시다.」

8

제이크가 속도를 올리자, 시스포트의 엔진 소리가 점점 커지면서 주
위로 퍼져 나갔다. 배는 쪽빛 바다 위를 빠른 속도로 내달리고 있었다.
바람과 조류가 수면을 난자하고 있었다. 물보라가 뱃머리 양쪽으로 세
차게 일었다.

「아직 안 보여요?」

「네.」

「배가 지나간 자국도 안 보여요?」

「지금 우리 배도 물을 이렇게 엄청나게 튀면서 가는데 구분이 되겠어
요?」

제이크는 속도를 조금 더 올렸다.

「통나무 어쩌고 하더니 어떻게 된 거예요?」

아너가 이를 악물고 물었다.

「우린 지금 망망대해 위에 있으니까 언제 찾을진 나도 몰라요」

　제이크는 충격을 줄이기 위해 스로틀 레버를 조금 내렸다. 아너는 깜짝 놀라서 계기반을 붙들었다. 제이크는 와이퍼 세 개를 동시에 작동시켜서 유리창을 닦고 뱃머리의 균형을 잡았다.
　무풍지대를 벗어나면서부터 파도가 점점 거세졌다. 어떤 땐 경쾌하게 미끄러지다가도 갑자기 흔들리곤 했다.
「나머지는 한참 뒤에 따라오고 있는데요.」
「그거야 자기들 사정이지, 나하곤 상관없어요. 아직도 안 보여요?」
「예.」
「쌍안경 뒀다 뭐해요.」
　아너는 한 손으론 쌍안경을 들고 나머지 손으로는 계기반을 꽉 붙들었다. 파도 때문에 하도 흔들려서 쌍안경으로 뭘 본다는 것 자체가 불가능한 일이었다. 몇 분쯤 후, 아너는 쌍안경을 내려놓고 계기반을 붙잡았다.
「뭐 보이는 거 있어요?」
「아뇨.」
「계속 들여다봐요.」
「계속 보고 있다간 그쪽이 만든 죽여주는 오믈렛이 다시 튀어나올 테니까 알아서 해요.」
「어, 배멀미해요?」
「쌍안경으로 보는데 자꾸 튀어 오르고…….」
　아너는 숨을 들이마시며 말을 이었다.
「어떻게 딴 얘기 좀 할 수 없겠어요?」
　제이크는 레이더를 살펴봤다. 시스포트 정면으로는 아무런 표시도 나타나지 않았다.
　그 망할 자식은 쥐새끼처럼 잽싸기도 하군, 제이크는 속으로 부아가 치밀었다.
「나머지 구경꾼들은 아직도 못 쫓아오고 있어요?」
「그런가 봐요. 조디악만 보여요.」

「젠장, 애꿎은 콘로이만 고생하게 만들었군.」

제이크는 속도를 늦추고 무의미한 추적을 그만 뒀다.

「다 큰 어른인데 뭣하러 걱정해요?」

아너의 말투로 봐선 그 동안 경찰이니 경비대원 같은 공직자들한테
잔뜩 시달린 나머지 동정심도 안 생기는 모양이었다.

「쫓아오지 못할 거면 일찌감치 포기하면 되잖아요.」

「명령을 받았으니까 할 수 없어요.」

「그건 군바리들도 마찬가지예요.」

「콘로이를 너무 나쁘게만 보지 말아요, 하니.」

그녀는 자기 이름이 아너이지 하니가 아니라고 말하려다 말았다. 말
투에서 오만함보다는 친밀감을 느꼈기 때문이었다. 그렇긴 해도……

「정말이에요, 달링?」

제이크는 깜짝 놀란 시선을 던지더니 이내 씩 웃었다. 아너는 아무래
도 괜히 덤볐다는 생각이 들었다.

「달링이라고 했어요?」

「그게 싫으면 귀염둥이로 하던지요.」

제이크는 큰 소리로 웃음을 터뜨렸다.

「귀염둥이라니, 세상에. 과거에 오빠들 속 꽤나 썩였죠? 안 그래요?」

「그러려고 별짓을 다 했어요. 내가 기운이 빠지면 언니가 대타로 나
갔고요.」

가족들에 대한 애정이 배여 있는 아너의 목소리를 듣고 있던 제이크
의 얼굴에서 미소가 사라졌다. 아너가 가족하고 절친하면 할수록 거리
감이 느껴질 수밖에 없었다.

「그럼 이제 그만 쫓는 거예요?」

「예.」

아너는 제이크가 뭐라고 설명해 주기만을 기다렸다.

「그럼 이제 뭐해요?」

「급유를 해야죠.」

그는 선착장 근방에 이를 때까지 더 이상의 언급이 없었다.

「뱃머리로 가서 밧줄 던질 채비나 해요.」

아너는 뭐라고 한마디해 주려다가 참았다. 제이크는 따뜻하지도 친밀하지도 않은 그런 표정을 하고 있었다. 아너는 좌현에 발을 내디디고 비스듬히 서서 조심스럽게 뱃고물 쪽으로 움직였다. 하선 밧줄을 쓸 필요가 없어 보였다. 투마로우는 급유소(給油所) 선착장에 정확하게 안착했다.

안내원은 20대 초반으로 보이는 여자였다. 풍성한 곱슬머리에 잘빠진 몸매가 시선을 끌었다. 재빨리 뱃머리의 밧줄을 묶고 나서 뱃고물의 밧줄걸이를 붙들어 배가 움직이지 못하게 했다.

아너는 재빨리 뱃고물 밧줄을 건네줬다. 안내원은 순식간에 선착장에 밧줄을 묶었다.

「안녕하세요, 카일.」

안내원은 쾌활하게 입을 열었다.

「오랜만……, 어머, 카일이 아니네.」

안내원은 보트 이름을 다시 살펴봤다. 다시 봐도 투마로우가 맞았다.

「보시다시피 카일이 아닙니다. 카일이 자주 들렀나 봐요?」

「일 주일에 두 번 정도 왔어요.」

여자는 아쉽다는 듯이 말했다.

「그 동안 안 보여서 휴가라도 갔나 했어요.」

「그럴걸요.」

제이크는 아너한테 딴소리하지 말라는 시선을 보냈다. 신문을 아직 못 봤다면, 들어서 좋은 얘기도 아닌데 이쪽에서 굳이 떠들어댈 이유가 없었다.

「정말 끝내주는 보트예요.」

안내원이 투마로우를 보면서 말했다.

「그럼요.」

제이크는 연료탱크 뚜껑에 열쇠를 꽂고 나사를 돌렸다.

「카일 대신에 내가 잘 손봐주고 있어요. 어디 가기 전에 가득 채워 둬야죠. 기름을 얼마나 잡아먹는지 카일한테 얘길 못 들었거든요」

안내원은 웃으면서 곱슬곱슬한 긴 머리를 어깨 뒤로 젖혔다. 제이크한테 던지는 시선을 보니, 연료를 얼마나 잡아먹는지 기꺼이 알아봐 주겠다는 식이었다. 그게 아니면 자신이 제이크한테 잡아먹혀도 상관없다는 건지.

아녀는 심술궂게 속으로 되뇌었다.

신문을 안 보고 다니니까 저렇게 헤어스타일이 촌스럽지. 그렇지만 무슨 상관이야. 남자들은 몸매만 잘 빠지면 정신을 못 차리는데.

안내원은 제이크한테 호스 끝 부분을 건네줬다. 그러고는 제이크가 연료탱크에 호스를 집어넣는 걸 지켜봤다. 연료를 채우기 시작하니까 밑에서 김이 올라왔다.

「최대한으로 속도를 내면 기름을 굉장히 많이 먹어요」

안내원이 덧붙였다.

「카일을 보니까 그런 거 같더라고요. 며칠에 한 번씩 백 갤런 정도는 채웠는걸요. 카일은 돈도 많은가 봐요」

「그럭저럭 삽니다. 카일이 여기 마지막으로 들른 게 언제 적 일이죠?」

「어……, 2주 전쯤 될걸요」

놀란 아녀의 입에서 절로 외마디소리가 튀어나왔다. 제이크는 계속 연료탱크에만 시선을 고정한 채 미동도 안 했다.

「그때도 가득 채우진 않았어요. 잠수용 산소탱크에 공기 채우고, 조디악에 기름 넣고……. 그러고 나서 바로 돌아갔어요」

「조디악이라뇨?」

아녀가 놀라서 물었다.

「조디악에 장착한 선외 엔진에 기름을 채웠단 얘기예요.」

제이크가 대신 설명했다.

아녀는 아직도 상황 파악이 잘 안 됐지만 제이크는 아닌 모양이었다.

「뭣하러 잠수를 했대요? 여긴 산호초도 없는 걸로 아는데요.」

아너가 궁금해서 물었다.

「참게나 대구를 잡으려는 사람도 있고, 섬게도 그렇고……. 섬게 알은 일본에 수출하거든요.」

안내원은 머리를 다시 뒤로 젖혔다.

「아마 모르긴 몰라도 자기 부인하고 있는 게 싫어서 잠수하는 사람도 있을걸요. 결혼했어요?」

「누구요? 카일 오빠요?」

아너의 물음에 안내원은 고개를 끄덕였다.

「안 했어요.」

안내원은 얼굴이 밝아져서는 다른 보트의 정박을 도우러 갔다.

「정말 카일 오빠가 2주 전에 여기 왔을까요?」

아너가 낮은 목소리로 물었다.

「저 아가씨가 뭣하러 거짓말을 하겠어요?」

「그래도…….」

제이크는 가만히 있었다. 아너 스스로 모든 걸 추측해 냈으면 했다. 그럼 나중에 제이크가 사실을 털어놓는다고 해도 잡아먹을 듯이 달려들지는 않을 테니까.

「오빠가 왜 전화를 안 했는지 모르겠어요.」

「나보다 오빠를 더 잘 알잖아요. 왜 전화를 안 한 거 같아요?」

아너는 대답이 없었다.

연료 펌프에 있는 계량기가 움직였다.

「뭔가 이상해요.」

아너의 입에서 뻔한 소리가 나오자, 제이크는 '바보 아니야' 하는 시선으로 아너를 쳐다보았다.

「고작 그걸 알아낸 겁니까?」

「아뇨. 정말 이상하다고요.」

아너가 딱딱하게 대꾸했다.

「오빠가 산후안에 있을 거란 예감이 아주 강하게 들거든요. 그런데도 우리한테 전화 한 통 안 걸다니…… 왜 그렇게 걱정시키는지 모르겠어요. 오빠가 무슨 일을 저질렀건 간에 식구들은 자기 편이라는 사실을 알 텐데 말이에요.」

아녀는 마음이 아프고 혼란스러워서 갈피를 못 잡고 있었다. 제이크는 아녀의 목소리에 배인 감정의 깊이를 읽고 움찔했다. 지금보다 더 고통스럽고 마음 아픈 상황이 기다리고 있을지도 모른다. 뭔가 숨기는 게 있으니까 카일도 식구들을 피했을 것이다.

살인이나 호박을 훔쳐내는 일 따위.

아무 말 없이 제이크는 엔진 뚜껑을 나사로 조였다. 그러고 나서 우현에 있는 연료탱크의 뚜껑을 열고 호스를 집어넣었다. 짭짜름하고 싸늘한 바람에 머리카락이 헝클어졌다.

탁 트인 망망대해, 높다랗게 떠다니는 조각 구름. 공기는 투명함 그 자체였다. 시야가 막힘 없이 확 트였다. 바다는 부드럽고 잔잔했다. 닻과 함께 바다 밑으로 가라앉은 보물을 찾기에 딱 좋은 날이었다.

카일도 과거의 해적들처럼 보물을 수호하라는 의미에서 시체를 바다 밑에 내던졌는지도 모르지. 제이크는 속으로 그런 생각을 했다. 손가락이 없다는 인물도 그런 식으로 죽었을 가능성이 있었다. 그게 아니면 죽은 쪽은 카일일 수도 있었다. 모든 비밀을 간직한 채 그렇게 바다 밑으로 가라앉았는지도 모른다.

「무슨 생각 해요?」

아녀가 물었다.

「듣기 싫은 얘기일걸요.」

「좋든 싫든 그게 무슨 상관이에요?」

아녀가 언성을 높이면서 말했다.

「누가 이런 일 생기면 좋겠다고 하겠어요?」

제이크는 가만히 손을 내밀었다. 놀란 얼굴을 보니 아녀한테는 예상 밖의 행동이었음이 분명했다.

그렇긴 해도 아무 망설임 없이 그의 손을 잡고 순순히 품에 안겼다.

「나중에 얘기합시다.」

제이크는 아너의 뺨에 대고 말했다.

「우리가 하는 말이 바람에 실려서 저기 저 말 많은 아가씨 귀에 들어가면 곤란하잖아요.」

아너는 숨을 가다듬으면서 그의 어깨에 이마를 기댔다.

「제이크?」

「왜요?」

「무서워요.」

「고질병이 도졌군요.」

「내 얘길 하는 게 아니에요. 오빠 때문에 무섭다고요.」

「남 걱정할 때가 아니에요.」

「오빠가……, 뭘 훔쳤다는 게 믿기지가 않아요. 죽었다고 믿는 것보다는 낫겠지만.」

제이크는 길게 한숨을 내쉬었다. 아너는 제이크의 도움 없이도 사건의 핵심을 파악하고 있었다. 이제 남은 건 아너의 신임을 얻어 도노반 집안에서 철저하게 숨기고 있는 내막을 알아내는 일이었다. 카일, 호박, 살인과 배신에 관한 내막을.

아너가 먼저 낚시 가이드의 정체를 알아차리게 된다면 그것도 불가능한 일이겠지만.

솔직히 생각하기도 싫은 참담한 상황이었다. 약속대로 앨런이 이틀만 더 입 닥치고 있어 주기만을 바랄 뿐이었다. 상관이 압력을 가한다면 차선책을 택하게 될지도 모르는 일이었다. 제이크는 그게 뭔지 알고 싶지도 않았고 알 생각도 없었다.

그는 연료를 다 넣고 나서 송풍기를 켰다. 아너는 비용을 지불하고 배 안으로 들어왔다. 표정을 보니 생각보다 액수가 엄청나게 많다고 느낀 게 분명했다.

「이 녀석 기름 먹는 게 장난이 아니네.」

「속도를 내니까 그래요. 범선 모는 속도로 갈 수도 있어요. 물만 좋으면 집까지 대여섯 시간 정도밖에 안 걸릴걸요」

「범선은 보통 얼마나 속도를 내는데요?」

「바람이나 무게, 선체 모양, 돛에 따라 달라요. 연료를 쓰는 요트라면 6에서 8노트 정도 되는 속도가 나올 거예요」

「여기까지 올 때 우린 어땠는데요?」

「순항 속도로 왔지요」

「그게 어느 정도 돼요?」

「시간당 56킬로미터 정도 될걸요. 뭐 조류에 따라 달라지긴 하지만. 카뷰레터 네 개를 모두 펑펑 써대면 속도는 빨라지지만 연료가 많이 닳을 수밖에 없어요」

「신용카드가 있어서 그나마 다행이에요」

「그건 나도 동감이에요. 가봐야 할 데가 많거든요. 오빠가 특별히 갈 만한 장소가 있었다면 또 모를까……」

제이크는 해도플로터에 표시된 항로를 떠올리면서 말했다.

「오빠가 낚시 애길 하면 난 화제를 돌리곤 했어요」

제이크는 낚시를 얘기한 게 아니었지만 그 사실을 입 밖에 낼 수는 없었다. 조사를 위해서 아너한테 대놓고 도움을 청할 수도 없었다. 아너가 호박이나 자기 오빠가 어디 있는지 안다고 해도 정보를 내줄 가능성은 희박했다.

아너는 아직도 현실을 똑바로 보지 못하고 있는 게 분명했다. 당장이라도 배를 몰 수 있을 거란 생각을 하고 있다면 오산이었다. 그런데도 시간이 남아도는 사람처럼 행동하고 있었다.

앨런이 입만 다물고 있어 준다면 제이크한테는 이틀의 여유가 있었다. 그 문제가 제일 골칫거리였다.

제이크는 선착장에서 빠져 나갈 채비를 했다. 문제의 배들은 차마 선착장까지 따라오지는 못했다. 그러다가 투마로우가 바다로 나온 이후에 다시 모습을 나타냈다.

제이크는 주위를 살폈다. 아까 사라진 네 번째 배도 안 보이고 베이라이너 두 척도 누가 탔는지 너무 멀어서 확인할 수가 없었다.

「안 따라잡을 거예요?」

「뭣하러 기름을 낭비해요. 아직 입질이 많을 때도 아닌데.」

「입질이요?」

「물고기가 미끼를 무는 거요. 오늘 낚시하기로 한 거 잊어버렸어요?」

「낚시는 싫어요.」

아너가 딱딱하게 대꾸했다.

「보트 운전이나 가르쳐 달라니까요.」

제이크는 인내심이 바닥날 지경이었다. 예상대로 아너는 보트 운전을 애들 장난 정도로 알고 있었다. 미스 도노반한테 현실의 쓴맛을 보여줘야 할 때가 왔다. 초보자한테는 밧줄 묶는 연습이 제격이었다.

「보트를 몰겠다고요? 좋아요. 장에 밧줄 안 쓰는 거 몇 개 있을 거예요. 가서 두 개만 갖고 와요.」

아너는 빨간색 밧줄과 그보다 좀더 가는 파란색 밧줄을 들고 나타났다. 아너는 의심스럽다는 듯이 말했다.

「이런 새끼줄로 뭘 하려고요?」

「새끼줄이라고 하지 말고 밧줄이라고 해요. 제대로 묶는 연습을 해봅시다. 뱃머리에 있는 밧줄부터 시작해요.」

「뭘 한다고요?」

「보트를 몰고 싶으면 기본으로 배워 둬야 해요. 아주 재밌을걸요.」

제이크는 파란색 밧줄을 집어 들었다. 배는 제이크 없이도 잘만 움직였다. 아너는 제이크가 밧줄을 양손에 잡고 재빨리 매듭을 만드는 걸 지켜봤다.

「당신이 한번 해봐요.」

「좋아요. 물위를 걷는 것부터 해보고 나서요.」

「파란색 밧줄을 보고 해봐요.」

「그래도…….」

「그럼 관둬요.」

제이크가 단호하게 말을 잘랐다.

「배우고 싶으면 시키는 대로 해요. 밧줄 묶는 건 기초 중의 기초니까
요. 연습하는 동안 난 옆에서 항해술의 가장 기초적인 부분을 설명할게
요.」

아너는 입을 꾹 다물고 밧줄을 쳐다봤다. 비슷하게 해보려고 했지만
그냥 풀어졌다. 다음 번, 그 다음 번에도 마찬가지였다.

그 동안 제이크는 모터보트와 요트의 선회축이 어딘지 비교해서 설명
했다. 그리고 나서 속도, 균형, 추력, 파도, 조류, 그리고 이런 요인들이
복합적으로 작용할 때, 어떤 식으로 차이를 보이는지 알려 줬다.

아무리 노력해도 매듭은 풀어지기만 했다. 아너는 입술을 깨물었다.
벌게진 뺨에서 열기가 확확 달아올랐다. 상상력을 아무리 발휘해 봐도
커다란 고리를 묶어 주는 또 하나의 작은 고리는 어떻게 만들었는지 알
수가 없었다.

「이걸로 다시 해봐요. 이걸 더블 시트 밴드(선원들이 밧줄 두 개를 묶
을 때 쓰는 방식 중의 하나)라고 해요. 합성섬유로 만든 밧줄이라도 이
방법을 쓰면 안 풀려요.」

제이크는 재빨리 손을 놀렸다. 매듭이 풀어지더니 순식간에 또 다른
매듭이 생겼다. 그걸 아너한테 건네주고는 자기 자리로 돌아갔다.

아너는 할말을 잃고 손바닥에 놓인 밧줄만 바라보고 있었다. 이런 걸
디자인이라고 했으면 쓰레기통에 처박아 버렸을 텐데.

「매듭이란 건 원래 모양이 예뻐야 하는 거 아니에요? 레이스 뜨개질
한 것처럼 말이에요.」

「필요할 때 잘 묶이면 그게 예쁜 거지 뭡니까? 겉만 번지르르한 거
너무 좋아하지 말아요. 그게 안전까지 책임진답디까?」

아너는 밧줄을 뒤집고 또 뒤집어 봤다. 어디를 어떻게 해서 매듭을
지은 건지 도무지 알 수가 없었다.

「배를 정박할 때는 풍향, 조류와 함께 전반적으로 배에 탄 '느낌'이 어떤지 꼭 체크해 봐야 해요. 보트엔 원래 브레이크가 없어요. 그러니까 속도를 내고 있을 땐 엔진을 프로펠러와 분리시켜서 후진을 해야 해요. 키가 정중앙에 있지 않으면 후진할 때 방향을 제대로 잡기 힘들고요. 잘 기억해 둬요. 뱃고물을 선착장에 가까이 접근시키는⋯⋯.」

「그만 해요. 그렇게 빨리빨리 말하면 어떡해요?」

아너가 큰 소리로 외쳤다.

「지금 농담해요? 맛보기만 보여준 건데 그러면 어쩝니까?」

「그래요. 나 머리 나쁜데 뭐 보태 준 거라도 있어요?」

제이크는 아너의 기억력보다는 자신의 방식에 문제가 있다는 걸 알고 있었다. 그렇긴 해도 앨런이 제이크한테 준 시간은 턱없이 모자랐다.

「머리가 나쁜 게 아니라 고집이 센 거겠죠. 나도 마찬가지지만. 누가 더 황소고집인지 내기해 볼래요?」

「제길.」

「밧줄이나 다시 묶어요. 제대로 할 때까지 계속 연습해야 해요. 그 동안 나는 바다의 상태가 달라지면 뱃머리의 균형을 어떻게 잡아야 하는지 설명할게요.」

아너는 제이크가 떠들어대는 동안, 고개를 수그리고 열심히 밧줄을 들여다봤다. 머리만 더 복잡해졌지만, 오빠를 돕지 못하게 될까 봐 두려웠다. 오빠들 틈에 끼여 풋볼을 해보겠다고 달려든 이래 이렇게 무력감이 들었던 적은 없었다.

매듭이 또 풀어졌다. 그런데도 제이크는 계속해서 어려운 설명만 늘어놓고 있었다.

「차인이라니, 그건 또 뭐예요?」

아너가 자포자기한 심정으로 물었다.

「배 밑면과 측면 사이에서 교차되는 직선을 차인이라고 해요. 차인의 결대로만 수면에 부딪히면 그만큼 배는 부드럽게 움직여요.」

「아!」

그건 시작에 불과했다. 시간이 지날수록 아너는 자신이 바보스럽게만 느껴졌다. 항해술을 습득하는 일은, 몇 시간 만에 배운 스키하고는 차원이 달랐다.

제이크는 아너의 얼굴에 당혹감이 스치는 걸 보면서도 설명을 계속했다. 미스 도노반은 낚시와 항해술을 배우려고만 했지 자기 오빠나 호박 얘기는 한마디도 없었다. 이렇게 자극을 받고 나면 결국 자기 입으로 도와 달라고 할 게 분명했다.

그렇게 될 때까지 많은 시간이 소요될 것 같진 않았다. 배 안에 있는 시간이 많아질수록 아너와 부딪치는 일이 많아졌다. 가뜩이나 시간이 없는데 아너까지…….

「아주 간단한 걸 해보기로 하죠. 뱃고물로 나가 봐요」

「그리고 바다로 뛰어들어요?」

「그건 나중에 배울 거예요. 물에 빠졌을 때 어떻게 하는지 연습할 거니까 걱정 말아요」

「허.」

아너는 코웃음을 치면서 뱃고물로 갔다. 제이크도 아너를 따라 나왔다.

「뱃고물 밧줄걸이 있는 데로 가봐요」

제이크는 뱃고물에 부착되어 있는 반짝거리는 금속을 가리켰다.

「밧줄은 밧줄걸이에 이런 식으로 묶어요」

눈 깜짝할 사이에 파란색 밧줄은 8자 모양의 고리가 두 개 만들어져 깔끔하게 밧줄걸이에 묶였다.

「멋지네요. 아까 것들은 지렁이처럼 징그러워 보였는데 이건 그나마 낫네요.」

아너가 평가하는 눈으로 밧줄을 들여다보았다.

제이크는 터져 나오는 웃음을 참을 수가 없었다. 그는 키를 잡고 속도를 올리면서 등뒤를 돌아봤다. 이번에 아너한테 던져 준 과제는 쉬운 편에 속했지만 보기만큼 간단한 건 아니었다.

아너는 금세 요령을 터득했다. 8자 모양으로 만드는 건 간단했다. 모양이 보기 싫어서 그렇지. 제이크가 하도 시끄럽게 설교를 하고 있으니 예쁘게 만들려고 해도 할 수가 없었다.

「반대쪽으로 밧줄을 비틀어 봐요.」

제이크는 똑같은 말을 세 번이나 반복했다.

「두 번째 고리를 8자 모양으로 만들 땐 첫번째 고리하고 평행선상에 놓이게 해야 된다니까요.」

「하라는 대로 했어요.」

「그래요? 근데 왜 매듭이 자꾸 풀려요?」

「왜 나한테 물어 봐요? 누구처럼 전문가도 아닌데.」

「말 한 번 잘했어요. 내 쪽이 전문가라는 거 잊지나 말아요.」

제이크가 지지 않고 대꾸했다.

「빨리 반대 방향으로 비틀어 봐요.」

아너는 손에 놓인 밧줄을 쳐다보았다.

「좀 유용한 걸 가르쳐 주면 안 돼요?」

「어떤 거요?」

「배를 모는 방법 같은 거요.」

「이거만큼 유용한 건 없어요.」

제이크가 덧붙였다.

「어디 갔다가 돌아와 보니 배가 온데간데없이 증발해 버리면 어쩔 겁니까? 그런 일 없으라고 배우는 거예요.」

「오빠가 왜 카누 같은 걸 안 샀나 몰라요.」

아너가 나지막이 말했다.

「열두 살짜리 꼬마들도 노는 잘만 젓더라고요.」

「선착장에 묶어 두지 않는 배 봤어요?」

제이크는 뒤쪽을 살펴봤다. 문제의 배들은 여전히 따라오고 있었다. 아직 거리가 있어서 자세히 살펴보긴 힘들었다.

아너는 그새 고리를 뒤로 젖히고 매듭이 진 느슨한 부분을 잡아당겼다. 놀랍게도 성공! 밧줄은 깔끔하게 매듭이 지어졌다.

「됐어요!」

제이크는 처음엔 아무 말 않다가 성의 없이 대꾸했다.

「하니, 당연한 일인데 뭘 그래요. 스케치는 그렇게 잘하면서 간단한 매듭 하나 못 만들면 이상하잖아요.」

하니라니.

아녀는 고개를 획 쳐들었다. 여자들한테 은근히 아부하듯이 '하니' 어쩌고 하는 남자들은 밥맛이라고 해주려다가 참았다.

그러다가 제이크의 시선이 뱃고물 쪽으로 가 있다는 걸 알았다. 아녀도 고개를 돌리고 뒤를 돌아봤다. 오렌지색 조디악이 물살을 가르면서 거리를 좁혀 오고 있었다.

「기가 막혀서 정말 말을 못 하겠네. 저 인간들은 저렇게 할 일이 없대요?」

「그런가 보죠.」

「내가 승선을 거부한다고 하면 안 될까요?」

「그냥 선량한 시민답게 행동하는 게 나아요. 혹시 압니까? 나중엔 보면 반가울지.」

「그럴 일은 없어요.」

제이크가 조디악에서 아녀에게 시선을 돌렸다. 의외로 잔뜩 화가 나고 초조한 눈빛을 하고 있었다.

「아주 머리가 비상하군요. 그 머리 뒀다 어디 씁니까? 고집이나 부리지 말고 딴 데 써먹어요.」

「꼭 우리 큰오빠랑 비슷한 말투네요. 전지전능한 신이라도 되는 양 말하는 게 똑같아요.」

「당신 오빠니 어쩌니, 웃기지 말아요. 당신 나머지 식구들도 내 알 바 아니고. 그렇게 맨날 자기 가족들 신경만 쓰다간 언젠가 큰코다칠걸요.」

「당신, 해고예요!」

그는 키를 놓고 뒤로 물러났다.

「뭐하는 거예요?」

「이젠 나도 지쳤어요. 당신 맘대로 해봐요.」

제이크가 아너한테 키를 내주면서 말했다.

아너는 키를 쳐다보았다. 이름을 뭐라고 하든 아너 눈에는 운전대처럼 보일 뿐이었다.

아너는 키 앞으로 다가갔다. 첫번째로 알아낸 사실은 배는 자동차와 다른 방식으로 작동한다는 것이었다. 두 번째는 첫번째 사실과 별다를 게 없었다. 배가 어떤 식으로 움직일지 알 수가 없다는 사실이었다.

투마로우는 아까와는 다르게 지그재그를 그리면서 나아가고 있었다.

「속도를 늦춰요. 조디악에 탄 치들이 자꾸 조바심을 내는 거 같은데…….」

아너는 스로틀 레버를 힘껏 잡아 내렸다. 갑자기 속도가 떨어지면서 아너는 키에 부딪혔다.

제이크는 한 번 비틀거렸을 뿐 쉽게 중심을 잡았다. 그러고 나서 다리를 넓게 벌리고 무릎을 굽혔다. 파도가 뱃고물 아래를 강타해서 배가 흔들거렸다.

아너는 외마디 비명을 지르면서 키를 꼭 붙들었다.

「시스포트라서 다행인 줄 알아요. 웬만한 배였으면 벌써 뒤집혔을 테니까. 기어나 풀어요.」

제이크가 퉁명스럽게 말했다.

아너는 검은색 레버를 살짝 잡아당겼다. 아무런 변화가 없었다. 이번엔 세개 밀었더니 레버가 조금 움직였다. 엔진 소리로 봐서 기어가 안 풀린 게 분명했다. 아너는 다시 한 번 레버를 움직였다. 레버는 중립 위치에서 조금 아래까지 내려갔다.

그런데도 보트는 계속 앞으로 나가고 있었다.

「다시 해요. 그게 아니에요. 기어를 끝까지 올렸다가 다시 중간까지 내려 봐요.」

　제이크가 하라는 대로 했더니 배가 멈췄다. 아너는 미친 듯이 키를 돌렸지만 배는 꼼짝도 안 했다.

「어떻게 된 거예요? 안 움직이잖아요.」

「방금 기어를 중립에 놔뒀잖아요.」

「내 말은 왜 키를 움직였는데도 배가 가만히 있냔 말이에요?」

「동력이 있어야 키도 써먹을 수 있다는 거 몰라요?」

　아너는 제이크에게 믿을 수 없다는 시선을 보냈다. 제이크는 나 몰라라 하는 시선으로 얼굴을 돌렸다.

「지금 우린 아주 비싼 고철덩어리 위에 타고 있는 겁니다.」

「그래도…….」

「속도를 내면 배도 그만큼 제어하기 쉬워져요. 속도를 내지 않으면 조타도 못 하게 되는 거예요.」

　아너는 제이크가 무슨 말을 하는지 기억이 났다. 셀 수도 없이 많은 정보를 한꺼번에 머릿속에 집어넣다 보니 한 귀로 흘린 지식들이 대부분이었다.

　아너가 다음으로 배운 건 흔들거리는 수면을 나아가면 사람을 긴장시킨다는 사실이었다. 뱃속이 울렁거렸다.

「정말 싫어.」

　아너는 기어를 넣고 속도를 냈다. 시스포트는 앞으로 나가긴 했지만 비뚜름하게 움직였다.

「앞을 봐요!」

　제이크는 냅다 소리를 지르면서 한 손으로 키를 잡고 다른 팔로는 아너를 붙들었다. 간발의 차로 해안 경비대의 조디악을 비껴날 수 있었다. 그쪽에서 내뱉는 욕지거리가 들렸다.

「괜찮은 거야?」

　제이크가 큰 소리로 물었다.

「미안해. 아너가 연습하느라 그랬어. 검문할 거면 이쪽으로 올라와.」

　콘로이 혼자서 배에 올랐다.

「한 번만 더 그랬다가는 배를 몰수할 줄 알아.」

콘로이는 제이크한테 화난 목소리로 말했다.

아너는 제이크한테 빠져 나와서 콘로이 앞에 섰다. 아너는 방금 전 일 때문에 몸이 아직도 떨렸다. 다른 식구들처럼 아너도 그런 흥분을 발산하는 방법으로 분노를 택했다.

「처음부터 배를 어떻게 모는지 아는 사람은 없어요.」

아너가 차갑게 덧붙였다.

「어제 검문한다고 해서 아주 선량한 시민처럼 굴어 줬잖아요. 거기다 내가 경험이 별로 없다는 사실을 염두에 둬야 할 거 아니에요. 내가 이런 일이 생길지 알았겠어요? 난 지금 무슨 일이 일어났는지도 잘 모르겠다고요.」

「방금 우리 배하고 부딪칠 뻔했잖습니까?」

「그래서요? 왜 그렇게 된 건진 나도 모른다고요.」

콘로이는 창백하게 굳은 아너의 얼굴에서 제이크에게로 시선을 돌렸다.

「아마추어 중의 아마추어라고.」

제이크가 짤막하게 대꾸했다.

「배가 그냥 떠다니는 게 싫다고 기어를 올리면서 속도를 냈지.」

「키를 어디다 놨는지 확인도 안 하고 말이야?」

콘로이가 날카로운 목소리로 물었다.

「그래.」

「나 원 참.」

콘로이의 목소리에는 화난 기색이 별로 없었다. 오히려 아너를 이해한다는 심정이 반영되어 있었다.

「미스 도노반, 등록서류를 검토해야 할 것 같군요. 제발 부탁인데 제이크한테 키를 양보하고 최소한 우리가 백 미터는 떨어질 때까지 기다려요.」

「뭘 검토하는데요?」

콘로이가 머뭇거렸다.

아너는 양손을 올리면서 말했다.

「됐어요. 그냥 검토하세요. 저녁때 연어 반찬을 먹으려면 할 수 없죠.」

제이크는 콘로이가 선실로 들어가자 아너한테 몸을 돌렸다.

「연어라뇨? 난 해고당한 걸로 기억하는데.」

「난 원래 스트레스 받으면 맘에도 없는 소릴 내뱉는다고요.」

「허세 부리는 게 싫어서 나도 맞받아 쳤으니까 피장파장이에요.」

「허세라뇨?」

「낚시며 배 모는 게 싫다면서요? 그런데도 배우겠다니 도대체 무슨 꿍꿍이속이에요?」

아너는 딱딱하게 굳어진 제이크의 얼굴을 보면서, 대답을 회피하긴 글렀다는 생각을 했다. 더구나 이 실력으로 오빠를 찾으려면 몇백 년이 걸릴지 모를 판국이었다.

큰오빠 말대로 모든 일은 남자들한테 맡기고 집에 돌아가서 장신구 디자인이나 할 수도 있었다. 그게 아니면 제이크한테 내놓고 도움을 구하는 길밖에 없었다. 직감으로 신임이 가는 사람. 그리고 자신이 원하는 남자.

「난……」

콘로이가 선실에서 나오는 바람에 아너는 말을 잇지 못했다.

「문제될 거 없어?」

제이크가 성의 없이 물었다.

「없어. 방해해서 미안해.」

「내일 보자고.」

제이크의 냉담한 대꾸에 콘로이가 어깨를 으쓱했다.

「그러자고.」

「그럼 내가 신호탄을 쏘아 올리면 달려올 수 있단 말이겠지?」

콘로이의 시선에 호기심이 깃들였다.

「보내기만 해. 곧장 달려올 테니까.」

「그나저나 누구 편이에요?」

아너가 비꼬듯이 물었다.

「그야 당연히 선량한 시민들 편이죠.」

콘로이가 대꾸했다.

제이크는 콘로이가 조디악으로 돌아갈 때까지 기다렸다가 입을 열었다.

「무슨 꿍꿍인지 말해 봐요. 뭘 찾는 겁니까? 호박이에요?」

「카일 오빠, 그냥 카일 오빠만이요. 딴거 없이 오로지 카일 오빠만 찾는다니까요」

제이크는 간신히 분노를 억눌렀다. 아직도 진실을 숨기는 걸 보니 자신을 믿지 못한다는 얘기였다.

「좋아요. 나중에 어두워지면 당신 오빠를 찾으러 갑시다. 어느 섬에 있는 거예요?」

아너는 제이크를 미친 사람 보듯이 쳐다봤다.

「내가 어떻게 알아요? 흔적도 없이 사라졌는데 어떻게 아냐고요」

「젠장, 대체 언제까지 이렇게 고집을 피울 겁니까? 당신 오빠, 지금 어딨어요?」

「제이크, 내 말 좀 들어봐요」

아너가 이를 악물면서 덧붙였다.

「정말로, 난 아무것도 모른다니까요」

제이크는 목구멍에서 튀어나오는 욕지거리를 간신히 삼켰다. 욕이란 이런 때 하라고 만들어진 게 분명했다.

제이크는 아너 말이 사실임을 이제야 믿을 수 있었다. 자신처럼 아너도 카일이나 호박의 행방을 모르고 있다는 사실을.

「그럼 우리가 카일을 찾을 때 도움이 될 만한 거라도 없어요?」

아너는 우리라는 말에 안도의 숨을 내쉬었다. 오빠를 찾는답시고 혼자서 항해술을 습득하려면 몇 주가 걸릴지 알 수 없었다. 그 사이에 오빠한테 무슨 일이 생길지도 모르는 일 아닌가. 그 생각만 하면 간담이 서늘해졌다.

오빠한테 도움이 필요하다는 건 알면서도 방법을 몰랐다. 제이크가 있으면 오빠를 찾기가 그만큼 쉬워질 게 분명했다.

「그럼 오빠 찾는 걸 도와줄 거예요?」

「언젠 안 도와준다고 했어요?」

「물론 보수는 드릴게요. 낚시나 항해술 가르쳐 줄 때처럼 말이에요.」

「당연히 해야죠.」

「뭐를요?」

「낚시하고 투마로우 모는 법을 가르쳐 준다고요.」

「내가 언제 배우고 싶다고 했어요!」

「그래요? 그럼 보트 모는 법만 배우든지요.」

「왜요?」

「나한테 무슨 일이 생기면 당신이 배를 몰아야 하니까요. 이제 됐어요?」

아너는 숨을 들이마시면서 오른손을 내밀었다.

제이크는 천천히 아너의 손을 잡았다. 따뜻하면서도 단단한 손이었다. 그는 씩 웃으면서 말했다.

「축하해요, 하니. 이제야 낚시 가이드 겸 항해 지도 선생을 모셨으니까.」

9

이번엔 제이크가 키를 잡았다. 아너는 순순히 물러났지만 대신 질문
공세를 퍼부었다.
「어딜 가는 거예요?」
「'시크릿 하버'라는 데요.」
「왜요?」
아너는 호기심이 가득한 얼굴로 물었다.
「혹시 카일 오빠가 거기 있을까 봐요?」
「그건 아닌데.」
「그럼 뭣하러 가요?」
「낚시하러 갑니다.」
「뭐라고요?」
제이크의 얼굴에 짓궂은 미소가 피어올랐다.
「연어 요리가 먹고 싶다면서요.」

「슈퍼에 가서 사면 돼요.」
「맛은 내가 보장할 테니까 맘 바꿔요.」
「바꾸고 자시고 할 게 어딨어요. 어차피 나한텐 선택권이 없잖아요.」
그건 자신도 마찬가지였다. 아녀처럼 자신한테도 선택의 여지가 없었다.
「거기 지형이 원형이라 우릴 뒤쫓는 치들을 살펴보긴 딱 좋아요. 거기다 항해일지에도 언급된 장소니까 바닷가를 둘러보면서 뭐가……, 파도에 떠밀려 왔는지 살필 수도 있어요.」
「뭘 찾는 건데요?」
「없어진 조디악, 산소탱크, 닻 같은 거요.」
「아무것도 못 찾으면 어떻게 할 건데요?」
「항해일지에 언급된 다른 장소로 가봐야죠. 없으면 다음 장소로 또 다음 장소로 가는 식으로요. 특별히 생각해 둔 아이디어라도 있어요?」
「아뇨. 나도 항해술을 습득하고 나면 그런 식으로 찾아 나설 작정이었어요.」
제이크가 투덜대면서 말했다.
「우리를 쫓아다니는 치들도 특별히 생각해 둔 아이디어가 있는 것 같진 않군요.」
「왜요?」
「그랬으면 뭣하러 우릴 쫓아다니겠어요?」
「그럼 쫓아오는 사람이 없으면, 우리가 헛다리짚고 있다는 증거겠네요?」
제이크는 카일이 항로를 숨기기 위해 해도플로터를 바꿔 놓았다는 걸 믿어 의심치 않았다. 항로를 숨기기 위해서 쓸데없는 정보들만 골라서 잔뜩 컴퓨터 안에 저장해 놓았을 수도 있었다. 카일이 좋아할 만한 속임수였다.
아무래도 항로와 해도플로터를 연구하는 데 하루쯤 투자해야 할 것 같았다. 앨런이 아녀한테 입을 벙긋하기까지는 24시간 남짓 남아 있었

다. 앨런이 약속을 지킨다는 가정하에서 그렇다는 말이지만……, 제이크
는 냉소적으로 되뇌었다. 앨런 말을 믿으면 바보였다.

「가까운 곳부터 시작해야 시간을 절약할 수 있어요. 이쪽저쪽 이동하
면서 버리는 시간이 만만찮으니까요.」

투마로우는 청록색 해협을 미끄러지듯이 나아갔다. 배가 지나가면서
일으킨 포말이 바다를 수놓았다. 다른 보트들도 여전히 따라오고 있었
다. 아너는 계속 고개를 돌리면서 그쪽을 살펴봤다. 제이크는 미스터리
의 네 번째 보트가 레이더에 잡히지는 않을까 해서 열심히 스크린을 들
여다보고 있었다. 무슨 수를 써서라도 배에 탄 사람이 누군지 알고 싶
었다.

「그렇게 목을 혹사시키지 않아도 돼요. 레이더에 다 잡히고 있으니
까.」

제이크가 아너한테 말했다.

「그래요? 난 구식이라 내 눈으로 직접 보는 게 좋아요.」

「지금 이 레이더는 4백 미터 정도의 거리에 맞춰져 있어요. 다시 말
해 여기 이 동그라미 세 개는 각각 백 미터 정도의 간격이 있단 말이
죠.」

제이크는 레이더 스크린을 손가락으로 가리켰다.

「좌현 쪽의 초록색 점은 섬이에요. 그쪽에 있는 밝은 점은 해협 표지
고, 거기 커다란 타원형으로 생긴 건 선착장으로 들어가는 화물선이죠.
뒤쪽에 있는 점 세 개는 알다시피 우리 배의 열렬한 추종자들이고요.
우현 쪽으로 가는 배는 아직 육안으로는 안 보여도 좀 있으면 보일 겁
니다.」

아너는 시선을 스크린에서 바다로, 다시 바다에서 스크린으로 반복해
서 옮겼다. 얼마 안 있으니까 스크린에 나타난 표시와 실제 상황을 적
절히 연결시킬 수 있었다.

「저건 또 뭐예요?」

아너는 손가락으로 스크린을 가리켰다. 화물선이 두 개로 나눠진 것

처럼 보였던 것이다.

「다른 보트 하나가 화물선에 가려 있다가 지금 떨어져 나가는 중인 모양인데요.」

제이크가 바깥쪽을 쳐다봤다.

「저기 어선이 보이네요.」

너덜너덜한 교역용 어선이 화물선에서 멀어지고 있었다. 페인트칠이 벗겨져서 너덜거렸고 선체 표면은 녹이 잔뜩 슬어 있었다. 그건 화물선도 마찬가지였다. 화물선 이름을 보니 일본어로 되어 있었고 어선은 러시아어로 되어 있었다.

「주위에 미국 배는 하나도 없는 거예요?」

「지금 타고 있잖아요.」

「난 지금 상선을 말하는 거예요.」

「없기야 하겠어요? 석유 운송회사 선박들만 빼고 애너코르테스에서 나가는 상선들은 대부분 외국 선박이긴 하지만요.」

아녀는 화물선을 보면서 복잡한 마음을 어떻게든 추슬러 보려고 했다. 알아선 안 될 것 같은 사실을 알아내기 위해 이렇게 돌아다니고 있다는 사실을 잊고만 싶었다. 그렇지만 그게 쉬운 일이 아니었다. 오빠를 생각하면 뱃속이 울렁거리고 온몸이 긴장됐다. 아녀는 정신을 집중하려고 노력했다. 걱정만 한다고 오빠를 도울 순 없는 일이었다.

해협을 빠져 나오니까 대형 선박들이 눈에 많이 띄었다. 소형 보트들도 속도를 한껏 올리면서 질주하고 있었다. 왠지 선박 퍼레이드에 참여한 기분이었다.

「아무리 태평양 북서해라고 해도 광적인 사람들이 이렇게 많을 줄은 미처 몰랐어요.」

아녀가 질주하는 소형 보트 쪽으로 손을 흔들면서 말했다.

「광적이라뇨? 아, 보트족들 말하는 겁니까? 산후안이야말로 보트족들의 천국이나 다름없어요. 특히 여름철엔 더 그래요.」

「그럼 카일 오빠도 눈에 띄진 않을……」

「그랬을 거예요. 마음 단단히 먹어요. 속도 줄이고서 낚싯대를 바다에 드리울 거니까.」

「아니 이렇게 기쁠 수가. 심장이 마구 두근거리기 시작하네요.」

아너가 곁눈질하면서 덧붙였다.

「이번엔 내 정열의 수준이 어느 정도 되는 거 같아요?」

「밑바닥은 간신히 면했어요.」

제이크는 천천히 배의 속도를 늦췄다. 파도가 가볍게 선체에 부딪히면서 배가 살짝 흔들렸다. 되도록 아너가 놀라지 않게 신경을 썼다. 아너를 이용할 수밖에 없는 상황이라고 해도 괴롭게 할 순 없는 노릇이었다. 그렇다고 양심의 가책이 줄어들진 않겠지만 지금으로선 그게 최선을 다하는 길이었다.

제이크는 낚시 장비를 꺼내면서, 다운리거(릴과 비슷한 낚시도구), 낚시 받침대, 캐논(다운리거에 부착하는 납), 유인 장치, 스푼(가짜 미끼, 루어의 한 종류) 등 별별 얘기를 떠들어댔다. 그리고 미끼로 청어를 쓸 때와 루어(가짜 미끼)를 썼을 때 어떤 차이를 보이는지 설명했다. 배를 움직이면서 낚시할 때와 엔진을 끄고 낚시할 때는 어떤지에 대해서도 떠들어댔다.

제이크가 열을 올리는 설명을 들으면 맘이 움직일 법도 한데 아너는 하품만 나왔다.

연어의 종류에 따라 미끼를 던지는 포인트가 어떻게 달라지는지 설명을 듣고 있던 아너는 완전히 손들었다.

「그만 좀 해요. 알 건 다 알았으니까.」

제이크가 놀라서 물었다.

「정말이요?」

「그렇다니까요! 지렁이를 바늘에 끼워서 물에 던지기만 하는 게 낚시가 아니라는 걸 알았으니까 됐어요.」

「긴장할까 봐 일부러 얘길 계속한 거예요.」

「긴장이라뇨? 졸려 죽겠는데……」

「어련하겠어요.」

제이크는 웃는 낯을 숨기려고 고개를 숙였다. 엔진을 끄고 배를 물에 떠운 상태인데다 조금 있으면 바람이 몰아칠 거란 얘기를 아너한테 굳이 하고 싶진 않았다. 사실 돌풍이 분다고 해도 시스포트는 끄떡없을 테지만 아너는 아직도 흔들리는 배라면 질색을 했다.

제이크는 낚싯대를 살펴보고 선실로 들어갔다. 트롤링 엔진용 리모트 콘트롤을 집어 들고 키를 잡았다. 컴퓨터를 켜고 화면을 해도플로터에서 수중탐지기로 바꿨다.

투마로우를 쫓아오던 베이라이너 두 척은 한참 뒤쳐져 있었다. 제이크는 시스포트를 앞쪽에 있는 배와 동일선상에 두었다. 언뜻 보니까 네 번째 배와 흡사해 보였다. 그렇긴 해도 키를 잡은 사람이 아너 할아버지뻘은 돼 보였다. 깜깜한 바다에서 투마로우와 술래잡기를 할 만한 위인은 아닌 것 같았다. 더군다나 해안 경비대들이 왔다갔다하는 걸 봤을 텐데 주위에서 얼쩡거릴 것 같진 않았다.

「조타석에 앉아서 앞쪽에 있는 보트하고 일직선상이 되게 해봐요.」

「뭐할 건데요?」

「쌍안경으로 좀 볼 게 있어요.」

「차라리 내가 할게요.」

「해안선이 어떻게 생겼는지 모르잖아요.」

아너는 시큰둥해서 키를 잡았다. 트롤링 엔진을 쓸 때는 확실히 배의 반응 속도가 느렸다. 정말 줄 맞춰서 따라가기도 개떡같이 어려웠다.

아너가 키 감각을 익히고 있는 동안 제이크는 쌍안경으로 해안선을 샅샅이 훑어보았다. 특별히 눈에 띄는 건 없었다. 카일의 등록서류에 기록된 조디악과 비슷한 배는 하나도 없었다. 해변까지 떠밀려간 스킨스쿠버 장비도 찾아볼 수가 없었다. 닻도 안 보이긴 마찬가지였다.

제이크는 방향을 바꿔서 30~40미터 남짓 떨어져서 움직이고 있는 배들을 관찰했다. 이쪽 방향이 항구 쪽이라 배들은 제이크의 시선에서 도망치려야 도망칠 수가 없었다.

제이크는 미소를 지었다.
「어때요?」
아너가 제이크의 얼굴을 보고 물었다.
「뭐가요?」
「뭐가 보이냐고요」
「멍청이들이요. 바다에다 낚싯대를 안 드리우고 있으니 바보지 뭐예요」
「난 아주 똑똑하다고 얘기해 주고 싶은데요」
그때 연어 낚시꾼으로 가장한 리투아니아인이 제이크의 눈에 들어왔다. 디미트리 파블로프가 시선을 의식하기라도 한 듯 고개를 돌렸다.
「뱀눈.」
제이크가 또박또박 끊어서 말했다.
「정말이에요? 나도 보여 줘요」
「키나 잘 잡아요. 어디 도망갈 것도 아닌데 뭘 그렇게 서둘러요. 나머지 배들도 좀 봅시다.」
아너는 멀리 떨어진 배 두 척을 바라보았다. 거리가 있어서 키를 잡은 사람이 어떻게 생겼는지 알아볼 수가 없었다. 잔뜩 배가 흔들리고 있다는 사실만 대강 짐작할 수 있었다.
「배가 왜 저렇게 흔들린대요?」
「선체 모양이나 구조가 형편없고, 장치들도 시원찮고, 키 잡은 사람이 한심하니까 그렇죠.」
「무슨 차이가……, 아니 됐어요. 돔발상어니 버즈바밍(루어 낚시법의 하나)이니 어쩌고 하는 쓸데없는 얘기를 듣느라 죽는 줄 알았는데 뭐가 아쉬워서 또 설명을 듣겠어요」
「진심이에요?」
아너는 제이크의 입술에 어리는 미소를 보았다. 갑자기 심장 박동이 빨라졌다. 저렇게 씩 웃는 모습은 경계해야 한다니까.
「그래요」

자기가 듣기에도 목소리가 너무 허스키하게 들렸다. 아녀는 목소리를
가다듬고 덧붙였다.
「다른 보트엔 어떤 사람들이 탔어요?」
「남자 둘에 여자 하나. 낚싯대 두 개.」
「왜 두 개만 있대요?」
「어획 허가증을 두 개만 얻었나 보죠.」
「남자하고 여자 것일까요?」
「남자들이 얻었겠죠. 낚시꾼들 대부분이……」
「남자란 말이에요?」
아녀가 가로채서 말했다.
「사실이 그래요.」
그는 여자가 앨런 라자루스라는 사실을 입 밖에 내지 않았다. 여우같
이 교활한데다 성적인 매력을 질질 흘리고 다니는 여자. 같이 있는 남
자들은 누군지 알 수가 없었다. 깔끔하게 면도를 하고 머리를 짧게 깎
은 걸 보니 전형적인 군인 모습이었다. 콘로이 말이 맞긴 맞았다. 조타
수는 대령이 되기엔 너무 어린 나이였다.
제이크는 휘드비 아일랜드의 공군기지 출신 남자 두 명 중에서 어느
쪽이 윗대가리들이 보낸 낚시 가이드인지 궁금했다. 누구든지 간에 확
실히 낚시는 할 줄 아는 것 같았다. 낚싯대가 깔끔하게 아치형을 그리
면서 바닷가에 드리워져 있는 것만 봐도 알 수 있었다. 낚싯대 끝이 천
천히 움직이는 걸 보니 수면 아래에서 유인 장치가 고기들을 끌어들이
고 있는 게 분명했다.
그 남자는 뱃고물의 좌현과 우현에 드리운 낚싯대 쪽엔 눈길 한번
주지 않고 있었다. 대신 쌍안경으로 이쪽을 하나하나 뜯어보고 있었다.
제이크는 카우보이들이 하듯이 인사치레로 한 손가락을 이마에 갖다
댔다. 아녀는 제이크의 손에서 쌍안경을 뺏어 들여다봤다.
「정말 뱀눈 그 작자예요? 이상한 모자를 쓰고 있다는 거 빼곤 잘 모
르겠는데요.」

「내 말이 맞다니까요.」

아너는 근 40미터나 되는 거리에 있는 사람을 어떻게 쌍안경에만 의존해서 판별할 수 있느냐고 대꾸해 주고 싶었다. 그러다가 다시 쌍안경을 들여다봤다. 정말이지 뱀눈과 만났을 때의 악몽이 되살아나는 기분이었다. 싸구려 옷에다 그 모자는 또 얼마나 징글징글한지. 전염병을 몰고 다니지 않을까 싶어 불살라 버리는 게 낫다 싶을 지경이었다. 비누는 몇 날 며칠 구경도 못해본 사람 같았다.

「웩.」

아너는 그 한마디로 모든 걸 대신하고 다음 보트로 시선을 옮겼다.

「상대방 놀라게 하는 재주는 탁월하네요 정말.」

제이크가 옆에서 덧붙였다.

「다른 보트엔 혹시 아는 사람 없어요?」

「예, 없어요. 여자는 낚시하긴 좀 어울리지 않는 복장이네요. 그래도 재킷은 아주 좋은 걸 입었어요. 저렇게 선명한 빨간색은 찾기 힘들거든요.」

제이크는 아너가 입고 있는 스웨터가 더 맘에 들었지만 아무 말도 안 했다. 사실 앨런한테 옷이 남아날지 궁금할 따름이었다. 분명히 사무를 보다가 제이콥 맬러리를 유혹하는 임무를 띠고 여기까지 행차했으리라. 짐 쌀 시간도 없고 작별 인사할 짬도 없었다. 그저 임무가 끝나면 택시를 잡아타고 또 다른 임무를 수행하기 위해서 떠나야만 했다.

그런 삶을 즐기던 때도 있었지만 미련이라고는 눈곱만치도 없었다.

제이크는 뒤를 돌아봤지만 낚싯대에서는 별다른 조짐이 없었다. 그건 다른 배들도 마찬가지였다. 수중탐지기를 들여다봐도 물고기들이 내는 소리는 감지되지 않았다.

「낚시하는 사람은 하나도 없네요.」

「30분은 있어야 조수가 바뀌니까요.」

「그래서요?」

「물고기 중 95퍼센트는 조수가 바뀔 때 잡힌다는 얘기가 있어요.」

「그럼 저 사람들 여기서 지금 뭐하는 거예요?」

「나머지 5퍼센트의 가능성을 기대하고 있나 보죠.」

「내 말이 틀릴 거 하나 없네요. 다들 광적이다 못해 약간 이상한 사람들이라니까.」

「맘 편히 먹어요. 낚시한다는 명목으로 아무것도 안 해도 되니 얼마나 좋아요.」

아너는 시큰둥한 반응을 보였다.

제이크는 해도플로터에서 카일이 저장해 둔 '시크릿 하버'의 항로를 불러왔다. 해도상에 나타난 점선은 아마 카일이 즐겨 낚싯배를 띄우던 항로일 테고 ×자 마크는 입질이 많은 지점을 표시한 것이리라.

「그게 뭐예요?」

「시크릿 하버의 해도예요. 저게 사이프러스 섬이고.」

아너는 화면을 더 잘 보기 위해 옆으로 몸을 기울였다.

「점선으로 표시된 건 뭐예요?」

「카일이 자주 낚싯배를 띄우고 돌아다니던 항로 같아요. 여기 해도상에 나타난 곡선과 거의 일치하죠?」

「그럼, 이 ×자 표시들은 뭐죠?」

「물고기들을 낚아 올린 곳이겠죠.」

「확실하진 않은 거예요?」

「그러니까 이 항로를 지금 직접 따라가 보고 있는 거 아닙니까.」

「이런다고 오빠를 찾을 수 있을 것 같아요?」

제이크는 머뭇거렸다. 답변을 회피할 방법이 떠오르질 않았다. 더구나 자기 오빠가 절도범이란 걸 아너가 빨리 인정하면 인정할수록 제이크한 테도 유리했다. 그렇게만 된다면, 낚시 가이드가 아니란 사실에 대해서는 배신감을 느낄 테지만 그 충격은 덜할 게 분명했다.

「오빠와 함께 호박도 자취를 감췄다는 건 인정해요?」

제이크가 부드럽게 물었다.

아너는 눈을 감았다가 뜨면서 제이크를 똑바로 쳐다봤다.

「그래요. 그래도 오빠가 절도범이란 생각은. 안 해요.」

제이크는 울화가 치밀어 올랐다. 그는 스크린을 해도플로터에서 수중 탐지기로 바꾸고 자세히 들여다봤다. 수심 27미터, 입질 없음. 변동 무.

아녀가 자기 오빠를 고집스럽게 신뢰하는 것도 변동 무였다.

「오빠한테 충성스러운 여동생이라 가상하긴 하지만, 왜 그렇게밖에 생각을 못 합니까? 오빠를 찾고 싶으면 그나마 가장 가능성이 큰 사실을 수용할 줄도 알아야죠. 그렇게 해야 일을 제대로 진척시킬 거 아닙니까.」

「그럼 우리 오빠가 호박을 훔쳤단 말이에요?」

「더 그럴듯한 가능성이라도 있어요?」

제이크가 스크린에서 고개를 들고 물었다. 아녀는 입을 열었지만 아무 말도 나오지 않았다.

「거기에 관해선 많이 생각해 봤는데요, 난……, 그저…….」

제이크는 한쪽 눈썹을 치켜 올리고 아녀가 입을 열기를 기다렸지만 아녀의 목소리는 잠겨 버렸다.

「됐어요. 생각이야 자유니까. 대신 다른 사람들도 당신처럼 카일 도노반을 떠받들리란 생각은 하지 않는 게 좋을걸요.」

「호박을 실은 화물을 운반하던 남자가 죽었다고 해서 자기 오빠가 절도범에다 살인자라고 하면 누가 믿어요?」

제이크는 뱃고물에 드리운 낚싯대를 쳐다보았다. 아직도 아무 기미가 안 보였다. 그는 아녀에게 몸을 돌리고 말했다.

「상황이야 어떻든 카일이 호박을 갖고 있을 겁니다.」

제이크는 담담하게 덧붙였다.

「공직에 있는 다른 사람들도 나하고 비슷한 생각을 하고 있어요. 그건 인정할 수 있겠어요?」

그녀는 고개를 끄덕였다.

제이크는 한숨을 내쉬고 신문에서 주워 들은 얘기들을 머릿속에 떠올렸다. 자신이 알고 있는 정보에 관해선 언급하지 않으려고 노력했다.

「좋아요. 지금 우리가 얘기하고 있는 대상이 대체 얼마나 큰 물건인지 알아요?」

「너비 2미터, 길이 8미터 정도 되잖아요.」

아너가 짤막하게 대꾸했다.

「우리가 탄 배가 아니라 호박을 말한 거예요.」

「나도 몰라요. 순도에 따라 달라지겠죠. 신문에선 백만 달러라고 하던데, 백만 달러면 그저 그런 호박일 경우 꽤 많이 구입할 수 있어요.」

「그럼 '도노반 인터내셔널'이 보험회사한테 청구한 금액이 백만 달러란 얘긴가요?」

「아뇨, 화물을 받지도 못했으니까 우리 손에서 해결할 문제가 아니죠.」

웃기시네. 제이크는 속으로 욕지거리를 내뱉었다. 뭐 도노반 형제들이 똘똘 뭉쳐서 자기 여동생한테 이런저런 비밀을 많이 만들어 놓았을 테니까 아너를 탓할 순 없었다.

「호박은 세공한 거예요?」

아너는 고개를 가로 저었다.

「그건 나도 몰라요. 세공한 거랑 안 한 게 섞여 있을 거 같긴 하지만요.」

갑자기 가슴이 두근거렸다. 아너는 세공한 호박에 관해서 처음으로 얘길 꺼낸 사람이었다. 앰버룸에 관해 앨런이 떠들어댄 얘기를 뺀다면. 사실 믿고 싶지 않은 얘기였다.

잘못하다 화가 자신한테 미칠 수도 있었다. 모반자들한테 돈을 대주는 건 사실 멍청한 짓거리지만 눈감아 줘도 그만이었다. 그렇지만 한 나라의 국보급 보물을 훔쳐내는 건 그와는 전혀 다른 문제였다. 전쟁이 벌어질지도 모르는 일이니까.

「세공해서 뭘 만든 건데요?」

「뭘 만들다뇨?」

「만든 지 오래된 거예요, 아님 새거였어요? 컵이나 조각, 묵주, 테이블, 촛대, 뭐 그런 건 아니었냐고요?」

「아주 오래된 걸로 보이던데요. 신석기 정도 될까. 회사에서 비취를 취급하게 되면서 카일 오빠는 석기시대 물건들을 수집했거든요. 호박을 조각해서 만든 신석기시대 입상과 펜던트를 발굴하기도 했고요. 이름이 잡종이라나 그랬어요.」

아녀가 말 안 해도 잘 아는 사실이었다. 제이크도 오래 전부터, 초기 인류의 손에 의해 예술품으로 승화된 호박이라면 사족을 못 썼다. 카일은 자신과 취향도 비슷했다. 앰버룸의 역사는 그에 비하면 아무것도 아니었다. 18세기와 기원전으로 거슬러 올라가는 수천 년의 역사는 비교할 바가 못 됐다.

그는 한숨을 내쉬었다. 윗대가리들이나 실컷 환상에 젖으라지. 나야 현실적인 게 우선이니까. 칼리닌그라드에서 보낸 최고급 호박, 가공하지 않은 천연물, 자기가 직접 화물을 포장했기 때문에 물건이 어떻게 생겼는지 빠짐없이 기억하고 있었다.

「오빠는 비취를 회사 일로 사들인 물건들과 같이 보내곤 했어요. 신석기 호박을 수집할 때도 그랬을 거예요.」

「그럼 없어진 화물 중에서 호박 세공품은 모두 수집품이 된다는 얘기겠네요.」

「그럴 거예요. 다른 수집가하고 같이 일한다는 얘긴 들었지만요.」

제이크의 몸이 긴장했다.

「누구요?」

「오빠는 J라고만 했어요. 굉장히 그 사람을 좋아했는지 나더러 그런 타입의 남자랑 사귀라는 얘기까지 했다니까요. 내가 사귀는 남자들은……」

제이크가 한쪽 눈썹을 치켜 올리면서 대답을 기다렸다.

「오빠들은 자기들과 비슷한 타입이랑 사귀었으면 했거든요. 잘난 척하고 고집불통인 성격 말이에요. 하지만 난 감당 못 해요.」

그러다가 아녀는 한숨을 내쉬면서 본심을 털어놓았다.

「그러면서도 똑똑하고 성실하고 배짱이 두둑해서 가끔 정말 괜찮단 생각도 들긴 해요.」

「가끔…….」

「그 이상 뭘 기대해요? 난 여동생인데. 그 정도 칭찬이면 최상이잖아요.」

「사귄 남자들이 하나같이 줏대 없고 우유부단하고 멍청한데다가 약해 빠진 타입이었나 봐요.」

「멍청하다니 그건 말도 안 돼요!」

「그래요? 그럼 똑똑하고 줏대 없고 약해 빠진 타입으로 하죠.」

「약해 빠진 남자들은 아니었어요. 뭐, 보기만큼 그렇진 않았다고요.」

「그럼 줏대 없고 우유부단한 걸로 하면 되겠군요.」

「예의 바른 거예요.」

「줏대 없는 거예요.」

「그래요. 그렇다고 쳐요.」

아너가 서글프게 미소를 지으면서 덧붙였다.

「오빠들한텐 한번도 인정 안 한 사실이지만요.」

「아마 말 안 해도 다 알걸요.」

「그래요. 아무튼 J 어쩌고 하는 사람은 칼리닌그라드에 있으면서 신석기시대 호박을 수집했다나 봐요. 몸집만 커다랗고 고집불통인 남자를 어떻게 감당하겠어요. 정말이지 내 인생이 불쌍해서 그런 짓은 못해요.」

「혹시 압니까? 그렇게 끔찍한 사람이 아닐지.」

「글쎄 내 생각이 맞다니까요. 오빠하고 싸워서 이겼다는데 약골일 리가 없잖아요.」

「둘이 싸웠대요?」

제이크는 놀라서 물었다. 카일이 그 얘길 했으리란 생각은 못했다.

「그랬대요. 오빠는 바닥에 흥건한 맥주 위에 엉덩방아를 찧었다네요. J란 사람이 그랬다나 봐요. 그런데도 말하는 투로 봐서는 엄청 존경한다는 눈치였어요. 거의 신처럼 떠받드는 거 있죠. 거의 다른 오빠들 대하듯이 얘기하더라고요. 자기 형제들을 신과 동격으로 취급하는 사람이니까요.」

제이크는 할말을 잃었다. 카일한테 속은 사람은 자신만이 아니었다. 카일은 가족들까지 속여먹은 게 분명했다. 다들 카일이 자신을 존경하고 좋아했다고 생각하게 만들었으니까. 실상 자신은 그런 카일한테 완전히 배신당했다.

당한 사람이 혼자가 아니라는 사실에 위안이 될 것 같은데도 사실은 그렇지가 않았다. 자기 오빠가 보기와는 다른 사람이라는 걸 아너가 영원히 모르는 게 나을 성싶었다. 배신당한 쓰라림은 겪을 게 못 됐다. 친구인 자신도 그 정도인데 아너는 어떨지 상상해 보지 않아도 알 수 있었다.

「그나저나 호박이나 오빠에 관해서 아는 게 더 없어요?」

「별로 없어요. 6주 전에 전화로 나한테 디자인을 미리 생각해 두라고 했거든요. 박물관 전시용이나 부자들이 수집하는 그런 걸로요. 크기 하나가 소형 조각상 정도 되는 호박이 여러 개 있단 얘기를 들었다고 했어요.」

제이크는 마음속으로 흠칫 놀랐다. 카일이 한번도 그런 얘길 한 적이 없었던 것이다. 안 한 얘기가 너무 많아서 그 정도야 약과일 테지만.

「아주 비쌀 거 같은데요?」

「그럴 거예요. 그렇게 큰 건 드물거든요. 오빠가 칼리닌그라드에서 일 시작하면서 있었던 일인데, 크기가 참외 정도 되는 호박을 갖다 달라고 부탁했던 적이 있었어요. 그랬더니 오빠가 미친 듯이 웃더라고요. 그게 10캐럿짜리 다이아몬드 갖다 달라는 소리와 똑같대요.」

「음.」

제이크도 속으로 웃음을 참고 있었다. 수중탐지기를 들여다보는 척하면서 애써 태연한 척했다.

아직까지 변동 사항은 없었다. 물고기는커녕 바닥에 돌 부딪히는 소리도 안 들렸다.

그는 목소리를 가다듬으면서 아녀한테 몸을 돌렸다.

「그럼 사람보다는 크고 카일의 별장에 있는 방보다는 작은 걸 찾으면 된단 얘기군요.」

「그게 무슨 소리예요?」

「숨길 게 아니면 카일이 뭣하러 여기까지 들고 왔겠어요」

「오빠 먼저 찾아야 해요.」

「지금 노력 중이잖습니까.」

「그래요? 내가 보기엔 낚시하는 거 같은데. 거기다 별로 잘하는 거 같지도 않고요. 그나마 저녁으로 닭고기를 남겨 둬서 다행이지 뭐예요.」

「와인은 내가 준비하죠.」

아녀는 미소를 지었다. 친밀한 사이여서 제이크의 뺨에 키스할 수 있었으면 좋겠다는 생각이 들었다. 전화로 무슨 나쁜 소식이라도 들을까 봐 전전긍긍하면서 저녁을 혼자 보내긴 싫었다. 거기다 뱀눈 그 인간이 전화하는 건 더 끔찍한 일이었다.

「뭘 찾는 거예요?」

아녀는 스크린 쪽으로 몸을 기대면서 물었다. 뱀눈에 관한 생각을 어떻게 하든지 지워 볼 생각이었다.

제이크는 너무 깊이 숨을 들이마시지 않으려고 노력했다. 아녀의 몸에서 나는 달콤한 냄새가 자꾸 신경을 건드렸다. 어깨까지 찰랑거리는 머리카락이 맨살을 간질이면 얼마나 촉감이 좋을까. 아니면 입술이 맨살을 간질인다면……, 제이크는 떠오르는 상념들을 애써 떨쳐 버렸다.

「뭘 찾느냐고요?」

「음…….」

제이크는 뭐라고 말해야 할지 생각을 가다듬었다. 바다에 가라앉은 카일의 시체나 도난당한 호박을 찾는다고 말할 순 없지 않은가.

「물고기를 찾는 거예요.」

「화면이 이렇게 시꺼멓기만 한데요?」

「원래 그래요.」

제이크는 버튼을 눌러서 화면을 지도로 바꿨다. 확실히 들여다보려고 아너는 엉거주춤한 자세로 서 있었다. 제이크가 몇 번 버튼을 누르자, 화면이 다시 바뀌었다. 새로운 항로가 해도플로터에 나타났다.

「내가 릴을 감을 테니까 키를 잡고 있어요.」

제이크가 자리에서 일어나면서 대꾸했다. 그 바람에 두 사람의 몸이 닿았다. 아너는 숨을 헉 들이마셨다. 입술도 조금 벌어져 있었다. 제이크도 정상적인 남자인 만큼 반응을 안 할 수가 없었다.

최소한 한 가지는 변함없이 잘 작동하는군. 제이크는 릴을 감으면서 속으로 생각했다.

「이젠 뭐해요?」

선실 안으로 들어가는 제이크를 보고 아너가 물었다.

「우리처럼 저들의 연료탱크도 꽉찼는지 확인해 보자고요.」

10

지금까지 장장 열 시간 동안 낚시터를 열다섯 군데나 지나왔는데도 달라진 게 없었다. 머릿속엔 온통 의문 사항만 가득했고 바지 앞섶은 아직도 잔뜩 부풀어 있었다.

그래서 제이크는 기분이 과히 좋지 않았다. 속도를 한껏 올려서 열여섯 번째 낚시터로 향하려고 하는데 공군이 탄 베이라이너가 덜컹대는 게 보였다. 뱀눈은 몇 시간 전에 벌써 나가 떨어져서 연료를 채우러 간 통에 아직 눈에 안 들어왔다. 다른 베이라이너는 잠깐 경주에서 떨어져 나갔다가 다시 부지런히 쫓아왔다. 해안 경비대 뒤만 따라가면 될 테니까 어려운 일도 아니었다.

그나마 다행인 건 아너한테 낚시하는 법을 조금 가르쳐 줄 수 있었다는 사실이었다. 아너가 점점 불안해하자, 신경을 딴 데 돌릴 수 있게 하려고 일부러 더 설득했다.

그는 미끼를 던지고, 당기면서 버즈바밍을 어떻게 하는지 알려 줬다.

버즈바밍은 싫어하는 눈치였지만 낚싯줄 던지는 건 맘에 들어했다. 아너는 정확한 각도와 타이밍에 맞춰서 낚싯줄을 던졌다.

제이크가 속도를 줄이자 아너는 주위를 돌아봤다. 시야에 들어오는 보트는 한 대도 없었다. 확실히 속도를 엄청나게 내긴 낸 모양이었다.

「이젠 뭐할 거예요?」

「여기 해도플로터엔 카일이 여기 왔었다는 기록이 남겨져 있어요. 그런데 항해일지엔 그런 기록이 없었거든요. 날짜를 봐서는 칼리닌그라드에서 돌아온 다음의 일이 분명해요.」

「전자장비 내에서도 날짜가 기록되는 줄은 몰랐어요.」

아너가 모르는 게 그거 하나뿐만은 아니겠지만 제이크한테는 그 편이 유리했다. 앨런이 입을 놀려서 산통을 깨면 당장에라도 혼자서 오빠를 찾겠다고 나설지도 모른다. 아너가 키를 잡았다가 무슨 일이 벌어질지 생각만 해도 아찔했다. 아너한테는 다분히 충동적인 면이 있었다.

「프로그램 내에서 기록되는 건 한두 가지가 아니에요. 거기다 카일은 당신 자명종 이상으로 컴퓨터를 요란하게 만들어 놨어요. 이런 해도플로터는 나도 처음 써보는 거라 연구할 게 많아요.」

약간 과장을 섞긴 했지만 완전히 틀린 얘기는 아니었다. 그런 식으로 진실과 허위를 섞고, 모른 척 잡아떼고 혼란을 조성한다고 해서 제이크만 욕먹을 일이 아니었다. 도노반 집안에서 한 대로 똑같이 갚아 주는 셈이니까. 카일에 관해 한 가지도 제대로 캐낸 게 없었다. 그 결과 J. 제이콥 맬러리는 절도범으로 몰렸고 카일 도노반은 호박을 갖고 어딘가로 튀어 버렸다.

제이크는 뱃고물로 나가서 주위를 둘러보았다. 낚싯대에는 시선도 주지 않았다.

아너가 제이크를 지나치면서 낚싯대를 집어 들었다. 낚싯대 끝이 루어의 무게 때문에 약간 휘었다. 루어 무게가 7그램에서 450그램에 이르기까지 다양하다는 걸 알고 아너는 무거운 걸 택했다. 신기한 장난감이라도 발견한 아이처럼 헤벌쭉 웃으면서 낚싯줄을 던질 채비를 했다.

「어디다 던질 거예요?」

「내 바로 앞이지 어디겠어요. 저기 나무토막이 떠다니는 데요」

아너는 낚싯대를 두 손으로 잡고 끝 부분을 위로 들면서 어깨 뒤로 넘겼다가 앞으로 던졌다. 동시에 낚싯줄에 힘이 가해지지 않게끔 했다. 루어가 앞으로 쭉 뻗으면서 엄청난 속도로 낚싯줄이 풀렸다. 루어는 눈 깜짝할 사이에 나무토막 근처에 떨어졌다. 거의 150미터는 떨어진 거리였다.

제이크는 고개를 내저었다. 아너는 정확한 지점에 던지기만 했지 고기 낚을 생각은 전혀 안 했다. 한마디로 재질은 풍부한데 그걸 낭비하고 있는 셈이었다. 그래도 막상 고기를 잡고 나면 좋아서 팔짝팔짝 뛰어다닐 게 분명했다.

「왜 그래요? 거의 비슷하게 맞췄는데.」

아너가 물었다.

「거의라뇨? 캐스팅(미끼를 던지는 동작)에 관한 한 낚시꾼들 중에서도 상위권에 속할 솜씬데.」

「정말이에요?」

아너는 재빨리 릴을 감아 올렸다. 릴을 빨리 감는 사람한테 상이라도 주는 대회에 참여한 사람 같았다.

「그렇긴 해도 릴 감아 올리는 기술은 아직 부족해요. 연습을 많이 해야겠어요.」

아너는 제이크가 하는 말을 못 들은 척했다.

제이크는 트롤링 엔진을 작동시킬까 하다가 그만 뒀다. 여기 오래 있을 이유가 없었다. 카일이 저장해 놓은 항로들이 아직 많이 남아 있었다.

「트롤링 엔진은 그냥 놔둘까 봐요」

제이크가 말했다.

「나야 좋죠」

「릴 감아요. 카일이 저장한 항로를 따라 천천히 가볼 작정이니까.」

「내가 캐스팅하는 데 지장은 없을 텐데요.」

「고기 낚는 데 지장이 있어서 그럽니다.」

「아까도 말했지만…….」

제이크는 포기하고 그냥 선실로 들어갔다. 아주 천천히 표시된 지점을 반복해서 왔다갔다해 봤다. 수중탐지기에서는 아무 반응이 없었다. 물고기는커녕 거품도 일어나지 않는 판국이었다.

「빨리 도구 챙겨요. 바깥으로 나갈 거니까.」

제이크가 어깨 너머로 외쳤다.

아녀는 아무 말 없이 릴을 감고 선실로 들어왔다.

「조무래기들을 완전히 따돌리긴 한 거예요?」

아녀는 아무런 기척이 없는 주위를 둘러보면서 물었다.

「아닐걸요. 콘로이가 못 쫓아올 리가 없으니까요. 조금 있으면 불쑥 나타날 겁니다.」

「그럼 왜 가만히 있지 배를 움직여요?」

「가만히만 있으면 뭐합니까? 잘못하다간 우리만 저 작자들 밥이 될지도 모르는데.」

「그런 표현이 왠지 듣기 뭐하네요.」

「왜요? 밥보다는 인스턴트 음식이 좋아서요?」

제이크가 웃으면서 말했다.

「나중에 페이스 언니를 보면 그런 소린 못 할걸요. 나보다 한술 더 뜬다고요.」

제이크의 안색이 변했다. 아무리 생각해도 아녀의 다른 식구들을 만날 가능성은 별로 없었다. 특히 우호적인 분위기에서 만난다는 건 거의 불가능한 일이었다.

그는 쌍안경을 집어 들고 해안선을 살펴봤다. 한 번 훑어보는 데 시간도 얼마 걸리지 않았다.

그만큼 작은 규모의 무인도였다. 섬을 빙 둘러 있는 전나무만 빼면 순전히 바위로만 이루어진 섬이었다.

「뭐 보이는 거라도 있어요?」

「별로 없어요.」

아너는 제이크가 해도를 보고 있다는 것까진 알았다. 그래도 그게 무슨 해도인지는 알 수가 없었다. 애너코르테스까지 돌아가는 항로인지 아니면 남태평양 해저면인지 알 길이 없었다. 그저 파란색 화면에 정신 없이 흩어져 있는 검은 점선만 눈에 들어왔다.

아너는 제이크의 어깨 너머로 스크린을 훔쳐봤다. 아무리 봐도 그게 그거였다. 좀더 자세히 들여다볼 생각으로 몸을 굽혔다. 그랬더니 아까 새벽에 있었던 사건이 떠올랐다.

자꾸 그렇게 쳐다보고 있기만 할 겁니까? 내 팬티에 지폐라도 한 장 꽂아 줄까 해서 그래요?

화가 나고 창피하기도 했지만 그보다는 좀더 원초적인 욕구가 아너를 핥고 지나갔다. 아너는 재빨리 뒤로 물러나서 딴청을 부렸다. 제이크의 남성적인 몸매에서 시선을 뗄 필요가 있었다.

제이크는 마지막 항로를 불러냈다. 카일이 저장해 놓은 항로가 더 있을지도 모르지만 지금까지 찾아낸 데이터 중에선 그게 마지막이었다. 다른 낚시터들과 거리가 한참 떨어져 있는데다 주위에는 온통 조그마한 무인도뿐이었다.

이렇게 오후 늦게 찾아가긴 뭐한 장소였다. 거기에 들렀다가는 깜깜 해지기 전에 별장으로 돌아가기 힘들 것 같았다.

제이크는 레이더의 범위를 좀더 확장시켰다. 동쪽 부근에 선박이 감지되었다. 말할 것도 없이 조디악이 분명했다. 그는 아너를 흘끔 쳐다보 았다. 아너는 괜히 미끼 통을 들여다보면서 딴청을 피우고 있었다. 뭔가 생각하는 듯하면서도 갈망을 들키기 싫어하는 눈빛이었다.

제이크도 아너가 어떤 기분일지 짐작이 갔다. 조만간 이런 욕구를 충족시키지 못했다간 후회할 일을 저지를지도 모른다는 생각이 들었다.

생각만 해도 흥분이 되었다.

어떻게 그런 쪽으로만 머리가 돌아가는지 제이크는 스스로가 한심스러웠다. 수중탐지기를 들여다봤지만 여전히 아무런 변동이 없었다. 해도 플로터에서 거리를 대강 측정하고 나서 시계를 들여다봤다. 아무래도 시간이 어정쩡했다.

후회할 짓거리를 할 시간이라면 충분했지만. 그리고 낚시할 시간은 충분히 될 것 같았다. 낚싯대만 드리우고 낚시하는 시늉하기도 이제 지겨웠다. 이젠 진짜 낚시를 하고 싶었다.

「킹이 아직도 팔콘 절벽 근처에 돌아다니는지 모르겠어요.」

제이크가 큰 소리로 말했다.

「킹이요? 왕을 말하는 거예요?」

「4킬로그램에서 22킬로그램까지 나가는 엄청난 몸집을 한 놈이죠. 낚싯바늘에 걸리면 그 길로 끝이지만.」

「그럼 킹이 물고기란 말이에요?」

「이 근방에선 그렇게 통해요.」

「지금 낚시를 하겠다는 건 아니겠죠?」

「바로 그거예요.」

「젠장.」

「그럼 안 되죠. 열의를 보이기로 한 거 잊었어요?」

제이크는 속도를 높이면서 말했다.

「어머, 난 낚시가 너무 하고 싶다는 얘기였는데. 제발이지 당장이라도 빨리 했으면 좋겠네요.」

「의욕을 좀더 보여 봐요. 그래도 걱정은 마시길. 연습할 기회는 충분히 줄 테니까.」

투마로우가 원래 왔던 항로를 되돌아가는데 조디악이 접근해 왔다. 제이크가 손을 흔드는데도 콘로이는 모른 척하고 있었다. 아무래도 술래잡기 놀이에 지친 기색이 역력했다.

아너는 한숨을 내쉬면서 뱃머리 아랫부분에서 일어나는 물거품을 쳐다봤다.

「얘기해 볼 맘은 있어요?」

제이크가 물었다.

「뭘요?」

「왜 그렇게 무서운 표정을 하고 있는지 말이에요」

「됐어요. 차라리 딴 얘기를 해요.」

「그러든지요. 혼자 살아요?」

아너는 놀란 얼굴로 제이크를 쳐다보았다.

「음, 방금 전에 딴 얘길 하자고 했잖아요」

「캘리포니아에 콘도가 있어요. 페이스 언니랑 같이 살아요. 둘 중 한 명은 어디 딴 데서 지낼 때가 많지만요」

「언니는 뭘 해요?」

「내가 디자인한 걸로 예술품을 만들어 내는 일이요. 그 동안 난 새로운 소재나 전시회를 찾으러 전국을 돌아다녀요. 내가 집에서 디자인을 하고 있으면 언니가 대신 돌아다니고요」

「책상에 있던 호박도 그렇게 구한 겁니까?」

「아뇨, 카일 오빠가 우리한테 보낸 거예요.」

제이크는 키를 꽉 붙잡았다.

「오빠들은 우리한테 일감을 주려고 괜찮은 물건들을 열심히 물어다 주거든요. 대장도 마찬가지고요.」

「아버지, 오빠들과 같이 사업을 하나 보죠?」

「어떻게 감히 여자들이 황송해서 거기 끼겠어요. 우리 집안 남자들한텐 씨도 안 먹히는 소리라니까요. '도노반 인터내셔널'은 구제도의 잔재가 남아 있는 남자들만의 조직이라고요」

아너가 불만스럽게 대꾸했다.

비꼬는 목소리였지만 정말로 화가 나서 하는 말은 아니었다. 아너나 페이스는 여자이기 때문에 유리한 점도 있었다. 아버지의 가부장적인 지배에서 오빠들보다 훨씬 수월하게 벗어날 수 있었으니까. 아처가 자유를 얻게 된 과정이 얼마나 험난했는지 아직까지도 식구들 입에 오르내릴 정도였다. 로위하고 저스틴은 둘이 합심해서 아버지를 나가떨어지게 만들었다. 카일은 아직도 악전고투 중이었다. 형제들 중에서 제일 어리다는 점이 악조건으로 작용해서 어떤 때는 아버지에다가 형들까지 간섭을 해댔다.

「도노반 인터내셔널이라……, 어디선가 들어본 이름 같은데.」

제이크가 레이더를 쳐다보면서 천천히 말했다. 스크린에 보이는 배가 세 척으로 늘어났다.

뱀눈이 해안 경비대의 조디악을 뒤쫓아온 게 분명했다.

「월가에서 들어봤겠죠. 아버지 회사는 희귀한 광물이나 금속을 채취, 가공해서 사고 파는 일을 해요.」

「괜찮은 조직이네요 뭘. 오빠들이 실직하진 않겠어요.」

「한심한 조직이에요. 다들 사장이 되려고 난리들인데요.」

「에덴엔 뱀이 있기 마련이에요.」

「어쨌든 오빠들은 늙은 뱀을 물리치고 자기들 회사를 만들었어요. ‘도노반 젬스톤 앤 미네랄’이란 회사를요.」

제이크는 아까부터 부드럽게 움직이는 아너의 입술이며 몸매가 신경 쓰여서 마음이 편치 않았다.

「형제들이 합심해서 자기 아버지한테 대항했다, 이 말인가요?」

아너가 몸서리를 치면서 말했다.

「네. 오빠들한테 당한 걸 알고 나서 아버지가 얼마나 황당해하셨는데요. 집안이 발칵 뒤집혔다니까요.」

「상속권을 박탈하기라도 했어요?」

아너는 놀란 얼굴을 했다.

「그건 아니에요. 아빤 고집도 세시고 자존심도 엄청나지만 그렇게 고약한 분은 아니라고요. 한 일 년 동안 광물 조사니 뭐니 해서 서로 피터지게 싸우다가, 오빠들이 자기들끼리도 잘한다 싶으니까 아빠가 양보하셨어요. 협조적인 관계에서 일해 보자고요.」

「오빠들이 받아들였어요?」

「뭐 그런 셈이죠.」

「머리들이 좋군요.」

그건 제이크도 익히 알고 있는 사실이었다. 여태껏 만나 본 도노반 형제들은 고집도 고집이었지만 다들 머리들이 비상했다.

「그럴지도 모르죠. 명절 때마다 아주 재밌어서 좋아요. 아버지는 식사 전에 방황하는 양들을 돌아오게 해달라고 기도를 하세요. 그럼 방황하던 양들은 늙은 늑대 손에 잡히지 않으려고 이리 뛰고 저리 뛰고 한다니까요.」

제이크는 큰 소리로 웃어 젖혔다. 도노반 형제들을 양이라고 부르다니 너무 안 어울렸다.

「그쪽 집에서도 그래요?」

아너가 물었다.

「뭘요?」

「식구들끼리 싸우냐고요?」

「아뇨. 서로 멀리 떨어져 있으려고 난린데요.」

「좀 외로울 거 같네요.」

「왜, 사람들이 자유에 관해 떠들어대는 말이 있잖아요.」

「그게 뭔대요?」

「더 이상 잃을 건 아무것도 없다.」

제이크는 방향을 바꾸고 조그만 섬을 피해서 돌아갔다. 좁은 해협을 지날 때는 속도를 높였다가 울퉁불퉁한 절벽 아래를 지나칠 때는 천천히 몰았다. 수중탐지기 하부에서 빨갛고 파란 신호가 들어왔다.

아너는 뭔지 물어 볼 맘이 들지 않았다. 아무리 해도를 들여다봐도 어느 게 산후안인지 헷갈리기만 했다. 섬들이 너무 많은데다 바위라고 해도 좋으리만치 크기들이 작은 섬들이 많았다. 아까부터 자리를 옮길 때마다 해도를 들여다보면서 연구해 봤지만 아무 소득이 없었다. 머리만 지끈거리고 속만 울렁거렸다.

「이런 젠장, 녀석들이 몰려왔군.」

제이크가 말했다.

아너는 자세히 보려고 한층 몸을 기울였다. 스크린에 노란 점선이 나타났다. 노란 점들이 모두 물고기냐고 물어 보려는 순간, 제이크가 선실을 나갔다. 아너도 뒤따라서 뱃고물로 갔다. 그는 선외 엔진을 작동시키고 낚시도구를 챙겼다. 아너는 신속하고 익숙한 제이크의 손놀림에만 관심이 갔을 뿐, 그런 도구에는 관심이 없었다.

「오늘 몫의 청어를 다 써버렸으니 할 수 없죠」

제이크는 양동이에서 루어를 집어 들면서 덧붙였다.

「이게 뭔지 알아요?」

「여기서 보니까 낚싯바늘하고 비슷한데요. 정말 재밌어요, 정말.」

그 말에 제이크는 아주 즐거워했다.

「바늘에다 토맨터라고 하는 루어를 끼워요. 이걸 약간 구부려서 플러그(운동 능력을 갖춘 루어의 한 종류)처럼 보이게 할 거예요. 그러고 나서 토맨터를 유인 장치에 연결하고……」

「반칙이에요」

「뭐가요?」

「낚시는 안 배운다고 했잖아요. 보트 다루는 법만 배운다고 했어요」

「난 또 속마음은 그렇지 않은 줄 알았죠」

「정말이니까 믿어 줘요.」

「그러죠.」

그 말만 하고 제이크는 낚시장비를 챙겼다. 몇 분이 지나자, 제이크의 입에서는 휘파람 소리가 흘러나왔다. 거칠어 보이는 남자 입에서 나오는 휘파람 소리치곤 음색이 곱고 맑았다.

거기다 제이크한테서 의외의 면모를 발견했다. 오빠들 같았으면 아너가 안 배운다고 하면 그냥 넘어가지 않았을 텐데 제이크는 아무렇지도 않게 아너의 의견을 수용해 주었다. 더구나 그 때문에 기분 나빠 하지도 않았다.

바닷물에 낚싯대 두 개가 드리워졌다. 제이크는 키를 잡고 속도를 약간 높였다. 지는 해가 눈이 부셔서 제이크는 눈을 찡그렸다. 조디악이

30미터 정도의 거리를 두고 투마로우와 평행을 유지하고 있었다. 앨런이 탄 베이라이너는 한참 떨어져 있었다. 다른 보트는 눈에 안 띄었다. 항구로 돌아갔던지 그게 아니면 시야에서 멀어졌던지 둘 중 하나였다.

제이크는 등을 돌려 낚싯대를 바라보았다. 유인 장치 때문에 낚싯대 끝이 조금씩 움직이고 있었다.

「이젠 뭐해요?」

아녀가 물었다.

「낚시요.」

「멋지네요. 페인트가 마르는 걸 볼 때랑 비슷해요. 그것보다는 덜 재 있지만.」

「연어가 입질을 하면 맘이 변할걸요.」

「엄청 기대되네요.」

제이크는 머리를 흔들면서 해안선을 살폈다. 집은 한 채도 없었다. 풍파에 시달린 흔적이 있는 절벽 위의 전나무들, 조각구름이 떠다니는 한가로운 하늘, 흰머리독수리 한 마리가 창공으로 솟구쳐 올랐고 발 밑 에선 배가 흔들거렸다. 몇 주 만에 처음으로 느껴 본 평화로운 감정이 가슴에 차 올랐다.

부드럽게 풀어지는 제이크의 입매를 보기만 해도 절로 미소가 흘러 나왔다. 양팔로 꽉 끌어안아 주고 싶었다.

자꾸 쳐다보지 마.

아녀는 속으로 자신을 나무랐다.

좀 건설적인 일을 할 수 없니. 아무거나 할 일을 찾아보라고. 제발 제이크 맬러리 생각은 그만 해.

생각처럼 간단한 일이 아니었다. 카일 오빠와 호박, 살인, 끔찍한 생 각들이 꼬리를 물고 이어졌다. 당장이라도 제이크한테 안겨서 위로받고 싶었다.

대번에 아녀는 자신이 한심스러워졌다.

그녀는 선실로 돌아가서 스케치북과 연필을 꺼냈다. 머릿속에서 이미지가 잡힐 듯 말 듯했다. 얼마 안 있다가 아녀는 상자에서 조심스럽게 호박을 꺼내 들었다. 그런데도 아무런 감흥이 생기지 않았다.

조심스럽게 호박을 들고 천천히 돌렸다. 아무리 열심히 들여다봐도 떠오르는 게 없었다. 빛에 반사시켜 보면 어떨까 하는 생각이 머리를 스쳤다.

그녀는 호박을 재킷 주머니에 집어넣고 스케치 도구를 챙겨서 바깥으로 나왔다. 등을 뱃고물에 기댄 채, 엔진 뚜껑 위에 걸터앉았다. 생각보다 아주 편했다. 호박은 그냥 놔둔 채, 기억에 의존해서 아이디어를 떠올려 봤다. 디자인할 때 기본적으로 채택해 놓은 다양한 주제들을 하나하나 시도해 봤다.

제이크는 키를 잡은 채 수중탐지기를 살피고 있었다.

조금 있으려니까 주위에 맑은 휘파람 소리가 울려 퍼졌다. 아녀는 이상하리만치 마음이 편해졌다. 한 장 두 장 그리고 다음 장을 스케치하는 아녀의 손길이 바빠졌다. 선과 모양을 조화시키고 독창적으로 의미를 창출해 내기 위해 다양한 방식을 시도했다.

뒤늦게 아녀는 휘파람 소리가 끊겼음을 깨달았다. 제이크는 아녀 쪽을 물끄러미 쳐다보고 있었다.

「미안합니다. 방해할 생각은 없었는데.」

「아니에요. 휘파람 소리 때문에 집중이 더 잘 됐는걸요.」

도노반 집안엔 특이한 유전자가 있나 보지, 제이크는 삐딱한 생각을 해보았다. 제이크가 휘파람을 불면 카일은 옆에서 호루라기를 불어 댔다. 그걸 시합이라면서 두 사람은 아주 재밌어하곤 했다.

「뭘 스케치하는 겁니까?」

제이크가 재빨리 덧붙였다.

「말시키면 방해되죠? 어깨 너머로 훔쳐보는 건 사양이라면서요.」

아녀는 웃으면서 스케치북을 내밀었다.

「내가 보여 주면 훔쳐볼 필요가 뭐 있어요.」

「별장에 있던 호박이로군요. 바닥에 떨어질 뻔했던 거.」

186

「눈썰미가 보통이 아닌가 봐요.」
「당신은 빼어난 예술가고요.」
「삽화가요.」
「귀염둥이 아가씨.」
아녀는 제이크를 째려보았다. 늦은 오후의 햇살을 한껏 머금은 호박처럼 눈동자가 황금색으로 빛났다.
「호박을 한 번 보고 바로 구분하는 사람은 별로 없어요.」
「그렇겠죠.」
「어떻게 알았어요?」
제이크는 어깨를 으쓱해 보였다. 오랜만에 느껴 본 평화스러운 기분을 깨뜨리기 싫어서 솔직하게 대답했다.
「어릴 때부터 흥미가 있었어요.」
「정말이요? 그래서 사라진 호박에 관해 관심이 많았던 거예요?」
제이크는 고개를 끄덕였다. 속으로는 벌써 후회하는 마음이 들었다. 아녀는 눈치가 너무 빨랐다. 입을 너무 놀렸다가는 나중에 훨씬 더 힘들어질 게 뻔했다. 거짓말과 반토막 진실 사이를 오가면서 더 이상 불안에 시달리긴 싫었다. 그런 식으로 사는 게 아무렇지도 않았으면 지금도 앨런과 같이 똑같은 상관 밑에서 일하고 있었을 것이다.
「뭐가 그렇게 맘에 들었는데요?」
아녀가 호기심 어린 시선으로 물었다.
「오래 전에 그 안에 파묻혔을 파리들이 불쌍해서요. 그나저나 뭘 스케치한 거예요?」
「페이스 언니가 세공할 걸 스케치하는 거라고 할 수 있죠.」
「할 수 있다뇨?」
아녀는 스케치를 다시 바라보았다.
「스케치를 해봤자 평면적인 것밖에 표현하질 못해요. 입체적인 요소를 담을 순 없어요.」
아녀는 한참 동안 들여다보고 있다가 말을 이었다.

「아무래도 맘에 안 들어요. 이런 식으로는 안 되겠어요.」

「무슨 말이에요?」

아너는 아무 말 없이 주머니에서 호박을 꺼냈다. 따뜻하고 포근한 햇살을 머금은 호박이 손바닥에서 빛을 발했다.

제이크는 조용히 휘파람을 불었다. 호박은 환한 곳에서 봐야 제격이었다. 반질반질한 면과 잔금이 눈에 띄는 면이 묘하게 조화를 이루고 있었다.

햇살 아래에서 호박은 조용히 불꽃을 발하고 있었다.

「타오르는 돌.」

제이크가 조용히 말했다.

「뭐라고요?」

「호박의 뜻이 바로 그거예요. 타오르는 돌. 좀 봐도 되겠어요? 전엔 한번도 본 적이 없어서 그러는데.」

「그러세요. 대신 그 안에 파리는 없으니까 기대는 하지 말아요.」

그는 아무 말 없이 호박을 햇빛에 비춰 보았다.

순간 아너의 눈에 비친 호박은 숨이 막힐 정도로 아름다운 광채를 발했다. 지금까지 뭘 봤을까. 사방으로 뻗은 빛줄기에서 짧게 깎은 머리와 수염이 떠올랐다. 동시에 황금색 바탕에 뿌려진 흑점은 그윽한 눈동자로 변형되었다. 인간의 영혼처럼 깊이를 간직한, 호박 안에 영원히 갇힌……. 잃을 게 더 이상 없기 때문에 자유로운 인간.

「움직이지 말아요!」

아너가 다급히 외쳤다.

제이크는 깜짝 놀라서 그 자리에 멈춰 섰다. 스케치북 위로 연필이 부산하게 움직이기 시작했다. 그는 가만히 서서 호박을 들고 있었다.

그때 낚싯대 끝이 움쭉거렸다.

「저기, 아너……」

「잠깐만요. 절대 움직이면 안 돼요. 이런 기회는 태어나서 한 번 찾아올까 말까 한 기회예요.」

낚싯대 끝이 훨씬 세차게 흔들리고 있었다.

「아너……」

아너는 손을 내저으면서 계속 스케치를 했다. 낚싯줄이 팽팽해지면서 방향이 바뀌었다.

「이런 제길, 오늘 저녁은 피자로 때우는 수밖에 없겠어요」

제이크는 홧김에 욕지거리를 내뱉었다.

「잠깐만요. 됐어요. 아니 거의 다 됐어요」

아너는 고개를 들고 말을 이었다.

「피자요? 연어 요리를 먹고 싶었는데, 안 돼요?」

「나라고 안 먹고 싶겠어요?」

그는 호박을 아너의 주머니에 넣고 재빨리 낚싯대를 붙잡았다. 무게가 느껴지는 게 고기가 아직 낚싯줄에 걸려 있는 게 분명했다.

「받아요」

제이크는 아너의 손에 낚싯대를 쥐여 주고 대신 스케치북을 받아 들었다.

「릴을 감아 봐요. 배는 내가 몰 테니까.」

「하지만 난 못 해요. 한번도 해본 적이……」

낚싯대를 쥔 손이 흔들렸다.

「이런, 제이크, 난 몰라요. 고기가 진짜 걸렸나 봐요.」

「빨리 감아 올리기나 해요, 아가씨.」

11

　제이크는 투마로우를 정박시키고 집에 돌아와서 자동응답기를 틀어보았다. 벌써 한밤중이었다. 회사에서 온 연락은 없고 앨런이 남긴 메시지만 있었다. 실컷 부은 목소리로 보트 속도광들에 관해 주절거린 게 전부였다.

　「그거 안됐군. 늑대들하고 같이 있기 싫으면 땅굴이라도 파고 그 안에 숨든지.」

　제이크는 와인 병을 챙겨서 아너가 있는 별장으로 돌아왔다. 그런데 근처 도로에 눈에 띄지 않게 정차시켜 둔 차가 한 대 보였다. 유리창 밖으로 속도 측정기가 삐죽 튀어나와 있었다.

　교통법규상 이런 좁은 도로에서 시속 40킬로미터 이상의 속도를 내면 위법이었다. 워싱턴에서는 제한속도를 턱없이 낮춤으로써 생산적이면서도 공급이 끊이질 않는 자원-교통 법규 위반에 따른 벌금-을 확보했다.

트럭이 미끄러지듯이 서자마자 아너가 문을 열고 나왔다. 아너가 자신을 기다리고 있었다는 사실에 기뻐해서는 안 될 테지만, 그래도 기쁜 건 기쁜 거였다. 아너는 샤워를 하고 옷을 갈아입은 상태였다. 머리카락은 아직 물기를 머금고 있었다. 헐렁한 바지에 자기 눈동자 색과 똑같은 황록색 블라우스를 입고 있었다. 너무 예뻐서 입맛을……, 다실 정도였다.

제이크는 자꾸 그런 쪽으로만 신경이 가는 자신이 한심스러웠다. 그는 차에서 나오면서 아너한테 물었다.

「무슨 일 없었어요?」

「아무 일도요. 숯은 다 준비됐어요.」

어안이 벙벙한 얼굴로 제이크가 물었다.

「뭐할 건데요?」

「연어 안 먹을 거예요? 배고파 죽겠어요.」

배고프긴 제이크도 마찬가지였다. 그렇긴 해도 자기가 지금 간절히 원하는 건 아너 도노반이었다. 그에 비하면 연어는 아무것도 아니었다. 그는 샤르도네를 집어 들고 아너 뒤를 따라갔다.

제이크는 식초, 포도주, 향신료를 섞어 양념을 만든 뒤, 구운 연어 위에 끼얹었다.

「오늘 일진이 그렇게 사나운 것만은 아니네요. 그런데 당신은 한 마리도 못 낚아서 어떡하죠?」

아너가 흡족한 얼굴로 연어를 바라보며 말했다.

제이크의 얼굴에 웃음이 피어올랐다. 간신히 릴을 감아서 고기를 낚아 올렸을 때 아너가 얼마나 좋아했던지. 어린애처럼 발을 동동 구르면서 어쩔 줄 몰라했다.

그런 모습을 지켜보는 게 오히려 더 즐거웠다. 오랫동안 그렇게 즐거웠던 적은 별로 없었다.

「괜찮아요. 나중에 잡으면 되죠, 뭐.」

그는 바비큐 뚜껑을 닫으며 말했다.

아녀는 의심스럽다는 얼굴을 한 채, 제이크를 따라 집안으로 들어갔다. 오빠들은 여자들한테 뒤질까 봐 걱정하는 타입은 아니었지만, 그런 걸 받아들이지 못하는 남자들도 많았다. 아녀가 데이트했던 남자들 중에서도 그런 사람들이 있었다.

「정말 괜찮아요?」

「그렇다니까요」

제이크가 아녀의 머리카락을 가볍게 잡아당기면서 말했다.

「괜찮아요, 하니. 잡았어도 그냥 놔줬을 거예요」

「왜요?」

「손질하고 나서 재봐도 무게가 6킬로그램이나 나가는 대어였어요. 샌드위치에다 파스타(마카로니 등을 만들기 위한 반죽, 또는 그 요리), 오믈렛, 샐러드까지 해먹어 봐요. 나중엔 물려서 나가떨어질 테니까.」

「난 아무리 먹어도 연어는 질리지 않던데요. 훈제 연어도 그렇고.」

「그럼 앞으론 아주 큰 놈을 잡아야겠군요.」

「큰 놈이라뇨? 그럼 저 정도 크기는 뭐라고 해요?」

아녀가 바비큐를 가리키면서 말했다.

「먹을 만하다고 하죠. 정말 입에서 살살 녹는 훈제 연어를 먹으려면 11에서 13킬로그램짜리는 잡아야 해요. 무게가 그 이상 나가면 더 좋고요. 근데 불행하게도 이 근방엔 그렇게 큰 놈이 없어요」

「13킬로그램이요? 세상에나, 차라리 역도를 시작하는 게 낫겠어요. 저 쪼그만 놈도 끌어올리느라고 죽는 줄 알았단 말이에요.」

아녀가 눈이 휘둥그레져서 말했다.

「아주 잘했어요」

「정말이에요? 그럼 왜 계속 낚싯대 끝을 올리라고 소리소리 질러 댔는데요?」

「내가 언제 소리를 질렀다고 그래요?」

「어머? 캡틴 콘로이까지 우릴 보고서 웃다가 바다에 떨어질 뻔했는데도요?」

「연어가 미친 듯이 파닥거리는 그물과 씨름하면서 다른 한 팔로는 좋아서 기절 일보 직전인 여자를 안고 있었으니 안 웃고 배겨요?」

「낚싯대는 왜 빼먹어요?」

「내 이빨로 물고 있었는데 잊어먹겠어요?」

제이크는 아너한테 키스하지 않으려고 별 우스꽝스런 짓을 다 했다. 서로 들뜬 기분에서 키스를 시작했다가 분위기가 묘해질 가능성이 농후했다. 그야말로 요주의 사항이 아니겠는가.

자신에게 끊임없이 주입했건만 아직도 정신을 못 차리고 있었다. 허벅지를 간신히 가린 아너의 새벽녘 옷차림이 자꾸 머릿속에 아른거렸다. 그 안에 팬티를 입고 있었는지 어쨌는지 궁금했다. 아너가 사랑을 나눌 때는 어떤 모습일지, 어떤 식으로 몸을 열어 줄지 알고 싶었다.

「이봐요」

아너가 눈앞에서 손을 흔들었다.

「네?」

「왜 그렇게 멍해 있어요?」

제이크는 사실대로 말하려다가 꾹 참았다. 아너의 티셔츠를 허리까지 걷어올리고 은밀한 부분을……, 집어치워. 그런 생각은 당장 집어치우라고.

「그냥 생각 좀 하고 있었어요」

「연어를 어떻게 먹을까 고민 중이었어요?」

「음, 그래요, 연어.」

「페스토는 어때요? 아니면 뜨겁게 구워 낸 찐빵하고 샐러드는요?」

「몽땅 다 먹고 싶네요」

「아주 시장한가 봐요」

「예, 그래요」

제이크는 짧게 대답하고 아너한테서 멀어졌다. 아너와 하나가 되는 기분은 어떨까 하는 상상을 하다니 한심 그 자체였다.

「크래커하고 치즈라도 먹을래요?」

아너가 조심스럽게 말을 이었다.

「그렇게 무시무시한 얼굴을 하고 있으면 어떻게 해요. 잘못하다간 음식 먹기도 전에 싸움 나겠어요.」

제이크는 치즈하고 크래커로 달랠 수 있는 성격의 욕구가 아니라는 걸 잘 알고 있었다. 그래도 뱃속이 텅 빈 것보다는 낫겠지 싶었다.

그는 치즈와 크래커를 씹으면서 간간이 맥주를 들이켰다. 아너는 주방에서 페스토와 파스타를 한데 버무리고 있었다.

「연어가 익을 동안 스케치 좀 해도 돼요?」

아너는 파스타를 한쪽으로 치우면서 말했다.

「아까 하다 만 작업을 계속하고 싶어서요.」

「뭐 손님 대접을 받으리란 기대는 안 했으니까요.」

그녀는 제이크를 쳐다보면서 스케치북을 집어 들었다. 그때 전화벨이 울렸다. 아너는 느릿느릿 걸어와서는 수화기를 벌레 보듯이 쳐다봤다.

「여보세요?」

아너가 수화기를 들고 입을 열었다.

─미스터 맬러리를 내보내. 안 그랬다간 네 오빠가 무사하긴 힘들걸.

「뭐라고요? 누구세요? 어디…….」

전화가 끊겼다. 아너는 끔찍하다는 얼굴로 수화기를 보더니 쾅 소리가 나게 내려놓았다.

「미친 인간.」

「누구예요?」

「나도 몰라요. 뱀눈은 아닌데. 내가 말할 새도 없이 그냥 끊어 버렸어요.」

제이크는 아너한테 다가갔다. 화를 참을 수 없는지 새파랗게 질린 얼굴에서 붉은 기가 감돌았다.

「뱀눈이 아닌 게 확실해요?」

「논리적으로 판단을 내려서 하는 말인지 아니면 직감이 그런 건지 묻는 거예요?」

「아무거나요.」

「사실 둘 다예요. 그 인간이 말하기 전부터 벌써 감이 왔어요. 왠지 느낌이 좀 다르더라고요. 거기다 뱀눈처럼 발음이 그렇게 엉터리는 아니었어요.」

「발음이 어땠는데요?」

「프랑스인은 아니고 독일 사람도 아닌 거 같았어요. 스페인이나 영국 사람도 아니고요.」

「독일 사람이 아닌 게 아니라, 아닌 거 같다니 무슨 말이에요?」

「나도 몰라요. 그냥 그런 생각이 들었어요.」

제이크도 더 이상 묻지 않았다. 물어 봤자 별 의미가 없을 테니까. 십중팔구 전화한 사람은 러시아인이거나 발트해 연안국 출신이리라.

「그 자식이 무슨 말을 했어요?」

아녀는 숨을 깊게 들이마셨다. 가슴이 떨려서 숨이 고르지 못했다. 다시 한 번 숨을 들이마시고 그늘진 눈으로 제이크를 쳐다보았다.

「당신을 내보내지 않으면 오빠한테 무슨 일이 생길 거라고 했어요.」

제이크가 눈을 가늘게 떴다.

「고립시켜서 원하는 목적을 달성하시겠다 이거군.」

「뭐라고요?」

「뻔한 수작이잖아요. 누군가 당신을 고립시켜 놓으려고 그러는 거예요.」

아녀는 창 밖을 내다보았다. 황금빛 태양과 새파란 바다는 어둠 속에 묻힌 지 오래였다. 혼자서는 마주하기도 싫은 칠흑 같은 어둠만이 남아 있었다.

「카일 오빠······.」

아녀가 작은 목소리로 말했다.

아녀의 고통스러워하는 목소리가 비수처럼 가슴을 찔렀다. 제이크는 아녀를 위로해 주고 싶었다. 하지만 그랬다가 나중에 진실이 밝혀지면 아녀는 더 뼈저리게 배신감을 느낄 것이다.

아녀한테 자신을 내보내면 안 되는 이유를 확실히 이해시켜야 했다. 제이크는 아녀한테 손을 내밀었다.

「이리 와요」

아녀는 원래부터 자기가 있을 곳이라도 되는 것처럼 제이크의 품을 파고들었다. 제이크는 속으로 카일한테 욕을 퍼부었다.

「어떻게 하죠?」

「감당할 수 있을 만큼만 감당해요」

「오빠는 어떻게 하고요?」

「다 큰 사람을 뭣하러 걱정합니까. 남 걱정할 때가 아니에요」

「어떻게 맨날 그 얘기만 해요?」

「새겨들으라고 하는 소리예요」

아녀는 떨리는 목소리로 말했다.

「그냥 아무 말이라도 하면 안 돼요? 아무 얘기라도 좋아요. 말이라도 해야…… 살 것 같아요」

제이크는 아녀를 안은 팔에 힘을 줬다.

「나를 내보낼지 어쩔지 선택권은 당신한테 있어요」

「선택하기 싫어요」

아녀는 추운 사람처럼 제이크의 품을 파고들었다.

「방금 전화한 사람한테 오빠가 잡혀 있으면 어쩌죠?」

「그건 아니에요」

「왜요?」

「그 작자가 카일을 잡고 있다고 쳐요. 그렇다면 뭐하러 그런 전화를 하겠어요」

아녀는 한숨을 내쉬었다.

「그럴 거란 생각이 들긴 했어요. 그냥 겁주려고 하는 말 같았어요」

제이크는 아녀가 눈치채지 못하게 살그머니 입술을 머리카락에 비볐다. 따뜻하고 달콤한 향내가 코끝을 자극했다.

「다른 생각은 안 들었어요?」

「혼자가 아니어서 다행이란 생각을 했어요. 이젠 전화기만 봐도 신물이 나요.」

「자동응답기를 하나 갖다 줄까요?」

「있어요. 그래도 그걸 쓰긴 싫어요. 혹시라도 카일 오빠가 전화를 하면 어떻게 해요.」

제이크는 거기에 대해선 할말이 없었다. 지금은 무슨 말을 해도 귀에 안 들어올 게 뻔했다.

「고마워요.」

아너는 제이크의 품을 빠져 나오면서 말했다.

「이러고 싶진 않았는데…….」

「괜찮아요.」

「어깨에 대고 눈물을 흘렸잖아요.」

제이크는 아너가 기대고 있던 셔츠의 어깨 부분을 만져 보았다.

「무슨 소리예요? 물기 하나 없이 빳빳하기만 한데.」

아너는 떨리는 목소리로 웃으면서 주방으로 갔다.

「와인은…….」

「내가 꺼내올게요.」

전화벨이 다시 울렸다.

아너가 흠칫 놀라자, 제이크가 전화기 앞으로 갔다. 아너는 제이크의 손목을 잡고 고개를 내저었다.

「내가 받을게요.」

아너는 전화기를 집어 들고 재빨리 말했다.

「여보세요?」

「죄송하지만 지금 여기 없는데요. 뭐라고 전해 드릴까요?」

아너가 얼굴을 찌푸렸다.

「정말이요? 잠깐만 기다려 주실래요? 벌써 돈은 냈다고요? 나중에 시간 날 때 찾아갈게요. 감사합니다.」

「누구예요?」

제이크는 아너가 전화를 끊자마자 물었다.

「책방이요. 오빠가 주문했던 책이 도착했다네요」

「언제 도착했대요?」

「그런 말은 없었어요. 좀 이상하긴 하네요」

「뭐가요?」

「우리 오빠가 러시아 역사에 관심이 있는 줄은 몰랐어요」

제이크도 금시초문이긴 마찬가지였다.

「현대사 쪽이래요?」

「아뇨. 혁명 전의 러시아 궁전에 관한 자료집이라던데요. 차르스코예 셀로라는 궁전에 관한 자료가 있었으면 했다는데 못 구했다네요」

제이크는 말문이 막혔다. 나치가 러시아를 침략하기 전까지 앰버룸은 차르스코예 셀로라는 궁전 안에 있었다. 제이크는 입을 꾹 다물었다. 술이나 한잔 들이키면 씁쓸한 기분이 가실까.

「내가 와인 병을 딸게요」

아너는 주방 안으로 들어가는 제이크를 지켜봤다. 분명히 화가 난 것 같은데 이유가 뭔지 알 수가 없었다.

그러면서도 남자들은 맨날 여자들한테만 변덕스럽다고 하지, 아너는 혼자서 중얼거렸다. 제이크는 와인 병을 따서 아너한테 한 잔 따라 주었다. 그러고 나서 바비큐를 살펴보러 갔다.

아너는 사실 마음이 편한 상태는 아니었다. 그녀는 스케치북을 집어 들고 호박을 꺼냈다. 아까 언뜻 머리에 떠올랐던 호박 안에 갇힌 인간의 이미지가 떠오를 듯 말 듯했다. 그래도 언젠가는 꼭 그 이미지를 끌어낼 자신이 있었다.

언제부터인지 모르지만 스케치는 제이크의 강인한 모습을 연상시켰다. 그 사실을 인정하고 나니까 오히려 속도가 붙었다. 제이크의 모습을 가미해서 어떤 남성과 그의 그림자, 밝은 면과 어두운 면을 동시에 표현하려고 애썼다. 부드러운 미소가 어린 입술과 냉소적으로 비틀린 입술을 동시에 그려내고 싶었다.

「제이크, 이리 와서 나 좀 도와줘요.」

아너는 호박을 제이크한테 건네줬다.

「이걸 들고 전등 앞에 서 있어 봐요. 내부 깊숙한 곳에도 흑점이 남아 있는지 살펴봐야 하니까.」

제이크는 호박을 들고 탁자 위에 놓인 전등 앞에 섰다. 아너는 고개를 숙이고 하던 일을 계속했다. 황금빛 머리카락과 도톰한 입술, 가느다란 손가락, 누구라도 키스하지 않고는 못 배길 입술이었다. 그 가느다란 손가락으로 자신을 애무해 준다면 얼마나 좋을까 하는 생각이 들었다. 둘이 한몸이 됐을 때 아너가 절정에 이르는 걸 꼭 보고 싶었다.

「당신 때문에 겁이 나잖아요.」

조금 있다가 아너가 입을 열었다.

「내가 호박을 떨어뜨릴까 봐 걱정돼요?」

「아뇨. 저번처럼 '빨간 망토'의 소녀가 된 기분이 들어요. 한입에 집어삼키려고 입맛을 다시는 뭐 같아요. 참, 연어가 다 됐을 거 같아요?」

제이크는 웃으면서 아너한테 호박을 건네주고는 연어가 다 익었는지 살펴보러 갔다.

아너는 한숨을 내쉬었다. 자신을 바라보는 제이크의 시선이 하도 뜨거워서 온통 열기에 휩싸인 느낌이었다.

제이크와 그런 관계가 됐다가는 일만 복잡해질 뿐이라는 생각을 하며 아너는 자신을 타일렀다. 감정이 결부되지 않은 섹스란 골치만 안겨 주기 십상이었다.

좀 솔직해져 봐. 아너는 속으로 자신을 나무랐다. 감정이 결부된다고 해도 섹스란 골치 아픈 거야. 최소한 여자한테는 그렇다고. 남자들은 하나같이 뻔해. 헉헉대다가도 금세 이별을 고하는 작자들이야. 그러면서도 자기들 맘 내키면 계속 지분거리잖아. 끝나면 텔레비전에서 뭐 재밌는 거 안 하나 신문이나 뒤적거릴 거면서. 아너는 스케치북을 덮었다. 그런데도 호박 속에 갇힌 이미지가 머릿속에 아른거렸다. 실재 모델에 관한 감정이 어떻든 간에 상상 속의 인물을 그냥 놔둘 순 없었다.

아직까진 상상 속의 인물을 자유롭게 풀어놓을 방법을 찾지 못했다. 전부터 해오던 방식을 고수할 순 없었다. 더군다나 호박을 소재로 디자인해 본 경험이 별로 없어서 소재를 이해하는 폭이 아무래도 좁았다.

제이크가 커다란 접시에 연어를 담아 왔다. 아녀는 의자에 앉아서 잔뜩 찌푸린 얼굴로 호박을 쳐다보고 있었다. 와인은 손도 대지 않은 채로 남아 있었다.

「나만 기분이 저조한 게 아닌 것 같은데요?」

제이크는 탁자 위에 접시를 내려놓으며 말을 이었다.

「혹시 전화가 또 온 건 아니에요?」

아녀는 놀라서 제이크를 쳐다봤다. 그 동안 시간이 얼마나 흘렀는지 알 수가 없었다. 한번 일에 집중하다 보면 다른 일은 까맣게 잊어버리곤 했다.

「아뇨, 없었어요. 이미지가 잘 안 떠올라서 고심 중이었어요. 보통 때처럼 평면적으로 스케치를 해서 그런 건지……, 잘 안 되네요 이런 식으로 안 될 것 같아요.」

아녀 고개를 내저으면서 자리에서 일어났다.

「음각을 넣는 건 어때요?」

아녀는 와인 잔을 집어 들다가 멈췄다. 음각, 조소에서 양각의 반대 개념이었다.

「한번도 그렇겐 안 해봤어요」

「왜요? 해보니까 맘에 안 들어서요?」

「그건 아니에요.」

아녀는 와인 잔을 식탁에 놓고 냉장고 문을 열었다.

「내가 디자인한 보석들은 음각으로 표현할 만큼 투명한 종류가 아니었거든요. 거기다 그렇게 하면 언니가 세공하기 힘들 것 같기도 하고요 뭣보다 난 호박을 디자인해 본 경험이 별로 없어요. 한 달 전에 시작했는걸요」

아녀는 파스타와 샐러드를 꺼냈다.

「음각 양식은 17세기와 18세기에 유행했어요. 특히 호박은요. 내부를 깎고 나서 주위엔 금박을 입히기도 했대요. 위에서 가만히 들여다보면 호박이 꼭 살아 있는 것처럼 보인다고 하더군요.」

「금박을 입히기 전에, 깎아 낸 부분은 어떻게 다듬었대요?」

「나보다 더 잘 알면서 그래요. 뭐 초소형 공구를 사용했겠죠.」

제이크가 와인을 잔에 따르면서 팔이 스쳤다. 아너는 깜짝 놀라서 몸을 움찔했다.

「미안해요.」

제이크가 말했다. 아너는 너무 긴장한 나머지 건드리면 용수철처럼 튀어 오를 기세였다.

「놀라게 할 생각은 없었는데…….」

「괜찮아요. 오빠가 걱정돼서 그래요.」

「그 맘 이해하니까 걱정 말고 배나 채워요. 혹시 앉아서 먹지도 못할 정도로 긴장한 건 아니겠죠?」

「그럼 아침, 점심은 어떻게 먹었겠어요. 난 고민이 있어도 식욕이 없어지는 그런 타입이 아니에요. 오히려 그 반대죠.」

아너는 어색하게 웃으면서 자리에 앉았다.

「그럼 그 살 됐다 어디 씁니까?」

「그러다 혀 깨물고 후회할 일이 생길걸요.」

「그 이빨로 당신 연어나 뺏어 먹으면 먹었지 뭣하러 내 혀를 깨뭅니까?」

아너는 맛있어 보이는 분홍색 연어 살을 집어 들었다.

희망을 버려. 아너는 속으로 자신을 나무랐다. 아까부터 내내 두 사람 주위를 떠돌던 성적인 긴장을 제이크는 완전히 무시하기로 한 모양이었다. 건강한 남자라서 흥분한다손 치더라도 구체적인 행동으로 옮길 생각은 없는 것 같았다. 그게 아니면 자신에게 접근할 생각이 없다는 얘기였다.

제이크도 자신과 비슷한 생각을 하고 있는지 궁금했다. 섹스가 기분

전환이 되긴 하지. 하지만 화장실에 가서 배설물을 내보내는 거와 뭐가 달라.

갑자기 기분이 저조해졌다.

「식욕이 없는 거예요?」

제이크의 물음에 아너는 아무 말 없이 포크로 연어를 찍었다. 이내 아너의 입에서 감탄사가 쏟아졌다.

「맛있어요?」

「절정에 오른 기분이에요」

제이크가 눈썹을 치켜 올렸다.

「그 정도예요?」

「더 나아요」

「그 이상은 없어요」

아너한테 절정이란 고작 하나의 단어에 지나지 않았기 때문에 따지고 자시고 할 게 없었다. 아너는 연어를 다시 한입 가득 물었다. 결국 말 한마디 없이 연어 두 접시에다 샐러드, 페스토를 몽땅 싹쓸이했다. 아너는 포만감에 젖어 의자에 등을 기대면서 말했다.

「식당 하나 차려도 되겠어요」

아너는 하품을 참으면서 입을 열었다.

「샐러드하고 페스토는 어떻고요? 도노반 집안의 비법을 전수받은 겁니까? 여태 사먹기만 했는데 이렇게 맛있는 건 처음입니다」

「아뇨. 내 요리의 비법은 전 인류의 보다 나은 미래를 위해 다년간 희생을 한 끝에 얻어 낸 거예요」

「노벨 요리상은 없을걸요」

「이 세상엔 산타클로스가 없다느니 그런 얘기를 하려는 거예요?」

「그 얘기가 나와서 하는 말인데……」

「내가 졌어요, 졌다고요. 아무튼 그쪽이 만든 연어에 비하면 페스토는 아무것도 아니에요」

아너는 하품을 참느라고 손으로 입을 막았다.

제이크는 일어나서 식탁을 치웠다.

「내가 할게요.」

아너가 다시 하품을 하면서 말했다.

「빨리 가서 자는 게 좋을걸요.」

「왜요?」

「내일 갈 길이 아주 멀고도 험하거든요.」

「끔찍하네요.」

제이크가 웃으면서 아너의 머리카락을 살짝 헝클어뜨렸다.

「자기 전에 이 닦고 자는 거 잊으면 안 돼요」

순간적으로 아너는 제이크를 꽉 깨물어 주고 싶었다.

「네, 그럴게요」

아너는 목욕탕으로 들어갔다. 방금 전, 아너는 조그맣고 앙증맞은 이로 제이크 자신의 손을 깨물려고 했었다. 그랬으면 자신은 어떻게 나왔을까. 안 봐도 뻔했다.

제이크는 나지막이 욕지거리를 내뱉으면서 설거지를 끝냈다. 하도 세게 문질러서 그릇에 흠집이 생길 정도였다.

욕실 문이 열렸다. 제이크는 재빨리 침실로 들어가는 아너를 훔쳐봤다. 침실 문이 살짝 열려 있었다.

제이크는 설거지를 마치고 별장을 나섰다. 바로 뒤에서 문을 잠그는 소리가 들렸다. 금속성의 소리가 쿵 하고 가슴에 내려앉았다.

자갈길을 거쳐 선착장으로 걸어갔다. 한 발짝 내디딜 때마다 자신이 얼마나 바보 천치인지 되뇌었다. 자신을 기다리고 있는 건 고작해야 차가운 침대밖에 없었으니까.

12

아너는 깜짝 놀라 잠에서 깼다. 아직 밤이었다. 이번엔 자명종 때문이 아니었다. 분명히 거실에서 무슨 소리가 들렸다. 누군가 문을 따려고 열쇠를 돌리는 것 같았다. 심장 박동이 빨라졌다.

카일 오빠? 만약에 다른 사람이면 어쩌지.

자기 전에 빗장 거는 걸 깜빡했음을 깨달았다.

거실에서 뭔가를 긁는 듯한 소리가 계속 들렸다. 등골이 오싹했다. 본능적으로 오빠는 아니라는 생각이 머리를 스쳤다. 이불을 뒤집어쓰고 아무도 없는 척해 보는 건 어떨까 싶었다. 그렇지만 집이 떠나가라 비명을 지르는 게 낫지 싶었다.

결국 둘 중 어느 쪽도 행동에 옮기지 못했다. 아주 조심스럽게 침대에서 빠져 나온 아너는 침실 문 쪽으로 다가갔다. 통풍 때문에 자기 전에 문을 약간 열어 놓았었다. 거실에서 찬바람이 스며들었다. 앞문이 활짝 열려 있었다. 휘영청 밝은 달빛 아래 검은 그림자가 움직였다.

손전등 불빛이 카일의 책상 위를 배회하고 다녔다. 그림자가 몸을 숙이고 서랍을 열어 젖혔다. 검은 마스크에 재킷, 가죽 장갑을 끼고 있는 모습이 시야에 잡혔다.

아너는 살금살금 침실 창문 쪽으로 걸어갔다. 자물쇠는 새로 채운 거라 아무 문제가 없었지만 나무로 만든 창틀에서 요란한 소리가 났다. 아까 들렸던 소리보다 훨씬 크게 들렸다.

공포가 아너의 뒷덜미를 파고들었다. 침실에서 붙들렸다간 무슨 봉변을 당할지 몰랐다. 아너는 있는 힘껏 창문을 젖히고 발로 방충망 아랫부분을 걷어찼다. 몸을 굽히고 빠져 나오면서 방충망이 엉망으로 찢어졌다.

아너는 발을 땅에 디디면서 균형을 잃고 비틀거렸다. 그녀는 재빨리 몸을 추스르고 미친 듯이 선착장 쪽으로 달렸다. 자신이 소리소리 내지르면서 제이크를 부르고 있다는 사실도 인식하지 못한 채.

제이크가 홀딱 벗은 채로 배에서 튀어나오는 모습을 보고서야 그랬구나 싶었다.

「무슨 일이에요?」

「어떤 남자가…… 별장 안에 있어요.」

「무장하고 있어요?」

「손전등밖에 못 봤어요.」

「배 안으로 들어가서 문을 꽉 걸어 잠가요. 내가 올 때까지 절대 문 열면 안 돼요.」

「하지만…….」

제이크는 환한 길을 피해서 집으로 달려갔다. 별장 문이 활짝 열려 있었다. 현관 앞엔 여기저기 서류들이 흩어져 있었다. 안에선 아무런 기척도 없었다.

제이크는 몸을 낮추고 문가에 바싹 붙어서 집안으로 들어갔다. 귀를 세우고 재빨리 총구를 겨눴다. 손에 쥔 총 위로 검은 밤보다 어두운 그림자가 드리워졌다.

희미한 달빛 아래에서 봐도 별장 내부는 엉망진창이었다. 문제는 침입자가 아직도 남아 있는지 아니면 아너가 지르던 비명소리에 도망쳤는지의 여부였다. 똑똑한 작자라면 도망쳤겠지만, 그래도 재물에 눈이 먼 나머지 멍청한 짓거리를 할 수도 있었다.

제이크는 천천히 침실 문까지 다가갔다. 문이 약간 열려 있었다. 방문을 세 개 걷어찼더니 벽에 쾅 하고 부딪혔다. 옆으로 비켜서서 숨어 있을지도 모르는 침입자를 기다렸지만 아무런 기척이 없었다. 자신의 거친 숨소리만 귀를 때렸다.

그때 바깥에서 자동차 엔진 소리가 들려 왔다. 침입자인지 다른 사람인지는 알 수가 없었다. 제이크는 욕지거리를 내뱉으면서 발 밑에 거치적거리는 책을 침대 위로 던졌다. 책이 바닥에 떨어지기도 전에 제이크는 침실 안으로 들어갔다. 몸을 낮춘 자세로 총을 겨누었다.

방 안엔 아무도 없었다.

확실히 하기 위해 별장 안을 샅샅이 뒤졌다. 성인 남자가 숨을 만한 곳은 일일이 확인해 보았다. 그 다음엔 별장 주위를 둘러보았다. 거의 확인을 끝냈다 싶었는데 뒤에서 인기척이 들렸다.

제이크는 숨을 참으면서 그늘진 곳에 몸을 숨겼다. 그림자가 흘끗 옆을 지나쳤다.

그림자를 덮쳤다.

하지만 아너의 비명소리는 제이크의 손에 막혀 버렸다. 이빨로 깨물려고 했지만 강철 같은 손가락이 입을 꽉 틀어막고 있어서 어림도 없었다. 발로 걷어차려고 해도 빈틈없이 몸을 밀착하고 있는 바람에 불가능했다.

「다음부터 내가 배 안에 있으라고 하면, 하라는 대로 해요. 알아들어요?」

제이크가 아너의 귀에 대고 거칠게 말했다.

「으음!」

「사과하고 싶단 생각이 들어요?」

제이크가 아너의 입에서 손을 떼었다.

「말도 안 돼. 잘난 척하는……」

제이크의 손이 다시 입을 막았다.

「내 말 잘 들어요. 침입자인 줄 알고 놀라서 발포라도 했으면 어쩔 뻔했어요? 그랬으면 아주 끝장이 났을걸요. 내 말 무슨 소린지 알아들어요?」

아너는 반항을 멈췄다. 제이크가 한 말은 틀린 데가 없었다.

「됐어요.」

제이크는 손을 내리고 아너를 내려놓았다. 그때 아너는 그의 손에 들린 총을 발견했다.

아너는 헉 하고 숨을 들이마시면서 제이크를 노려보았다.

「걱정할 거 없어요. 안전장치를 안 풀었으니까.」

「정말 미안해요.」

아너가 말을 이었다.

「소리가 안 들려서 혹시 당신이 다쳤을까 봐 걱정했어요.」

「다친 덴 없어요. 발만 빼고.」

「그래요?」

아너는 재빨리 무릎을 꿇고 앉았다.

「어디예요? 피는 안 난 거 같은데……」

제이크는 숨이 점점 가빴다. 아너의 머리카락이 살결을 간질였다. 몇 센티만 더 움직인다면 민감한 곳을 건드리게 될 것이다. 제이크의 심장은 고통스럽게 고동쳤다. 조금이라도 움직였다간 돌발 사태가 발생할지도 모르는 판국이었다. 바지 앞섶이 자꾸만 부담스러웠다.

「제이크?」

아너가 위를 쳐다보면서 덧붙였다.

「어디가……, 어머!」

「그쪽은 신경 안 써도 돼요.」

「왜요? 그쪽에도 안전장치를 걸어 놓은 거예요?」

제이크는 웃음을 터뜨리면서 뒤로 물러났다.

「안으로 들어가서 뭐 없어진 거 없나 찾아봐요.」

「여기서 보니까 없는 거 같은데요.」

아너가 조그만 목소리로 대꾸했다.

「땅바닥에 넘어뜨리기 전에 빨리 별장 안으로 들어가요.」

「알았어요. 너무 놀라서 정신이 하나도 없나 봐요.」

「나도 그래요.」

「당신이 놀라는 일도 있어요?」

제이크가 신음소리를 냈다.

「앞으론 자면서도 신발을 신고 자야 하는 건 아닌지 모르겠군.」

제이크는 다리를 절뚝거리면서 배 안으로 들어갔다. 아너가 보기에도 발이 너무 아플 거 같아서 마음이 아팠다. 자신도 맨발로 뛰어다녔기 때문에 발이 욱신거리고 쓰라렸다.

별장 안에 아무도 없는 걸 알면서도 왠지 들어가기가 꺼림칙했다. 심장이 미친 듯이 고동치고 몸이 덜덜 떨려 왔다. 추워서일 수도 있었다. 여태껏 인식하지 못하고 있었지만 배 안에서 걸쳐 입은 티셔츠—사실 제이크 옷이었지만—밑으로 바람이 솔솔 들어왔다. 대강 가렸다고는 해도 엉덩이 부분이 너무 시려웠다.

손은 더 차가웠다. 간신히 스위치를 찾아서 등을 켰다. 난장판도 이런 난장판이 없었다. 아너는 그제야 아까 그 소리가 침입자가 문을 따느라고 그랬던 게 아니었음을 알았다.

집안 곳곳을 헤집고 다니는 소리였던 것이다. 그런 줄도 모르고 곤히 잠들어 있었다니, 속이 메슥거릴 지경이었다. 그녀는 침을 삼키면서 양팔로 몸을 감쌌다.

「그거 내 셔츠하고 아주 흡사하네요.」

언제 왔는지 뒤에서 제이크가 말했다.

아너는 한 대 얻어맞은 사람처럼 외마디소리를 내질렀다. 무릎이 덜덜 떨려 왔다.

「왜 그래요?」

아녀는 말을 하려고 했지만 말은 안 나오고 대신 욕지기가 치밀어 올랐다.

「괜찮으니까 가만히 있어요.」

제이크는 아녀를 달랬다.

「그 자식이 당신한테 손대진 않았어요?」

아녀는 고개를 흔들었다.

「그럼 충격받아서 그런 거예요?」

제이크는 안도의 숨을 내쉬면서 덧붙였다.

「걱정하지 말아요. 오래가진 않을 테니까.」

제이크는 빗장을 걸고 아녀한테 다시 돌아왔다.

「코로 숨을 들이마시고 입으로 내쉬어 봐요. 그럼 메슥거리는 게 좀 덜할 거예요.」

몇 번 시도를 하니까 조금씩 괜찮아졌다. 제이크가 문이란 문, 창이란 창을 꼭꼭 잠그고 돌아왔다. 이젠 아녀도 속이 편안했다. 그래도 몸이 떨리는 건 어쩔 수 없었다.

제이크는 그런 아녀를 걱정스러운 눈으로 보면서 벽난로에 불을 피웠다.

「몸 좀 녹이게 이쪽으로 와요.」

난로에서 불꽃이 너울거렸다.

「못……, 가겠어요.」

제이크도 그럴 것 같았다. 다리가 하도 떨려서 어떻게 서 있는지 의심스러울 지경이었다. 그는 낡아빠진 소파를 난롯가에 끌어다 놓고 침실로 갔다. 거기서 담요를 집어 들고 아녀한테 다가갔다.

「놀라지 말아요. 내가 안아서 옮겨 줄 테니까.」

제이크가 달래듯이 말했다.

제이크가 안아 올리는 순간, 아녀는 흠칫 놀랐다. 놀라지 말라고 미리 경고까지 했는데도 소용없었다.

「괜찮아요. 내가 지금 난롯가에 데려다 줄 거니까 걱정 말아요.」

아너는 제이크한테 몸을 기댔다. 어깨에 와 닿는 뺨이 너무 차가웠다. 소파에 내려놓았는데도 아너는 제이크의 목에 감은 팔을 풀려고 들지 않았다. 잠깐 머뭇거리다가 제이크는 아너를 안은 채로 소파에 앉았다. 담요를 덮어 줘야겠는데, 아너는 팔을 풀려고 하지 않았다. 피부가 너무 창백했다. 초점 없는 눈동자가 흔들렸다. 제이크는 할 수 없이 아너를 꽉 끌어안은 채 담요를 끌어다 덮었다.

「충격을 받으면 다들 그래요. 익숙하지 않은 사람은 더해요. 완전히 녹초가 돼서 나가떨어지기 마련이거든요.」

아너는 신음소리를 냈다. 제이크 말에 동감한다는 소리 같았다.

「어떤 사람은 완전히 굳어서 꼼짝도 못하게 돼요. 누가 칼을 들이대도 비명도 못 지르고 한 발짝도 떼지 못하거든요. 미친 듯이 비명을 지르는 사람들도 있긴 하죠. 거기에 비하면 카일이 발명한 엄청난 자명종 소리는 새 발의 피예요.」

아너의 입술이 미소를 지을 듯 말 듯 옴죽거렸다. 그 어설픈 미소를 보고도 제이크는 가슴이 뛰었다. 아너는 조금씩 안정을 되찾기 시작했다. 조금씩 핏기가 되살아나면서 체온이 따뜻해졌다.

「완전히 굳어서 가만히 있는 거나 비명을 지르는 건 의식적으로 통제할 수 있는 행동이 아니거든요. 위험한 상황에서 벗어났다 싶어도 잔뜩 긴장한 몸이 말을 들어줘야죠.」

「어떻게……..」

아너가 떨리는 목소리로 입을 열었다. 잔뜩 마른 혀로 입술을 축이기란 쉬운 일이 아니었다.

「어떻게 그렇게 잘 알아요?」

「그거야 뻔하잖아요. 직접 체험하고 돌아왔으니까. 아, 기념 티셔츠도 있어요.」

「그게 어딨는데요?」

아너가 제이크의 맨가슴에 뺨을 비비면서 물었다.

「지금 입고 있잖아요.」

아너는 갑자기 웃음이 터져 나왔다. 제이크가 웃긴 말을 한 것도 아닌데 웃음을 참을 수가 없었다.

「괜찮아요, 참으려고 하지 말아요. 그냥 나오는 대로 가만히 놔둬요. 긴장을 푸는 덴 좋거든요.」

그는 아너의 웃음이 진정될 때까지 꼭 끌어안고 있었다. 한참 만에 조금씩 숨이 고르게 변했다. 그녀는 숨을 한번 들이마셨다가 크게 내쉬었다. 아너의 숨결이 제이크의 가슴털을 간질였다.

제이크의 몸도 즉각적으로 반응을 보였다.

위험한 상황이 때로는 사람들한테서 성적인 욕구를 불러일으키기도 했다. 아너한테도 적용되는 논리일 수 있었다. 하지만 그런 심리를 이용한다면 자신은 너무나 이기적이고 뻔뻔스러운 인간이리라.

그래도 아너를 원하는 맘은 사그라지지 않았다. 충격에는 단련돼 있다지만 아너 도노반한테 느끼는 육체적인 욕구는 그렇지 못했다.

제이크는 조심스럽게 아너한테서 몸을 떼어내려고 했다. 자연스럽게 아너의 몸이 따라왔다. 너무 자연스러운 행동이라 막을 수도 없었다.

양심이 뭐 대수냐 하는 생각이 들었다. 아너가 어린애도 아니고 원하기만 한다면 마음껏 연인을 만들 수 있는 성인이었다. 지금이라도 제이크는 기꺼이 아너의 상대가 되어 줄 마음이 있었다. 사실 아너를 원하는 마음은 고통스러울 지경이었다.

제이크는 아너를 좀더 꼭 끌어안으면서 속삭였다.

「괜찮아요?」

「네, 그래도…….」

아너가 다시 한숨을 내쉬었다.

「원래 이런 거예요? 좀 창피하네요.」

「몇 번 겪다 보면 아무렇지도 않게 돼요.」

「창피한 것도요?」

「그럼요.」

아너는 부드럽게 웃었다.

「뒷골목에 있는 술집에서 터득한 거예요?」

「그건 아니에요. 처음 몇 번만 좀 힘들지, 나중엔……」

「나중엔 아무렇지도 않다고요?」

「나중엔 새삼스러울 게 없어요. 반응을 하긴 해도 전보다는 덜하거든
요. 와인이나 브랜디 한잔 마실래요?」

「이제야 좀 괜찮아졌단 말이에요.」

제이크는 가슴에 와 닿은 뺨의 감촉이며 피부를 간질이는 뜨거운 숨
결이 좋았다. 무릎 위에 파묻힌 엉덩이가 주는 느낌은 뭐라고 표현하기
힘들 정도였다.

「제이크?」

「왜요?」

「어쩌면 그 인간, 내가 자는 동안 여기 있었을지도……」

「그런 생각은 그만 둬요.」

제이크는 말을 자르면서 천천히 입술을 겹쳤다. 부드럽고 신사적으로
할 작정이었는데 맘처럼 쉽지가 않았다. 충격의 여파는 아너한테만 있
었던 게 아니었다. 잔뜩 긴장한 뒤라 평상시보다 흥분의 속도가 빠를
수밖에 없었다. 그런 일이 없었다고 해도 달라질 건 없었다. 아너를 처
음 본 순간부터 제이크는 내내 성적으로 흥분해 있었다.

키스가 점점 깊어졌다. 아너는 순순히 키스에 응했다. 이제껏 뭐든
이렇게 원해본 적이 있었을까. 제이크의 뜨거운 몸이 주는 감촉, 입술을
파고드는 혀, 온몸을 찾아 헤매는 커다란 손.

아너는 제이크에게 고스란히 똑같은 반응을 보여 주었다. 그의 열정
에 뒤지지 않을 정도로 아너도 제이크의 몸을 탐했다. 전에는 생각만으
로도 거부 반응이 생겼을 행동을 아무렇지도 않게 하고 있었다. 그저
지금은 감정에 이끌려서 행동할 뿐이었다.

제이크의 손길 아래에서 녹아 내릴 것 같은 그런 기분이었다.

마침내 제이크가 입술을 뗴었다. 아너는 다리를 제이크의 허벅지에

감은 채 신음소리를 냈다. 자신도 모르는 열기에 휩싸여 제이크한테 몸
을 비벼대고 있었다.

서두르면 안 돼.

제이크는 주머니에서 콘돔을 꺼내 들면서 계속 되뇌었다. 아녀한테
괜찮은지, 진짜 이렇게 하길 원하는지 물어 봐야 한단 생각이 들었다.
하지만 그건 불가능한 일이었다. 아녀를 너무 원했기 때문이었다.

제이크가 인내심을 끌어 모으는 동안, 아녀가 몸을 꼭 붙여 왔다. 이
젠 생각이고 뭐고 할 게 없었다. 간신히 콘돔을 착용하자마자 아녀의
다리 사이를 파고들었다. 신음소리를 내면서 아녀가 받아들일 수 있을
만큼 최대한 깊숙이 파고들었다.

아녀는 낮게 신음하면서 조금이라도 몸을 편하게 하려고 했다. 여태
껏 섹스 중에 편해 본 적이 없었다. 경험이 많지 않은 이유도 그 때문
이었다.

「제이크?」

「하니, 긴장을 풀어. 숨을 깊게 들이마셨다가 내뱉는 거야.」

육체적 친밀함 탓인지 어느새 아녀를 향한 제이크의 말투도 격식 대
신 편안함과 친밀함으로 가득 찼다.

「안 된다니까요. 당신이 어디 그럴 만한 여력을 남겨 줬어야죠!」

「그럴 리가 있나.」

제이크가 아랫입술을 살짝 깨무는 바람에 아녀는 몸을 떨었다. 그는
혀로 부드럽게 아녀의 입가를 더듬었다.

「내 말이 맞지?」

아녀는 뭐가 맞다는 건지 알 수가 없었다. 단지 몸 속이 꽉찬 듯한
불편한 느낌만을 감지하고 있었다. 사실 그렇게 불편한 건 아니었지만.
과거의 경험처럼 불편하기만 하고 실망스러운 나머지 섹스에 혐오감이
생길 정도는 아니었다.

「이젠 괜찮아요. 견딜 만하다고요.」

「어디 견딜 만할 정도 갖고 되겠어?」

　제이크는 상체를 약간 들고 손을 아래쪽으로 움직였다. 민감한 부분을 더듬자 아너가 몸을 떨었다. 그는 아너의 숨이 띄엄띄엄 끊어질 때까지 애무를 멈추지 않았다.

「다리를 내 허리에 감아.」

제이크가 거친 목소리로 말했다.

「하지만……」

아너는 참을 수 없는 쾌락에 온몸이 부서지는 느낌이었다. 몸이 발작적으로 경련을 일으켰다.

　제이크는 자제력을 잃지 않으려고 노력하면서 아너의 몸을 좀더 깊숙이 파고들었다. 아너를 생각해서라도 서두르면 안 된다고 되뇌었지만 엎질러진 물이었다. 온몸이 굳어지면서 앙다문 입술 사이로 신음소리가 터져 나왔다.

　아너는 제이크의 등에 두른 팔에 힘을 주면서 그를 꼭 껴안았다. 제이크의 몸이 경련을 일으키는가 싶더니 이내 아너의 몸 속에 따뜻한 기운이 퍼졌다. 왠지 생소하면서도 신선한 느낌이었다. 가만히 제이크를 안고 있는 느낌도 좋았다. 자신을 내리누르는 중량감도 맘에 들었다. 그의 숨소리가 조금씩 잦아들고 있었다.

　아너는 고개를 돌리고 땀에 젖은 그의 어깨에서 소금기를 맛보았다. 그리고 제이크의 어깨를 깨물었다. 제이크의 몸이 반응을 보이면서 긴장했다.

　다시 한 번 말로 표현하기 힘든 감정이 아너를 사로잡았다.

「제이크?」

아너는 아무 생각 없이 그냥 속삭였다.

「걱정하지 마.」

무슨 소리를 하는 거냐고 물어 보기도 전에 그는 일어나서 청바지를 잡았다.

「안 돼요」

아너는 제이크가 떠나려는 줄 알고 팔을 붙들었다.

「대신 해주려고?」

아너는 제이크가 무슨 말을 하는 건지 알 수가 없었다. 그러다가 제이크 손에 들린 콘돔을 보고 상황을 짐작했다. 그녀는 손가락 끝으로 제이크의 남성을 더듬었다.

「타오르는 돌.」

「사춘기 애들처럼 금세 사정해 버리면 회복이 빠르다는 이점도 있군.」

제이크는 신음소리를 내면서 입을 열었다.

「무슨 소리예요?」

「내가 별로 즐겁게 해주지 못했다는 거 알아.」

아너는 놀라서 고개를 쳐들었다.

「무슨 소릴 하는 거예요? 여태껏 해본 섹스를 몽땅 합해도 이런 기분은 안 들 거예요.」

제이크는 갑자기 심장 박동이 빨라진 기분이었다. 그는 가만히 아너를 응시하면서 흥분을 가라앉히려고 노력했다. 힘을 아껴 둘 필요가 있었다.

「사실 두 번째는 속도를 잘 조절할 수 있을 것 같았는데……, 그러긴 다 글렀어.」

아너는 눈을 깜빡거렸다.

「무슨 얘긴지 감이 잘 안 오는데요.」

「그럴 거야.」

제이크가 씩 웃으면서 말했다. 아너는 신경이 곤두서는 느낌이었다.

「그럼 쉽게 얘기해 봐요.」

「하니, 그걸 나 대신 씌워 줘. 말보다는 행동이 훨씬 더 잘 먹혀드는 법이니까.」

아너는 제이크를 힐끗 쳐다보고서 콘돔을 집어 들었다. 별로 경험이 없어서 서툰 손길이었지만 제이크는 가만히 있었다. 그저 뜨거운 시선으로 아너를 지켜보고만 있었다.

「이젠 어떻게 해요?」

「그 동안 하고 싶었던 걸 할 거야. 당신 자명종 때문에 면도를 못 하게 된 벌칙이라고.」

제이크는 양손으로 아너의 종아리를 살짝 들어올리고는 허벅지 사이에 얼굴을 파묻었다. 아너는 깜짝 놀라서 외마디소리를 질렀다. 가닥가닥 끊어지는 숨소리가 이어졌다.

쾌락의 파도가 쉴새없이 아너를 할퀴고 지나갔다. 이렇게 강렬하고 날카로운 자극은 여태껏 살아오면서 처음이었다. 도저히 참을 수 없을 것 같아 이제 그만 해달라고 빌다시피 했다. 제이크는 나지막이 웃으면서 제일 민감한 부분을 입술로 애무했다. 끝이 보이지 않는 절정 때문에 아너의 입에서는 신음소리마저 제대로 나오지 못했다.

아너가 절정에 오르려는 순간, 제이크는 몸을 포갰다. 그는 자신의 몸으로 아너 자신도 미처 깨닫지 못했던 관능적인 면모를 일깨워 주었다. 그건 제이크도 마찬가지였다. 자신의 반응에 너무나도 솔직한 아너의 모습에 자극되어서 여태껏 도달해 보지 못했던 강렬한 감정에 휩싸였다.

떨리는 목소리로 사랑을 속삭이는 아너 때문에 제이크는 완전히 자제력을 잃었다. 의식이 남아 있던 마지막 순간, 사랑이 증오로 변할 걸 알면서도 아너와 사랑을 나눴다는 사실이 아프게 인식되었다. 준 건 없고 아너한테 너무 많은 걸 받았다는 사실 때문에 더 그랬다.

몇 시간 후, 제이크는 아너의 자명종을 집어던지고 싶은 마음을 눌러 참으며 주먹으로 자명종을 껐다.

졸린 목소리로 뭐라 중얼거리면서 아너는 제이크의 품을 파고들었다. 제이크는 아너의 몸을 감싸면서 창 밖을 바라보았다. 아직도 바깥은 깜깜했다.

「일어나야지, 하니. 낚시하러 가야잖아.」

제이크는 아너의 귀를 살짝 깨물면서 말했다.

그의 가슴에 놓여 있던 따뜻한 손이 배 아래쪽으로 움직였다.

아너가 목표물을 찾고 나지막하게 웃자, 제이크는 숨을 가쁘게 쉬었다.

「아너……, 계속 그러고 있으면 또 무슨 일이 생길지 몰라. 하루 종일 어젯밤처럼 지내는 수가 있어.」

「약속하는 거예요?」

제이크는 마지막 남은 자제력을 쥐어짜면서 아너의 손을 끌어올렸다. 그리고 자신의 입술에 대고 키스했다.

「그럼 안 되지.」

「왜요?」

「당신 몸이 견뎌 내지 못할걸. 안 그래?」

「그래도 당신이 하자면…….」

「회복할 시간을 갖자고.」

「얼마나요?」

「며칠 정도.」

아너의 얼굴에 실망의 빛이 떠올랐다. 제이크는 숨도 못 쉴 정도로 거칠게 아너를 사랑해 주고 싶었다.

「그건 너무 길어요. 여태껏 이런 걸 모르고 지냈는데 또 기다려야 한단 말이에요? 그런 건 싫다고요.」

제이크는 웃으면서 아너의 머리카락을 가볍게 잡아당겼다.

「내가 지루하게 하진 않았나 보지?」

「지루하게라뇨? 세상에나, 무슨 얘길 하는 거예요?」

아너는 자신이 했던 말이 떠올랐다.

「그러고 보니 섹스가 지루하단 말을 했었네요.」

「그랬지.」

「당신은 예외예요.」

아너가 삐딱한 미소를 지으면서 덧붙였다.

「이리 와서 그 증거를 보여 줘요.」

　제이크는 몸을 굽히고 입술을 겹쳤다. 잠깐 동안 아녀를 즐겁게 해주는 것도 괜찮을 것 같았다.

　그때 전화벨이 울렸다. 아녀가 분노에 찬 신음소리를 냈지만, 그래도 전화벨은 무자비하게 울려댔다.

「자동응답기를 틀어 놨어?」

「그럴 기회라도 줬어요? 침대에만 붙어 있느라고 정신없었는데.」

　제이크는 웃으면서 살며시 아녀의 콧등에 입을 맞췄다. 전화벨 소리가 신경에 거슬릴 정도로 크게 울려 퍼졌다.

「가서 받아 봐.」

　제이크가 윙크를 하면서 덧붙였다.

「어디까지 했는지 다 이 머리에 저장시켜 놨으니까.」

　아녀는 수화기를 집어 들었다. 신경 거슬리는 벨소리를 안 들으려면 그 수밖에 없었다.

「지금이 몇 신데 전화질이에요?」

　아녀는 수화기에 대고 냅다 소리를 질렀다.

　─몇 신지 내가 모를 것 같아!

　아처가 화난 목소리로 외쳤다.

　─너 지금 거기서 뭐하는 거야? 내가 돌아가라고 했어, 안 했어?

　아직까지도 자신의 다리 사이에 몸을 굽히고 있는 제이크를 보면서 아녀는 미소를 지었다.

「내가 사실대로 말하면 오빠 아마 가만 안 있을걸.」

　제이크의 몸이 굳어졌다.

　─그러고 자시고 할 거 없이 내 말 들어. 빨리 집으로 돌아가라니까.

「안 돼. 여기 있을 거야.」

　─내 말 들어. 당장 거기서 나오지 못하겠니?

「오빠가 명령조로 나와 봤자 소용없다는 거 몰라? 거기서 여기까지 거리가 얼만데.」

　─좀 이성적으로 생각……

「오빠 장기인 명령은 집어치우라고.」
아너가 하품을 하면서 말을 이었다.
「좀 이성적인 얘길 해봐. 듣고 있을 테니까.」
잠깐 동안 무시무시한 침묵이 흐르더니 수화기 너머에서 욕지거리가
들렸다.
「정말 이성적인 얘기네. 큰오빠, 또 해주실 말씀 없어? 제기랄? 젠
장?」
─너 지금 장난치는 거냐?
「유머 감각이 그렇게 없어서 어째. 오빠 동생 정말 이성적이지? 예의
바르고.」
제이크가 아너의 허벅지에 입을 대고 킥킥거렸다.
아너는 숨을 헉 들이마셨다. 제이크가 입술과 혀로 아너의 피부를 유
린하기 시작했던 것이다.
─좋아. 겁주긴 싫지만 어쩔 수 없지. 카일하고 호박을 찾으려고 별
별 짓을 다하는 녀석들이 있어. 어디서 질 나쁜 놈들만 골라 놓은 거
같애.
아처가 거칠게 말했다.
「카일 오빠가 붙잡혔다는 거야?」
아너가 겁에 질린 목소리로 물었다.
제이크는 애무를 멈췄다. 공포가 가득 찬 목소리와 함께 아너의 몸이
굳어졌다.
─나도 몰라. 카일 뒤를 쫓고 있다는 것밖엔.
아처가 지친 목소리로 말했다.
「그깟 호박 갖고 왜 그렇게 다들 난리야? 차라리 광산에 가서 훔쳐오
는 게 낫겠다.」
─그렇게 간단한 문제가 아니야.
「뭔데?」
─설명할 시간 없어. 골치 아프게 내란이니 뭐니 설명하자면 길기만

해. 내 말 대로 해라. 거기 있다간 위험해. 빨리 나와.
「그래도…….」
—이런 얘기 그만 하자. 날씨만 괜찮아져서 비행기만 뜰 수 있게 되면 바로 그쪽으로 갈 거다.
「왜 그렇게 서둘러? 카일 오빠가 여기 있을 거 같아서 그래?」
—누구 한 사람은 거기 있어야 하니까.
「내가 있으면 되잖아.」
—젠장, 너 귀먹었냐? 그 자식들 보통이 아니라니까. 잘못하다간 큰일 날 수도 있어.
「나도 알아. 계속 이상한 전화도 걸려 오고 뒤따라오는 배들도…….」
—배라니?
아처가 재빨리 덧붙였다.
—투마로우를 몰고 바다에 나간 거냐?
「응, 카일 오빠가…….」
—너 미쳤어?
「동생한테 그게 할말이야?」
아처가 참고 있던 분노를 폭발시켰다.
—배를 어떻게 모는지 쥐뿔도 모르는 주제에…….
「도와주는 사람이 있다니까.」
아녀가 큰 소리로 대꾸했다.
—뭘 도와준다는 거야?
「배를 어떻게 모는지 옆에서 가르쳐 준다고.」
제이크는 긴장하지 않으려고 노력했지만 맘처럼 되질 않았다. 긴장하긴 아녀도 마찬가지였다.
「신원 보증서 같은 건 있냐고 물어 봤어?」
「그래.」
반은 사실이었다. 신원 보증서가 있냐고 물어 보긴 했다. 하나도 받아보질 못해서 그렇지.

「제이크는 배에 관해선 빠삭한 사람이야. 해도플로터도 그렇고. 어제 벌써 몇 군데 돌아다녀 봤어.」

―혹시 해서 하는 말인데…….

「카일 오빠를 찾으러 다니는 거냐고? 물어 보나마나지. 나 그렇게 바보는 아니야. 오빠 동생인지 아닌지는 엄마한테 물어 봐야겠지만.」

―제발 내 말 좀 들어라. 너무 위험하다니까.

「제이크가 있으니까 괜찮아.」

물론 제이크가 있어서 좋은 건 그뿐만이 아니었다. 하지만 아처한테 얘기하면 가만있으려고 하질 않을 것이다.

―그 남자 성이 뭐야?

「왜 탐정이라도 고용해서 뒷조사하려고?」

―성이 뭐야?

「맬러리.」

갑자기 수화기 너머로 죽음과 같은 침묵이 흘렀다. 좋지 않은 징조였다. 폭풍이 오기 직전엔 늘 이렇게 조용한 법이니까.

―그 사람, 키는 185센티미터에 검은 머리, 눈썹과 입가에 흉터가 있고 싸움꾼처럼 움직이지?

아처가 조용히 물었다.

아너는 가슴이 철렁 내려앉았다. 싸움꾼처럼 움직인다는 게 뭔진 몰랐지만 나머지 조건은 딱 들어맞았다.

「그래.」

―이 바보 멍청아, 카일을 이 지경으로 만든 게 바로 그 자식이야. 어쩌면 카일을 죽인 놈도 그놈일지 몰라. 좋은 말 할 때 빨리 그 집에서 나와.

$$13$$

잔뜩 겁에 질린 아너의 표정이 모든 걸 말해 주고 있었다. 루돌프 사
슴의 목을 잘라서 벽에 트로피처럼 걸어 놓은 사람을 보고 어린애들은
저런 시선을 던지겠지.
제이크는 아너의 손에서 전화기를 빼앗았다.
「이봐, 아처, 또 거짓말만 지껄여 대는 건가?」
침묵이 흐르다가 숨을 급히 들이마시는 소리가 들렸다.
—맬러리!
「그래.」
—나쁜 자식. 아너를 눈곱만치라도 건드렸다가는……
「자업자득이지.」
제이크가 이를 악물고 덧붙였다.
「아너를 이 일에 끌어들인 사람은 내가 아니라 네 녀석이야.」
—내가 알았으면……

「모두 자업자득이야. 아는 건 쥐뿔도 없으면서 말 함부로 하는 버릇은 여전하군, 안 그래?」

―잘 들어. 어디서…….

「네 녀석이나 잘 들어.」

제이크는 아처가 계속 떠들어대는데도 아랑곳없이 제 할말만 해댔다.

「남들 생각은 눈곱만치도 안 하고 자기들 멋대로 해대는 너희 집안 인간들한텐 정말 질렸어. 카일이 호박을 갖고 튀었는데, 나한테 책임을 돌려?」

―아너 바꿔.

「내 말 다 하고 나서.」

―할말 다 했잖아. 아너를 건드렸다간 산 채로 장사 지낼 줄 알아.

「아너도 같이 장사 지내려고?」

―지금 위협하는…….

「여기 나만 있는 줄 알아?」

제이크가 화가 나서 외쳤다.

「디미트리 파블로프가 별장에 왔었다고.」

―뭐?

「아너가 내보낸 구인광고를 보고 여기까지 제 발로 걸어왔다지 아마.」

―젠장.

「어젯밤에는 별장에 잠입한 놈도 있었어. 프로같이 보이더군. 아무 기척 없이 들어와서 별장 안을 쑥대밭으로 만들어 놨어. 아너가 자는 동안 기척도 없이 들어온 거 같애. 다행히 그 자식이 접근하기 전에 아너는 유리창으로 빠져 나왔고.」

아너는 뺨을 한 대 맞은 기분이었다. 그런 끔찍한 일을 아무렇지도 않게 떠들어대다니, 기가 막혔다.

제이크는 아너를 흘끗 쳐다보았다. 수화기 너머엔 침묵만이 흐르고 있었다. 웬만한 사람들 같으면 이런 침묵을 어색해하겠지만 제이크는 안 그랬다. 아처가 감정을 추스르고 있다는 건 보지 않아도 알 수 있었다. 지금쯤 해결 방법을 찾느라 고심하고 있을 것이다.

고막이 터지도록 소리를 질러 대는 아처말고 상대해야 할 사람이 또 있었다. 아너는 제이크한테 몸을 빼 침대 바깥쪽으로 움직이려고 했다. 하지만 지금 보냈다가는 다시는 아너를 보지 못할 것이다.

—얘기 계속해.

「포레스트 형제단한테도 앰버룸이 알려진 건가?」

제이크의 물음에 아처는 욕지거리를 내뱉었다.

「그렇단 말이군.」

제이크는 아너를 몰래 훔쳐보면서 말을 이었다.

「카일이 마르주한테 정보를 얻었단 얘기겠지?」

—마르주한테 직접 물어 보시지.

「내 대신 물어 봐 주면 어때?」

—사람을 먼저 찾아야지.

「힘들 건 없어. 본사에 연락해 보면 되잖아.」

—무슨 근거로 그런 얘길 하는 거야?

「마르주가 전화로 '도노반 인터내셔널'에서 밀정들을 붙여 놨다고 하더군. 카일한텐 연락 없었냐고 물어 보면서 말이야.」

—말 한번 잘했어. 정말 카일한테 연락받은 거야?

「호박을 넘겨주고 나선 얼굴 한번 못 봤어.」

—매번 똑같은 얘기만 하는군.

「내 말을 믿으라니까. 난 신용 있는 사람이야. 나 아는 사람 아무나 붙들고 물어 보라고.」

—돈에 초연한 사람은 없어. 앰버룸은 그쪽 거였잖아.

「내 게 아니라 카일 거지.」

—이런 얘기 계속해 봤자야. 아너 바꿔.

「그쪽 전화번호가 뭐야?」

—아너 바꾸라니까, 당장!

아처가 무서운 어조로 쏘아붙였다.

「그쪽 전화번호를 대.」

아너는 침대에서 일어나려고 몸을 추슬렀다. 하지만 제이크가 손으로 허벅지를 눌러서 꼼짝 못하게 했다.

「우리 일 먼저 해결하고 나서 나중에 전화하게 하지.」

제이크가 조용히 말했다.

아까와는 다른 분위기의 침묵이 흘렀다. 지금쯤 아처는 수화기를 틀어쥐고 분을 삭이는 중일지도 몰랐다. 전화로 얘기하다 보면 불편한 점이 있게 마련이었다. 상대편이 화를 돋워도 어디 한 대 때려 줄 수가 있나, 그렇다고 멱살을 잡고 싸울 수가 있나.

─정확히 5분 있다가 전화할 거야. 아너가 전화를 안 받았다간 경찰에 연락할 줄 알아.

「15분.」

─5분이야.

아처는 일방적으로 전화를 끊어 버렸다. 그는 아너를 보면서 수화기를 내려놓았다.

「할말 있으면 해보라고.」

「이거 놔요.」

「안 돼. 도망치고 싶으면 도망쳐. 내가 붙들 거니까.」

살아오면서 오빠들처럼 몸집이 크고 힘이 셌으면 좋겠다고 생각한 적이 많았지만 그래도 지금처럼 절실한 적은 없었다. 제이크 맬러리를 마룻바닥에 쓰러뜨리고 미친 듯이 후려갈기고 싶은 생각이 간절했다.

제이크도 그런 심정을 모르는 건 아니었다.

「최소한 내가 폭력을 쓸까 봐 무서워하진 않는군. 그런 면에선 내가 신용을 잃지 않았다는 얘긴가?」

「천하에 둘도 없는 천치라면 그렇겠죠.」

아너가 차가운 목소리로 대꾸했다. 아너한테 이해를 구하려면 아무래도 5분 갖고는 어림도 없을 것 같았다.

「그럼 내가, 당신 가족들이 합심해서 날 모함하고 있다고, 내 무죄를 증명하기 위해선 당신이 필요하단 얘기를 했으면 어떻게 나왔겠어? 내 눈앞에서 문이나 쾅 닫았겠지.」

「생각만 해도 시원해지네.」

「우리 회사는 발트해 쪽에서 쫓겨났어. 러시아에선 블랙리스트에 올라갔고. 도노반 형제들하곤 달라서 난 물려받은 재산이 그다지 많지가 않아. 싸우면 싸웠지 절대로 이렇게 허물어질 순 없어, 절대로.」

아너는 제이크의 얼굴에 떠오른 무시무시한 표정을 보았다. 제이크 말이 모두 진심임을 실감할 수 있었다.

「누가 그 흉터들을 만들었는지 알고 싶네요. 그럼 내가 당장 고용할 텐데.」

「지옥에서도 구인광고를 들여다볼 수 있나?」

제이크의 눈초리는 북극의 바람처럼 차갑고 매서웠다. 아너는 침을 삼키면서 제이크를 두려워해야 하는 건 아닌가 생각했다.

두려워하고 싶었다. 그러면 문제는 간단해질 것이다. 그렇지만 그런 맘이 들지 않았다.

아이큐가 어느 정도 돼야 천치라고 하는지 궁금했다.

자기 오빠를 증오하는 인간한테 사랑한다고 떠들어대다니.

「당신이 내 입장이면 어땠겠어?」

「어떻게 하고 자시고 할 것도 없었겠죠. 내가 누구처럼 몸집이 커다랗기나 한가. 더구나 난 거짓말은 잘 못하는 사람이라서요.」

제이크 손에 힘이 가해졌다.

「난 거짓말한 적 없어. 당신이 생각하는 그런 쪽으로는.」

「그래요? 내가 생각하는 게 뭔데요?」

「카일 때문에 당신과 사랑을 나눈 게 아니란 말이야.」

제이크가 솔직하게 말했다.

「그 말 믿어요.」

「그럼 다행이고.」

226

「우린 사랑을 나눈 게 아니니까요.」

「그럼 우리가 한 건 뭐였어?」

「섹스요.」

「어쨌든 카일하고는 상관없다는 걸 알아줬으면 해.」

아너는 제이크를 빤히 쳐다보았다. 분명 두 사람 중 한 명은 제정신이 아니었다.

「이것만은 짚고 넘어가야겠네요. 위장을 하고 나한테 접근해서……..」

「속셈은 따로 있으면서 나를 고용해서……..」

제이크는 지지 않았다.

「그러고 나서 당신이……..」

「배울 생각은 하나도 없었으면서……..」

제이크가 소리쳤다.

「내가 무서워한다는 걸 알고서 유혹……..」

「무섭다면서……..」

「그러면서도 날 유혹한 게 카일하고는 상관없다고……..」

「우리 뒤를 쫓아다니는 배들?」

「소리 그만 질러요!」

「내가 언제 소리를 질렀다고 그래? 이런다고 해결될 문제가 아냐.」

제이크가 숨을 거칠게 몰아쉬면서 말했다.

「생각이 일치하는 부분이 있긴 하네요. 그러니까 이 손 놔요.」

「그러다가 마룻바닥에서 애길 끝내게 되는 수가 있지.」

「끝내고 자시고 할 것도 없어요. 큰오빠한테서 당신에 관해 들었으니까 이젠 모든 게 끝났어요.」

「뭘 들었다는 거지?」

「나더러 바보 멍청이라던데요. 카일 오빠가 당신 손에 죽었을지도 모른다면서요.」

무거운 침묵이 흘렀다. 처음으로 아너는 살갗을 파고드는 두려움을 느꼈다.

「정말 그렇게 생각하는 거야?」

제이크가 조용히 물었다.

아녀는 덫에 걸린 토끼처럼 무력한 기분이 들었다.

「오빠가 죽지도 않았는데 무슨 말을 하겠어요.」

「그것도 칭찬이라고 해석해야 하는 건가?」

「그것도 감지덕지한 거예요. 똑똑한 여자라면 칭찬을 더 해줬겠죠.」

아녀는 담담하게 말을 이었다.

「그렇긴 해도 당신 덕에 내가 얼마나 멍청한 여자인지 깨달았다고요. 안 그래요?」

「아니, 내 덕에 자신이 얼마나 정열적인 여자인지 깨달았겠지.」

아녀는 두 눈을 꼭 감았다. 쥐구멍이라도 있으면 당장이라도 숨어 버릴 텐데.

아녀는 화가 났다기보다는 수치심에 괴로워하고 있었다. 제이크는 그 사실에 저도 모르게 멈칫했다. 허벅지에 놓인 제이크의 손길이 부드러워졌다.

「하니, 당신한테 이런 식으로 알리게 돼서 미안해. 그래도 어젯밤 일에 대해선 후회 안 해.」

「날 만지지 말아요.」

얼음같이 차가운 아녀의 목소리가 뒷덜미를 내리쳤다. 더 이상 아녀를 자극했다가는 궁지에 몰린 쥐처럼 달려들 게 분명했다.

「다시는 나를 보고 싶지 않다는……」

「맞아요.」

아녀가 딱 잘라서 말했다.

「아직 우리가 원하던 걸 찾지 못했잖아. 아처가 며칠만 더 기다려 줬으면 좋았을 텐데.」

제이크가 마음을 추스르면서 말했다.

「날 완전히 구워삶으려면 그 정도 시간이 필요하리라 생각한 거예요?」

「어젯밤 일은 카일과 아무런 상관이 없다니까!」

아녀는 미소만 지었을 뿐 아무 말도 안 했다. 차가운 눈으로 제이크만 지켜보고 있었다.

제이크는 탁자에 놓인 시계를 쳐다봤다. 남은 시간이 별로 없었다.

「카일을 찾고 싶긴 한 거지?」

아녀가 고개를 끄덕거렸다.

「그건 나도 마찬가지고.」

아녀는 잘 모르겠다는 듯이 어깨를 으쓱했다.

「내가 거짓말하는 줄 알아? 내 소중한 친구 카일 도노반과 빨리 만나고 싶어서 죽을 지경이라고.」

아녀가 고개를 끄덕였다. 다른 건 몰라도 그 사실만은 믿었다.

「배를 타려면 천상 내가 옆에 붙어 있어야 할 거야. 그래야 다른 녀석들을 따돌리지.」

「다른 사람을 구하면 돼요.」

「그건 너무 위험해. 뱀눈한텐 친구들이 있어.」

제이크가 부드럽게 말을 이었다.

「거기다 내가 바로 붙어 있어야 당신도 좋을걸.」

「웃기지 말아요.」

「내가 당신 몰래 카일한테 사악한 손길이라도 뻗치면 어쩔 거야?」

그때 전화벨이 울렸다.

아녀는 눈 하나 깜짝하지 않았다. 전화 받을 생각도 없어 보였다.

「누구한테 걸려온 건진 당신도 잘 알겠지? 아처 말대로 집으로 돌아가든지 아니면 남아서 카일을 찾든지.」

아녀는 전화기 쪽엔 시선을 주지도 않았다.

「전화 받아야지. 아니면 하루 종일 경찰들하고 노닥거리고 싶은 거야? 경찰이 어젯밤에 뭐했냐고 물어 보면 뭐라고 할 거야? 나하고 침대에서 뒹굴고 있었다고 말할 자신 있어?」

아녀는 수화기를 획 집어 들었다.

「여보세요?」

─괜찮은 거냐?

「그래.」

─목소리가 이상한데 혹시 그 자식이 총을 겨눈 건 아냐?

갑자기 제이크가 총을 갖고 있었다는 사실이 머리에 떠올랐다. 그래도 지금은 수중에 없다는 걸 확신할 수 있었다. 몸 구석구석 살펴보지 않은 곳이 없으니까.

─아너?

아처가 다급히 물었다.

「아니라니까. 총 겨누고 있지 않아. 뭣하러 그러겠어? 난 저 사람 믿어. 오빠 말대로 난 바보 멍청이잖아.」

제이크의 눈이 날카로워졌다. 아너의 목소리가 너무 차분하고 이성적이었다.

아너한테 손대는 게 아니었어.

하지만 엎질러진 물을 주워 담을 수도 없고 그러고 싶지도 않았다. 아너를 원하는 마음이 더 커졌으면 커졌지 줄어들진 않았으니까.

「바보가 아니라 정열적인 여자일 뿐이야. 누굴 믿어야 할지 본능적으로 알아내는 뛰어난 직감의 소유자라고.」

제이크가 부드럽게 말했다.

뒤늦게 아너는 수화기에서 아무 소리가 들리지 않는다는 사실을 깨달았다.

「미안해.」

아너가 짤막하게 대꾸했다.

「정신이 하나도 없어서 무슨 말 하는지 못 들었어.」

─정말 괜찮은 거니?

「큰오빠, 내가 당장 죽게 생겼다고 해도 오빠가 뭘 어떻게 할 수 있겠어? 왜 그렇게 멍청하냐고 소리나 질러 대는 것 빼고 말이야.」

아너가 숨을 몰아쉬면서 말했다.

「난 괜찮다니까. 괜찮다 못해 하늘로 붕붕 뜰 지경이야. 카일 오빠가 훔쳤다는 호박 얘기나 해봐. 그것 때문에 내가 오늘내일 죽을지 모른다면서.」

―카일이 귀국한지 알았으면 널 거기 안 보냈을 거다. 경찰까지 개입했고, 호박을 노리는 작자들까지 있다는 걸 몰랐지.

「오늘 혹시 만우절 아닌가? 다들 왜 이래. 그나저나 나한테 숨긴 건 또 없어?」

―앰버룸에 관해서 들어본 적이 있냐?

아처가 마지못해 입을 열었다.

「언뜻 들어보긴 했지. 러시아 황제가 자기 궁전에 있는 방을 온통 호박으로 치장했다는 거. 역사상 최고의 예술품 중 하나일걸.」

―그걸 나치가 훔쳐냈다고. 그런데 2차대전 후엔 봤다는 사람이 없어. 그게 아니면 갖고 있어도 입을 안 열고 있다는 얘기겠지.

「그래서?」

―카일이 제이한테 받은 화물 안에 그 방에 있던 패널화가 숨겨져 있었지.

「제이? 누구……, 아, 제이크.」

―이름이 뭐든 그 자식은 때려죽여도…….

「때려죽여도 시원찮은 놈이라 이거지?」

침대에 알몸으로 누워 있는 남자를 보면서 아너가 말했다.

「그럼 제이크가 앰버룸에서 훔친 걸 화물에 몰래 끼워 뒀단 말이야? 카일 오빠한테 덤터기를 씌우려고?」

제이크는 무시무시한 눈초리로 쳐다보기만 했다.

―간단한 이치지. 카일이 그랬다고 생각하면 할 수 없지만.

「마르유는 또 누구야?」

―마르유? 아, 마르주. 카일이 푹 빠진 여자야.

「그럼 오빠가 그 여자 때문에 그런 짓을 했다는 거야? 제이크가 한 짓이 아니라면?」

아너가 문제의 인물을 쳐다보면서 차갑게 물었다.
―그래.
「마르주는 뭐래?」
갑자기 침묵이 흘렀다.
「큰오빠? 자꾸 얼렁뚱땅 넘어가려고 하지 마.」
아너가 이를 악물고 말했다.
―나도 어디서 주워 들은 얘기밖에 몰라.
「얘기해 봐.」
―마르주 말로는 카일이 호박을 손에 넣으려고 일부러 자기한테 접근했댄다.
아너의 눈가에 경련이 일어났다.
「제이크는?」
―카일하고 한편일 거래. 몰래 그랬을 거란 얘기겠지만.
「사기꾼들끼리 협잡을 한 거군.」
침묵.
「큰오빠 생각은 어떤데?」
―아무튼 그렇게 단순하진 않아. 아직 몰라서 그렇지 뭔가 있어.
「왜 또 딴청이야? 그걸 물어 본 게 아니잖아?」
―알고 지낸 지 일 년도 안 된 맬러리를 믿느냐 아니면 카일을 믿느냐 그게 문제지.
「얼마나 잘 아는데?」
―카일?
아처가 어처구니가 없다는 듯 물었다.
「아니.」
―아, 맬러리?
「왜 때려죽여도 시원찮은 놈 있잖아.」
―전이었다면 제이를 무조건 믿었을 거야. 하지만 누구나 돈에는 약한 법, 앰버룸은 맬러리 거였어.

「카일 오빠 건 아니란 얘기지?」

―카일은 돈이 필요한 것도 아니고 호박 수집에 목숨건 것도 아니잖아. 비취라면 또 모를까. 제이도 돈에 관해선 마찬가지지만 말이다. 그 자식은 호박에 엄청난 애착을 갖고 있지. 거의 숭배하는 감정에 가까울걸. 그러다 보면 이성적으로 판단하기가 힘들어지지.

아녀는 말문이 막혔다. 사랑이란 감정이 얼마나 비이성적이고 제멋대로인지 아녀도 조금씩 알 것 같았다. 고작 잠자리에서 빼어난 남자한테 사랑한다고 말했으니 기가 막히고 한심할 뿐이었다.

「제이크가 카일을 죽였다고 생각해?」

아녀가 직설적으로 물었다.

―카일은 안 죽었어.

「그걸 대답이라고 하는 거야?」

―그걸 나한테 물으면 어떻게 해. 지금 이 상황에선 누가 죽을지 모르는데. 너까지 잘못될 수도 있고.

「맞는 말이야.」

아녀가 제이크를 똑바로 쳐다보면서 말했다.

―디미트리 파블로프란 놈은 대체 어떻게 됐어?

아처가 물었다.

「디미트리 뭐?」

「뱀눈.」

제이크가 끼여들어서 한마디했다.

「아, 그 인간? 광고 보고 찾아왔는데 돌려보냈어.」

―그놈을 조심해야 해. 같이 일하긴 정말 싫은 놈이지만 러시아 연방 쪽 일을 하려면 그놈 힘을 빌리는 수밖에 없지.

「그게 무슨 소리야?」

―러시아 마피아라고. 자본주의와 구소련을 연결해 주는 존재라고나 할까. 도덕심이나 규칙 같은 건 똥같이 여기는 놈들이야.

「우리가 가는 데마다 쫓아다니고 있어. 해안 경비대도 그렇고. 잘은 모르지만 쫓아다니는 배가 한두 대 더 있어.」

―그거 참 잘됐다. 잘됐어.

아처가 나지막하게 말했다.

―최소한 바다에 나가 있으면 안전하긴 하겠군. 그나저나 어젯밤에 별장에 들이닥친 놈은 또 누구야?

「나도 몰라.」

아너는 제이크를 보면서 물었다.

「당신은 알아요?」

「아니.」

「제이크도…….」

―나도 다 들었다. 혹시 짐작 가는 사람이라도 없냐고 물어 봐라.

아처가 끼여들었다.

「오빠가 물어 봐. 중간에 치이는 것도 이젠 지겨워.」

아너는 수화기를 제이크한테 건네줬다. 제이크는 아너한테 시선을 고정시킨 채 수화기를 받아 들었다. 아너는 침대에서 일어나 욕실로 걸어 갔다. 이내 물소리가 들렸다. 제이크는 안도의 숨을 내쉬면서 수화기를 귀에 댔다.

「뭐야?」

―어젯밤에 침입한 놈이 누구야?

「여기 출신은 아니야.」

―어떻게 아는데?

「정부에선 나를 지들 끄나풀쯤으로 생각하거든. 그러니까 괜히 무리해서 불법 침입을 할 이유가 없지.」

아처는 놀란 목소리로 물었다.

―정부측에서 벌써 접촉을 해온 거야?

「그래. 러시아 정부 쪽에서 앰버룸을 찾겠다고 도움을 요청한 거 같애.」

―앰버룸을 직접 본 적 있어?

「아니. 기대도 안 해. 헛된 망상일 뿐이지.」

아처가 신음소리를 냈다.

─아너가 위험하진 않을까?

「정부 쪽에서 내보낸 녀석들 때문에? 그럴 일은 없을 거야. 그나마 남아 있는 기회를 날려 버리려고 작정하지 않은 이상.」

─아너 바꿔.

「지금 샤워 중이야.」

─샤워라니! 대체 아너하고 얼마나 가까워진 거야?

「3미터 정도?」

─뭐?

「전화기에서 목욕탕까지 거리가 그 정도 된다고.」

─맬러리, 지금 나하고 장난하자는 거야?

「그쪽이나 다른 사람들하고 장난 많이 치시지. 아직 캄차카 반도에 있는 건가?」

─무슨 상관이야?

「내가 없으면 아너가 힘들 테니까 걱정돼서 그러지. 바닷가에서 발견된 시체는 전직 KGB였어. 공산주의가 끝장나고 나선 자기 재주를 살려서 직업을 얻었지. 밥 먹고 하는 짓이 그거밖에 더 있어? 기분 좋은 애기 하나 들려줄까? 카일도 아직 시체로 안 떠올랐으니 희망은 있잖아.」

─젠장, 골치 아파 죽겠네. 빨리 아너를 돌려보내 줘. 앰버룸보다 더 많은 돈을 쳐줄 테니까.

「난 앰버룸은 필요 없어. 그저 진실이 밝혀지길 원할 뿐이야.」

─그건 우리 가족들도 마찬가지야.

「웃기시네. 카일 대신 날 물귀신으로 만들 작정이면서.」

─아너를 거기서 나오게만 해준다면 무죄라는 얘기가 돌게끔 해주지.

「그럼 죄지은 사람은 누구야? 카일?」

아처가 침묵을 지켰다.

「괜히 맘에도 없는 소리 할 거 없어. 그 동안 한두 번 속아 봤나. 여동생이 걱정되면 정보가 생길 때마다 알아서 연락하라고.」

제이크는 전화를 끊고 어떻게 하면 아너를 안전하게 보호할 수 있을지 생각해 봤다. 여러 가지 방법을 하나하나 체크해 보고 있는데 물소리가 끊겼다. 몇 분 후 아너는 헐렁한 운동복 차림으로 목욕탕에서 나왔다. 상큼해 보였다.

제이크는 아너의 눈동자를 쳐다봤다. 눈이 마주친 순간 이미 아너의 마음은 자신에게서 떠나 있음을 깨달았다.

「어젯밤에 들어온 사람은 누구였어요?」

아너가 냉정하게 물었다.

「나도 몰라.」

아너는 아무 말 없이 손가락 사이사이로 머리카락이 흘러내리게 했다.

「정말 모른다니까.」

제이크가 화가 난 목소리로 덧붙였다.

「명함을 남기고 간 것도 아닌데 어떻게 알아.」

「오빠한테 다른 얘긴 없었어요?」

아너의 목소리는 얼굴 표정 못지않게 차가웠다.

「하와이에 언니가 있다고 했지?」

「왜요? 언니한테 무슨 일 있대요?」

「아처는 당신이 언니한테 갔으면 하더군. 그 점에 있어선 나도 동감이고.」

「안됐네요. 나는 그럴 생각 없거든요.」

「뱀눈은 전문적인 킬러야.」

「그러니까 더욱 갈 수 없어요.」

「그럼 이번 일이 해결될 때까지 타이티 섬이나 이스터 섬 쪽으로 여행을 가든지. 회사에서 짐꾼 노릇할 보디가드를 구해 줄 거야. 사람을 못 구하면 내가 거기까지 데려다 주고.」

「싫어요.」

「왜?」

「아까 말한 것처럼 당신이 카일 오빠한테 무슨 짓을 할지 모르는데 어딜 가요?」

「손가락 하나 건드리지 않을 테니까 걱정 마. 약속할게.」

「그거 잘됐네요. 그래도 난 여기 남을 거예요.」

제이크는 마지막 카드를 내보이기로 했다. 도노반 특유의 울컥하는 성질을 이용해 보기로 맘먹었다.

「나하고 재미보는 게 그렇게 좋은가 보지?」

「당연하죠. 어쩜 그렇게 잘 알아요? 이젠 낚시하러 가야죠.」

아너가 아무런 감정도 없이 말했다.

잠시 동안 제이크는 아너의 안색을 살폈다. 지금으로선 낚시하러 가자는 얘기만으로 만족해야 할 것 같았다. 지금 아너한테 기대할 수 있는 대답은 그것밖에 없었다.

그는 옷을 입었다.

14

　구름이 층층이 깔리고 안개에다 비바람, 거친 파도가 몰아쳤다. 어쩌
다가 햇빛이 구름 사이를 뚫고 내리비칠 때도 있었지만 오래가지 않았
다.
　제이크가 선착장에 도착했을 땐 이미 투마로우의 송풍기가 작동하고
있었다. 이내 엔진 소리가 요란하게 들려 왔다. 그는 재빨리 배에 올랐
다.
「어딜 가려고?」
　제이크는 선실 문을 쾅 닫았다.
「이젠 배를 어떻게 모는지 가르쳐 줘야 하는 거 아니에요?」
　제이크는 한숨을 내쉬었다.
「백날 그래 봤자 산후안을 혼자서 수색한다는 건 무리야.」
　아너는 아무 말 없이 조타석 뒤에 자리를 잡았다. 엔진이 적당한 온
도로 가열되기만 기다리고 있었다.

「밧줄 풀어요.」

아너는 제이크를 쳐다보지도 않고 말했다.

「지금은 안 돼.」

아무 말 없이 아너는 선착장으로 나갔다. 그녀는 밧줄을 끄르고 배에 올랐다. 선실에 들어가 보니 제이크는 벌써 키 앞에 앉아 있었다.

「그냥 해본 소리가 아니에요.」

아너가 말을 이었다.

「내가 키를 잡을 거라고요.」

「뱃고물 조종간으로 가봐.」

조금 있다가 아너는 후진기어를 넣고 속도를 올렸다. 배는 선착장에서 뒤쪽으로 움직이기 시작했다. 아너는 뱃머리가 선착장을 벗어날 때까지 기다렸다가 방향을 바꿨다. 제이크한테서 어깨너머로 배운 솜씨였다.

바람이 거세게 불면서 뱃전을 강타했다. 눈 깜짝할 사이에 보트 옆면이 선착장 끝 부분에 부딪혔다.

제이크가 선실에서 장대를 들고 나왔다. 그는 장대를 밀어서 투마로우를 뒤쪽으로 움직였다.

「다시 해봐.」

다시 해봤지만 이번엔 뱃머리가 선착장에 부딪혔다.

「후진.」

제이크가 말했다.

아너가 기어를 어떻게 해볼 사이도 없이 바람이 세차게 불었다. 그 바람에 배가 뒤로 물러나 버렸다. 제이크가 다시 장대로 밀었다. 다시 후진해 봤지만 이번엔 키가 문제였다. 뒤로 가기는커녕 다시 선착장에 부딪혔다.

아너는 욕지거리를 내뱉으려다가 꾹 참았다. 아버지는 툭 하면 그런 말은 남자들이나 쓰는 거라고 하셨지. 다시 한 번 시도했다. 뱃머리 부분이 선착장을 긁고 지나갔다. 속도를 줄이려고 기어를 중립 위치에 놓고 나서 키를 움직였다. 뱃머리 방향을 바꾸려고 그런 건데 마음대로 따라 주질 않았다. 당연히 될 리가 없었다. 기어가 중립 위치에 있을 때, 키는 무용지물이니까.

아너는 다시 기어에 손을 댔다.

「안 돼.」

제이크가 무뚝뚝하게 말했다.

「키가 어디 놓였는지 먼저 살펴야 해. 잘못하다가 선착장이 부서지는 수가 있으니까.」

몇 번의 시행착오를 거친 끝에 아너는 결국 선착장에서 빠져 나올 수 있었다. 기분이 과히 좋지는 않았지만 제이크가 옆에서 지도해 준 덕분이었다. 이렇게 거대한 투마로우가 산들바람에 좌지우지될 수 있다는 사실을 짐작이나 했겠는가. 이따가 다시 배를 선착장에 대야 한다고 생각하니 등에서 식은땀이 났다.

「선실로 들어가서 키를 잡아. 저쪽으로 갈 거니까.」

아너는 제이크가 가리킨 곳을 보고 선실로 들어갔다. 아너가 제대로 하는지 뱃고물 조종간에서 살펴본 후에 제이크도 선실로 들어갔다. 옆 자리에 앉았는데도 아너는 시선 한번 주지 않았다.

「어딜 가는 거예요?」

아너가 물었다.

「연료 채우러 가는 거야.」

투마로우를 정박시킨다는 생각만 해도 속이 느글거렸다. 아너는 선착 장으로 가면서 내내 걱정했다.

「난 뱃고물 쪽으로 갈 거야. 내가 조종간에서 손을 떼라고 하면 그대로 해야 해.」

선착장이 순식간에 다가왔다. 아너는 후진할 타이밍마저 놓쳐 버렸다.

「손 떼!」

아너가 손을 떼기도 전에 레버가 맘대로 움직였다. 제이크는 재빨리 레버를 움직여서 배를 선착장 옆쪽으로 댔다.

아너는 숨을 몰아쉬면서 땀이 난 손바닥을 스웨터에 문질렀다. 연료
탱크가 채워지는 동안 뭐가 잘못됐는지 생각해 봤다. 기어를 바꿀 타이
밍을 놓쳐서 그렇거나 속도를 너무 내서 그런 게 아닐까. 그게 아니면
방향을 잘못 잡아서? 지금이야 여유가 있으니까 이런 생각을 하는 거지
아까는 모든 일이 순식간에 일어났다.

돈을 지불하고 배에 올랐더니 제이크는 이미 송풍기를 틀어 놓고 있
었다. 그는 이내 송풍기를 끄고 시동을 걸었다.

「뱃고물 조종간에 가 있어. 내가 밧줄을 풀 테니까.」

아너는 입술을 꼭 깨물면서 조종간으로 갔다. 바람 때문에 배가 맘대
로 움직여 주질 않았다. 입구를 막고 있는 배가 있어서 후진하기가 더
욱 힘들었다.

제이크는 후진하기 전에 키를 어느 위치에 둬야 하는지 알려 주었다.
또 한 번의 제이크 도움으로 투마로우는 선착장에서 멀어졌다.

「이젠 배를 뒤로 빼야지.」

배는 무사히 선착장을 빠져 나왔다. 거리가 멀어지면서 아너는 조금
씩 긴장을 풀기 시작했다. 하지만 그것도 짙은 구름이 바다 위에 드리
워지기 전까지였다. 섬에 가까워지면서 점점 먹구름이 몰려오기 시작했
다. 설상가상으로 안개까지 짙게 끼여 있었다.

「일기예보는 달라진 게 없어.」

제이크가 라디오를 끄면서 말했다.

「오전엔 비, 안개가 끼는 곳이 있고, 10 내지 20노트의 남동풍, 오후
엔 돌풍이 예상. 더구나 헤로 해협엔 항해주의보가 내려졌어.」

「그쪽으로 갈 거예요?」

「카일이 저장해 놓은 마지막 항로로 가려면 그게 제일 빨라. 지금까
지 찾아낸 것 중엔 마지막 남은 항로야. 컴퓨터 어디엔가 다른 정보를
숨겨 놨을지도 모르지. 찾는다고 해도 암호를 모르니까 마찬가지지만.」

아너는 암호에 관해선 아무 말도 하지 않았다. 카일 오빠한테 앙심을
품고 있는 인간한테 그런 정보를 줘야 할 까닭이 없지.

「그 항로를 스크린에 띄워 봐요.」

아너가 말했다.

「날씨가 좋은 날에도 거기까지 가는 데 최소한 1시간 30분은 걸려. 이런 날씨엔 바람이 안 부는 곳만 골라서 느려 터지게 가야 한다고. 시간을 너무 많이 잡아먹어서 안 돼.」

아너는 수면을 내다봤다. 잔잔하진 않았지만 그렇다고 파도가 거세지도 않았다.

「괜찮을 거 같은데요.」

「사실 파도는 그렇게 심한 편은 아니야. 그래도 이 정도 파도라면 적응할 시간이 필요해. 까딱 속도를 높였다간 허리 부러지기 십상이라고.」

「얼마나 걸리는데요?」

「상황에 따라 달라.」

「무슨 상황이요?」

「바람, 조류, 가시거리.」

「레이더가 있잖아요.」

「무턱대고 그냥 바다에 나가겠다는 거야?」

「그건 아니에요.」

「육지가 바로 코앞에 있는데 안개가 자욱해서 항해하기 힘들 때나 레이더를 쓸까, 장난 삼아 안개가 잔뜩 낀 바다에 나갈 순 없다고.」

「내가 지금 장난하는 걸로 보여요?」

아너는 몸을 숙이고 아래쪽에 있는 버튼을 눌렀다. 어제 제이크가 하던 대로 화면에 해도플로터를 띄웠다. 그러고는 메뉴 버튼을 눌러서 저장된 항로를 찾아갔다. 그 중에 제일 마지막 번호가 매겨진 곳을 눌렀다.

지도가 화면에 떴다.

「이게 그 항로예요?」

제이크가 나지막하게 욕지거리를 내뱉었다.

「이게 그거군요.」

아녀는 항로가 가리키는 방향으로 배를 돌렸다.

「속도와 연료 효율성을 고려했을 때 가장 적합한 rpm 수치가 얼만지 기억하지?」

제이크가 물었다.

「예.」

「배를 수면에서 상승시켜.」

몇 번의 시행착오를 거쳐 아녀는 시키는 대로 할 수 있었다. 이젠 어떻게 해야 제대로 되는지 구분이 갔다. 손을 키에서 떼면 보트는 일정한 수준을 유지했다. 차와는 다르게 보트는 가만히 놔둬야 더 잘 움직였다.

「좀 나아졌군.」

제이크가 말했다.

아녀는 어깨 너머로 지금까지 지나온 길을 돌아봤다. 희미한 불빛 아래 드러난 항적을 살펴보니 제이크가 키를 잡았을 때보다는 똑바르지 않았다. 그래도 그렇게 엉망으로 비뚤거리진 않았다. 뭔가 해낸 기분이 들었다. 표지판도 없고 정지한 상태도 아닌데 배를 몰다니.

컴퓨터에서 삑 소리가 들렸다. 아녀는 흠칫 놀라서 몸을 움츠렸다.

「항로를 지나쳤다는 신호야. 레이더 스크린을 보라고. 다음에 삑 소리가 들리면 방향을 어떻게 바꿔야 하는지 화면에 뜰 거야. 화면 아래쪽에도 나오고. 그래도 판독이 쉽지는 않아.」

아녀는 아무 말 없이 화면을 지켜봤다. 몇 초 후 아녀는 키를 돌려서 방향을 조정했다. 갑자기 배가 다루기 힘들어졌다. 회전 각도가 적합하지 않은 것 같았다. rpm은 변화가 없는데도 속도가 떨어졌다.

「좌현에 있는 트림 탭을 두 번, 우현에 있는 탭을 한 번 눌러 봐.」

배가 균형을 되찾았다. 속도가 조금 회복되었지만 아직 부족했다.

제이크는 뱃고물 쪽을 흘낏 쳐다봤다. 배들이 뒤쪽으로 따라 붙고 있었다. 선실도 없는 조디악을 타고 바다를 돌아다녀야 하는 콘로이가 불쌍했다. 그나마 오렌지색 드라이슈트(다이버들이 찬물에 들어갈 때 보온을 위해 입는 옷)를 입고 있으니 다행이라고 생각하리라.

그다지 맘에 들지 않는 생각을 하고 있으려니까 턱이 굳어졌다. 카일이 저장해 놓은 마지막 항로는 캐나다의 걸프 섬과 미국의 산후안 사이에 위치하고 있었다. 지금까지는 간신히 버텼지만 얼마 안 있으면 기상 상태가 어떻게 변할지 알 수 없었다.

라디오를 켰다. 일기예보는 한 시간 전과 동일했다. 일기예보는 과학이 아니라 확률상의 문제였다. 이 근방의 날씨는 변화무쌍하기로 유명했다. 언제라도 돌풍, 소나기를 만날 수 있는 곳이었다.

선실 안은 폭풍 전야처럼 고요했다. 아녀가 언제쯤 시선을 피하지 않고 똑바로 쳐다볼지 알 수가 없었다. 잔뜩 긴장한 얼굴을 보면 그 시간이 만만치 않으리란 걸 알 수 있었다.

정말이지 30분이 세 시간처럼 느껴졌다. 제이크는 한번도 자신이 수다스럽다고 생각해 본 적이 없었다. 그런데도 두 사람 사이의 침묵이 신경 쓰였다. 아녀는 신경도 안 쓰는 것 같았다. 배에 오르고 난 이후로 한번도 제이크 쪽에 시선을 두지 않았다.

아녀한테 삐치기 잘하는 여자들은 밥맛이라고 해주려다가 참았다. 맞대결해 보았자 불리한 쪽은 제이크였다.

무전기에서 지지직거리는 소리가 들렸다. 일기예보 내용이 전과 달라졌다. 오전 중으로 헤로 해협의 풍속이 30~40노트가 될 거라는 보도였다. 산후안 섬 근방은 20~30노트였다.

「방향 바꿔.」

제이크가 말했다.

아녀는 고개를 돌리려다 말고 말했다.

「9시 30분이에요. 아직 시간 있어요.」

「방향 바꾸라고.」

「하지만…….」

「싫으면 키를 나한테 양보하든지.」

아너는 할 수 없이 배를 돌렸다. 힘 겨루기라면 자신이 없었다.

제이크는 해도플로터의 방향을 바꿔서 선착장으로 돌아가는 길이 나오게끔 했다. 또다시 납덩이 같은 침묵이 무겁게 짓눌러 왔다.

아너는 시선을 레이더로 돌렸다. 방향을 잘못 돌렸다는 신호가 나와서 조심스럽게 다시 시도했다. 확실히 자동차 운전과는 달랐다. 지금 가야 할 항로를 표시하는 점선과 레이더 스크린 안의 직선이 한데 겹쳐졌다. 아너는 전방을 살피면서 수면에 통나무들이 떠다니진 않는지 체크했다. 정면에 위치한 배가 어떤 각도와 속도로 접근하고 있는지, 계기 수치들은 별 이상이 없는지 훑어봤다.

아너가 아무 말 없이 바다만 쳐다보고 있자, 제이크는 울화가 치밀었다. 욕지거리를 참느라고 턱에 경련이 일어날 지경이었다. 제이크는 좀 부드러운 방법을 써보기로 했다. 겉으론 저래 보여도 아너는 이성적인 타입이었다. 뭣보다 아너는 자신을 사랑하고 있었다.

아너가 달콤한 입술로 속삭이는 소리를 똑똑히 들었다.

「카일을 만난 건 두 달 전 일이야. 우리 회사하고 손을 잡겠다는 생각에 아처는 카일을 발트해로 보냈지. 난 보통 시애틀에서 일하는데, 대리인이 갑자기 맹장염을 일으키는 바람에 내가 칼리닌그라드에 갈 수밖에 없었어.」

제이크는 아너가 듣고나 있는 건지 짐작이 안 갔다. 바닥난 인내심을 간신히 그러모으고 조용히 말했다.

「입 꾹 다물고 있으면 문제가 저절로 해결되나?」

「해결은 무슨 해결. 난 항해 지도를 해줄 사람이 필요하고 그쪽은 나를 이용해 오빠를 찾으려는 거 아니에요.」

「어젯밤 일은 어떻게 하고?」

「왜, 마음에 걸리기라도 해요?」

「여태까지의 경험 중에서 최고였으니까.」

「그래요? 여기 이 수치는 왜 이래요? 눈금이 정중앙에 오질 않아요.」

「원래 그런 거야. 아녀, 어젯밤 일을 그냥 얼버무리려고 하진 마.」

「먹구름이 자꾸 몰려오는데 괜찮은 거예요?」

제이크는 아녀한테 시선을 고정시키고 있었다.

「솔직한 심정을 얘기해 봐.」

「얘기하고 있잖아요. 어쩜 좋아. 하늘에 먹구름이 잔뜩 끼었네.」

「방수가 되니까 걱정 안 해도 돼. 언제까지 이런 식으로 나올 거야? 처음 만났을 때 사실대로 털어놓지 않은 죄 때문에 할복이라도 하라고?」

「방수가 된단 말이죠?」

「난 당신 오빠들 때문에 러시아 정부로부터 쫓겨나는 신세가 됐다고.」

아녀는 키를 꽉 잡았다. 전엔 카일 오빠야말로 설득하는 데 일가견이 있는 사람이라고 생각했다. 지금 눈앞에선 제이크가 비단처럼 부드러운 목소리와 날카로운 지성을 무기로 자신을 설득하고 있었다. 제이크는 자신도 알지 못했던 면모를 일깨워 주었다. 어제 느꼈던 육체적 쾌감은 죽는 날까지 잊지 못하리라.

더 끔찍한 건 아직까지 마음에서 제이크를 떨쳐 버리지 못했다는 데 있었다. 섹스만 그런 게 아니라 모든 면에서 그랬다. 두 사람 다 서로에게 솔직하지 못했다. 그렇다고 해도 아녀는 오빠를 찾으려는 생각에 누군가를 유혹한 적이 없었다. 당연히 제이크는 그런 말을 할 자격이 없는 사람이었다.

아녀는 제이크한테 끌렸다는 사실을 숨기지 않았다. 당연히 제이크는 그 사실을 이용해 계속 아녀 옆에 붙어 있으려고 할 것이다. 자신이 정말 한심스러웠다. 제이크를 만나고 나서부터 늘 이 모양 이 꼴이었다. 결국 오빠가 실종되는 바람에 벌어진 일이었다.

다시 한 번 침묵이 선실 안을 무겁게 짓눌렀다.

제이크는 아녀의 안색을 조심스럽게 살폈다. 시간이 갈수록 긴장과 자신에 대한 혐오감만 점점 커지고 있었다.

「카일이 마르주한테 빠져서 이런 바보 같은 짓을 저질렀단 생각은 안
해봤어?」
　제이크가 이를 악물고 물었다.
「그 여자가 누군지 내가 알아요?」
「엄청나게 섹시한 여자지.」
「오빤 그렇게 만만한 사람이 아니에요. 쫓는 사람들도 하나같이 프로
들이잖아요.」
「마르주는 달라.」
「사람이 다 똑같을 순 없다는 거 몰라요?」
「그런 얘기 하는 게 아니잖아.」
「그래요? 잘 모르겠네요.」
　아너는 비가 내리는 바다를 쳐다보면서 말을 이었다.
「날 한번도 배신한 적 없는 오빠와 날 배신한 남자 중에서 누굴 선
택해야 하는진 알아요.」
「난 배신한 적 없어!」
　비바람이 투마로우의 선체 위로 몰아치고 있었다.
「그래요. 배신한 적 없어요.」
　아너는 아무렇지도 않다는 듯이 덧붙였다.
「와이퍼는 어떻게 작동시켜요?」
　제이크는 손으로 와이퍼 세 개를 몽땅 작동시켰다. 그리고 나서 마음
을 추스르려고 안간힘을 썼다. 별로 효과가 없었는지 목소리에 화난 심
사가 섞여서 나왔다.
「내가 배신하지 않았다는 걸 알잖아.」
「누가 배신했대요?」
　제이크는 숨을 몰아쉬면서 마음을 가다듬었다. 뭐라고 따져 봤자 입
만 아플 따름이었다.
　컴퓨터에서 삑 소리가 났다. 지도에서 가리키는 대로 가고 있지 않다
는 신호였다. 아너는 다음 진로가 나타나길 기다렸다가 키를 돌렸다.

거대한 유람선 한 척이 다가오고 있었다. 바다 위에는 늘 뒤쫓아 다니던 보트 세 척 외에 예인선이 딸린 유조선과 야릇하게 생긴 그물을 매달고 다니는 새우잡이 배도 있었다.

「원래 통행 우선순위는 어선한테 있어.」

「저렇게 항로 한가운데 떡 버티고 서서 뭘 하는 거죠?」

아녀가 방향을 조정하면서 말했다.

「낚시. 그리고 한가운데는 아니지. 항로 두 개가 Y자로 모이는 지점에 있는 거야.」

「화물선과 유람선은요?」

「서로 충돌할 위험은 없어. 새우잡이 배가 통행 우선순위를 들먹일 일도 없고. 그러니까 우리와 다를 바 없지. 유람선과 부딪치지 않으려면 우리가 길을 양보해야 해. 그쪽이 먼저 지나갈 때까지 기다려야 한다고. 사실 법은 별 소용 없어. 중량이 무겁고 큰 쪽이 우선이니까. 있어 봤자 써먹지도 못하는 권리라고 해야겠지.」

차가운 비바람 때문에 창문에 김이 서렸다.

아녀는 제이크의 팔이 스치는 순간 몸을 움츠렸다. 그는 그런 아녀를 무시하고 레이더의 범위를 확대시켰다. 또 다른 배가 나타나진 않았다.

「이건 됐고……. 이젠 머릿속에 시계를 떠올려 봐. 우리가 중심에 있다고 가정하면 정면은 12시, 뒤는 6시…….」

「3시는 오른쪽 방향으로 90도 각도란 얘기겠죠.」

아녀가 재빨리 끼여들었다.

「당연히 9시는 왼쪽으로 90도 각도고요. 그 다음은 뭐예요?」

「1시와 2시 사이 방향으로 똑바로 가야 해.」

아녀는 점점 좁혀지는 화물선과 유람선의 거리를 불안스레 쳐다봤다. 제이크가 말한 방향이 바로 그쪽이었다.

「괜찮으니까 해봐. 망설이면 망설일수록 더 힘들어져.」

아녀가 방향을 바꾸는 동안 그는 레이더의 범위를 축소시켰다.

오래지 않아 비는 멈췄지만, 구름은 아직 바다 위에 낮게 떠 있었다.

248

안개보다는 나쁠 게 없었지만 시야를 가리긴 마찬가지였다.

「제이크, 잘 안 보이는…….」

「레이더를 쳐다봐야지.」

제이크가 스크린을 가리키면서 말했다.

「저게 유람선이고 화물선이야. 새우잡이 배는 저거고. 이건 요트고, 범선은 저거야. 우린 이쪽으로 가야 해. 속도를 올려 봐.」

「우리 뒤를 따라오던 배들은 어딨어요? 하나는 선착장으로 돌아간 거 같던데.」

「콘로이? 조디악은 워낙 물에 잠기기 쉽게 생겨먹어서 어쩔 수 없지. 썰물 때이긴 하지만 해안까지 금세 갈 수 있을 거야. 나머지 배들이야 알아서들 하겠지.」

「우리는요?」

「밀물 때면 콘로이처럼 해보겠지만, 지금은 썰물 때라 바위들이 거치적거려서 안 돼. 화물선과 유람선은 부피가 있으니까 우리보다 더할 테지. 두 척 다 항로 표시 안쪽으로 계속 갈 거야. 우린 바로 그 바깥쪽을 따라가면 되고. 수면에 통나무는 없는지 잘 살펴야 해. 조류가 모이는 지점엔 별별 것들이 다 떠다니기 마련이야. 통나무를 너무 늦게 발견했을 땐 어떻게 하라고 했지?」

「키를 그쪽으로 돌리라고 했잖아요. 방향을 딴 데로 바꾸지 말고요. 그나저나 저 화물선…….」

「나도 알아.」

화물선이 코스를 바꾸는 바람에 잘못하다가는 투마로우와 충돌할 지경이었다. 한쪽이 속도와 방향을 바꾸지 않으면 안 될 상황이었다.

제이크는 재빨리 레이더를 체크했다. 순간 등줄기에 식은땀이 흘렀다. 보통 때라면 엔진을 끄고 다른 배들이 지나가길 기다렸을 것이다. 대형 선박 사이에 끼여서 항해할 땐 그쪽이 편했다.

그렇지만 지금 같은 상황에서 속도를 줄인다면 유람선과 충돌할 염려가 있었다. 유람선 선장이야 항해 우선순위를 지키지 않았다는 책임을

지고 쫓겨나면 그만이겠지만 이쪽은 젊은 나이에 수장될 공산이 컸다.

「내가 키를 잡을게.」

제이크는 아녀를 자리에서 일으켜 옆자리로 밀었다. 뭐라고 저항할 틈도 없었다.

「꼭 붙들어.」

그는 속도를 올렸다. 순식간에 조종 장치를 움직여서 방향을 바꾸고 배의 균형을 잡았다. 배는 덜컹거리면서 수면을 달려나갔다.

하도 덜컹거려서 불안하긴 했지만 보람은 있었다. 화물선이 조금씩 방향을 바꾸기 시작했다. 그래도 아직 아슬아슬했다. 잘못하다간 충돌할 가능성이 컸다. 화물선이 경적을 세 번 울렸다.

「저런 건방진 자식. 우리보다 레이더 성능도 좋으면서 왜 저래. 방향만 바꾸면 되는데.」

화물선은 꿈쩍도 안 했다.

아녀는 한 손으로 계기반을, 다른 손으로 의자 뒤쪽을 붙들고 있었다. 그래도 배가 덜컹거릴 때마다 의자에 등을 세게 부딪혔다. 레이더에선 화물선이 점점 가까이 잡히고 있었다.

스로틀 레버의 위치를 봐선 속도를 최대한으로 올린 게 아니었다. 아녀가 왜 그러는지 물어 보려는 참에 제이크는 키를 세차게 돌렸다. 배가 왼쪽으로 방향을 바꾸는 순간, 선체에 뭔가 부딪혔다. 수면에 뭔가 검은 게 떠다니고 있었다. 통나무였다.

제이크는 다시 키를 움직여서 아까 가던 방향으로 되돌렸다. 레이더를 흘끗 쳐다보는데 화면에 선박이 두 척 나타났다. 한 척은 화물선보다는 못해도 투마로우와 비교하면 몇 배는 큰 선박이었다.

「꼭 잡아.」

「잡고 있다니까요!」

속도를 올리자, 뱃머리 쪽에 분수처럼 물보라가 튀었다.

무전기에서 지지직거리는 소리가 들렸다. 주위가 워낙 시끄러워서 말이 제대로 안 들렸다.

「콘로이다. 응답하라, 제이크. 화물선 뒤쪽에 배가 한 척 더 있어. 방
향을……」

배가 파도에 거세게 부딪히면서 콘로이 말을 삼켜 버렸다.

걱정해 줘서 고맙긴 했지만 무전기에 신경 쓸 겨를이 없었다. 투마로
우가 전복되는 꼴을 안 보려면 모든 신경을 집중해도 모자를 지경이었
다. 사실 아무리 설계가 잘 되었다고 해도 능력에 한계가 있기 마련이
었다. 특히 속도 면에서 그랬다. 지금 제이크는 시스포트의 능력 이상을
시험하고 있었다.

물보라가 유리창으로 튀었다. 와이퍼가 감당하지 못할 정도로 소금물
이 계속 유리창에 부딪혔다.

스크린에 다른 배가 나타났다. 제이크는 속도를 최대한으로 올렸다.
아녀는 긴장하다 못해 무감각해진 심정으로 레이더를 쳐다봤다. 화물선
과 간격이 점점 좁혀지고 있었다.

화물선이 다시 경적을 울렸다. 창 밖으로 거대한 몸집의 선박이 눈에
들어왔다. 아녀는 심장이 터질 것만 같았다.

투마로우는 간발의 차로 화물선을 비껴갈 수 있었다.

숨을 돌릴 사이도 없이 다른 배가 끼여들었다. 알래스카 어선이었다.
제이크는 반사적으로 방향을 틀었다. 배가 심하게 덜컹거렸다.

투마로우는 엄청난 속도로 어선을 지나쳐 갔다. 틈이 안 보일 정도로
좁은 공간이었다. 이런 상황을 두고 악몽이라고 하리라.

어선이 지나가면서 생긴 물보라가 뱃전을 강타했다. 제이크는 충격을
줄이기 위해 속도를 줄이고 뱃머리를 기울였다. 그런데도 보트는 위로
치솟았다가 엄청난 기세로 수면에 부딪혔다. 아녀는 가슴을 졸이면서
레이더를 다시 쳐다봤다.

육지에서 이쪽으로 다가오는 보트가 한 척 보였을 뿐 화면상에 더
이상의 선박은 없었다. 해안 경비대의 조디악이었다. 다시 무전기가 지
지직거렸다.

제이크는 채널을 바꾸고 볼륨을 높였다.

「여기는 투마로우. 이상 무.」
「잘했어.」
콘로이가 응답했다.
「바시 녀석의 배가 투마로우를 못 본 거 같애.」
「화물선에서 주의를 안 줬나 보지?」
「내가 연락을 취했더니 화물선 레이더는 맛이 갔고 어선에 탄 사람들
은 영어 실력이 달리더군.」
콘로이가 냉소적인 어조로 말했다.
「아무 일 없었잖아. 충돌도 없었고.」
「그래도 정말 위험했어.」
「그거야 그렇지.」
「당분간 바다에 안 나오는 게 좋겠어.」
「공식적으로 하는 말이야?」
「상식적으로 하는 말이야.」
콘로이가 소리를 내질렀다.
제이크는 웃으면서 말을 끝냈다. 그때 무전기에서, 다른 배에서 수신
이 왔다는 교환수의 음성이 들렸다. 그는 채널을 바꾸고 아녀한테 몸을
돌렸다.
「괜찮은 거야?」
아녀가 고개를 끄덕였다.
「정말?」
「엉덩이에 멍이 좀 든 거 같아요. 별거 아니지만.」
제이크는 천천히 미소지었다. 안심한 탓도 있었지만 뭔가 의미 심장
해 보이는 미소였다.
「별거 아니라니, 나한텐 중요한 일이야. 그럼, 그렇고말고. 당신 몸은
내 몸의 일부분처럼 딱 맞아서 좋은데……」
「듣기 싫으니까 그만 해요.」
무전기에서 갑자기 소리가 크게 들렸다.

「제이크, 나 페튀르야. 정말 미안하게 됐어, 친구. 지금 내 말 듣고 있는 거야?」

제이크는 벌레 씹은 표정으로 무전기를 쳐다봤다. 이렇게 재수 없는 일이 또 있을까. 하필이면 왜 페튀르 레즈니코프인지.

「듣고 있어. 지금 어느 배에 타고 있는 거지?」

제이크가 마이크에 대고 말했다.

「화물선. 여기 선장이란 분이 아주 열받아 있다고. 원래 뱃사람들이 머리가 안 돌아가잖나. 시원찮은 레이던 탓은 안 하고 남 탓만 하더 군.」

「나도 들었어. 웬일로 여기까지 행차를 했지?」

제이크가 무뚝뚝하게 물었다.

스피커에서 웃음소리가 터져 나왔다.

「후후, 제이콥, 변한 게 하나도 없군.」

「그러는 그쪽은 어떤데?」

「글쎄, 지금 돌아가서 한잔하면 어떨까? 러시아 최고의 보드카를 맛보게 해줄 테니까.」

제이크는 페튀르 레즈니코프의 배후에 누가 있는지 알기 전까진 그럴 생각이 없었다.

「그건 힘들겠는데. 할 일이 남아 있어서 말이야.」

「그러시겠지. 그 예쁘고 재능 많은 미스 도노반도 데려오라고. 카일처럼 아주 매력이 넘치는 사람이라면 심심치는 않을 테니까.」

제이크는 아녀를 쳐다보았다. 잔뜩 지쳐 보이는 얼굴, 지금은 매력적이란 말이 어울리지 않았다.

「다음에.」

다음은 무슨 다음. 레즈니코프가 아녀 근처에 얼씬거리지 못하게 할 작정이었다.

「제이콥, 날 실망시키면 안 되지.」

레즈니코프가 담담하게 말을 이었다.

「옛정을 생각해서라도 말이야.」

부드러운 목소리에 속아넘어갈 제이크가 아니었지만 거절하고 자시고
할 입장이 아니었다.

「두 시간 후에 '차우더 케그'에서 보자고.」

제이크가 말했다.

15

제이크는 트럭을 도로에 세우고 아너를 쳐다봤다. 딱 달라붙는 블랙진, 청동색 스웨터에 검은색 재킷을 입고 있었다. 그리고 목에는 수공예품으로 보이는 금목걸이를 걸고 있었다. 목걸이 끝에는 수정에 흑옥으로 태극 무늬를 가미한 펜던트가 달려 있었다. 아너가 직접 디자인한 게 분명했다.

주변에 무성한 잡초를 훑어보는 순간, 약속장소를 다른 곳으로 잡을 걸 하는 맘이 들었다. 담배 냄새와 역한 기름 냄새를 억지로 참으면서 이 근방에서 알아주는 클램 차우더(대합을 넣어 끓인 잡탕요리)를 먹었던 시절도 있었다지만 그건 옛날 얘기였다.

아너가 트럭 문을 열고 나가려는데 제이크가 막았다. 아너는 불에 데인 사람처럼 흠칫 놀라서 손을 잡아 뺐다.

「이런 덴 당신한테 어울리지 않아.」

「날 잘 알지도 못하면서 그런 애길 하네요.」

제이크가 손을 꽉 붙잡으면서 말했다.

「당신 몸에 관해서라면 머리끝에서 발끝까지 다 외울 정도야. 여긴 거칠고 지저분하고 험악한 곳이지. 당신이 있을 곳이 못 돼.」

아너는 얼굴이 화끈 달아올랐다.

「그래봤자 소용없어요. 나도 들어갈 거예요」

아너는 시선을 딴 데 둔 채로 말했다.

「왜?」

「맘대로 생각해요」

「날 믿지 못해서겠지.」

「똑똑하신 분은 뭐가 달라도 다르군요. 뭐 새삼스러운 것도 아니지만.」

제이크는 숨을 가다듬으면서 말했다.

「기분 나쁜 말만 골라서 하는군. 차라리 구역질나고 건방진데다가 의심스러운 놈이라고 대놓고 말하지 그래.」

「피차 다 아는 얘길 뭣하러 하겠어요.」

「오빠를 찾고 싶은 거야, 아니면 날 골려먹으려고 작정한 거야?」

아너는 자신을 가로막고 있는 단단한 팔을 바라보았다. 숨을 크게 내쉬기라도 했다간 가슴이 닿을지도 모르는 거리였다.

「괜히 무섭게 보이려고 하지 말아요. 힘으로 밀어 붙였다간 되는 일 하나 없을 테니까. 내가 없으면 고생 좀 할걸요.」

「그건 내가 할 소리. 그러니까 기분 나쁜 말은 그만 좀 해.」

아너는 화가 나서 얼굴이 벌게졌다.

「지금 누가 기분 나쁜 소리를 한다고 그래요? 날 일부러 자극할 생각은 말아요. 카일 오빠는 나한테 너무 소중한 사람이니까. 」

「오빠를 사랑한단 말이지.」

「당연하죠」

「나는 어떻고?」

「뭐가요?」

「사랑한다더니 그새 맘이 식은 거야?」

제이크가 부드럽게 물었다.

그 말에 아녀는 흠칫 놀랐다. 제이크가 못 들었으려니 생각하고 있었는데 그게 아니었다.

「쉽게 얻은 건 쉽게 사라지는 법이라잖아요.」

아녀가 어깨를 으쓱해 보이면서 덧붙였다.

「빨리 팔이나 치워요.」

「날 좀 쳐다봐.」

그래도 아녀는 시선을 움직이지 않았다.

「어린애처럼 굴지 말라고. 페튜르 레즈니코프는 반반하게 생겨 가지고 하는 짓은 꼭 여우 같은 녀석이야. 이젠 KGB에서 일 안 한다고 하지만 믿을 수가 없어. 잘만 하면 녀석을 이용해서 호박을 찾을 수도 있겠지만 역으로 우리가 이용당할 수도 있어. 녀석 앞에서도 계속 날 뭣처럼 여겨 봐. 우리만 실컷 이용당할 테니까.」

「그럼 나더러 어떻게 하란 말이에요?」

아녀가 냉랭한 목소리로 물었다.

제이크는 아녀의 굳은 얼굴을 보고 속마음을 털어놓으려다 말았다. 뭘 바라는지 솔직히 말했다간 소리를 질러 댈 게 뻔했다.

「연기를 해야지.」

「무슨 말이에요?」

「나한테 폭 빠진 것처럼 연기를 해달란 말이야. 나도 그렇게 할 테니까.」

「난 원래 연기는 잘 못해요.」

「그렇게 자꾸 눈을 피하면 안 되지. 들어가서도 그럴 거야?」

아녀는 주먹을 꼭 쥐었다가 다시 폈다. 그러고는 고개를 들고 제이크의 눈께를 쳐다봤다. 도저히 똑바로 쳐다볼 수가 없었다. 제이크의 눈에 자신이 어떻게 비칠지 알기 때문에 그랬다. 쉽게 마음을 줘버린 한심한 여자, 제이크는 분명 그렇게 생각하고 있을 것이다.

「그거말고 딴건요?」

아너가 창백한 얼굴로 물었다.

「그는 우리가 무슨 관계인지 알려고 들 거야.」

「내가 오빠를 찾으려고 당신을 고용했다고 하면 되잖아요.」

「그게 전부야?」

「그럼 또 뭐가 있는데요?」

「우리가 뭣하러 같이 잔다고 생각해?」

「그런 일은 없을 거예요.」

「그래선 안 되지. 마피아가 언제 별장으로 기어들지 모르는데 가만히 있으라고? 보트 안에서 뜬눈으로 걱정이나 하면서 밤을 새란 말이야?」

「아무튼 그런 일은 없어요. 당신과 한침대에서 같이 잘 순 없어요.」

「그렇게 자기 싫으면 밤을 꼴딱 새면 되잖아. 어쨌든 당신 침대 옆에 딱 붙어 있을 테니까 그렇게 알아.」

「안 돼요.」

「맘대로 해.」

아너는 귀가 의심스러웠다. 그래서 진심인지 물어 보려는데 제이크가 선수를 쳤다.

「당장 타이티로 보내 주면 되잖아. 듬직한 보디가드 몇 사람 붙여서.」

「난 여기 있을 거예요.」

「글쎄, 두 가지 중 하나를 선택해. 내 말대로 하든지, 아니면 타이티로 가든지. 맘대로 하라고, 미스 도노반.」

「억지로 그런…….」

「그냥 해보는 말이 아니야. 날 못 믿어도 상관없어. 하고 싶으면 계속 그렇게 날 자극해 보라고. 카일이 신문에 대문짝만하게 나오는 수가 있으니까.」

아너는 제이크를 똑바로 쳐다보았다. 거만을 떠는 것도 아니었고 위협조로 하는 말도 아니었다. 자기 자신처럼 화가 나 있었다. 꼭 배신당한 사람처럼 보였다. 사실 배신당해서 화를 내야 할 쪽은 자신이 아닌가.

「지금 화낼 사람이 누군데 그래요? 당한 사람은 당신이 아니라 나라고요.」

「그 얘기가 언제 나오나 했지. 진실이 밝혀질 때까지 기다릴 것도 없어. 나한테 죄가 있다면 당신한테 섹스가 얼마나 즐거운 건지 가르쳐 준 죄밖에 없으니까.」

제이크의 목소리가 한층 부드러워졌다.

「괜히 그렇게 화내지 마. 나도 당신한테 배운 건 마찬가지니까. 그때 내가 사랑한다는 말을 안 해서 그러는 거야?」

「최소한 거짓말은 안 한 셈이잖아요?」

「내 말이 그 말이야. 그러니까 연기를 하든지 보따리를 싸서 타이티로 떠나든지 하라고.」

「그럴 순 없어요. 오빠 목숨이 왔다갔다하는 일인데.」

「나도 위험하긴 마찬가지야. 낚시 가이드가 필요하다고만 했지 처음부터 그 얘긴 없었잖아.」

「내가 이렇게 될 줄 알았어요?」

「어디 돈이란 게 궁해 봤어야지. 현실에 눈 좀 뜨라고, 이 아가씨야. 백만 달러보다 훨씬 적은 돈 갖고도 태연히 살인을 저지르는 놈들이 한둘인 줄 알아?」

「위험할 줄 다 알면서도 하겠다고 했잖아요.」

「이렇게 국제적으로 놀아야 할 줄은 몰랐지.」

「그럼 애당초 화물 안에 호박을 숨겨 놓질 말았어야죠!」

「아처가 그렇게 말해?」

제이크가 눈을 가늘게 뜨면서 물었다.

「그래요. 당신이나 카일 둘 중 한 사람 짓이라고요.」

「그래서? 카일은 같은 식구니까 그런 짓 안 했을 거라고? 그럼 범인은 나란 얘긴데. 카일 같은 자식을 친구라고 생각하다니 내가 돌았지.」

제이크가 차갑게 대꾸했다.

「오빠 당신을 친구로 생각 안 한 줄 알아요? 당신을 정말 좋아했다고
요.」

제이크는 화가 나서 어쩔 줄 몰라하는 아너의 얼굴을 쳐다봤다. 그러
면서도 혼란스러워하는 표정이 역력했다.

「카일이 나를 좋아했다, 이 말이지? 사랑이라도 했으면 어쩔 뻔했어.
난 아마 지금쯤 저 세상에 가 있겠지.」

제이크가 갑자기 팔을 치웠다.

「들어가든 말든 당신 자유야. 나보다는 선택의 여지가 많아서 좋겠
군.」

지친 목소리였다. 아너의 경계심도 슬그머니 수그러들었다. 제이크도
자신 못지않게 힘들어하고 있었다.

「가요.」

아너가 작은 목소리로 말했다.

제이크는 뒷좌석에서 낡아빠진 가방을 꺼냈다. 그러고는 아너가 뒤쫓
아오는지 확인도 안 해보고 '차우더 케그'를 향해 걸어갔다.

음식점 앞에 이르러서야 아너는 제이크를 따라잡을 수 있었다. 그는
문을 열고 아너를 먼저 들여보냈다. 음식점 안은 담배 연기가 자욱한데
다 너무 지저분했다. 한 10년 동안 청소를 안 한 모양이었다.

음식점이라기보다는 술집이었다. 술을 마시다가 누군가 싶어 두 사람
을 쳐다보는 남자들도 있었다. 다들 아너를 위아래로 훑어봤다.

등에 와 닿는 제이크의 손길이 느껴졌다. 아너는 저도 모르게 몸이
굳어졌다.

나한테 폭 빠진 것처럼 연기를 해달란 말이야. 나도 그렇게 할 테니
까.

키가 크고 운동선수처럼 체격이 좋은 금발의 남자가 다가왔다. 광대
뼈가 튀어나오고 입술이 두툼한 사람이었다. 활동적이면서도 부티가 나
는 옷을 입고 있었는데 러시아인도 미국인도 아닌 것 같았다.

260

그가 웃으면서 제이크한테 손을 내밀었다.

「잘 왔어.」

레즈니코프는 제이크의 손을 단단히 잡고 흔들었다.

「이분이 바로 매력적인 미스 도노반이시군. 맞죠?」

아너는 접대용 미소를 지으면서 고개를 끄덕거렸다. 그는 양손으로 아너의 손을 살짝 감쌌다. 발음이 약간 묘했는데 뱀눈과 비슷했다. 사실 뱀눈보다는 훨씬 나았다. 왠지 어디선가 들어본 목소리 같았다. 그렇지만 제이크 말대로 러시아에서 이민 온 사람들이 한둘이 아니었으니까.

「눈이 어쩌면 저렇게 신비스러울까. 가족들이 다 그런가요?」

레즈니코프가 말했다.

「머리통 하나에 똑같은 눈을 두 개씩 박았다고 생각하면 될 거예요.」

레즈니코프는 우스운 얘기라도 들은 사람처럼 웃어댔다.

「이제 보니 얼굴만 예쁜 게 아니시군. 확실히 카일 여동생이라는 티가 납니다.」

제이크는 레즈니코프의 손에서 아너의 손을 빼냈다.

「침 그만 흘려, 페튜르. 임자 있는 몸이야.」

레즈니코프는 두 사람을 번갈아 바라보더니 한숨을 내쉬었다.

「절망하는군.」

「절망에 빠지게 하는군. 그게 아니면 '절망적이군'이라고 하든지.」

제이크가 말을 고쳐 주었다.

뒤쪽에서 문이 열렸다. 제이크는 누군지 살펴보려고 몸을 살짝 돌렸다. 남녀 커플이 당당하게 걸어 들어왔다.

제이크는 등을 돌리고 섰다. 게임이 벌써 여기까지 진행된 마당에 앨런과 에스코트로 따라붙은 남자가 등에다 칼을 꽂을 염려는 없을 테니까.

「문가에 계속 이렇게 서 있을 거야? 그러지 말고 자리를 옮기자고.」

제이크가 말했다.

아너는 여자를 보고 얼굴을 찌푸렸다. 빨간색 재킷은 안 입었지만 쌍안경을 통해서 본 여자와 비슷했다.

「저 여자 혹시……」

제이크는 아너의 입술에 재빨리 키스했다.

「사람들 들어오는데 거치적거리면 안 되잖아, 하니.」

「그럼요, 자기. 당신 하자는 대로 해야죠.」

제이크가 경고의 시선을 던졌지만, 아너는 순진한 아이처럼 눈을 동그랗게 뜨면서 공허한 미소만 지을 뿐이었다. 그러고는 레즈니코프를 따라 그가 방금 전까지 앉아 있었던 테이블로 갔다.

앨런도 근처에 자리를 잡았다. 동행한 남자가 바(bar)로 가서 차우더 2인분과 맥주 두 병을 시켰다. 제이크는 몰래 두 사람을 훔쳐보면서 아너한테 의자를 빼주고 자신도 자리에 앉았다.

하도 붙어 앉아서 두 사람의 허벅지가 닿았다. 아너는 긴장하면서 몸을 움찔했다. 그래도 다행스럽게 몸을 빼지는 않았다.

음식점 문이 다시 열렸다. 레즈니코프의 눈에 힘이 들어갔다.

「이거 완전히 명절 기분 나는군. 고향 친구들이 다 모였으니.」

제이크가 살짝 곁눈질을 하고는 중얼거렸다.

「뭐라고 했어요?」

아너가 물었다.

「뱀눈이야. 돌아보지 마. 후회하지 말고 내 말대로 해.」

아너는 뭐라고 한마디하려다가 참았다.

「같이 온 사람은요?」

「혼자 왔어.」

「그럴 만도 하죠. 아마 거울도 그 사람이 얼굴을 비춰 보면 싫어할걸요.」

제이크가 웃으면서 레즈니코프를 쳐다봤다.

「한편이야, 아니면 다른 편이야?」

「파블로프? 그거야 나도 모르지.」

레즈니코프는 어깨를 으쓱했다.

그 말을 믿으면 바보였다.

문이 다시 열리더니 콘로이가 몸이 건장한 친구를 데리고 들어왔다. 어려 보이는 게 신병처럼 보였다. 제이크가 인사로 손을 이마께에 갖다 대자, 콘로이가 고개를 끄덕였다.

「저 사람은 누구지?」

레즈니코프가 날카롭게 물었다.

「옛 친구.」

「우리 편이 되어 줄까?」

「글쎄, 그럴까?」

「친구들이야 많을수록 좋지. 특히 상황이 이럴 때는.」

「그거야 맞는 말이긴 하지. 왜 그러는데?」

레즈니코프는 주위를 둘러봤다. 근처엔 사람들이 자리를 다 꿰어차고 앉아 있었다. 이 고장 사람들이 가장자리에 한무리를 이루고 앉아 있었다. 잔뜩 몰려든 타지 사람들 때문인지 인상들이 별로 좋지 않았다.

「여긴 조용하다고 들었는데 왜 이렇지. 내 배로 가는 게 낫겠어. 여기서 호박을 보여줄 순 없잖아.」

레즈니코프가 말했다.

아너가 숨을 헉 들이마셨다. 뭐라고 하려는데 제이크가 탁자 밑으로 손을 넣어 허벅지를 꾹 눌렀다.

「무슨 호박?」

제이크는 목소리를 낮추면서 물었다.

「어, 샘플 테스트라고 해야 하나? 무슨 말인지 알아듣겠어?」

「대강은. 무슨 샘플인데?」

「당연히 호박이지. 내 고용주들은 값어치가 어느 정도 되는지 자네 의견을 들었으면 해.」

「자네를 놔두고 왜 나야?」

「그 방면에선 친구가 최고잖아. 거기에 비하면 난 그게 그거지.」

아너는 레즈니코프의 잘생기고 우아한 얼굴에서 시선을 돌려 제이크의 거칠고 남자다운 얼굴을 바라봤다. 무심한 얼굴을 하고 있다지만 강렬한 감정에 사로잡혀 있음을 느낄 수 있었다. 그런 열정이 하룻밤 사이에 자신의 세계를 완전히 바꿔 놓지 않았던가.

지금은 섹스가 관심 대상이 아니었다. 호박이었다.

그 자식은 호박에 엄청난 애착을 갖고 있지. 거의 숭배하는 감정에 가까울걸, 아처 오빠의 말이 생각났다.

「여기 안쪽에 방이 있어.」

제이크가 말을 이었다.

「거길 써도 되는지 알아보고 오지.」

조금 있다가 세 사람은 그 방 안으로 들어갈 수 있었다. 제이크가 뒷돈으로 40달러를 집어 주었던 것이다. 레즈니코프는 술잔과 가방을 내려놓았다. 그리고 담배를 꺼내 불을 붙였다.

원형 탁자 위엔 지저분한 테이블 보가 깔려 있었다. 담배꽁초가 넘칠 정도로 쌓인 재떨이와 카드 한 벌도 놓여 있었다.

제이크는 문과 마주보는 위치에 있는 의자에 앉았다. 뒷길로 나가는 문이 하나 더 있었는데 그쪽도 시야에 들어오는 위치였다. 그는 의자를 끌어당겨 앉으면서 아너를 쳐다보고 웃었다.

「귀여운 우리 아기, 이리 가까이 와봐.」

「늙긴 했지만 우리 아빠가 될 정도는 아니잖아요.」

레즈니코프가 킥킥거렸다.

「자기 오빠하고 똑같군. 안 그래?」

「중요한 부분은 안 그렇지.」

제이크가 아너의 몸을 위아래로 훑어보면서 말했다.

아너는 소리를 꽥 지르고 싶었지만 꾹 참고 대신 제이크의 손을 입으로 가져가서 엄지를 잘근잘근 씹었다. 그녀는 야릇하게 변하는 레즈니코프의 표정을 놓치지 않았다.

「시간 안 끌기로 했잖아요.」

아너의 말에 제이크의 눈이 가늘어졌다. 그는 아너의 장난에 잔뜩 흥분했다는 사실을 숨기지 않았다.

「아너 말대로 하지. 호박을 좀 보자고.」

제이크가 허스키한 목소리로 말했다.

레즈니코프는 가방을 뒤적이더니 돌덩이를 하나 꺼내 탁자 위에 올려놓았다. 제이크는 그걸 집어 들었다. 손바닥 절반 정도 되는 크기였다. 돌덩이는 광을 내지 않은 천연 그대로의 모습을 유지하고 있었다.

제이크는 돌을 내려놓고 가방을 열었다. 용도를 알 수 없는 바늘이며 라이터 등 갖가지 기구들이 가방 안에 가득했다. 가방 윗부분엔 칸막이가 있어서 호박 견본이 들어 있었다.

제이크는 병을 꺼내 돌덩이 위에 액체를 한 방울 떨어뜨렸다. 에테르 냄새가 코를 찔렀다. 그는 몇 초 후에 손가락으로 표면을 만져 봤다.

「뉴질랜드산 코펄(천연 수지, 니스의 원료)이야. 괜히 시간만 낭비했잖아.」

제이크는 손을 내저으면서 코펄을 레즈니코프한테 휙 던졌다.

「그게 호박이 아니라고요?」

아너가 놀라서 물었다.

「몇백만 년이 더 흐르면 혹시 모르지. 호박은 일종의 화석이라고. 술로 치면 이놈은 아직 덜 묵은 거야.」

「어떻게 알아요?」

「에테르가 닿으면 코펄은 찐득찐득해지거든. 호박은 그런 일이 없지.」

그는 레즈니코프를 쳐다보면서 말을 이었다.

「이렇게 시원찮은 물건만 내놓을 거면 난 빠지겠어. 고용주한테 제대로 된 걸 얻어 오라고 해.」

레즈니코프가 미소를 지었다.

「사람이 참을 줄도 알아야지. 어, 고용주들은 친구한테 시범을 해봐야 한다고 우겨대더군.」

「시험을 해본다는 얘기겠지.」

「음, 맞아. 그쪽으로선 당연히 최소한의 비용을 들여서 친구를 고용했으면 하지.」

「미국 달러? 영국 파운드? 독일 마르크? 일본 엔? 러시아 루블?」

「친구한텐 구미가 더 당기는 제안일걸. 호박.」

「나한테 호박을 주겠단 얘기야?」

레즈니코프가 고개를 끄덕였다.

「내가 지금 들고 온 물건 중에 섞여 있지.」

제이크가 눈썹을 치커 올렸다.

「재밌군. 가짜를 골라내면 가짜를 받는다, 이거잖아?」

「당연하지. 원래 그런 거 아닌가.」

「내가 아주 비싼 걸 골라내면 어쩔 거야?」

「열받아서 소리를 벅벅 질러 대겠지. 그래도 보수를 내놓긴 할 거야.」

제이크가 투덜거렸다.

「그래도 코펄보다는 훨씬 괜찮은 놈이 있긴 있는 거겠지?」

레즈니코프는 웃으면서 검은 천에 쌓인 돌을 꺼내 들었다.

제이크는 조심스럽게 천을 벗겼다. 한 20센티미터 정도 되는 타원형 브로치였다. 노란색과 흰색이 묘하게 섞인 빛깔에다 비단처럼 광택이 났다. 브로치에는 여자의 얼굴이 조각되어 있었다. 그 주위엔 빅토리아 양식으로 세공한 은이 빙 둘러 장식되어 있었다.

「자외선 램프를 들고 올걸 그랬지. 그래도 이건 형광색이 나올 거 같은데.」

제이크가 브로치를 손바닥에 놓으면서 말했다.

「그래?」

레즈니코프가 물었다.

「바늘을 불에 달궈서 시험해 보고 싶은데 괜찮겠어?」

제이크가 브로치의 무게를 가늠해 보면서 말했다.

「맘대로 해. 상관없으니까.」

제이크는 브로치를 내려놓고 라이터와 바늘을 꺼냈다. 바늘 끝을 라이터 불에 한참 달군 후에 브로치를 뒤집었다. 그리고 끝 부분에 바늘을 살짝 갖다 댔다. 그렇게 하면 상처가 나도 눈에 띌 염려가 없었다. 순간 우유 타는 냄새가 코끝을 파고들었다.

「역시 생각했던 대로 카세인이군.」

「뭐라고요?」

「우유 단백질에 포름알데히드 성분을 합쳐서 만든 모조품이야. 호박보다 세 배는 무거워.」

엄지로 조각 표면을 쓰다듬으면서 제이크가 말했다.

「아주 잘 만들었는데. 백 년은 된 거 같군. 이거 나한테 넘기면 안 될까?」

「왜요? 가짜라면서.」

아너가 물었다.

「박물관에 있는 것들 태반이 가짜야. 이건 합성수지로 호박을 마구 찍어 대기 훨씬 이전에 만들어진 예술품이라고. 소장할 만한 가치가 있겠어.」

「모조품도 소장한다고 해요?」

아너의 말에 레즈니코프가 큰 소리로 웃었다.

제이크는 하얀 이를 드러내면서 미소를 지었다.

「가짜만 모은 건 아니거든.」

「너무 겸손한데 그래. 고대 호박 조각에 관한 한 최고의 물건들만 소장하고 있잖아. 개인 소장품으로 그 정도 되는 물건을 보유한 사람은 별로 없지.」

레즈니코프가 말했다.

「그 가방에 또 뭐가 든 거야?」

제이크가 물었다.

레즈니코프는 고개를 저으면서 상자를 꺼냈다.

「조심스럽게 다뤄야 해.」

「이게 뭐예요?」

아너가 고개를 들이밀면서 물었다.

「펜던트 같은데. 눈은 에트루리아 양식에 코는 매부리코, 흔히 로마식 코라고들 하지. 여자 다리에 남자애 다리가 닿은 이 부분은 깨졌다가 다시 붙인 거야.」

「남자애라뇨? 아무리 봐도 내 눈엔 여자 같은데. 체구가 아주 작잖아요.」

아너가 조각을 들여다보면서 말했다.

「그것도 일종의 문화적인 선입견이야. 에트루리아의 여신이나 부잣집 마나님들은 나이 어린 소년을 애인으로 뒀다고들 하거든. 나이 먹은 여자의 얼굴 형태가 훨씬 뚜렷한데다가……, 두 사람의 몸이 합쳐진 부분을 보라고.」

그는 아너한테 확대경을 건네줬다.

「그러네요. 여자가 아니에요.」

「아마 다산을 기원하는 뜻에서 만들어졌을 거야.」

제이크가 웃으면서 말했다.

「그럼 이게 진짜란 얘기군.」

레즈니코프가 결론을 내리듯이 말했다.

「날 그렇게 만만하게 보면 안 되지.」

레즈니코프의 얼굴에 놀란 기색이 스쳤다. 언뜻 불쾌한 표정도 스쳤다. 아너는 갑자기 레즈니코프도 총을 챙겨 왔을지 모른다는 생각을 했다. 제이크도 비슷한 생각을 한 게 틀림없었다. 어색한 침묵이 흐르는 와중에 제이크는 레즈니코프의 손만 바라보고 있었다.

16

　레즈니코프는 양손을 탁자 위로 올렸다. 제이크의 목이라도 조르고 싶은 모양이었다.

「그럼 이건 뭐지?」

　제이크는 어깨를 한번 으쓱했다. 싸움이 벌어질 때를 대비해 마음의 준비는 끝낸 상태였다.

「이 조각을 보니까 뭔가 맘에 걸리는데.」

「자세히 설명해 봐. 질문은 사양이야. 진품이란 건 내가 보증하지.」

「호박이 문제가 아냐.」

「그래? 계속해 봐.」

「난 미술사가(美術史家)가 아니라고. 여자 조각의 모양이 뭔가 맘에 걸려. 그게 옷 주름인지 날개인지 아니면 다른 건지 확실하진 않지만. 크기가 너무 작아서 확실하게 말하긴 힘든걸.」

「좀더 자세히 살펴봐.」

레즈니코프가 화가 나서 차가운 목소리로 말했다. 그러다가 자신도 그게 맘에 걸렸는지 억지미소를 끌어냈다.

「그렇게 해줬으면 좋겠어.」

제이크는 호박을 집어 들고 전등을 켰다.

「금이 그렇게 깊진 않은데.」

호박 위에 무늬처럼 새겨진 잔금을 들여다보면서 제이크가 말했다.

「산소와 빛이 차단된 무덤에서 수백 년간 있었으니까 그럴 수밖에.」

레즈니코프가 끼여들었다.

제이크는 고개를 끄덕이긴 했지만 그 말이 신빙성 있게 들리진 않았다. 그는 몸을 숙이고 확대경으로 열심히 조각을 들여다봤다.

「여기 가장자리를 좀 보라고. 딴 데는 안 그런데 여기만 울퉁불퉁하잖아. 꼭 조각이 완성된 후에 깨진 것처럼 말이야. 그런데 여기 이 울퉁불퉁한 가장자리나 매끈한 부분이나 금이 간 모양은 똑같애.」

「파묻으면서 깨졌을지도 모르지.」

「그럴 수도 있겠지.」

「그렇게 생각 안 한단 얘기군.」

「그래, 진품을 복제한 거야. 눈짐작으로 대강대강 비슷하게 만든 거지. 그러고 나서 세월이 흐른 것처럼 보이려고 가마나 뜨거운 모래에 구웠을 거야.」

레즈니코프는 전등으로 조각을 비춰 보았다. 제이크가 옆에서 확대경을 건네줬다. 한동안 침묵이 감돌았다. 레즈니코프가 나지막하게 러시아 말로 뭐라고 중얼거렸다. 표정을 보니 욕지거리가 분명했다.

그는 호박을 상자에 집어넣었다. 아무렇게나 집어넣는 폼을 보니 생각이 바뀐 것 같았다.

「난 자네에 비하면 아무것도 아니라고 했잖아.」

레즈니코프가 가방을 벌리고 다른 물건을 꺼내려는데 문이 열렸다. 제이크는 굳이 쳐다보지 않고도 앨런이란 걸 알았다.

앨런은 재빨리 방 안을 살펴보고서 입을 열었다.

「어머, 미안합니다. 화장실인 줄 알았어요.」

앨런은 부드럽게 미소를 지으면서 나갔다. 대신 그녀는 문을 꼭 닫지 않았다.

레즈니코프가 일어나서 의자를 가져다가 문을 막았다. 뒷골목으로 통하는 다른 문에도 의자를 세워 두었다. 그러고는 자리로 돌아와서 상자를 꺼냈다.

와인빛 벨벳으로 감싼 보석은 상아를 연상시켰다. 제이크가 조심스럽게 그걸 들어올렸다. 저 조심스러움, 호박을 다룰 때도 그랬고 아너 자신을 애무할 때도 그랬다. 달빛과 시간의 정수를 빼내서 만든 결정체라도 되는 것처럼 소중하게 다뤘다.

「묵주군. 16세기 정도에 만들어진 거 같은데. 그 전에 만들어졌을 수도 있고. 솔잎 성분이 함유된 물질을 써서 호박을 구슬 모양으로 세공한 거야. 아주 진귀한 거지. 세공도 굉장히 잘 됐어. 묵주알 사이의 금줄도 세공이 정교하고. 그건 은 십자가도 마찬가지야. 확대경 좀 건네주겠어?」

레즈니코프는 제이크의 손바닥에 확대경을 떨어뜨렸다. 그는 확대경으로 묵주알을 살펴보았다.

「최고품이야. 시험해 볼 필요도 없겠어.」

「왜요?」

아너가 물었다.

「세공된 면의 가장자리나 묵주알에 뚫린 구멍을 잘 살펴봐. 닳아빠진 상태를 보면 당시 물건인지 아닌지 알 수 있어.」

제이크는 조심스럽게 호박을 상자에 넣으면서 기묘한 미소를 지었다.

「왜요?」

아너가 물었다.

「음, 잠시 호박에 관해 생각하고 있었어. 원래 호박은 부적으로 쓰였거든. 호박에는 악을 물리치고 선을 불러모으는 힘이 있다고 생각했지. 이런 묵주를 소지한 당시의 귀족들은 호박으로 묵주를 만드는 걸 금지

했어. 가난한 농노들은 노끈 같은 걸로 기도를 하라면서 말이야.」

아녀는 반쯤 감긴 제이크의 눈을 쳐다보았다. 나지막한 목소리엔 감정이 배여 있었다.

「금지해 봤자 별수 없었겠죠. 인간은 원래 신이나 삶을 찬미하기 위한 수단으로 끊임없이 예술을 추구했으니까요.」

아녀가 입을 열었다.

「그래, 맞는 말이야. 언젠가 발트해 근처에서 어떤 여자가 땔감을 구하려다가 해변에 굴러다니는 돌을 발견했지. 그런데 나무보다는 그 돌이 더 잘 탄다는 사실을 알게 된 거야.」

「그럼 호박을 태웠단 말이에요?」

아녀가 놀라서 물었다.

「증명할 순 없지만 분명히 그랬을 거야. 발트해 근방은 굉장히 춥고 습기가 많은 지역이라 젖은 나무로 불을 때기란 쉬운 일이 아니지. 광산 근처에 살던 농부나 군인들도 호박이 땔감으로 아주 적당하다는 걸 알게 됐을 거야. 전쟁 중엔 살아남기 위해 호박을 태우기도 했을 테고.」

「세상에, 보석을 그런 식으로 없애다니.」

「분명 그 여자들은 예술적인 소질이 풍부했을 거야. 나무로 조각해 봤자 일이백 년이 지나면 흔적도 없이 사라질 테지만 호박으로 조각하면 썩지 않아. 땔감으로 호박을 사용하던 바로 그 여자들이 석기시대의 희귀한 예술품을 남겼을 거야. 호박은 그걸 만든 당사자들과 그의 후손들이 사라진 뒤에도 남았겠지. 석기시대 문화가 소멸하고 나서도 변함없이 말이야.」

아녀는 카일 오빠가 제이라는 남자에 관해 했던 얘기가 떠올랐다. 석기시대의 호박 작품을 모은다는 사람. 오빠는 호박에 대한 제이크의 열정이 단순한 소유욕에서 기인한 게 아니라 과거의 문화를 이해하는 차원에서 비롯했다는 얘기는 안 했다.

레즈니코프는 다른 상자를 꺼냈다. 이번엔 크림색 비단에 싸여 있는 보석이었다. 10센티미터 정도 되는 적황색 호박이었는데, 끝으로 갈수록 두꺼워지는 원통 모양이었다. 한쪽 끝엔 세공을 거치지 않은 호박이 덩어리째 박혀 있었다. 다른 쪽 끝은 아무런 장식이 없었다.

아녀는 고개를 갸웃거렸다. 생김새가 왠지 친근한 느낌을 줬다. 세공한 부분은 부드러운 곡선이며 작은 주름들이 굴곡을 이루고 있었다. 손끝으로 움푹 파인 부분의 감촉을 느껴 보고 싶었다. 순간적으로 왜 그렇게 친밀감을 느꼈는지 깨달은 아녀는 재빨리 손을 뺐다.

「괜찮으니까 만져 봐. 물릴 염려도 없는데.」

제이크가 웃으면서 말했다.

「이것도 다산을 비는 거예요?」

「아닐걸. 사람들은 호박이 초자연적인 힘을 갖고 있다고 믿었거든. 발트해에 전해 내려오는 민담에 의하면, 호박 목걸이를 걸고 거짓말을 하면 목이 졸린다고 생각했대. 병이나 사고를 막기 위해 갖가지 모양의 부적을 만들었지. 호박으로 만든 성기는 가장 강력한 부적으로 통했다는군. 이걸 걸고 있으면 사술(邪術)로부터 보호받을 수 있다고 생각한 거야.」

「남성 위주의 문화였나 봐요. 그러니까 그런 웃기지도 않은 걸 생각해 냈겠죠.」

「당연하지. 대부분의 문화가 그렇다고.」

「여자한테 배워서 말이죠.」

제이크가 웃었다.

「찾을 게 있으니까 잠깐만 들고 있어 봐.」

아녀는 미처 싫다는 말도 못하고 손바닥만한 성기 조각을 받아 들었다. 확실히 조각은 섬세하고 정교했다.

이 고대 부적을 가져다가 장식품을 만들 수도 있을 텐데, 하는 생각도 들었다. 브로치나 펜던트 같은 장식품을.

금줄에다 펜던트를 다는 거야. 포도넝쿨 모양의 길고 우아한 금줄로 호박을 감싸고……

「이걸로 문질러 봐. 화장지가 붙는지 한번 보자고.」

제이크가 천 조각을 건네줬다. 아너는 천 조각을 받아 들고 천천히 호박을 문질렀다.

「이젠 됐어. 화장지로 문질러 봐.」

아너는 화장지로 뭉툭하고 둥근 부분을 문질렀다. 화장지가 호박에 달라붙었다.

「정전기가 엄청나네요.」

「합성수지도 어떤 것들은 정전기를 발생시키지.」

제이크가 라이터를 손으로 돌리면서 레즈니코프한테 물었다.

「바늘을 써도 될까?」

「꼭 그래야 한다면. 좀 걱정이 되긴 하지만 말이야.」

「내가 하면 안 돼요? 아주 조심스럽게 다룰게요. 진짜처럼 말이죠.」

아너가 짓궂은 미소를 흘리면서 말했다.

제이크는 아너를 한번 째려본 뒤, 바늘을 불에 달궜다. 그러고 나서 뭉툭한 부분에 바늘을 살짝 댔다. 조금 있으니까 송진 타는 냄새와 백만 년 전의 햇빛이 머금었던 냄새가 섞여서 코를 파고들었다.

「합성수지는 아니로군.」

그는 손전등을 켜고 확대경으로 조각을 살펴봤다.

「그래도 천연 호박은 아니야. 곡선이며 주름이 형틀의 압력 때문에 평평해졌거든.」

「또 모조품이에요?」

아너가 물었다.

「모조품이라고 하는 사람도 있고 호박에 포함시키는 사람도 있어. 어쨌든 고대에 만든 건 아니야. 조그만 조각으로 커다란 호박을 만들어 내는 기술은 19세기 후반에야 도입됐으니까.」

제이크는 레즈니코프한테 조각을 건네줬다.

「굉장한 목걸이로 만들 수 있을 텐데. 저걸 목에 걸고 있으면 위험한 일은 없을 거 아니에요.」

아너가 아쉬워하며 말했다.

「호박보다 더 좋은 걸로 만든 남근상(男根像)을 갖고 있으면서 괜히 욕심 부릴 거 없잖아. 당신 몸 어느 한 군데 안전하지 않은 곳이 없으니까 걱정할 거 없어.」

아너는 제이크의 말에 얼굴을 붉히지 않으려고 안간힘을 썼다.

「그래요? 그럼 그것도 바늘로 찔러 봐야겠네요. 가짜일 수도 있잖아요.」

「진짜야. 내 말 믿어.」

「남자들은 원래 그렇게 자신만만하더군요.」

레즈니코프는 킥킥거리면서 상자를 탁자 위에 올려놓았다.

이번엔 호박이 여러 개 합쳐져서 복잡하면서도 정교한 모자이크를 이뤘다. 왕가의 문장(紋章)으로 보였는데 빠진 모자이크 조각들이 몇 개 있었다.

「이것도 호박이에요?」

「조금 있다 대답해 줄게. 내 대신 자네가 진테라스가 뭔지 설명해 주라고.」

「리투아니아 말로 수호자란 뜻이에요.」

레즈니코프가 아너한테 말했다.

「특별히 부적으로 목에 거는 호박을 말하기도 하죠. 제이크도 두 마리 용이 엉킨 모양의 목걸이를 하고 있어요. 중국에서 만든 거죠. 고대 중국에서는 호박에 호랑이의 영혼이 깃들어 있다고 믿었거든요.」

순간, 제이크의 가슴에 매달려 있던 황금색 펜던트가 떠올랐다. 요란한 자명종 소리 덕에 제이크가 반나체나 다름없는 복장으로 별장 문을 두드렸을 땐 분명히 그 목걸이를 걸고 있었다. 어젯밤엔 그 펜던트를 본 기억이 없었다.

「그럼 지금은 그걸 걸고 있는 거예요?」

「그럼.」

「어젯밤엔 왜 안 했어요?」

「나중에 말해 줄게.」

그는 눈앞에 있는 호박에서 시선을 떼지도 않고 말했다.

제이크가 작업하는 동안 레즈니코프는 아너한테 호박에 관한 얘기를 들려 주었다. 그는 호박을 고대 발트해 문화의 암흑시기에 다가온 따스한 햇살로 묘사했다. 질병을 고치고 전쟁에서 생명을 지켜 주고 죽을 때 영혼을 돌봐 주는 존재. 호박은 켈트족 문화에서 태양신의 상징이라고 여겨졌다. 부족의 시조(始祖)에게 바친 재물이었고, 여신 주아라테의 눈물이라고 일컬어진 호박. 여신은 인간과 사랑에 빠졌다. 결국 예언대로 그를 죽음에 이르게 했고 그 자신은 영원한 고통의 나락에 떨어졌다……

호박, 만졌을 때 온기를 느낄 수 있는 유일한 광물. 칼로도 조각을 할 수 있는 광물은 호박밖에 없었다. 가죽으로 문지르면 생명체처럼 달그락 소리를 내는 광물, 비밀을 간직한 바다의 품에 안겨 수면을 떠다니는 광물, 신성한 존재의 실체로 여겨지던 호박, 인간의 끝없는 욕망을 상징하는 호박.

「아주 괜찮은 물건인데.」

제이크가 고개를 들고 말했다.

「18세기에 유행했던 기법으로 만든 조각 중에서도 아주 빼어난 축에 속하겠어. 누군가 빠진 자리에 도미니카산 호박을 채워 넣지 않은 게 다행이지.」

「저번의 그 탁자 때문에 그러는 거야? 그래도 그건 영광스러운 실수였다고.」

레즈니코프는 조용히 웃으며 말을 이었다.

「앰버룸 전체를 다 봤으면 소원이 없겠어. 사실 패널화만 봐도 여한이 없을 것 같애. 거기 들어서면 황금빛 태양이 만들어 낸 별세계에 다시 태어난 기분이 든다고 하던데.」

레즈니코프가 말했다.

제이크는 순식간에 마음이 냉정해졌다.

「나라면 앰버룸이 몽땅 불타서 재만 남았다는 쪽에 돈을 걸겠어.」

그는 일어나려는 사람처럼 의자를 뒤로 밀었다.

「그렇게 서두를 것까진 없잖아. 친구가 봐야 할 게 아직 남아 있다고.」

제이크는 아너를 바라보았다.

「혹시라도 나만 빼놓고 볼 생각은 말아요.」

아너가 재빨리 덧붙였다.

「나오는 호박들마다 하나같이 너무 멋지잖아요. 디자인 하나하나가 머릿속에 쏙쏙 들어온단 말이에요.」

그 말을 듣고 제이크는 따뜻한 미소를 지었다.

레즈니코프는 길고 가는 상자를 꺼냈다. 지나치다 싶을 정도로 화려한 상자였다. 상자를 둘러싼 가죽은 물론 쥠쇠며 경첩까지 금으로 장식한 상자였다.

상자 안엔 검은 스웨이드 천이 안감으로 깔려 있었다. 크기가 다양한 여덟 개의 칸 안에 호박들이 채워져 있었다. 우아하기만 한 상자에 비하면 조각 자체는 너무 단순하고 거칠었다.

제이크가 휘파람을 불었다.

「이거 다 모으느라고 몇 사람이나 죽인 거야?」

「제이콥, 역시 유머 감각이 풍부하군.」

「농담 아니야.」

「다친 사람 하나 없었으니까 안심하라고.」

「그 말을 믿을 수 있으면 좋겠지만…….」

「사실이야.」

「그럼 누군가 자연사했겠군.」

제이크가 못 믿겠다는 듯이 말했다.

「누군지 수집가 손에서 이걸 잡아 빼느라고 고생 좀 했을걸. 이런 걸 순순히 내주려는 사람이 어딨겠어. 물론 진품일 때의 얘기겠지만.」

「그래서 내가 친구를 부른 거잖아. 진품인지 확인하려고.」

아무 말 없이 제이크는 고개를 숙이고 조각을 들여다봤다. 아너한테
는 제이크의 태도가 변했다는 게 확연히 느껴졌다. 아까는 그저 열심히
들여다보는 정도였는데 지금은 완전히 몰입해 있었다. 저런 모습을 꼭
한 번 본 적이 있었다. 어젯밤, 아너한테 육체적 쾌락과 열정을 가르쳐
주면서 저런 모습을 하고 있었다.

첫번째 조각은 조그만 도끼처럼 보였다. 손끝으로 부드럽게 조각을
더듬는 제이크를 보자, 아너는 숨이 가빠졌다. 전날 밤의 기억이 떠올랐
기 때문이었다.

「굉장히 매끈매끈한데. 구멍을 뚫어 놓은 자리는 조각이 완성된 이후
에 다듬은 거 같군.」

「이것도 부적이에요?」

「일종의 부적이라고 할 수 있겠지. 호박을 갖고 있으면 불사의 몸이
된다고 생각했거든. 신석기시대엔 무덤 안에 호박으로 만든 부장품(副葬
品)을 넣어 두곤 했지. 이런 도끼가 죽은 사람한테 주는 최고의 선물이
었을지도 모르지.」

레즈니코프는 아무 말 없이 고개를 끄덕였다. 그는 호박이 아니라 제
이크 쪽을 뚫어져라 쳐다보고 있었다.

제이크는 조각을 손에 다시 틀어쥐고 손톱으로 표면을 살짝 긁었다.
생각한 대로 자국이 하나도 남질 않았다.

「이번엔 바늘을 쓰지 말아야겠어.」

「그럼 이건 진품이에요?」

아너가 물었다.

「그거야 두고 봐야지. 아무튼 진품일지도 모르는데 섣불리 자국을 낼
순 없잖아.」

「완전히 진퇴양난이네요.」

「아니.」

제이크는 상자에 조각을 넣고서 들고 온 가방 안에서 몇 가지 물건
을 꺼냈다. 머그잔 정도 되는 유리병들이었는데, 투명한 액체들이 채워

져 있었다. 그는 병 하나를 열고 그 안에 도끼를 집어넣었다. 호박이 병 바닥으로 가라앉았다.

「그건 뭐예요?」

「증류수.」

제이크는 도끼를 건져내서 조심스럽게 말렸다. 그러고 나서 두 번째 병을 열고 다시 집어넣었다. 아까와 다르게 도끼는 액체 위로 떠올랐다.

「이번 건 뭐예요?」

「비중이 1.05정도 되는 소금물이야.」

제이크는 고개를 들지도 않고서 말했다.

「이게 투명한 호박이라면 세 번째 병에 넣어 봐야 해. 그 안엔 비중이 더 높은 소금물이 담겨 있지. 투명한 호박이 불투명한 쪽보다 밀도가 높아서 아주 극소량의 공기만 닿아도 뿌옇게 되거든.」

그는 조심스럽게 도끼를 건져서 말렸다.

제이크는 도끼를 상자 안에 넣고 다른 조각을 꺼내 들었다. 그의 눈동자가 빛을 발하면서 입가에 긴장이 서렸다. 어젯밤을 같이 보내지 않았다면 그런 미묘한 감정의 변화는 포착하기 힘들었을 것이다.

그녀는 레즈니코프를 쳐다보았다. 레즈니코프의 얼굴에 아무런 변화가 없었다. 그저 희망과 불안이 교차하는 얼굴이랄까.

제이크는 상자에서 다른 조각을 꺼냈다. 언뜻 보니 말 같았다. 너비 12센티미터, 길이 10센티미터 정도 되는 크기였다.

현대적인 심미안에서 본다면 조악하기 짝이 없었다. 말의 목과 엉덩이에 이르기까지 조그만 구멍들이 뚫려 있었고 다리는 서로 가깝게 붙어 있었다. 전체적으로 활처럼 구부러진 몸에서는 생동감이 넘쳐흘렀다.

「말처럼 보이는데요. 네팔이나 티벳의 고원에서 뛰어 놀던 야생마 같아요.」

「그런 야생마를 모델로 만든 걸지도 모르지. 당연히 7천 년 전엔 야생마들이 흔해 터졌을 테니까.」

「7천 년이요?」

아녀가 놀라서 물었다.

「그보다 더 오래됐을 수도 있어.」

아녀는 고개를 숙이고 조각을 좀더 자세히 살펴봤다. 상아나 뼈를 사용해서 조각한 것처럼 보였다. 그래도 제이크의 태도를 봐서는 호박이라고 생각하는 게 틀림없었다. 조각을 소금물에 집어넣었더니 위로 떠올랐다.

「호박이 맞네요.」

제이크와 레즈니코프는 아무 말이 없었다. 제이크는 조각을 하나씩 꺼냈다. 모두 병 안에 들어갈 만큼 크기가 작았다. 조각들은 하나같이 소금물 위로 떠올랐다.

여덟 번째 조각은 원시인의 입상으로 길이 14센티미터, 너비 6센티미터 정도 되는 크기였다. 무릎 아래가 떨어져 나갔지만 오랜 세월이 흐르면서 자연스럽게 다듬어진 형태였다. 조각한 사람이 얼굴엔 별로 손을 안 댄 모양이었다. 뭔가 생각하는 듯한 눈과 선이 뚜렷한 코, 그나마 입은 닳았는지, 아니면 아예 처음부터 없었는지 형태가 남아 있지 않았다. 겨드랑이에는 조그만 구멍이 두 개 뚫려 있었다.

「펜던트였거나 배지였겠지. 그게 아니면 동굴 입구에다 매달았던 부적일 수도 있고.」

제이크가 조용히 덧붙였다.

「정말, 아주 괜찮은 작품인데.」

「차라리 딴것들이 더 정교하지 않아?」

레즈니코프가 끼여들었다.

「그만큼 부적으로서의 효력이 떨어지지. 이걸 만든 사람은 조각이 너무 실감나지 않게 신경 썼던 거 같애. 나중에 무슨 일이 생길지 모른다고 생각해서 말이야. 석기시대 사람들은 생사에 대한 관념이 우리와 달랐거든. 생과 사를 다양한 종류로 나눴던 거 같애.」

제이크가 조각을 손톱으로 문질렀다.

「이건 진짜예요?」

「그런 거 같애. 부피가 너무 커서 병에 집어넣긴 힘들겠고.」

「바늘로 안 지져 봐요?」

「그렇게 혀를 막 놀리다간 깨물리는 수가 있지.」

제이크는 고개를 들고 씩 웃어 보였다.

「이따 보자고.」

「가슴이 막 뛰네요.」

비꼬듯이 한 말이었는데도 제이크는 슬며시 미소를 지었다. 무쇠라도 녹일 만한 미소였다. 불행하게도 아너 자신은 무쇠하곤 비교할 수도 없이 약한 존재였다.

「최고야. 예술적인 면이나 보석으로서의 가치, 모두 뛰어나. 한마디로 값어치를 따질 수가 없을 정도랄까.」

제이크가 조각을 상자에 넣으면서 말했다.

「값어치를 따질 수 없는 건 없지.」

레즈니코프는 제이크를 돈으로 사고 팔 수 있는 물건처럼 생각하고 있음이 분명했다. 정확히 말하자면 그의 능력이겠지만.

아너는 제이크가 레즈니코프한테 달려들지나 않을까 싶어 심장이 두근거렸다. 하지만 제이크는 미소를 지었다. 분명히 여자들이 보면 가슴이 두근거릴 그런 미소는 아니었다.

「그래서 무슨 얘길 하고 싶은 거야?」

제이크가 가방을 들면서 말했다.

「우리를 위해 일해 주면 '이머징 리소스'가 러시아에서 다시 자리를 잡게 해주겠어.」

순간 제이크의 손이 멈칫했다. 그 동안 내내 바라던 일이었다.

「임무를 제대로 완수하면 발트산 호박 산업의 총 대리인이 될 수 있게 해주지. 원한다면 러시아의 모든 호박은 친구 손을 먼저 거친 다음에 시장에 나갈 수 있게 할 수도 있고.」

아너는 레즈니코프의 말에 놀라 숨을 몰아쉬면서 제이크를 처다봤지만, 그는 아무렇지도 않게 가방을 챙기고 있었다.

「임무를 완수하지 못한다고 해도, 호박으로 만든 백여 점의 예술품을 건네주지. 오늘 진품이라고 확인한 물건들 이상으로 괜찮은 작품으로 말이야. 국보급 보물 4백여 점 중에서 맘대로 고르기만 하면 된다고.」

제이크의 눈이 커졌다가 이내 가늘어졌다.

「그럼 아직도 러시아 정부 소속이란 얘기군.」

「그게 무슨 상관이야. 내가 누구 밑에서 일하건 친구가 보수를 받는 덴 지장 없잖아.」

잠시 동안 침묵이 뒤따랐다. 마침내 제이크가 입을 열었다.

「나한테 뭘 바라는데?」

「카일 도노반이 훔쳐간 앰버룸의 패널화를 찾아서…….」

「우리 오빠가 훔친 게 아니에요!」

레즈니코프는 아녀를 흘낏 쳐다보면서 음흉스러운 미소를 지었다.

「물론 그러시겠죠. 그럼 말을 좀 바꿔서 할까요?」

그는 제이크한테 시선을 다시 돌렸다.

「앰버룸의 패널화를 찾아. 카일 도노반이 칼리닌그라드에서 러시아까지 갖고 간 화물 안에 같이 들어 있던 거 말이지. 앰버룸을 팔 때 구매자들한테 제시물로 보여 주려고 내놓을 거야. 경매가가 최소한 6억 달러부터 시작될 거라나.」

「내가 호박을 훔치지 않았다고 보는 이유가 뭐지?」

제이크가 차분하게 물었다.

「친구가?」

레즈니코프가 크게 웃었다.

「친구는 너무……, 그러기엔 너무 어……, 정당하잖아.」

「정직하잖아가 맞겠지.」

「그래.」

레즈니코프가 고개를 재빨리 끄덕였다.

「바로 그거야. 정직하지 않다고 치더라도 동료를 배신하는 건 친구한테 안 어울리거든.」

레즈니코프가 단정적으로 하는 말을 듣고 있으려니까 아너는 맘이 불편했다.

「제이크와 오래 전부터 알고 지낸 사이예요?」

「몇 년 됐을걸요. 같은 편일 때도 있었고 아닐 때도 있었지요. 자연히 이 친구가 배신이란 걸 모르는 타입이란 걸 알게 됐어요.」

그는 제이크를 쳐다보면서 다시 물었다.

「그래서 대답은?」

「누굴 위해 일하는 거야?」

「친구가 보수로 받을 호박은 정당하게 얻은 거니까 걱정하지 마. 샘랜드 반도 근방의 석호에서 채취한 거야.」

「직접?」

「아니. 여러 박물관에서 이 상자 주인한테 기증한 거지.」

「기증? 누가 그렇게 맘이 좋아?」

「소비에트 연방이 자본을 많이 확보한 시절도 있었어. 지금은 규모도 작아지고 가난해졌지만.」

「어쩌다 보니 그렇게 됐겠지.」

제이크는 잠깐 동안, 오랜 세월 전에 인간의 손을 통해 깎고 다듬어진 예술품들을 바라보았다. 아주 천천히 그는 상자 뚜껑을 닫았다.

「아무래도 안 되겠어, 페튀르. 난 한 번에 한 사람하고만 일하니까.」

「친구가 카일 도노반과 공모해서 일을 꾸몄다니 말도 안 돼.」

「그건 아니야.」

「그럼 왜 싫다는 거지? 냉전 때처럼 양국이 적대관계도 아닌데.」

「정치와 관계없어.」

제이크는 아너의 손을 잡아 입술에 갖다 댔다.

「지금 난 미스 도노반과 같이 일하니까 안 돼. 우린……, 아주 가까운 사이거든.」

제이크의 따뜻한 숨결이 피부를 간질이는 바람에 몸이 떨려 왔다.

「오늘 대답하지 않아도 돼.」

레즈니코프가 앙다문 입술로 말했다.

「내일까지 생각할 시간을 줄 테니까. 혼자 잘난 맛에 살다간 큰코다치는 수가 있어. 제이콥, 앰버룸을 혼자서 통째로 차지하긴 힘들걸.」

「그럴 생각 없어.」

레즈니코프는 제이크를 한참 동안 뚫어져라 응시했다. 그는 제이크가 진심이라는 걸 알고 고개를 끄덕였다.

「그럼 제안을 다시 하지. 여기 이 도노반 양하고 같이 파리나 로마, 아니면 런던 같은 데 갔다 오라고. 비용은 내가 댈 테니까. 한 달 정도 거기서 지내다 오는 거야.」

그는 의도적으로 상자를 다시 한 번 열어 보였다.

「그 뒤에 어떤 결정을 내리든 이건 내 작은 정성이니까 받아 둬.」

호박은 오래 전에 죽은 사람들의 열망과 비밀을 간직한 채 반짝거리고 있었다.

제이크는 아녀를 일으켜 세우면서 자기도 일어났다.

「내일까지 갈 것도 없어. 대답은 벌써 했으니까. 내 말 알아들었어? 아녀, 작별 인사 해야지.」

제이크는 아녀한테 가방을 건네주고 왼손으로 팔을 잡았다. 그리고 뒷문 쪽으로 아녀를 데리고 갔다.

「마음이 바뀌면 연락해. 아나커티스 호텔에 있을 테니까.」

「그런 일은 없을 거야.」

「아니, 마음이 바뀔걸. 내 윗사람들은 설득하는 덴 대가들이거든.」

제이크는 문 앞에 놓인 의자를 걷어차고 아녀를 먼저 내보냈다. 그제야 아녀는 제이크가 오른쪽 다리께에 총을 숨기고 있었음을 깨달았다. 그는 왼손으로 트럭 열쇠를 꺼내서 아녀한테 던졌다.

「운전해.」

처음으로 아녀는 아무 소리 없이 제이크가 하라는 대로 했다.

17

「여기서 좌회전해. 내 집으로 갈 거니까.」

제이크가 말했다.

「맘대로 해요. 난 오빠 별장으로 돌아갈 테니까.」

아너는 제이크의 말을 무시해 버렸다.

제이크는 고개를 돌리고 아너를 쳐다보았다. 고집스럽게 다문 입매가 모든 걸 말해 주고 있었다.

「아까 거기서 있었던 일을 다시 설명해 줘?」

제이크가 조용히 말했다.

「나도 거기 같이 있었는데 무슨 설명을 해요?」

「몸은 있었지만 머리는 따로 놀았나 보지. 그러니까 혼자서 별장으로 돌아가겠다는 헛소리를 하는 거 아냐.」

아너는 제이크가 하는 말이 옳다는 걸 알고 있었다. 그렇긴 해도 같이 밤을 보낼 순 없었다.

「레즈니코프는 당신이 날 배신 안 할 거라고 믿는 거 같던데, 우리가 거기에서 뭘 했는지 모르고 한 소리겠죠?」

「뭘 했는지 모른다고? 한 시간 동안 최고의 예술품을 감상하고 왔잖아.」

「나도 거기 있었어요.」

「아마 러시아 국립 박물관 몇 군데에서 가져온 물건들일 거야. 시사하는 바가 크지. 페튀르는 정부 비밀 요원 자격으로 일하는지도 몰라. 그게 아니면 칼리닌그라드의 마피아들하고 연결돼 있거나. 발트해 연안 국들이 보유한 호박 광산의 개발권과 매매를 뒤에서 조종하고 싶어하는 작자들이야. 우리가 오늘 본 것들은 페튀르가 훔친 걸지도 모르지. 날 매수해서 더 큰 물고기를 잡으려고 말이야.」

「앰버룸이요?」

「정보를 얻고 싶어서 그럴 수도 있어. 누가 훔쳐갔고, 어떤 방식으로 러시아에서 빠져 나갔는지, 무엇보다 동기가 뭔지…….」

「그거야 재물욕이지 뭐예요.」

「내 말은 구체적으로 뭘 위해서 그랬느냐는 말이야. 그냥 호박 자체를 얻으려고? 돈 때문에? 아니면 복수? 권력 때문에? 페튀르도 뭔가 꿍꿍이속이 있겠지. 사실 모든 걸 다 얻을 속셈이라고 해도 이상할 거 없어. 워낙 배짱도 있고 머리가 비상한 녀석이니까.」

아녀는 재빨리 제이크를 쳐다보았다. 접근하기 힘들 정도로 차가운 표정을 하고 있었다. 갑자기 맘이 불편해졌다. 제이크의 이런 면은 아녀한테 생소했다. 만일을 대비해서 총을 소지하고 다니는 사람, 상황이 급박해지면 당연히 방아쇠를 당기겠지.

「누가 호박을 훔친 거 같아요?」

아녀가 물었다.

「카일은 화물을 들고 칼리닌그라드 바깥까지 나갔어. 난 그 뒤를 쫓아서 러시아까지 갔다가 ‘도노반 인터내셔널’한테 한 방 먹었지.」

「그게 무슨 말이에요?」

「말 그대로 한 방 먹었다고. 나보다는 '도노반 인터내셔널' 쪽이 연줄이 많아. 내가 아무리 질문을 해도 입 한 번 뻥긋 안 하더군.」

「그건 말도 안 돼요. 우린 오빠를 찾고 싶지 않은 줄 알아요? 다들 오빠를 사랑한다고요.」

「맞는 말이야. 그러니까 내가 카일을 못 찾게 하려는 거지.」

「이봐요, 큰오빠 말로는 증거가 너무 그럴듯해서 믿기가 힘들대요. 누가 뒤에서 조작한 것처럼 보일 정도로 말이에요.」

「자기가 무슨 일을 하는지도 모르면서 멍청한 짓거리를 저질렀나 보지.」

「왜 오빠한테 죄가 없다는 생각은 못 해요?」

「그랬다가는 내가 죄를 뒤집어쓰게 될 텐데, 그럴 순 없지. 귀염둥이, 난 당신 오빠 대신 십자가를 짊어질 생각은 없어.」

「다른 사람이 그 웃기지도 않은 패널화인지 뭔지를 훔쳤을지도 모르잖아요. 왜 당신 아니면 카일 오빠예요?」

제이크는 나지막하게 욕지거리를 내뱉으며 백미러를 다시 한 번 쳐다봤다. 아직까지 뒤를 미행하는 차는 없었다. 제이크는 총에 안전장치를 걸고 글러브박스에 넣었다.

「카일은 자유를 부르짖는 리투아니아의 여전사한테 혹했거든. 여전사가 아니라 테러리스트라고 해야 하나. 정치적 입장에 따라 부르는 호칭도 달라지겠지.」

「혹하다니요? 사랑이란 말이 당신한텐 욕이나 다름없나 보죠? 그 말하면 입이 썩기라도 한대요?」

「웃기는 소리.」

「다른 남자들하곤 달라서 우리 오빤 누군가를 사랑할 줄 안다고요.」

「지금 나 들으라고 하는 소리야?」

「명백한 사실인데 뭘 그래요.」

「명백한 사실 얘기가 나와서 하는 말인데 몇 가지 일러주지. 듣고 나면 카일 대신 죄를 뒤집어쓰는 기분이 어떤지 조금은 이해할걸.」

아녀는 운전대를 꽉 붙들었다.

「난 ‘이머징 리소스’라는 회사를 갖고 있어. 우리가 주로 하는 일은 서방 선진국들이 러시아에서 자리잡고 일할 수 있게 도와주는 거야. 노력과 운이 따르면 러시아의 경제적, 사회적인 혼란도 가라앉을지 모르지. 경제가 살아나려면 경화(硬貨, 국제적 거래에서 금이나 각국의 통화로 바꿀 수 있는 돈)가 중요해. 칼리닌그라드와 리투아니아에선 호박을 이용해 어떻게 경화를 얻어 낼 수 있는지 정부 쪽에다 직언을 해줬지. 뭐 비공식적이긴 했지만. 경화와 연화(軟貨)의 차이가 뭔지는 알지?」

「경화는 전세계의 어떤 화폐하고도 교환이 가능한 거잖아요. 연화는 그게 안 되고요. 자국 내에서는 효력이 있지만 그 나라 밖으로 나가면 쓰레기나 다름없죠.」

「역시 도노반 집안 사람들은 하나같이 장사꾼 기질이 있다니까.」

제이크가 살짝 미소를 지었다.

「경화가 없으면 해외 시장에서 물건을 사들일 수가 없지. 그럼 러시아 연방은 가난과 굶주림에 시달리다가 급기야 혁명이 발발할 공산도 커진다고. 제대로 된 국가라면 그런 사정에 맞춰 정책을 짜겠지.」

「그런데 거기서 왜 앰버룸 얘기가 나와요?」

「별로 좋지 못한 동기가 있었을 거야. 그거 하나는 확실해.」

구름이 몰려와 빛을 가리면서 바깥은 점점 더 어두워졌다.

「러시아인들한테 있어서 앰버룸은 나치의 탐욕이자, 러시아인들의 피요, 2차대전의 악몽을 상징하는 존재야. 위대한 차르 시대의 일면이기도 하고. 다시는 그런 전성 시대가 찾아오지 않으리란 생각에 다들 두려워하고 있지. 공산주의 때문에 경제가 엉망이 됐다지만 사람들의 기를 다 빼놓은 게 더 큰 문제라고. 과거 차르를 비롯한 전제군주 치하에서도 이 정도로 기가 꺾이진 않았어.」

아녀는 언젠가 아버지한테 들었던 말이 떠올랐다. 당시 페이스와 같이 사회주의 국가 쪽으로 사업을 확장하려고 생각했었다. 아버지는 별로 탐탁지 않게 여겼다. 오빠들은 벌써부터 그쪽에서 일하고 있는데도 말이다.

「아버지도 비슷한 얘길 하신 적이 있어요. 거기에 관해선 아처 오빠도 생각이 같더라고요. 사사건건 다투면서도 그 일만은 웬일인지 두 사람 다 공감하더라고요. 그렇긴 해도 러시아 정부에서 앰버룸을 손에 넣으려는 이유가 뭐예요?」

「이태리 마피아들이 하는 짓거리와 똑같지 뭐. 국보급 명화를 훔쳐냈었잖아. 한마디로 이권 다툼이지. 범죄 집단과 합법적인 정부가 같이 손잡는 경우가 비일비재하지만 그래도 엄연히 구분될 수밖에 없어. 아직까지는.」

「리투아니아 테러리스트들 얘길 했는데, 그 사람들은 왜 앰버룸을 노리는 거죠? 그걸 팔아서 무기를 확보하려고요?」

「그럴 가능성도 있지. 조금 더 머리를 쓰면 자기들 독자적인 화폐 단위를 만들기 위해 앰버룸을 이용할 수도 있겠지. 러시아의 지배에서 벗어나는 계기로 삼기 위해 말이야. 그러려면 우선 제대로 된 정부, 진정한 자치권 같은 게 필요한 법이야. 사실 더 이상 연합국들이 떨어져 나갔다간 러시아도 붕괴될 위험이 있다고.」

「그 여자는 또 뭐예요? 목적이 뭐래요?」

「마르주?」

「아뇨, 빨간 재킷을 입고 있었던 여자요.」

「아, 앨런 라자루스. 나랑 같이 일한 적이 있었지.」

「미국 정부에서요?」

아녀가 아무렇지도 않게 물었다.

「정부 산하 기관이지. 정부 전체의 일을 도맡아 하는 사람은 없잖아. 대통령이라고 해도 그렇지. 그나저나 앨런은 신경 쓸 거 없어. 거기에서도 다른 사람들처럼 앰버룸을 손에 넣으려는 거라고.」

「왜요?」

「이유는 말 안 해줬어.」

「짐작 가는 것도 없어요?」

「정치적, 국제적 평화? 그쪽에서 잘해 주면 이쪽도 잘해 주겠다. 그런 관계로 있을 동안은 쌍방이 편하게 지낼 수 있다, 뭐 그런 거겠지.」

「제이크 맬러리의 첫번째 신조가 그거 아니에요?」

아녀가 비꼬듯이 말했다.

「영원한 사랑이니 영원한 생명, 영원한 제국 같은 말들은 믿을 게 못 돼. 영원한 건 없으니까. 안 그래, 하니?」

「호박은요?」

「그것도 마찬가지야. 거의 가깝다고 할 수 있지만. 신석기시대에 만들어진 조각을 손에 들고 있으면 시간이란 개념은 없어져 버리거든. 영혼을 바쳐 조각을 했던 사람들의 열망을 느낄 수 있기도 하고……」

제이크의 허스키한 목소리가 아녀의 마음을 파고들었다. 아녀는 이성으로부터 저런 식의 사랑을 받고 싶었다. 호박에 대한 제이크의 애정. 그렇지만 사랑하는 대상을 손에 넣을 수 있었는데도 포기해 버렸다.

「왜 그랬죠?」

「뭘?」

「왜 레즈니코프의 제안을 거절했어요? 약속을 안 지킬까 봐서 그런 거예요?」

「나하고는 상관없는 일이야. 난 고객은 한 번에 한 사람씩만 두는 버릇이 있어서.」

「고객이라니, 당신이요?」

「대개는 그렇지. 얼마 전부터 입심 사나운 귀염둥이 밑에서 일하는 신세가 됐지만 말이야.」

「어쩌다 보니 흉악한 사람을 밑에 두는 신세가 된 거죠.」

「혼자서 못하는 일도 있는 법이야.」

아녀는 숨을 들이마셨다. 제이크 옆에 있고 싶다는 감정이 너무 강렬해서 겁이 났다. 정말이지 모든 면에서 감당하기 힘든 상황이었다. 사랑하면 안 될 사람을 사랑했다고 해서 죽지는 않는 법, 그렇지만 호박 때문에 목숨이 왔다갔다하는 이런 상황에서 사람 하나 잘못 믿었다가는 목숨이 위태로워질 수가 있었다.

「당신 보호 자격으로 ‘도노반 인터내셔널’의 공식적인 동의까지 얻은 마당에……」

「뭐라고요?」

「아처는 금세 내가 자기 동생을 해칠 리 없다는 사실을 깨닫더군. 입심 사나운 누구랑은 달라서 말이야. 당신을 무사히 내보내 주면 실추된 명예를 회복시켜 주겠대.」

「이해가 안 되네요.」

「헛소리하는 게 아니라니까.」

아너는 목구멍까지 올라온 말을 꾹 참았다. 이런 상황에선 길게 따져 봤자 도움되는 게 하나도 없었다. 마음 같아선 제이크 맬러리의 멱살을 잡고 마구 흔들어 주고 싶었지만.

「확실히 얘기해 봐요. 큰오빠가 그랬단 말이에요? 날 어디 딴 데로 데려다 주면 당신 명예를 회복시켜 준다고요?」

「그래. 내 말 못 믿는 거야?」

「도대체 뭘 믿어야 할지 모르겠어요.」

「이제 좀 철이 들기 시작하는군.」

「그렇게 잘난 척……」

「미안. 신경이 예민해서 그러니까 이해해. 맘 같아선 당신을 상자에 넣어서 화물로 붙여 버리고 싶지만 당신이 보통이 아니라는 걸 아니까 그만 뒀지.」

「생각해 줘서 고맙네요. 그런데 우리 오빠 제안을 왜 거절한 거예요? 레즈니코프도 그렇고.」

「레즈니코프를 믿지 않으니까.」

「우리 오빠는요?」

「다른 상황이라면 믿었겠지만 이번엔 달라. 자기 동생이 걸린 문제니까.」

「오빠는 절대로 약속을 어길 사람이 아니에요.」

「아처는 카일도 그렇고 당신도 똑같이 사랑해. 그런 마당에 둘 중 하나를 선택하라고 하면 어떻게 하겠어? 결정을 어떻게 내릴지는 아무도 모른다고.」

아너는 말문이 막혔다. 제이크 말이 맞긴 했다. 어떤 급박한 상황하에서 형제들 중 누구는 포기하고 누구는 선택해야 한다면……. 도저히 어떻게 해볼 자신이 없었다.

비가 후드득 떨어졌다. 아너는 헤드라이트를 켜고 와이퍼를 작동시켰다.

「그럼 뭘 믿는데요?」

「믿긴 뭘 믿어. 난 호박을 훔친 적이 없어. 패널화도 그렇고. 그거 하나는 믿지.」

아너는 차라리 제이크 말을 믿을 수 없었으면 좋겠다는 생각이 들었다. 지금 자신은 사랑하는 두 사람을 두고 양자택일을 해야 할 입장이었다. 카일 오빠와 제이크 이성적으로는 여태껏 일생을 함께 해온 카일 오빠 편에 설 수밖에 없었다.

「만약에 다른 용의자가 또 있다면 말이에요, 카일 오빠가 범인이 아니란 걸 믿을 수 있겠어요?」

「당연하지, 제길. 내가 그 동안 그런 생각 안 했을 거 같아? 난 그 자식을 친구로 생각했어.」

아너는 뭐라고 하려다가 그만 뒀다. 지금은 오빠를 변호할 때가 아니었다.

「처음엔 카일이 나한테 그런 짓거리를 했다고는 생각할 수가 없었어. 곤경에 빠진 건 아닐까, 내가 도와줘야 하는 건 아닐까, 그런 생각까지 했으니까. 젠장, 내가 미쳤지.」

제이크의 자조적인 목소리엔 괴로워하는 심정이 고스란히 드러나 있었다. 아너는 저도 모르게 몸을 움찔했다.

「아무리 물어 봐도 ‘도노반 인터내셔널’은 꿈쩍도 안 했지. 거기다 내가 입 다물고 얌전히 떠나 주질 않으니까 여기저기서 마구 위협을 가해

오더군. 그래도 난 계속 버텼지. 당연히 당신네 도노반 집안에선 가만히 있을 리가 없고. 결국 추방당하는 신세가 된 거야.」

이내 침묵이 두 사람을 짓눌렀다. 한참 동안 아무 말 없이 있다가 아너가 입을 열었다.

「그 여자는 또 뭐예요?」

「앨런?」

「아니, 매리유…….」

「매리 유(marry you)? 당신과 결혼한다고?」

제이크가 놀란 얼굴로 되물었다.

그러다가 말귀를 알아들었는지 입을 열었다.

「아, 마르주? 그 여자가 뭐?」

「카일 오빠가 호박을 빼돌렸으면, 그렇다고 오빠가 그랬다는 얘기는 아니지만, 그 여자도 어떤 상황인지 알고 있겠네요.」

「그런 셈이지.」

「그래서요?」

「카일이 앰버룸을 얻으려고 자기를 이용해 먹었다고 주장하더군.」

「오빠는 그런 타입이 아니에요.」

제이크는 침묵을 지켰다.

「젠장, 정말이라니까요. 오빠가 그런 짓거리를 할 리가 없어요. 더구나 사랑하는 사람한테 그럴 리가 없다고요.」

「사랑이 아니라 정욕 때문이라니까. 두 가지는 엄연히 다르다고.」

「그 말 한번 잘했어요. 백 번 맞는 말이에요.」

제이크는 대시보드를 내려치고 싶은 마음이 굴뚝 같았다. 아너가 자꾸 자신으로부터 멀어져 가는 기분이었다. 제이크는 아너가 자신한테 이용당했다고 생각할 수밖에 없는 이유를 끊임없이 떠올렸다. 그리고 마음을 가라앉힐 생각에 숨을 몇 번 들이마셨다.

「마르주가 카일을 이용했다고는 생각 안 해봤어요?」

「그럴 듯한 동기가 없으니까.」

「그럼 6억 달러는 뭐예요?」

「마르주가 패널화를 얻어 낸 게 포레스트 형제단이었다고.」

「그래서요?」

「마르주는 철저한 민족주의자야. 포레스트 형제단은 리투아니아의 민족주의 단체라고. 그러니까 앰버룸을 자기 동료들한테 훔쳐내서 카일한테 건네줬을지도 몰라. 분명히 카일이나 형제단 둘 중 한 편은 호박을 도둑맞았고 다른 쪽은 건네받았겠지. 어느 쪽에 줬던지 간에 호박은 형제단에서 마르주를 거쳐 나갔다는 얘기라고. 그런데 뭣하러 처음부터 자기 손에 있던 물건을 줬다가 다시 훔쳤겠어. 말이 안 되잖아.」

「그럼 뱀눈은요?」

「앰버룸을 갖고 있으면 우리를 귀찮게 할 리가 없지.」

「다른 사람들도 마찬가지겠죠.」

「카일만 빼고. 우리 주위에 없으니까.」

제이크가 아무렇지도 않게 말했다.

「그런 논리라면 아처 오빠도 도둑일 수 있겠네요. 우리 주위에 없으니까.」

「그럴지도 모르지. 아처 때문에 내가 러시아에서 발을 못 붙이게 됐거든.」

한참 동안 다시 침묵이 감돌았다.

「카일 오빠가 안 그랬다면 어쩔 거예요? 괜한 누명을 썼다면요?」

「그럼 누가 훔쳤다고 생각해?」

「그걸 내가 어떻게 알아요! 다들 한통속이 돼서 오빠한테 뒤집어씌운 건지도 모르죠.」

「다들이라니? 러시아인, 리투아니아인, 미국인, 국제적인 사기꾼들? 나까지 포함해서?」

「비웃든지 말든지 맘대로 해요. 당신도 별 뾰족한 수는 없으면서 뭘 그래요?」

「모든 정황에 맞춰서 용의자를 점찍어 두었는데?」

294

「다시 생각해 봐야 할걸요.」

「용의자들 리스트를 확대해 봤자 카일과 화물이 동시에 사라진 이유를 설명할 순 없지, 안 그래?」

「누군가 몰래 화물 안에 호박을 숨겼을지도 모르잖아요. 오빠는 그 사실을 모르고 있었고.」

「내 손으로 화물을 하나하나 챙겼는데 그걸 몰라? 패널화 비슷한 것도 없었어.」

아녀의 눈가가 움찔거렸다.

「트럭 핸들을 카일한테 넘겨준 사람도 나야. 카일은 자신이 고용한 운전사와 합류한다고 하더군. 그런데 칼리닌그라드를 떠나기도 전에 운전사는 살해당해서 길가에 버려졌어. 그러다 카일과 인상착의가 동일한 사람이 러시아 국경을 넘어갔다는 제보가 들어왔지. 그 이후에 트럭은 증발해 버렸고. 카일은 2주 전에 여기로 돌아왔다지만, 실종된 지 4주가 지났는데 자기 가족들한테조차 안부 전화가 없어. 그런데도 내가 괜한 사람을 범죄자로 몬다는 거야?」

아녀의 얼굴이 순식간에 하얗게 변했다. 고집스러운 얼굴에 어느새 절망이 자리잡고 있었다. 이젠 자신의 말을 믿게 됐다는 증거인데도 제이크는 맘이 편치 않았다. 트럭에 치인 사람처럼 저렇게 충격을 받았는데 기분이 좋을 리가 없었다.

침묵 때문에 트럭에서 나는 소음 소리가 훨씬 크게 들렸다.

경찰차가 별장 근처, 눈에 안 띄는 곳에 세워져 있었다.

「정말 왜 저러고 있나 몰라.」

아녀가 화가 난 목소리로 말했다.

「누구?」

「교통경찰 말이에요.」

「속도위반 딱지 뗄 생각은 없는 거 같은데. 별장만 쳐다보고 있잖아.」

「잘됐네요. 한 방 먹여 버리면 나가떨어지려나.」

「저 치들 여덟 시간 간격으로 교대를 하고 있어. 맘만 먹으면 하루 종일 이쪽을 힘들게 할 수도 있다고. 그냥 앉아서 야한 잡지나 들여다 보고 있는 게 차라리 낫지.」

아너는 별장 앞 차도로 트럭을 진입시켰다.

「짐 싸는 데 시간이 얼마나 필요하지?」

제이크가 물었다.

「시간은 무슨 시간이요? 짐 쌀 것도 아닌데.」

입에서 나오는 대로 내뱉었다가는 한도 없었다. 이번에도 제이크는 참는 수밖에 없었다.

「왜 내 집으로 가기 싫다는 거야?」

제이크가 따져 물었다.

「내 침대가 여기 있는 것보다 훨씬 크다고. 가운데 가방 하나 두고 잘 수 있을 정도니까 안심해.」

아너는 제이크의 말은 들은 척도 안 하고 트럭에서 내렸다.

제이크는 글러브박스에서 총을 꺼내 들고 아너를 뒤쫓아갔다.

「가만히 있어. 내가 먼저 들어가서 살펴봐야 하니까.」

「열쇠로 잠그고 나왔어요.」

제이크가 한심하다는 투로 말했다.

「머리 뒀다 어디에 쓸 거야, 귀염둥이.」

아너는 제이크의 손에 들린 총을 봤다.

「뭐하러 날 노리겠어요?」

「내 말 믿어. 도노반 집안 사람들하고 접촉하려면 당신을 먼저 노리는 게 상책이지. 당신을 인질로 잡고 앰버룸을 요구하면 되니까.」

「앰버룸을 갖고 있지 않는데도 말이에요?」

「당신 식구들 중 누군가가 보관하고 있겠지.」

「웃기지 말아요.」

「그럼 없다고 증명할 수 있어?」

아너는 말은 못 하고 입만 벙긋거렸다.

「이제야 이해를 좀 하시는군. 아니라는 증명은 못하겠지? 열쇠나 줘
봐.」
「비밀 요원들은 원래 자물쇠 따는 도구를 갖고 다니지 않아요?」
「아하, 여기 있지.」
제이크는 문을 걷어차려는 포즈를 취하며 발을 들어올렸다.
「알았으니까 그만 해요.」
「내가 나올 때까지 여기 그대로 있어야 해.」
제이크가 열쇠를 받아 들고 말했다.
「뭣하러 이런 일까지 해야 하나 몰라.」
「내 말대로 하라고.」
아녀는 화도 나고 무서운 마음도 들었다. 제이크가 금세 나왔는데도
꼭 한 시간은 넘게 기다린 기분이었다.
「내 말대로 이건……, 젠장, 깜빡했네.」
아녀는 별장 안으로 들어서려다가 종이에 걸려서 미끄러질 뻔했다.
「조심해야지. 미끄러질 뻔했잖아.」
아녀는 발 밑에 흩어진 종이들을 대강 집으면서 들어갔다. 자동응답
기를 살펴봤지만 남겨진 메시지는 하나도 없었다.
「정말 나하고 같이 안 갈 거야? 집안 청소가 전문은 아니지만 내 집
이 여기보다는 나아.」
아녀는 아무 대꾸도 안 했다.
「젠장, 할 수 없군. 가서 보트를 보고 올 테니까 기다리고 있어. 여기
정리하는 거 도와줄 테니까.」
그때 전화벨이 울렸다. 누군지 별장을 감시하는 작자의 수단이 보통
이 아니란 생각이 들었다. 통신 연락망을 아주 잘 구축해 놓은 게 분명
했다. 두 사람이 돌아온 지 고작 5분도 안 지났는데 벌써 전화벨이 울
리는 걸 보면 말이다.
아녀가 수화기를 집어 들었다.
「여보세요?」

―여보세요? 실례지만 누구시죠?

「아너 도노반인데요. 누구세요?」

―제가 누군지 잘 모르시겠지만, 저는 카일한테 동생분 얘기 많이 들었어요. 전 마르주예요. 카일 약혼녀죠. 그쪽에 가서 얘기 좀 할 수 있을까요?

18

「왔어요?」

아녀가 제이크의 어깨 너머를 살펴보면서 대답을 재촉했다. 카일의 약혼녀라고 하는 여자를 빨리 만나고 싶어 좀이 쑤셨다.

「혼자 왔는데.」

제이크는 낡아빠진 렌터카에서 내리는 마르주를 지켜봤다. 그녀는 진 흙투성이 길을 조심스럽게 걸어왔다.

「앨런하고 같은 학원이라도 다녔나 보지?」

「스파이 양성하는 학원이요?」

아녀가 무슨 말인가 싶어서 물었다.

「무용 학원.」

「무슨 뜻인지…… 아, 그러네요.」

아녀는 마르주가 걷는 모습을 보고 무슨 뜻인지 알아차렸다. 수수한 검은 치마에 스웨터를 입고 있었는데도 모델처럼 보였다.

「휴, 원래 태어나길 저렇게 태어나는 여자들이 있다고요. 연습 안 해도 자연스럽게 배어 나올걸요.」
「당신도 그래.」
아너가 제이크를 흘겨보면서 말했다.
「난 안 그래요.」
「당신이 훨씬 나아.」
「흥, 내가 미쳤어요. 저렇게 '내 다리 사이에 뭐가 있는지 알고 싶어요?' 하고 선전하면서 걸어다니게.」
제이크는 신음소리를 내다가 갑자기 웃음을 터뜨렸다. 그는 몸을 돌려 손등으로 아너의 뺨을 쓰다듬었다.
「당신은 정말 특별한 사람이야. 하니, 절대로 당신 만난 건 후회 안 할 거야.」
제이크는 웃고 있었지만 눈빛은 안 그랬다. 뭔가 고민하는 눈빛, 눈은 거짓을 말하지 않았다. 아너는 자신도 모르게 그의 손가락에 입술을 갖다 댔다.
동기가 뭐든지 간에 그 동안 자신을 보호하려고 갖은 애를 쓴 건 사실이었다. 자신을 이용했다손 치더라도 충분히 보상을 한 셈이었다. 더구나 사랑을 나눌 땐 자신이 이 세상에서 가장 섹시한 여자처럼 느끼게 해주기도 했다.
「날 용서해 준다는 뜻이야?」
제이크가 낮은 목소리로 물었다.
「사실은…… 나도 잘 모르겠어요.」
사실 자신이 한심스럽게 느껴졌다. 그래도 아너는 목소리를 가다듬고 입을 열었다.
「이 일이 해결될 때까지 같이 있어야 하잖아요. 그러려면 휴전해야 할 것 같아서요.」
「그것도 일종의 칭찬이라고 해야 하나. 할 수 없지. 독설에 시달리는 것보단 나을 테니까.」

그때 노크소리가 들렸다.

마르주는 인형처럼 예쁜 타입은 아니었지만 사람을 흥분시키는 뭔가가 있었다. 카리스마에다 동물적인 느낌, 뭐라고 꼬집어서 말할 순 없었지만 온몸에서 성적인 에너지를 분출하고 있었다.

아너는 속이 갑갑해졌다. 오빠가 이 여자한테 반한 이유를 알 것 같았다.

「들어와. 아너가 아무 말 안 한다고 탓할 거 없어. 조금 있으면 회복될 테니까. 입심이 워낙 좋거든.」

제이크가 마르주한테 냉랭하게 말했다.

「제이, 정말 당신이에요?」

마르주가 눈을 동그랗게 뜨면서 물었다. 검은 색 눈동자에 황금빛 반점이 홍채 주위를 은은하게 감싸며 반들거리는 밀빛 머리카락과 절묘한 조화를 이뤘다.

「카일은 어딨어요? 잘 있는 거예요?」

「그건 나도 잘 몰라. 그러니까 잘 있는지도 알 턱이 없지.」

제이크는 마르주를 집안으로 들여보내고 문을 닫았다.

「미스 도노반, 이쪽은 마르주야. 성은 말해 줘봤자 발음하기도 어려울 거야. 그러니까 그냥 조운즈라고 불러. 마르주, 어안이 벙벙해서 말을 못하고 있는 이 여자분이 카일의 동생이야.」

아너는 손을 내밀면서 말했다.

「안녕하세요? 엄마가 보시면 모델 서달라고 난리 치실걸요.」

마르주는 아너가 무슨 말을 하는지 못 알아들은 눈치였다.

「엄마는 그림을 그리시거든요. 풍경화를 많이 취급하시지만 가끔 가다 초상화도 그리세요. 눈에 확 띄는 사람이 있으면.」

마르주가 애매한 미소를 지었다.

「음…… 그거 저한텐 좋은 일이에요?」

「한참 동안 가만히 포즈를 취해도 괜찮으면 만사 오케이라고요. 이리 와서 앉으세요. 그러고 보니 나한텐 첫번째 올케가 되는 셈이네요. 뭐 카일 오빠를 먼저 찾아야겠지만. 차는 뭐 드실래요? 커피? 홍차? 아니면 더 쌈박한 거라도?」

긴 속눈썹이 마르주의 얼굴에 그림자를 드리웠다. 그러고는 아까처럼 애매한 미소를 지었다.

제이크가 한숨을 내쉬면서 통역을 해줬다. 두 사람 다 러시아말을 썼다. 제이크는 리투아니아어는 서툰 편이었지만 러시아어는 완벽하게 구사할 수 있었다.

아너는 러시아말이라고는 하나도 몰랐다. 할 수 없이 귀머거리처럼 두 사람을 쳐다보기만 했다.

「알았어.」

제이크가 아너한테 몸을 돌리고 말했다.

「마르주는 영어를 포함해서 4개국어를 하지. 그래도 속어는 알아듣기 힘들대.」

「이제 입력됐어요, 아, 이런 말 못 알아듣는다고 했죠? 음, 무슨 말인지 이해해요.」

아너가 말을 고쳤다.

「괜찮으면 커피 한 잔 마실게요.」

마르주가 웃으면서 말했다.

「내가 갖고 올 테니까 둘이서 얘기하라고.」

「왜요?」

「조운즈하고 난 아는 사이이니까.」

「원초적으로요?」

저도 모르게 입에서 튀어나온 말이었다.

제이크는 아무런 대답도 하지 않았다.

마르주는 우아하게 소파에 자리를 잡고 앉았다. 종이들이 쿠션 밑에 너저분하게 깔려 있었다. 마르주가 오기 전에 제이크와 같이 청소를 하긴 했지만 역부족이었다. 아너는 재빨리 종이를 잡아 빼서 책상에 올려놓았다. 그리고 의자를 소파 반대편으로 끌어다 놓았다.

마르주는 아녀보다 키가 크면서도 아주 연약해 보였다. 투명할 정도로 하얀 손을 모아 쥔 모습이나 길고 우아한 다리를 봐도 그랬다. 시차 때문에 피곤해서 그런지 길고 가는 목이 수그러졌다. 그게 아니면 키가 작은 사람들을 내려다보는 버릇이 있어서 그럴 수도 있었다.

「카일한테 무슨 소식은 없었어요?」

마르주가 다급하게 물었다.

「아뇨. 그쪽은요?」

「없었어요. 혹시나 했는데……, 가족들을 워낙 아끼는 사람이라.」

마르주가 속눈썹을 깜빡거렸다. 어느새 눈에 눈물이 그렁그렁했다.

「그렇긴 해도 결혼할 사람을 더 아낄 거예요.」

마르주가 희미하게 미소를 지었다.

「그렇게 말씀해 주셔서 고마워요. 하지만 전 남자들이 어떤지 잘 안 답니다. 언제나 섹스가 우선이고 사랑은 뒷전이죠. 사랑을 주는 쪽은 여자들이잖아요. 그저 섹스를 통해서라도 조금, 아주 조금이라도 사랑을 받았으면 하는 게 여자들 맘이에요.」

아녀는 자신의 처지를 떠올리지 않으려고 안간힘을 썼다.

「남자들이 모두 그런 건 아니잖아요.」

「그럼요. 카일은 그런 남자가 아닐 거라고 생각했어요. 사실은 그게 아니었지만요. 그런데도 난 그 사람을 사랑해요.」

화장지 상자가 불쑥 두 사람 앞에 등장했다. 제이크의 커다란 손과 분홍색 꽃무늬 상자가 어색하기 짝이 없었다.

「조운즈는 하루라도 안 울면 눈에 가시가 돋거든. 리투아니아인 기질 이지. 다들 드라마 작가가 될 소질을 타고났어. 하는 행동마다 얼마나 극적인지.」

마르주는 제이크한테 살짝 미소를 지었다.

「제이, 내가 카일을 선택했다고 아직도 화가 안 풀린 거예요?」

「지금 농담하는 거야? 아직도 난 전부인한테 고맙다고 하루에 두 번 씩 절한다고.」

「왜요?」

아너가 날카로운 목소리로 물었다.

「결혼하고 3주 정도 지나면 섹스도 슬슬 지겨워진다는 사실을 가르쳐 줬으니까. 전에 먹던 대로 커피에다 보드카를 조금 섞어 줄까, 조운즈?」

「좋아요.」

「집안에 보드카가 있나 찾아볼게.」

아너는 보드카를 별로 좋아하지 않았다. 커피에다 그런 걸 넣다니 끔찍했다. 사실 카일은 이국적인 걸 워낙 좋아했다.

금발에 검은 눈, 우아한 자태의 마르주는 너무나 이국적이었다.

「저기, 오빠하고 어디서 만났어요?」

아너가 물었다.

「술집에서요. 호박 광산에서 일하는 사촌하고 같이 갔었죠. 카일은 제이하고 같이 왔고요. 웃는 모습이 얼마나 순박하고 자신 있어 보이던지. 그 사람한테 첫눈에 반했어요.」

「그런 사람이 어디 한둘이어야죠. 오빠한텐 뇌쇄적인 면이……, 아니 어릴 때부터 여자들한테 인기가 많았어요. 뭐 마르주도 마찬가지였겠지만요.」

「뭐가요?」

「걷는 모습 하나만 봐도 남자들이 반할 거 같은데요.」

마르주는 고개를 저었다.

「그런다고 그게 오래 가나요.」

「그래도 그럴 땐 기분 좋겠어요. 처음 만났을 때 제이크보다 카일이 먼저 눈에 들어왔다는 얘기죠?」

「제이크가 누군데요?」

「제이요.」

「아, 아주 남자답긴 하지만 카일보다는 못하잖아요. 카일처럼 사랑스럽고 천사 같은 남자는 세상에 없어요.」

「사랑스럽고 천사 같아요? 오빠가? 심심하면 내 침대 시트를 엉망으로 만들어 놓고 등에다 거북이를 슬쩍 집어넣는 사람이요? 머리를 땋으면 꿀을 발라 대질 않나, 말도 안 돼.」

「동생이니까 그렇죠. 안 그래요?」

「그래요, 동생이니까 그런 짓을 해댔겠죠.」

마르주가 부드럽게 웃었다.

「카일하고 아주 비슷하네요. 정말 솔직하고 친절하고…….」

「미국적이다? 아직 순진해서 뭘 모른다?」

제이크가 부엌에서 나오면서 말했다.

「맞아요, 순진해서 뭘 모른다.」

마르주가 맞장구를 쳤다.

아녀는 장래 자신의 올케가 될 여자가 신이 나서 떠들어대는 모습을 보고 있었다. 순진해서 뭘 모른다는 말을 칭찬이라고 생각하는 여자, 그만큼 영어가 짧다는 얘기이겠지만. 강아지나 고양이, 유치원생들이라면 모를까 성인한테 그런 말을 쓰면 멍청하다는 의미나 다름없었다.

「카일은 당신이 여기 올 거란 생각은 못 했나 본데? 보드카가 없어.」

제이크가 마르주한테 커피잔을 건네주면서 말했다.

「당신 커피 타는 솜씨는 여전하군요. 보드카를 안 섞어도 맛있어요.」

「원래 난 내세울 게 많은 사람이잖아.」

제이크가 웃으면서 아무렇지도 않게 농담을 했다. 그래도 아녀는 그가 마르주를 별로 탐탁지 않게 여기고 있음을 알 수 있었다. 뭐 당연한 일이긴 했다. 말로는 자기 대신 카일을 선택해 줘서 고맙다고 했지만 내심 앙금이 남은 게 분명했다.

「실례지만 오빠한테 마지막으로 연락을 받은 게 언제예요?」

「4주 전에요. 앰버룸의 패널화를 카일한테 직접 건네줬을 때가 마지막이었어요.」

아녀는 말문이 막혀 버렸다.

「젠장, 당신하고 만나 봤자 골치만 아플 거라고 그렇게 신신당부했건
만.」
「골치 아픈 쪽은 나예요.」
마르주가 눈물을 뚝뚝 떨구면서 말했다.
「나한테 앰버룸을 팔고 브라질 가서 같이 살자고 했어요. 거기 가면
일생 동안 안전하고 행복하게 살 수 있다면서요. 난 그 사람을 믿었어
요. 그래서 가족과 민족까지 배신했다고요. 그 사람 때문에 말이에요.」
마르주는 말을 하면서 재빨리 성호를 그었다.
「신이 용서해 주시길 빌 뿐이에요. 그래도 그 사람을 사랑하는데 어
쩌겠어요. 분명히 나한테 연락할 거예요.」
제이크는 뭐라고 투덜거리면서 화장지를 마르주한테 건네줬다.
「자, 코나 닦고 얘기해.」
아너는 눈을 감고 마르주가 한 얘기를 곱씹어 보았다. 아무리 생각해
도 말이 안 되는 얘기였다. 갑자기 화가 솟구쳤다. 이건 완전히 오빠를
나쁜 놈으로 낙인찍은 거나 다름없었다. 눈물 한 방울, 말 한마디가 카
일이 죄인이라는 사실을 강조해 주고 있었다. 사신들이 나쁜 소식을 들
고 돌아오면, 폭군들이 왜 죽여 버리는지 이해할 수 있을 것 같았다. 정
말이지 미스 조운즈가 끔찍하게 싫어졌다.
「카일이 누구한테 호박을 팔려고 했지?」
마르주의 울음이 잦아드는 걸 보고 제이크가 물었다.
「나한테 아무 말 없었어요.」
「그럼 어떻게 앰버룸에서 나왔는지도 모르는 그 물건을 손에 넣은 거
야?」
「나왔는지도 모르다뇨? 그걸 진품이 아니라고 의심할 사람은 없어
요.」
「그게 말이나 돼? 의심을 안 하는 게 더 이상하지.」
「직접 보면 그런 얘기 못할걸요.」
「어떻게 그걸 손에 넣게 됐죠?」

아너는 제이크가 또 끼여들까 봐 재빨리 물었다.

「우리 나라엔 포레스트 형제단이라는 애국 단체가 있어요. 처음 발족한 게…….」

「연혁이니 과거사는 생략해도 돼. 그 치들이 어떻게 앰버룸을 손에 넣은 거야?」

제이크가 다시 끼여들었다.

「과거사가 얼마나 중요한데 그래요. 미국인들이나 매일 새로운 것만 찾아 대죠. 우리 같은 사람들은 과거 속에서 살 수밖에 없다고요.」

마르주가 떨리는 목소리로 따졌다.

「그래, 계속 그렇게 자기들 조상이 말아먹은 나라 얘기나 재탕 삼탕 하면서 지내라고.」

「미국인들은 정말 어쩔 수 없어.」

마르주가 한숨을 내쉬면서 말했다.

「칭찬해 줘서 고마워.」

「저기, 계속하세요.」

아너가 목소리를 가다듬으면서 입을 열었다.

마르주는 한참 동안 제이크를 쏘아보다가 아너한테 몸을 돌리고 말했다.

「2차대전 말에 독일인들이 앰버룸을 갈취했어요 포레스트 형제단의 동지들 몇 명이 칼리닌그라드에서 독일 군함에 화물을 싣는 일을 했었고요. 형제단에서 러시아 해군 내에 산재해 있던 리투아니아인들한테 어떤 배가 가라앉을 건지 알려 줬지요. 나중에 다들 힘을 합쳐서 앰버룸을 인양한 후에 교회 제단 밑에 숨겨 놨어요. 다들 리투아니아가 독립하기만을 기대하면서 말이에요 결국 러시아한테 지고 말았지만요.」

마르주의 입술이 처참하게 구겨졌다.

아너는 제이크를 쳐다봤다. 그는 아무 말 없이 어깨만 으쓱했다. 그 비슷한 얘기는 한두 번 들은 게 아니었다. 이젠 어떤 얘기를 믿어야 할지도 힘들 정도였다.

「어떻게 그렇게 오랫동안 비밀이 지켜진 거죠?」

아너가 마르주한테 물었다.

「죽은 사람들이 어떻게 떠들고 다니겠어요? 러시아 사람들한테 형제단 동지들 대부분이 살육당했어요. 생존자는 한두 명뿐이었고. 앰버룸에 관한 비밀은 우리 엄마 쪽 가계의 남자들한테 전해졌대요. 난 사촌이 얘기해 줘서 알았고요.」

「왜 비밀을 당신한테 알려 주었대요?」

아너가 물었다.

「나한테 관심이 있었거든요.」

아너는 그 말을 믿어 의심치 않았다.

「그래서 오빠한테 가서 바로 그 얘길 한 거군요.」

「아뇨, 그땐 카일하고 별로 친하지 않았으니까요.」

「계속 입다물고 있지 그랬어. 그럼 비밀은 언제 발설한 거야?」

제이크가 비꼬듯이 말했다.

「6주 전에요. 그때 나한테 브라질이니 결혼 얘길 했었다고요. 내가 얼마나 바보였는지. 난 그 사람이…… 날 사랑한다고 생각했어요.」

아너는 화장지를 뽑아서 마르주한테 건네주었다.

마르주는 눈이며 코에 묻은 눈물을 닦아 냈다. 마르주 같은 여자도 울면 어쩔 수 없구나 하는 생각이 들었다. 코가 빨개져서 아까보다는 미모가 덜해 보였으니까. 속물 같은 생각인지는 몰라도 왠지 그 사실에 기분이 좋아졌다.

마르주는 한숨을 내쉬면서 커피를 마셨다.

「패널화 크기가 얼마나 돼?」

제이크가 물었다.

「가로 1미터, 세로 2미터 정도 돼요.」

「무게는?」

「뭐 돌덩이처럼 무겁지는 않아요. 틀하고 나무 받침대 때문에 들고 다니기가 뭐해서 그렇지.」

「누가 도와줬어?」

「나 혼자 했어요. 믿을 사람이 카일밖에 또 누가 있었겠어요. 그래선 안 됐지만…….」

마르주가 다시 울음을 터뜨렸다.

제이크는 화장지를 건네주고서 울음이 멎기만을 초조하게 기다렸다. 카일이 어떻게 저런 걸 건졌는지 이해할 수가 없었다. 걸핏하면 울어대질 않나, 장황한 연설이나 늘어놓질 않나, 정말 맘에 안 들었다. 원래 리투아니아인들은 다혈질에다가 배우를 해도 될 만큼 감정 표현이 극적이었다. 그런 모습을 보고 있으려니 짜증만 났다.

「그만 해. 그런다고 되는 일이 아니잖아.」

제이크가 더 이상 참지 못하고 입을 열었다.

마르주는 애원하는 시선으로 아너를 바라봤다. 아너는 한숨을 내쉬면서 마르주의 어깨를 토닥거렸다.

「저 사람 하는 말에 신경 쓰지 말아요. 미국 남자들은 눈물을 보면 안절부절못하거든요. 그래도 앞으론 입다물고 있을 거예요.」

아너는 제이크를 향해 냉정한 시선을 보냈다.

「그럴 거죠?」

제이크는 시계를 들여다봤다. 창 밖을 보니 파도가 심각한 정도였다. 지금 헤로 해협에 나갔다간 롤러 코스터 타는 거나 다름없을 것이다. 사정이 좀 낫다 싶은 곳도 별 차이가 없을 테고.

「울고 싶은 만큼 실컷 울라고. 맘 편히 먹고 추슬러. 물이 안 좋아서 나가기도 힘드니까.」

「쉬운 말로 해요.」

아너가 말했다.

「우느라 정신없어서 듣지도 못해.」

아너는 양손을 허리에 대고 말했다.

「듣기 싫어도 내 말 잘 들어요. 여자가 사랑하는 남자한테 배반당하면 우는 게 당연한 거예요. 알았어요?」

「당신은 안 그랬잖아.」
「그런 소리 말아요. 난 아직 판결을 내리지 않았으니까.」
아너가 내쏘았다.
「휴전이다, 아직 전쟁은 안 끝났다, 이거야?」
「그래요.」
두 사람은 그제야 마르주가 눈을 동그랗게 뜨고 이쪽을 쳐다보고 있다는 사실을 깨달았다. 얼굴을 봐서는 무슨 말인지 헷갈려 하는 눈치였다.
「미안해요. 일부러 그런 건 아니에요. 아시다시피 제이크는 좀…… 까다롭게 굴 때가 있거든요.」
「그거야 당연하죠. 남자란 동물이 원래 그렇잖아요.」
아너는 큰 소리로 웃어댔다.
「알았으니까 그만 해. 그럼 패널화를 카일한테 넘겨주고 나선?」
「손수레로 운반해서 카일한테 가지고 갔죠. 둘이서 같이 트럭으로 옮겼고요. 그러고 나서 카일은 선술집으로 운전사를 데리러 갔어요 그건 기억해요?」
「나도 기억해. 그러고 나서?」
「나도 몰라요. 얼마 후에 카일의 형이…….」
「형 누구?」
제이크가 재빨리 끼여들었다.
「차가운 사람이었어요. 아처였나?」
「그래.」
「말을 해도 잘 알아듣질 못하더라고요. 카일이 나한테 한 짓을 애기해도 들은 척도 안 하고…….」
마르주가 눈물이 그렁그렁해서 말했다.
「제길, 그럼 앰버룸의 나머지 부분은 다 어딨는 거야?」
마르주는 고개를 내저으면서 조그만 손을 펼쳐 보였다. 자기한텐 아무것도 없다는 듯이.

「난 아무 말도 못 들었어요. 내 사촌이 패널화만 갖다줬으니까요. 그걸 카일한테 갖다준 게 전부예요.」

「그럼 앰버룸이 어딨는지 당신 사촌밖에 모른다는 얘기야?」

제이크가 물었다.

「그래요.」

「그 치는 지금 어딨어?」

「나도 몰라요.」

제이크는 그럴 줄 알았다는 듯이 말했다.

「그럼 서로 어떻게 연락을 하지?」

「연락을 어떻게 해요?」

「그 친구는 당신 사촌이잖아. 고모나 할머니한테 전화해서 물어 봐.」

「가족들이 다 나한테서 등을 돌렸다고요. 남자 때문에 동지들을 배신했는데 당연하잖아요.」

마르주는 목이 메어서 말을 제대로 잇지 못했다.

「그럼 여긴 왜 온 거야?」

「카일하고 얘길 할 수 있을지도 모른다고 생각…….」

결국 눈물이 흘렀다. 마르주의 커다란 눈이 화장지 속에 파묻혔다.

「집에서 갖고 올 게 있어. 혼자 놔두고 가긴 싫지만.」

제이크가 아녀를 향해 말했다.

「혼자는 아니에요.」

요란한 울음소리가 그 사실을 증명해 주었다.

제이크는 나지막하게 뭐라고 투덜거렸다.

「30분이 지나도 나한테 연락이 없으면 여기로 전화해.」

제이크가 주머니에서 명함을 꺼냈다.

「앨런 라자루스, 컨설턴트.」

아녀는 큰 소리로 명함을 읽었다.

「빨간 재킷 입은 여자 말이에요?」

「그래. 나나 아처가 없을 땐 그 여자가 차선책이지.」

「무슨 차선책이요?」

「헛된 망상 때문에 죽지 않고 살아남기 위해선 어쩔 수 없어. 30분 뒤, 알았지?」

아너가 고개를 끄덕였다.

「그래도…….」

갑자기 제이크가 입술을 겹쳐 오는 바람에 말이 막혔다. 그는 혀끝으로 재빨리 아너의 입술을 훔쳤다.

「제이크!」

「휴전했잖아. 기억해?」

「누가 이런 게 휴전이래요?」

「맞는 말이야.」

제이크는 고개를 숙이고 제대로 키스를 했다. 그래도 아너한테선 아무런 반응이 없었다. 그렇다고 거부하지도 않았다. 할 수 없이 제이크는 고개를 들었다.

「좀 낫군. 아직 미달이긴 하지만. 휴전 조항을 시정할 시간이 많아서 다행이야.」

「내가 언제 키스하는 게…….」

「내 말대로 해.」

제이크가 뒷문을 열면서 말했다.

「지금부터 30분 뒤야.」

다행스럽게도 집 근처에 몰래 주차한 차량이 없었다. 그래도 진창에 바퀴 자국이 남아 있었다. 앨런이 끌고 다니는 렌터카 자국이 아니었다. 바퀴 자국이 깊숙한 걸 보니 중형차가 틀림없었다. 그런 큰 차로 경사가 진 차도를 거슬러 올라갔다는 게 신기했다. 까딱 잘못하면 뒤쪽으로 미끄러져서 숲으로 처박힐 수도 있었다.

제이크는 트럭을 돌려서 차도를 완전히 막았다. 간간이 비가 섞인 바람이 불어와서 나뭇가지를 흔들었다.

제이크는 키를 주머니에 넣고 총을 집어서 허리춤에 꽂았다. 어떤 사람들은 총을 만지면 마음이 안정된다지만 지금 제이크한테는 차갑게만 느껴졌다.

카일이며 해묵은 과거사, 사람들의 헛된 망상에 신물이 났다. 전나무 가지가 바람에 흔들리면서 옷깃에 물방울이 떨어졌다.

그는 조심스럽게 집을 향해서 걸어갔다.

차가 세워진 흔적은 없었다.

그는 나무들 안쪽으로 숨어서 한참을 가만히 있었다. 바람소리 때문에 다른 소리들이 묻혀 버렸다. 갑자기 바람이 거세게 불어와서 뒷문이 저절로 열렸다.

제이크는 재빨리 그쪽으로 시선을 돌렸다.

문 잠그는 걸 잊었었나? 그래도 뭔가 석연치 않은 구석이 있었다.

총에서 안전장치를 풀고 집 뒤쪽으로 소리 없이 움직였다. 열린 문틈으로 재빨리 안을 살펴봤다. 의자와 싱크대, 우편물이 가득 쌓인 탁자…….

바닥의 젖은 발자국이 빛을 발했다. 누군가 얼마 전까지 집안에 있었단 얘기였다. 제이크는 숨을 천천히 내쉬면서 정신을 집중했다. 침실 쪽에서 부스럭거리는 소리가 들렸다. 그는 미소를 지었다.

쥐새끼 같은 놈. 아직도 여기 붙어 있단 말이지.

제이크는 소리 없이 침실로 접근해 갔다. 침입자는 한 명뿐이었다. 그는 재빠른 솜씨로 서랍을 뒤지고 있었다. 서두르긴 했지만 익숙한 손놀림이었다.

프로란 얘기군.

제이크는 소리 없이 다가가 침입자를 벽에 밀어붙였다. 그러고는 재빨리 총구를 턱밑에 쑤셔 박았다. 침입자는 벗어나려고 안간힘을 썼지만 속수무책이었다. 아무리 해도 도망칠 수 없다는 걸 깨달았는지 침입자는 조용해졌다.

「벌써 포기한 건가?」

제이크가 러시아말로 물었다.

침입자는 긴장을 풀더니 마구 욕을 하기 시작했다. 제이크를 파트너라고 부르면서 도로 아래쪽에서 합류하기로 하지 않았느냐고 떠들어댔다.

「영어로 말하는 건 어때?」

제이크가 영어로 말했다.

침입자의 몸이 갑자기 굳어졌다.

「알아듣긴 하나 보군. 뭘 찾고 있었지?」

침묵이 흘렀다.

제이크는 침입자의 머리를 휘어잡고 벽에 세게 박았다. 침입자의 머리가 뒤로 한껏 젖혀졌다.

「바른 대로 말 못 해?」

제이크가 차갑게 물었다.

「돈하고 술.」

「헛소리 작작해.」

「마약을 찾느라 그랬어!」

이번엔 침입자의 머리가 벽에 부딪히면서 시계가 흔들거렸다.

「영웅이라도 되고 싶어서 그래? 보수가 많은 것도 아닐 텐데 말이야. 오늘 정말 운수 더럽게 없는 날이었는데 잘됐군. 나하고 놀아보자는 얘기 같은데 어디까지 버티나 한번 해보자고.」

제이크는 침입자의 머리를 변기에 처박았다. 5분이 넘을 때까지 침입자는 간신히 버티고 있었다. 남자는 변기에 대고 기침을 하면서 숨 넘어가는 소리를 했다.

「빨리 불어. 내가 할 일이 없어서 지금 네놈 얼굴이나 씻겨 주고 있는 줄 알아?」

「상자를 주러 온 거야! 훔치려는 게 아니라니까.」

제이크는 왼손으로 침입자의 머리를 휘어잡고 일으켜 세웠다. 그리고 다시 총을 턱밑에다 쑤셔 박았다.

「어디야?」

「어디라니, 무슨 소리야?」

다시 한 번 변기 물세례를 받고 나서야 남자는 입을 열었다. 상자는 세탁물 바구니에 있었다. 셔츠며 타월, 양말이 잔뜩 쌓인 세탁물 아래 레즈니코프가 받으라고 했던 문제의 가죽 상자가 숨겨져 있었다.

아무리 생각해도 오늘은 최악의 날이었다.

「영어 공부 좀 더 해야겠는데. 이런 건 남한테 준다고 하는 게 아니야. 미끼라고 해야지. 걱정할 거 없어. 가택 침입죄로 몇 년 감방살이하다 보면 영어 실력이 많이 늘 테니까.」

제이크는 침입자를 밧줄로 묶었다. 그러고 나서 아너한테 전화를 했다.

「아무 일 없어?」

「그럼요. 화장지 한 통 다 쓴 거만 빼면요.」

「화장실 휴지를 갖다 주면 되잖아.」

「마음도 넓네요.」

「이제야 깨달은 거야? 한 시간 정도 걸릴 거 같애. 만약 그때까지 내가 안 돌아가면……」

「앨런 라자루스한테 전화하란 말이죠.」

아너가 대신 말을 끝냈다. 그러고 나서 조용히 말을 이었다.

「그쪽은 아무 일 없어요?」

「그래. 이거저거 처리할 일이 있어서 그래. 한 시간 후에 보자고.」

제이크는 바로 '차우더 케그'로 전화를 걸었다. 생각했던 대로 레즈니코프는 거기 있었다. 한가하게 식사를 하면서 자기 부하들을 기다리고 있는 모양이었다. 그런 식으로 상자를 숨겨 놓고, 나중에 필요할 때 미국 정부에 밀고하려던 수작이었을 것이다.

「페튀르, 제이크야.」

「맬러리?」

레즈니코프의 목소리가 밝아졌다.

「벌써 마음을 바꿀 줄은 몰랐는데. 아깐 미스 도노반이 옆에 있어서 본심을 털어놓지 못했나 보지?」

「내 말 잘 들어. 중요한 얘기니까.」

「뭔데?」

「보낸 선물 다시 돌려보낸다. 다시 한 번 내 눈에 보이면, 아니 박물관에서 훔친 다른 물건을 또 보냈다간, 깡그리 불살라 버릴 줄 알아. 물론 너도 무사하지 못할걸.」

제이크는 전화를 끊고 침입자를 묶은 밧줄에 상자를 끼워 넣었다. 그러고 나서 파트너와 접선하기로 했다는 장소까지 녀석을 끌고 갔다.

19

마르주가 떠난 후, 아너는 연어 샐러드를 만들었다. 마르주한테 오빠 얘길 들은 후라 마음을 가라앉힐 필요가 있었다. 연어 가시를 발라내려는 참에 노크소리가 들렸다.

「그냥 들어와요. 제이크, 문 안 잠겼어요.」

아너는 큰 소리로 말했다. 그러다 생각해 보니 그게 아니었다. 아까 빗장을 걸어 놓았던 것이다. 누군가의 표적이 된다는 건 확실히 불편했다.

「잠깐만요.」

아너는 손을 대강 바지에 문지르고 부엌에서 나왔다. 창문을 내다봤더니 처음 보는 차가 서 있었다.

「누구세요?」

「앨런 라자루스예요. 동행인은 마더 요원이고요. 얘기 좀 해도 될까요?」

「어디 소속인데요?」

「미합중국 정부에서 나왔습니다.」

이번엔 남자 목소리가 들렸다.

아녀는 비나 맞게 그냥 놔둘까 하다가 맘을 고쳐먹었다. 제이크 말로는 자신과 아처 오빠 다음으로 의지해야 할 사람이 앨런이라고 했으니까.

같은 편을 화나게 하면 안 되겠지.

아녀가 중얼거렸다. 그래도 속마음은 달랐다. 마르주가 한 말 때문에 완전히 기분을 잡친 상태였다. 아무리 곱씹어 봐도 오빠가 범법행위를 했다는 사실을 믿을 수가 없었다. 절대로 그럴 리가 없었다.

아녀는 재빨리 빗장을 풀고 문을 열었다. 앨런과 마더는 물을 뚝뚝 떨어뜨리면서 안으로 들어왔다. 이렇게 비오는 날을 대비해 카일은 문지방에 깔개를 깔아 놓았다. 두 사람은 우비 안에 제복을 입고 있었다. 마더는 해군 복장을, 앨런은 포도주색 제복을 입고 있었다. 두 사람 다 신분증은 내보이지 않았다.

「같은 편끼리 신분증 보여 달라고 하면 뭐할 테고…….」

아녀가 천천히 말을 이었다.

「명함이나 받아 두기로 하죠.」

앨런은 지갑에서, 마더는 주머니에서 명함을 꺼냈다. 아녀는 두 사람한테 명함을 받아 들었다.

앨런처럼 마더도 직함이 컨설턴트라고 적혀 있었다.

「특별히 어떤 일을 하시는데요?」

아녀가 명함을 청바지 주머니에 넣으면서 물었다.

「종합적인 일을 합니다.」

마더가 밝은 목소리로 말을 이었다.

「원하시면 전화로 군에 소속된 요원들을 불러 드리죠. 이런 일엔 그쪽이 훨씬 더 전문가들이거든요.」

「괜찮아요. 별로 맘이 안 당기네요.」

아너는 부엌으로 들어갔다.

「여기서 얘기했으면 좋겠네요. 식사를 준비하던 중이었거든요. 또 신세타령 하러 온 건 아니겠죠? 이젠 화장지도 남은 게 없어요. 지갑에 넣어 둔 거까지 다 써버렸다고요.」

아너 말이 진짜인지 확인해 보려는 건지 앨런은 반쯤 열린 지갑을 쳐다보았다. 두 요원은 아너를 따라 부엌으로 들어왔다.

「얼굴을 보니까 운 거 같지는 않은데요?」

「내가 아니라 우리 오빠 약혼녀가 울었죠.」

아너는 가시가 없나 연어 살을 만져 보았다.

「마르주라고 들어봤을걸요.」

「그래요. 몇 주 내내 얘기 좀 해보려고 고생 좀 했죠.」

잠깐 동안 마더의 얼굴에 초조한 기색이 어렸다.

「지금 어디 있단 말은 안 했어요?」

「아뇨.」

「아무 말도 안 했다니 이상하단 생각 안 들어요?」

아너가 어깨를 으쓱했다.

「만난 지 얼마 안 돼서 뭐라고 하기가 힘드네요.」

「뭣 때문에 여기까지 찾아온 거죠?」

「다른 사람하고 똑같죠 뭐. 카일 오빠 때문에 왔대요.」

「두 사람이 약혼했다면서 서로 연락을 안 할 리가 없잖아요.」

「얼마 전부터 연락이 안 됐다네요.」

「그 말을 믿으시는 겁니까?」

마더가 물었다.

「안 믿을 이유가 뭐 있어요? 진심에서 나오는 울음인지 아닌지 알 수는 없지만 그래도 설마 카일이 있는 데를 알면서 그렇게 울어댔으려고요.」

「집으로 화물을 부친 건 아닐까 생각했나 보죠. 아니면 카일이 동생분한테 보냈거나.」

마더가 말했다.

아너는 연어 한 조각을 입에 넣고 우물거렸다.

「그럴 수도 있겠죠.」

「그럼 카일이 화물을 보냈단 말입니까?」

마더가 대놓고 물었다.

「어떤 거요? 네 개나 받았는데. 책상 위에 있으니까 가서 보시든지요. 대신 조심해서 다뤄야 해요. 굉장히 잘 깨지거든요.」

마더는 재빨리 부엌을 나갔다. 그리고 얼마 안 돼 손에 호박을 들고 돌아왔다.

「이겁니까?」

「그거예요. 아주 멋지지 않아요? 투명한 광채에, 포도 넝쿨처럼 휘감은 안개, 정말 신비스럽잖아요.」

두 사람 다 별 반응이 없었다.

「이거말고는 없습니까?」

「아뇨, 열두 조각이 더 있어요.」

「세공된 건가요?」

앨런이 물었다.

「아뇨.」

아너는 냉장고에서 마요네즈를 꺼냈다.

「세공은 페이스 언니 담당이에요.」

「카일이 다른 물건 보내 온 건 없었어요?」

「언제요?」

「지난달에 말입니다.」

「없었어요. 편지 한 장 없었어요. 전화도 그렇고. 아무것도 없었다니까요.」

아너는 마요네즈 한 숟가락을 샐러드에 떨어뜨렸다.

「내 말을 곧이곧대로 받아들일 것 같진 않고, 찾고 싶은 게 있으면 찾아봐요. 난 식사나 할 테니까.」

「집안을 수색해 봐도 되겠어요?」
「어디 그런 사람이 한둘인가요 뭐.」
「뭐라고요?」
마더가 물었다.
「수색은 어떤 식으로 할 건데요? 성냥갑보다 큰 건 다 뒤집어 볼 건가요?」
아녀가 재빨리 물었다.
「아뇨.」
「그럼 도시락보다 큰 거?」
마더가 앨런을 쳐다보았다.
「아뇨.」
「컴퓨터보다도 커요?」
아녀가 끈질기게 물었다.
「지금 스무고개라도 하자는 거예요?」
앨런이 날카롭게 말했다.
「아뇨. 집안을 얼마나 어지럽힐 건지 나도 알아야 하잖아요.」
「가로 세로 각각 60센티미터 이상 되는 거예요.」
「알았어요. 맘대로 찾아봐요. 바비큐 통까지 뒤져보세요. 보트도 찾아보지 그래요. 해안 경비대 수고 좀 덜어주고 좋잖아요. 생각해 보니까 그건 좀 그렇네요. 이런 날씨에도 캡틴 콘로이가 우아한 몸놀림으로 배를 넘나들 수 있는지 봐야 하거든요.」
생각지도 않았는데 마더가 미소를 지었다. 그래도 인간적인 면은 있어 봬서 다행이었다.
「괜찮으시다면, 가서 보트 안을 수색해 봤으면 하는데요.」
마더가 말했다.
「그러세요. 혹시라도 뭐 찾은 게 있으면 나한테도 보여 줘야 해요.」
마더가 몸을 돌렸다.
「잠깐만요.」

아너가 마더를 불러 세웠다.

「어떻게 할 건지 대답 안 했잖아요. 뭔가 찾으면 나한테도 보여 달라고요. 안 그랬다간 수색영장 챙겨 오라고 할 테니까 알아서 해요.」

마더는 앨런을 쳐다봤다.

「그렇게 해. 부엌부터 시작하자고. 보트에선 나올 게 없을 거야.」

마더는 부엌 찬장을 열었다. 그리고 익숙한 손놀림으로 수색을 시작했다.

아너는 셀러리와 양파를 다졌다. 어느새 마더는 거실 쪽으로 자리를 옮겼다.

「제이크 맬러리는 어떻게 만났죠?」

앨런의 물음에 아너는 칼질을 잠깐 멈췄다가 다시 시작했다.

「낚시 가이드 구하는 광고를 보고 찾아왔어요.」

「자기가 낚시 가이드라고 얘기해요?」

「그랬어요.」

「그 말을 믿었단 말이에요?」

앨런이 약간 비꼬는 투로 물었다.

칼의 움직임이 엄청 빨라졌다.

「보트를 몰고 나가서 같이 낚시도 했으니까요. 그 정도면 자격이 충분하잖아요.」

「미스 도노반……」

「왜 불러요?」

셀러리와 양파를 그릇에 옮겨 담으면서 아너가 물었다. 레몬을 반으로 가른 다음 힘껏 쥐어짜서 연어 위에 뿌렸다.

「제이크 때문에 이런 식으로 나오는 건가요?」

앨런이 물었다.

「아뇨.」

「그럼 왜 그래요? 뭔가 숨길 게 있으니까……」

앨런이 말꼬리를 흐리면서 웃었다.

322

거실에서 책상 서랍 여는 소리가 들렸다. 아녀는 숨이 탁 막혔다. 지난밤에도 저런 소리가 들려 잠에서 깼지. 미친 듯이 소리를 질러 대면서 제이크한테 달려갔고. 도저히 어젯밤 일 같지가 않았다.

너무 많은 일이 눈 깜짝할 사이에 일어났다. 다시는 옛날로 돌아갈 수 없을 것 같았다. 카일 오빠의 실종도 아주 먼 옛날 얘기 같았다. 이런 식의 불안한 맘도 이젠 익숙해졌다. 그리고 무엇보다 아주 오래 전부터 제이크를 알고 지낸 느낌이 들었다.

마더가 침실로 움직였다. 아녀는 레몬을 다시 썰었다.

「내가 어떻게 해주길 바라는데요?」

「협조해 줘요.」

「벌써 했잖아요.」

아녀는 레몬을 샐러드 위에 뿌렸다.

「그런 거예요?」

「잠깐만요. 지금 저 사람이 내 옷장을 뒤지는 거예요?」

「이런 게 싫으면 앞으론 마더를 낚시 가이드로 쓰던가요.」

「시스포트를 몰 줄 안대요?」

「만약 못 하면 다른 사람을 구해 줄 수도 있어요.」

「벌써 구했으니까 됐어요. 제이크 맬러리라고, 들어는 봤어요?」

「잠자리에서 굉장하죠? 안 그래요?」

앨런이 아무렇지도 않게 물었다.

「연어가요? 내가 알 턱이 없죠. 한번도 같이 자본 적이 없어서.」

앨런이 미소를 지었다.

「제이크 얘기 하는지 알면서 그래요. 정력이 대단하죠?」

「그렇게 믿어 주기로 하죠.」

「그냥 하는 소리가 아니에요. 그 사람은 우리와 똑같은 목적으로 당신한테 접근한 거예요.」

「그거 참 안됐네요. 난 삼각관계는 싫거든요. 워낙 구식이라 한 번에 한 사람만 상대하거든요.」

아너는 필요 이상으로 거칠게 샐러드를 휘저어 댔다. 앨런은 손톱으로 지갑을 톡톡 두드렸다.

「설마하니 제이크가 당신 몸에 관심이 있는 거라고 생각하지는 않았겠죠? 솔직히 말해 그렇게 눈에 띄는 몸매도 아닌데.」

앨런이 신기하다는 듯이 물었다.

「속옷은 뒤질 필요가 없잖아요. 지금 마더 요원이란 사람 뭐하는 거예요?」

아너가 내쏘았다. 제발 속마음이 얼굴에 드러나지 않기만을 바랐다. 마르주니 앨런이니 엄청나게 쭉쭉 빠진 여자들을 보고 있으려니까 자신이 너무 초라해졌다. 백조 사이에 있는 미운 오리…….

앨런이 말을 살짝 돌렸다.

「앰버룸에 관한 얘기는 들어봤어요?」

「네, 그래도 내 옷장 속에 없다는 건 보증하죠.」

「똑똑한 건지 멍청하게 구는 건지 알 수가 없네요.」

「나중에라도 알게 되면 다른 사람들한테 떠벌리고 다니세요. 궁금해하는 사람도 있을 거 아니에요.」

「제이크가 러시아에서 추방당한 건 알아요? 어쩌면 카일한테 절도죄를 뒤집어 씌웠는지도 모르고요.」

아너는 식빵을 획 잡아채서 연어 샐러드를 듬뿍 발랐다. 그 얘기야 벌써 오빠한테 들어서 익히 아는 사실이었다.

당장이라도 이 수다스러운 여자를 벼랑에서 힘껏 밀어 버릴 수만 있다면 분이 좀 풀릴 텐데.

「미스 도노반, 내 말 듣고 있어요? 최악의 경우 제이크는 카일을 살해했을지도 몰라요. 물론 호박만 노리는 거라면 별 문제가 없겠지만 말예요.」

「정부의 공식적인 입장이 그렇단 말인가요?」

「전적으로 그런 건 아니에요. 여러 가지 가능성 중에서 하나라고 보면 될 거예요.」

「그건 별로 맘에 안 드네요. 다른 가능성은 뭐가 있는데요?」

「카일이 앰버룸에서 패널화를 훔쳤을 가능성도 있죠.」

「됐어요. 그것도 맘에 안 드네요.」

「아무거나 맘에 드는 걸 골라잡아요.」

「맘에 드는 게 하나도 없어요.」

아너는 식빵을 위에 얹고 한 입 크게 베어 물었다. 완전히 풀 씹는 맛이었다. 분명히 소금이나 후추를 빼먹은 모양이었다. 그래도 이 여자 앞에서 양념통을 찾을 순 없었다. 얼마나 당황하고 정신이 없었으면 양념까지 깜빡했을까 생각할 테니까.

마더가 부엌으로 들어왔다.

「안 들으려고 해도 들리는 건 어쩔 수 없어서 하는 말인데…….」

「그랬겠죠. 방금 전에 들린 소리, 그거 문에 귀를 들이대고 있다가 잡아떼면서 난 소리 아니었어요?」

「미스 도노반도 제이크의 속셈을 파악한 거 같은데, 아직 모르는 애기를 해주는 게 낫잖아.」

마더의 말에 앨런은 고개를 갸웃거리면서 생각에 잠겼다.

「듣기 좋은 걸로?」

「그런 게 통하는 사람도 있잖아.」

「거의 없지.」

그러면서도 앨런은 고개를 끄덕거렸다.

「맘대로 해.」

「가족들 때문에라도 국제 무역에 관해선 잘 아시겠죠? 동구권 경제가 어떻게 변천을 거듭해 왔는지 말입니다.」

아너는 고개를 끄덕이고는 냉장고에서 콜라를 꺼냈다. 음료수라도 마셔야 샌드위치가 목구멍으로 넘어갈 것 같았다. 짓궂은 오빠들 때문에 표정 연습을 해두어 다행이지, 이 사람들 앞에서 약해진 모습을 보이긴 싫었다.

「과거 정치와 경제를 모두 중앙 정부에서 통제하던 나라들이 갑자기 자유시장경제로 돌아서게 됐죠. 그나마 남아 있던 재화는 민족주의자들이나 종교단체들이 앞다퉈 뜯어가 버렸어요. 그걸로 무기를 사들여서 전쟁을 도발할 생각으로 말입니다. 결국 재정적으로 엉망진창이 됐어요. 그 바람에 러시아 연방은 후진국 수준이 됐단 말이죠. 내가 한 말이 무슨 얘긴지 알겠어요?」

「탱크, 폭탄, 총 같은 걸로 새로운 나라를 만들겠다는 발상 자체가 잘못됐다는 거 아니에요?」

아너는 냉장고에 콜라를 집어넣으면서 말을 이었다.

「군부하에서 자유경제체제는 아무래도 힘드니까요. 그걸 깨닫지 못하면 생전 가난과 정치·사회적인 혼란에서 벗어나기 힘들겠죠.」

마더가 안심했다는 듯이 말했다.

「이해하니까 다행이네요. 그래야 우리도 덜 피곤해요.」

퍽이나 그러시겠어. 아너는 속으로 그렇게 생각하면서 샌드위치를 억지로 씹어 삼켰다.

「신문에는 자세히 안 나오지만 구소련 연방 내에서 파워 게임이 엄청나거든요. 우리가 듣기로 가장……」

「지금 이럴 시간 없어.」

앨런이 말을 끊으며 끼여들었다.

「핵무기 하면 구소련 연방이라는 건 알잖아요. 만약에 앰버룸이 호전적인 사람들 손에 들어가면 어떻게 되겠어요? 당연히 전쟁은 시간 문제일 수밖에 없지요. 핵 폭탄 한번 떨어뜨리면 우리도 목숨 부지하기 힘들어요.」

마더의 얼굴에 실망한 기색이 어렸다. 해안 경비대원한테 엔진에 관해 설명하고 싶었는데 제이크가 못하게 해서 자신도 많이 실망했었다. 마더는 동구권 국가의 경제에 지대한 관심을 갖고 있음이 분명했다.

「음, 맞는 말이에요. 마르주 우스코프치크-미크니스케스는 리투아니아 출신의 분리주의자예요.」

마더가 입을 열었다.

326

「카일 오빠 약혼녀 마르주요?」

아너가 물었다.

「그래요. 미스 우스코프치크-미크⋯⋯.」

「그냥 조운즈라고 불러요.」

아너가 끼여들었다.

「조운즈는 앰버룸을 팔아서 독립 전쟁을 하려는 음모에 가담했어
요.」

「탱크니 폭탄, 총 같은 걸 사서 말이죠.」

「그래요. 마르주의 동료들도 이젠 별 승산이 없어졌죠. 우린 그 치들
이 칼리닌그라드의 마피아들한테서 호박을 훔쳐냈다고 생각해요. 물론
패널화만 훔쳐낸 걸지도 모르지만요. 마피아들 얘기는 들어봤어요?」

「아처 오빠 말로는 사업 규모가 콜롬비아 마약 밀매 조직을 뺨친다고
하던데요. 잔인하기로 말하면 두 배는 더하고 국제적으로 연줄도 많대
요. 국내 경제는 자기들 손으로 쥐고 흔든다면서요. 세금은 옐친보다 더
많이 챙길 거라는 우스갯소리도 있고.」

「그걸 알면서 아처는 왜 우리한테 협조를 안 하는 걸까요? 그 작자들
이 카일 뒤를 쫓고 있다는 사실을 알 거 아닙니까?」

마더가 짜증 섞인 목소리로 물었다.

「아처 오빠한테 직접 물어 봐요. 나한텐 설명은 생략하고 명령만 하
니까요.」

「미스 도노반이 말주변이 왜 그렇게 좋은가 했더니 이유가 있었네요.
그런 오빠들 상대하려면 오죽 힘들었겠어요. 원래 오빠란 인간들이 다
들 그래요.」

앨런의 말에 아너는 웃으면서 앨런을 벼랑에서 미는 건 봐주기로 했
다. 윤기 나는 머리를 잔뜩 헝클어뜨리는 정도는 어떨까.

「연어 샐러드 드실래요?」

앨런은 웃으면서 고개를 저었다.

「고맙지만 다이어트 중이에요.」

그 말을 들으니 기분이 좋아졌다.

「다이어트란 건 원래 오빠들보다 훨씬 끔찍해요. 마더 요원은 가족관계가 어떻게 돼요?」

「여동생이 있죠.」

「내가 그럴 줄 알았어요.」

「그렇게 끔찍한 오빠는 아닌 걸로 아는데요.」

앨런이 마더한테 매혹적인 시선을 던졌다. 저런 시선 받고 싫어할 남자도 있을까 싶었다.

「훈련만 시키면 오빠 노릇 잘할 수 있을걸요.」

「고릴라 사육하듯이 말이죠.」

아너가 샌드위치를 한 입 베어 물면서 말했다.

「제이크가 오르가니자치야가 개입됐단 얘기를 하던가요?」

「고릴라 사육에요?」

마더는 천장을 한번 쳐다보더니 한숨을 내쉬었다.

「아니, 앰버룸에요.」

「제이크가 마피아 애길 하긴 했어요.」

「마피아하곤 좀 달라요.」

이번에는 앨런이 설명했다.

「오르가니자치야는 마피아하고는 좀 다르죠. 쉽게 말해서 해외파라고나 할까요. 주로 세계 각국에 포진한 러시아 출신 이민자들을 노려요. 마피아는 자국 내에 근거지를 두고 있다는 점에서 다르죠. 오르가니자치야는 동구권에서 사실 독립적이라고 볼 수 있어요. 러시아에서 블랙리스트에 오른 사람들 뒤를 봐주긴 하죠. 마피아들은 역으로 오르가니자치야의 테러리스트가 해외에서 수배를 받을 때 러시아에서 살길을 마련해 줘요.」

「상부상조하는 거네요. 그런데 범법자가 해외로 망명했을 때 본국으로 송환한다는 국제법은 어떻게 하고요?」

「우리도 노력 중이에요. 오르가니자치야와 마피아만 앰버룸에 연루된

게 아니에요. 러시아의 여러 정당들이 앰버룸에 눈독을 들이고 있으니까요. 물론 옐친이 속한 당도 포함되죠. 옐친의 수하들 중에 러시아 민족주의 부활을 열렬히 주장하는 사람이 있어요. 그 사람한텐 앰버룸이 일종의 성배나 다름없겠죠. 국민들의 결속을 위해서는 뭔가 구심점이 필요하거든요.」

아너는 후추 병을 집어 들고 남은 샐러드에 뿌렸다.

「결국 앰버룸을 얻기 위해서 별별 짓을 다 할 거란 얘기예요. 러시아에서 두 번째로 실력을 행사하는 정당이 공산당이에요. 과거에 누렸던 영화를 되찾으려고 안간힘을 쓰고 있는 형편이죠. 옐친이 잘되는 꼴은 도저히 못 봐주는 집단이에요.」

「그럼 공산당 측에선 앰버룸을 못 찾기를 바라겠네요?」

「현재 입장은 그래요. 그래도 형편이 바뀌면……..」

마더가 입을 열었다.

「그거야 그때 가서 걱정할 일이잖아. 당장 처치해야 할 뱀이 한두 마리가 아니라고.」

앨런이 끼여들었다.

「합법적인 정당이 두 부류, 불법적인 단체가 두 부류, 거기다 리투아니아 해방론자들까지 포함시키면 되는 건가요?」

아너가 물었다.

「그게 전부는 아니에요. 리투아니아의 민족주의 단체가 최소한 다섯 개는 더 있어요. 맨날 싸우면서도 전세계를 박살내자는 의견은 일치하니 신기해요. 구소련 연방 전역에 걸쳐 그 비슷한 단체들이 많지요. 합법 단체도 있고 불법 단체도 있어요.」

아너는 얼굴을 찌푸렸다.

「전광판을 보지도 않고 경기에 어떤 선수가 나올지 어떻게 알아요?」

「러시아에서는 전광판에 일일이 기록하지 못할 정도로 선수들이 엄청 자주 바뀌죠.」

아너는 아무 말 없이 샌드위치를 한 입 베어 물었다. 아무래도 카일 오빠를 쉽게 찾긴 힘들 것 같았다. 여태껏 두 사람한테 들은 정보를 종합해서 내린 결론이었다.

「지금 러시아와 발트해 연안국들에선 앰버룸이 자기들 문화의 상징적인 존재나 다름없어요. 조금씩 의미하는 바가 다를 수는 있어도 모두한테 중요하단 얘기죠. 러시아를 위협하거나 아부하는 수단으로 앰버룸은 이용 가치가 충분하니까요.」

「그런 걸 우리 오빠가 훔쳤다고 생각하는 거예요?」

「누가 훔쳤는지는 모르지만, 트럭에다 물건을 싣고 어딘가로 사라진 사람은 카일이잖아요. 그 과정에서 리투아니아 출신 운전사까지 살해당했어요.」

「카일이 그 사람을 죽였단 말을 하고 싶은 거예요?」

「그럼 운전사는 왜 죽었는데요? 심장마비 때문에요?」

마더가 따져 물었다.

아녀의 입매가 굳어졌다. 소금과 후추를 쳤더니 확실히 맛이 괜찮았다. 그래도 입이 바싹바싹 마르는 건 변함이 없었다. 아녀는 콜라로 입을 축이고서 샌드위치를 삼켰다.

「이것 보세요, 카일 오빠한테 연락이 없었다니까요 전화 한 통, 편지 한 장 없었다고요. 앰버룸의 패널화 같은 건 더더구나 안 보냈어요.」

「다른 식구들한테는요?」

앨런이 물었다.

「식구 중에 누군가가 카일이 어딨는지 알면 내가 이러고 있겠어요? 어디 가서 죽었는지 살았는지도 모르고……」

아녀는 말꼬리를 흐리면서 샌드위치를 먹다 말고 한쪽으로 치웠다.

앨런은 수긍하기 힘들다는 표정이었다.

「그럼 여기까지 온 이유는 뭐죠?」

「아처 오빠가 시켰으니까요.」

「왜요?」

「나도 몰라요.」

마더는 뭐라고 나지막하게 중얼거렸다. 언뜻 듣기에 교통경찰들이 잘 써먹는 욕지거리 비슷했다. 그런 욕쯤이야 어릴 때부터 많이 들어서 단련이 되어 있었다.

「아처한테 물어 보긴 했어요?」

앨런이 물었다.

「그럼요.」

「아처가 뭐래요?」

「물어 봤자 뭐해요. 대답을 안 해주는데.」

「그래서 착한 여동생 노릇 하느라 여기까지 한걸음에 달려왔단 얘긴 가요?」

앨런의 비꼬는 말에 아너는 생각을 다시 고쳐먹었다. 앨런은 절벽에서 확 밀어 버려도 시원찮을 여자였다.

「그래요. 그쪽이 이해 못 해도 할 수 없어요. 난 우리 오빠들을 사랑해요. 아무리 나를 힘들게 한다고 해도 마찬가지죠. 그런 게 사랑 아닌가요? 설명이나 변명 같은 거 안 들어도 상관없잖아요. 사랑하는 사람한테 내가 필요하다는데 그까짓 게 없으면 좀 어때요. 그런 걸 두고 가족한테 충실하다고 하는 거예요.」

「멍청하다고 하는 게 맞겠죠.」

마더가 심드렁하게 대꾸했다.

「아무리 잘해 줘봤자 맨날 골탕만 먹는 신세라면.」

「그런 면에선 오빠들이나 나나 서로 밑진 거 없어요. 이런 얘긴 절대로 오빠들한텐 안 할 거지만.」

아너가 대꾸했다.

「그래도…….」

「포기해, 앨런.」

거실에서 제이크의 목소리가 들려 왔다.

「도노반 집안에선 다른 사람들은 나 몰라라 한다니까.」

아너와 마더는 거실 쪽으로 시선을 돌렸다.

제이크는 오다가 진창에서 몇 번 구르고 온 사람처럼 보였다.

「무슨 일 있었어요?」

아녀가 물었다.

「난 빗속을 거니는 걸 아주 좋아하거든.」

제이크는 웃으면서 아녀한테 다가갔다. 가까이서 봤더니 전혀 웃음기 없는 얼굴이었다. 그는 아녀의 얼굴을 양손으로 감싸 쥐고 키스했다. 순간 아녀의 몸이 굳어졌지만 피하지는 않았다. 제이크는 분명 키스하고 싶어서가 아니라 두 사람 앞이라 일부러 그러는 것 같았다.

그런데 그게 아니었다. 분명히 제이크는 냉담한 눈빛을 하고 있었지만 바지 앞섶이 부푼 걸 보면 흥분할 대로 흥분한 상태라는 얘기였다. 그의 육체적인 반응이나, 부드러운 키스, 조심스러운 눈동자 때문에 마음이 흔들렸다.

그는 다시 아녀한테 키스를 했다. 아까보다는 거친 키스였다. 분명히 뭔가를 간절히 원할 때 던지는 뜨거운 키스였다.

「듣던 대로야.」

마더가 앨런한테 말했다.

「내가 뭐랬어요. 저렇게 섹시한 미소를 지으면 안 넘어갈 여자가 없다니까요.」

앨런이 맞장구를 치자, 아녀의 얼굴이 새빨개졌다. 제이크는 손가락으로 부드럽게 아녀의 입술을 매만졌다.

「늦어서 미안. 손님이 올 줄 알았으면 더 빨리 왔을 거야.」

그는 구경꾼들한테는 신경도 안 쓰고 말했다.

제이크의 시선이 아녀의 달콤한 입술에서 가슴으로 내려갔다. 스웨터 위로 가슴이 도드라져 보였다.

「앨런이 뭘 몰라서 그렇지, 당신 몸매가 눈에 안 띄다니 말도 안 돼.」

아녀는 자꾸 웃음이 나오려는 걸 참았다. 말 한마디에 기분이 좋아지다니 말도 안 되는 얘기였다.

셋 중에서 믿을 사람은 한 사람밖에 없었다. 카일 오빠를 찾을 때까지 제이크 맬러리한테 묶인 몸이나 다름없었다.

오빠를 찾고 나면 그땐 어떻게 되는 거지?

아너는 떨리는 숨을 고르면서 손가락으로 제이크의 입술을 건드렸다.

「당신은 개보다도 못한 사람이에요.」

「그래서 내 엉덩일 때려 주겠다고?」

제발 그렇게 해달라고 간청하는 시선에 아너는 웃음을 터뜨렸다.

제이크는 공허해지는 아너의 눈빛을 놓치지 않았다. 얼마나 힘들어하고 있는지 알 수 있었다. 그는 아너의 손바닥에 입술을 가볍게 비비고서 구경꾼들한테 몸을 돌렸다.

「질문이 남은 거야?」

「우리한테 협조해요. 안 그러면 이 일에서 억지로 손떼게 할 테니까.」

「그럴 맘이었으면 벌써 그렇게 했겠지. 그런 말도 위협에 속하는 건지 모르겠네. 좀 쓸 만한 걸로 골라서 얘기해 보라고.」

「당신이란 사람 정말 지긋지긋해. 언제나 혼자 잘난 줄 알잖아.」

앨런이 소리를 내질렀다.

「왜 자기 얘길 하시나. 모든 사람들이 자기 하라는 대로 안 하면 속을 끓이는 사람이 누군데 그래.」

제이크가 마더한테 시선을 돌렸다.

「할말 더 없어요?」

「왜 우리한테 협조 안 하는 겁니까?」

「내가 언제 안 한다고 했어요?」

「정말이요?」

앨런과 마더가 동시에 외쳤다.

「그렇다니까. 쓸데없는 고민만 하지 말고 페튜르 레즈니코프한테 신경 좀 쓰라고.」

마더가 앨런을 쳐다보았다. 앨런은 벌레 씹은 얼굴을 하고 있었다.

「레즈니코프가 어때서요?」

「받기만 하고 입 씻을 거야? 이쪽에서 뭔가 보여 줬으면 그쪽도 보여 줘야지.」

앨런이 짧게 웃었다.

「우리 사이에 보이고 자시고 할 게 어딨어요. 서로 볼 거 못 볼 거 다 봤으면서 왜 그래요.」

「옷을 벗었을 때나 그렇지. 지금은 입을 거 다 챙겨 입었잖아.」

아녀는 몸을 움츠리면서 고개를 숙였다. 앨런과 제이크가 깊은 관계였다는 사실이 맘에 걸렸다. 누가 봐도 앨런은 너무 섹시했다. 거기다 머리까지 비상하니 팔방미인이 따로 없었다. 아녀는 자신을 다그쳤다. 두 사람이 어떤 사이였든지 상관할 이유가 없었다.

「페튀르가 날 매수하려고 했다는 건 알아?」

「그랬어요?」

「어땠을 거 같아?」

잠깐 동안 앨런은 아무 말이 없었다. 대답을 할까 말까 망설이는 눈치였다.

「그럼 레즈니코프한테 매수당하지 않았단 얘기군요. 그래서 어떻게 됐어요?」

「그쪽 끄나풀이야?」

「적국이었던 러시아가 이젠 우리 편이라는 사실만 알아 둬요.」

「편의상 그런 거겠지. 원래 신뢰 속에서 싹튼 관계가 아니잖아.」

「그래서 무슨 일이 있었냐고요?」

「내가 싫다고 했더니 쥐새끼 한 놈을 내 집에 들여놨더군. 미끼로 쓸 물건을 몰래 심어 놓으려고.」

「무슨 일 있었던 거예요? 그래서 이렇게 옷이 지저분해진 거예요? 어디 다친 덴 없어요?」

아녀가 고개를 획 돌리면서 물었다.

「혹시 앰버룸에서 나온 물건이 아니었습니까?」

마더가 다그쳤다.

제이크는 걱정할 거 없다는 듯이 아너의 손을 가볍게 쥐었다.

「그러기엔 연대 차이가 꽤 나죠. 석기시대 물건인데 굉장히 값어치가 나가는 겁니다. 거의 국보급 보물이나 다름없어요. 박물관에서 내온 탓에 분류 번호까지 적혀 있었죠.」

마더가 핸드폰으로 어딘가에 전화를 걸었다.

「그 물건은 어디다 놨어요?」

앨런이 물었다.

「페튀르한테 보냈지.」

「그럴 줄 알았어요.」

빨간색 손톱이 다시 가방을 톡톡 건드렸다. 앨런은 마더를 쳐다보았다.

「됐어. 우리도 알고 있다니까. 요주의 인물 둘 다 지금 여기 있어.」

마더가 말했다.

「미국 정부한테 요주의 인물로 찍힌 기분이 어때?」

제이크가 아너의 귀에 대고 속삭였다.

제이크의 입김이 스치면서 팔에 소름이 돋았다.

「레즈니코프는 아직도 식사 중이랍니까?」

제이크가 물었지만, 한참 동안 마더는 아무 말 없이 듣고만 있었다.

「같이 붙어들 있으라고. 실(SEAL, 해군 특수부대, 거기 소속된 해군병사)한테 보트에 그냥 있으라고 해. 이쪽에서 연락할 테니까.」

마더가 입을 열었다.

아너가 제이크를 쳐다봤다.

「실이요?」

「해군 특공대야.」

제이크가 조용히 말했다. 특공대원하고 마주치고 싶은 생각은 전혀 없었다.

마더가 핸드폰을 끄고 주머니에 집어넣었다.

「뭐래?」

앨런이 물었다.

마더는 제이크를 흘낏 쳐다보았다.

「난 신경 쓰지 말아요. 페퇴르한테 화장실까지 쫓아다니는 인간을 붙여 놨다는 거 나도 아니까. 아마 지금쯤은 진흙탕에서 고생하다 간 두 녀석이 내 말을 잘 전해 줬을걸요. 백날 그래봤자 안 넘어간단 사실을. 지금 대기 중인 실은 깔끔하고 근육질에다 싸움도 잘하는 타입 아닌가요? 베이라이너를 몰고 바다에서 우리를 뒤쫓아 다니느라 고생 좀 하던 그 친구 말입니다.」

앨런이 다시 손톱으로 지갑을 톡톡 두드렸다.

「연어 샐러드 남은 거 있어?」

제이크가 아너한테 물었다.

「내가 연어 샐러드 만든 줄 어떻게 알았어요?」

그는 몸을 숙이고 아너한테 키스했다.

「맛을 봤으니까 알지.」

「냉장고에 있어요.」

아너가 중얼거렸다.

「내가 샤워하는 동안 샌드위치를 만들어 줄 수 있어?」

「손님들 내보내면 만들어 줄게요. 이젠 더 이상 못 참겠네요.」

「좋아.」

제이크는 앨런을 향해 몸을 돌렸다.

「잘 가라고. 같이 온 친구도 데리고 가는 거 잊지 말고. 혹시라도 혼자만 알기 뭐한 정보가 생기면 제일 먼저 연락하지.」

앨런은 손톱을 톡톡 두드리다 말고 가만히 있었다. 한참 동안 제이크를 빤히 쳐다보다가 마더한테 몸을 돌렸다. 더 이상은 기대하기 힘들다는 판단을 내린 모양이었다.

「가자고. 마르주가 지금 어딨는지 알아봐야지.」

문이 닫히자마자 제이크는 아너를 다그쳤다.

「빨리 짐 챙겨.」

「난 그냥 여기 있을······.」

아너는 말을 멈췄다. 제이크는 벌써 뒷문으로 나가고 없었다. 아너는 허리춤에 손을 얹고 제이크가 선착장으로 걸어가는 모습을 지켜봤다. 조금 있다가 그는 갈아입을 옷을 들고 나타났다.

아너는 부엌으로 가서 연어 샌드위치를 만들었다. 아무리 화가 나도 약속은 약속이니까.

짐을 챙기고 싶으면 자기가 직접 하라지.

20

제이크는 깨끗한 청바지에 티셔츠로 갈아입고 욕실에서 나왔다.

「집에서 무슨 일이 있었던 거예요?」

부엌으로 들어오는 제이크를 보고 아너가 물었다.

「앨런한테 하는 말 들었잖아. 목걸이 아주 멋진데? 당신이 디자인한 거야?」

「그래요. 그 사람들한테 안 한 얘기를 해보라고요」

제이크는 화제를 바꾸려다가 포기했다.

「그 녀석들은 오르가니자치야의 시애틀 지부 녀석들이야. 그게 뭐냐면……」

「해외에 진출한 러시아 마피아요.」

아너가 말을 끊자, 제이크는 의외라는 듯이 눈썹을 치켜 올렸다.

「앨런한테 들었어요. 그 사람들 정체를 어떻게 알았어요? 회원 카드나 특수한 총 같은 걸 소지하고 다닌대요?」

「내가 물어 봤지.」
「순순히 대답해 줘요?」
「그래.」
「순순히 말이죠.」
「과정까지 자세히 얘기해 줘?」
제이크가 부드럽게 물었다.
아너는 제이크의 눈을 들여다봤다. 회색빛이 감도는 검은색 눈동자가
더 새까맣게 보였다.
「알았어요, 다른 얘기 할게요. 그럼 페튀르가 마피아란 얘기예요?」
「가능성은 반반이야. 사실 중요한 일도 아니지. 사기꾼들 하면 정치가
들이고, 정치가들은 사기꾼들이지. 남들이 안 보고 있다 싶으면 별별 짓
거리를 다하는 게 인간이야.」
제이크는 손가락으로 젖은 머리카락을 쓸어 올렸다.
「세계관이 아주 멋지네요.」
「칭찬 고마워. 그게 다 경험에서 우러난 거야. 그 샌드위치 먹을 거
야, 아니면 나 줄 거야?」
아너는 샌드위치와 냅킨을 건네줬다.
「짐은 다 쌌어?」
「부엌에서 살림하느라 바빠서요.」
제이크는 샌드위치를 먹으면서 아너를 살펴봤다. 그녀는 몸을 돌리고
설거지를 했다.
「샌드위치 맛있는데. 짐 싸는 동안 내가 설거지할게.」
「그럴 거 없어요.」
「왜?」
「어디 갈 것도 아닌데 짐은 왜 싸요?」
「배를 타려면 갈아입을 옷이 있어야지.」
「난 배 안 탈 건데요! 세상에, 바람이 언제 잠잠해질까 몰라.」
아너가 창 밖을 보면서 말했다.

「오늘 내로 그렇게 되긴 글렀지.」

아너는 입술을 깨물었다. 카일 오빠가 지금 위험한 상황에 있다면, 그래서 자신의 도움이 절실하게 필요하다면…….

제이크는 아너의 생각을 쉽게 읽어 낼 수 있었다. 아너의 얼굴엔 감정이 너무나 잘 나타났다. 그는 샌드위치를 내려놓고 수돗물에 휴지를 적신 뒤, 아너를 끌어당겼다.

「뭐하려고…….」

아너는 놀라서 제이크를 쳐다봤다.

「뺨에 진흙이 묻었잖아. 내가 그랬으니까 내 손으로 닦아 줘야지.」

아너는 뺨에 와 닿는 차가운 촉감에 몸을 떨었다. 잠깐 동안 머뭇거리다가 제이크는 아너한테 키스를 했다. 깨끗해진 얼굴에 홍조가 감돌았다.

「입엔 안 묻었잖아요」

「그렇지.」

「짐 안 쌀 거예요」

「맘대로 해.」

아너가 눈을 깜빡거렸다.

「정말이에요?」

「그래, 정말이야.」

제이크는 아너한테 키스를 퍼부었다. 숨도 쉬기 힘들 정도로 거친 키스를.

「제이크?」

「왜?」

「어떻게 해야 할지 모르겠어요」

「내가 대신 생각해 줘? 아주 적절한 걸로.」

「적절?」

아너가 회의적이라는 듯이 말했다.

「적절이란 말이 별로 맘에 안 들어? 그럼 할 수 없지. 대신 그냥 옷을 홀딱 벗고 침대로 들어가는 거야. 혹시 알아? 맘에 드는 말이 떠오를지.」

아너는 아주 슬픈 미소를 지었다.

제이크도 아너가 왜 그러는지 알고 있었다. 신임할 수 없는 남자한테 애정을 느낀다는 사실이 싫겠지. 이성적으로 생각하면 이해가 가는 일이었다.

「아처한테서 전화 오기 전에 차라리 배를 타고 멀리 나갈 걸 그랬어. 그랬으면 날 계속 믿었을 거 아냐, 안 그래?」

아너는 뭐라고 하려다가 고개를 저었다. 제이크는 손등으로 부드럽게 아너의 뺨을 문질렀다.

「마르주가 쓸 만한 얘긴 안 해?」

「쓸 만한 게 어떤 건데요?」

「카일이나 호박을 찾는 데 도움이 될 만한 얘기.」

「아뇨. 나랑 같이 여기서 지내면 안 되겠냐고 물어 보긴 했어요.」

「그래서 뭐라고 했어?」

「현금 남은 거 몽땅 다 주면서 방이 없다고 했죠. 거절하려니까 마음은 편치 않았지만 도저히 안 되겠더라고요.」

제이크는 한숨을 내쉬었다.

「마르주도 다 큰 성인이야. 산전수전 다 겪었고, 보통 사람은 상상도 못 하는 그런 전쟁의 고통까지 견뎌 냈어. 혼자서도 괜찮을 거야.」

「그래도 보기엔 힘들어 보였어요.」

「리투아니아인들이 얼마나 감정적인 줄 알아? 그런 면에선 이태리인들과 아주 비슷하지. 내 말 믿어. 당신이 힘든 거에 비하면 마르주는 아무것도 아니라니까.」

「그러기만 바랄 뿐이에요.」

「그렇다니까. 연어 샐러드는 얼마나 만들었지?」

「먹을 만큼요. 연어는 충분히 남았어요. 내일 아침에 먹을 오믈렛하고 저녁때 먹을 파스타는 걱정 안 해도 돼요.」

제이크는 마음속으로 트럭과 투마로우 안에 비축해 놓은 양식이 얼마나 되는지 떠올려 봤다. 날씨가 이럴 땐 음식보다는 기름이 더 빨리 축나기 마련이었다. 창 밖으로 내다보이는 바다는 아직도 엄청난 파도로 뒤덮여 있었다. 검푸른 물결 위로 끊임없이 흰 거품이 생겨났다. 바람 때문에 파도는 점점 거세게 몰아쳤다.

사실 배를 타고 혼자 나가서 카일이 컴퓨터에 남긴 항로를 따라가 볼까 하는 생각도 했었다. ‘베터데이즈’ 호는 투마로우보다는 크기가 작은 편이었지만 이 정도의 바람에는 끄떡없는 배였다. 하지만 해안 경비 대한테 걸리면 곤란했다.

길이가 8미터나 되는 투마로우를 사실 소형 선박이라고 보기는 힘들었다. 뒤쫓아오던 배들은 모두 투마로우보다 작았다.

제이크는 머릿속으로 해야 할 일을 떠올렸다. 깜깜할 때 몰래 나가려면 몇 시간은 더 기다려야 했다. 잠수복으로 갈아입고 실(SEAL) 대원이 배 밑바닥에 선물을 남겨 두고 떠나진 않았는지 살펴볼 작정이었다. 맘 같아선 아녀 옆에 누워 편하게 잠들고 싶지만 그럴 상황이 아니었다.

「잠수하러 갈 거야.」

아녀는 창 밖을 내다보았다. 등줄기에 오한이 느껴졌다. 파도가 바위에 거세게 부딪히면서 하얀 포말을 일으켰다. 전나무들은 바람에 미친 듯이 흔들리고 있었다.

「저기서 잠수를 한다고요?」

「아니, 바다 밑.」

「정말 미쳤나 봐.」

「누구 탓인데 그래. 내가 하자는 대로 하긴 싫다면서.」

「무슨 말을 하는 거예요? 내가 언제……..」

제이크가 말을 낚아챘다.

「이제 와서 딴청이야? 아까 훌딱 벗고서 침대로 들어가자고 했잖아.」

아녀의 표정을 보고 제이크는 웃어댔다.

「걱정 마, 하니. 그런 원초적인 잠수말고 진짜 잠수를 할 거니까.」

「억지로 그렇게 웃어 주려고 할 필요 없어요.」

「당신은 어떻고. 나만 그런 게 아니잖아. 원래 인생이란 건 힘들고…….」

「그러니까 잘못해서 죽을 수도 있잖아요.」

아너는 목에 뭐가 걸린 사람처럼 말이 잘 안 나왔다.

「제이크, 부탁이니까 가지 말아요. 너무 위험해요.」

아너는 자신이 염려하고 있다는 걸 보여 주고 싶지 않았다. 그래도 말을 안 하고는 배길 수가 없었다. 제이크를 어떤 식으로 대해야 할지 갈피를 잡을 수가 없었다. 그렇긴 해도 제이크가 다친다는 건 생각하기 싫었다.

어느새 아너는 제이크의 품에 안겨 있었다. 그는 아너를 달래듯이 천천히 흔들면서 말했다.

「괜찮을 거야. 바다엔 안 나갈 거니까. 당신 혼자서 늑대들을 상대하게 놔둘 순 없지.」

아너는 자신이 걱정이 돼서 그런 게 아니라고 말하려다가 말았다. 그런 말 자체가 바보스러웠다. 제이크보다 힘든 사람은 자신이었다.

어쩌면 제일 무서운 늑대는 제이크일지도 모르니까.

아너는 제이크를 따라서 선착장으로 갔다. 재킷을 입고 있었는데도 춥긴 마찬가지였다. 바람 때문에 체감 온도가 훨씬 낮아진 탓이었다. 제이크는 딱 달라붙는 잠수복에 산소통을 착용하고 있었다. 검은 장갑을 끼고 물갈퀴와 마스크는 오른손에 들었다. 호스와 게이지는 어깨에 올려놓았다.

어색해 보일 만도 한데 아너 눈에는 안 그랬다. 벗은 거나 다름없는 복장 때문에 그만큼 섹시해 보였다.

「얼어죽겠어요.」

「지금은 약과야. 물에 들어가면 저절로 그런 말이 나오겠지.」

「그러니까 그만 두란 말이에요.」

제이크는 아무 말도 안 했다.

「왜 바닥을 살펴야 하는데요? 구멍이라도 나서 물이 샐까 봐요?」

「그냥 체크해 보는 거야.」

아무래도 더 이상 설명해 줄 것 같지는 않았다. 한 시간 전부터 저런 식이었다. 물어 보면 딴소리를 하거나 침묵을 지켰다.

「말이나 시원하게 해주면 어디 덧나요?」

「걱정시키기 싫어.」

「마음고생 좀 하라고 일부러 그렇게 말하는 거예요?」

제이크는 한숨을 내쉬었다.

「실(SEAL) 대원들이 투마로우에 손댄 거 같애. 혹시 흠집은 안 냈는지 봐야지.」

반쯤은 맞는 얘기였다.

아너는 지금도 긴장할 대로 긴장한 상태였다. 그런데 한밤중에 투마로우를 몰고 바다에 나갈 거라는 사실을 알면 어떻게 나올지 뻔했다.

「그럼 그 사람들이 일부러 투마로우를 고장냈을지도 모른단 말이에요?」

아너가 화가 나서 물었다.

「아니 그런 건 아니고. 조심해서 나쁠 건 없잖아.」

「과대망상증에 걸린 건 아니에요?」

「그럴지도.」

바람이 갑자기 불어오는 바람에 아너는 중심을 잃었다. 제이크가 옆에서 아너를 붙들었다.

「여기 이러고 있지 말고 빨리 들어가. 금세 돌아올 테니까 걱정 말고.」

「잘됐네요. 금세 나온다니까 하는 말인데 그냥 여기 있을게요.」

「나한테 무슨 일이 생기면 어쩔 건데? 잠수복도 없으면서 뭘 어떻게 하려고.」

「선착장 위에서 춤판이나 벌리죠.」

「내가 죽는 걸 그렇게 보고 싶은 거야?」

아너는 몸을 떨었다. 제이크가 죽는다는 생각을 했더니 질식할 것만 같았다.

「안됐지만 내 시체 위에서 춤추고 놀 일은 없을 거야.」

「그런 웃기지도 않은 소린 집어치워요.」

아너가 이를 악물면서 말했다.

「난 재밌기만 한데. 누구처럼 화가 나서 꽁한 것도 아니고.」

제이크는 선착장에 앉더니 산소통을 점검하고 마우스피스를 입에 물었다. 그러고는 파도가 넘실대는 바다로 뛰어들었다.

아너는 눈을 크게 뜨고 거품이 보글거리는 곳을 찾았다. 가끔 흔적이 사라지기라도 할 때면 겁이 덜컥 났다. 설마 물 속에 가라앉는 건 아니겠지. 저러다가 영영 안 나오면······.

「빨리 올라와요, 제이크 맬러리.」

아너는 물에 대고 소리를 질러 댔다.

「정말 열받는 꼴 보고 싶어요?」

제이크가 수면 위로 모습을 드러낼 때까지 아너는 별별 생각을 다 했다. 제이크는 아주 가뿐하게 선착장 위로 올라왔다. 어쩌 걱정한 보람도 없이 아무렇지도 않아 보였다. 얼마나 바람이 매서운지 아너는 손이며 발가락에 감각이 없었다.

「찾았어요?」

아너가 재빨리 물었다.

「뭘 찾아?」

「추적장치요. 너무 추워서 머리가 어떻게 되기라도 한 거예요?」

「추적장치 얘긴 한 적 없는데.」

제이크는 앉아서 물갈퀴를 벗겨 냈다.

바람 때문에 머리카락이 얼굴로 날아들었다. 아너는 머리카락을 뒤로 넘기면서 말했다.

「날 완전히 바보 멍청이로 아나 봐. 실(SEAL) 대원들이 우리 배를 폭파할 생각은 없다고 해도 추적장치는 붙여 놨을 거 아니에요. 그래야 따라다니기도 쉬울 테니까. 찾았어요, 못 찾았어요?」

「찾았어.」

「어디다 놨어요?」

「선착장에다 붙여 놨지.」

「그럼 우리가 계속 여기 있는 걸로 생각하겠네요.」

「그렇겠지. 너무 추우니까 들어가자고.」

아너는 고개를 갸우뚱하면서 제이크를 따라 별장으로 돌아갔다. 잘은 모르겠지만 뭔가 석연치 않은 구석이 있었다.

제이크는 잠수복을 벗으려고 침실로 들어갔다. 문을 열어 놨지만 아너는 그냥 밖에 있었다. 자신의 입에서 대신 지퍼를 내려 주겠다는 소리가 튀어나올까 봐 들어가기가 뭐했다.

여태껏 걱정을 많이 해서 그런지 경계심이 많이 풀린 상태였다.

잠시 후, 그는 욕실로 가서 샤워기를 틀었다.

「감시하는 사람을 여기에도 보낸 거 아니에요?」

아너가 거실에서 큰 소리로 말했다.

「왜 마더하고 통화했던 사람 있잖아요. '요주의 인물들'이 돌아왔다고 말했던 그 사람.」

「그래.」

「선착장도 보고 있겠네요?」

「그럴지도.」

「그럼 추적장치를 떼어 내는 것도 봤을 테고.」

제이크는 차라리 아너를 추운 데서 더 떨게 놔둘 걸 하는 생각이 들었다. 아너는 눈치가 너무 빨라서 탈이었다.

「그럴지도 몰라.」

「그럼 또 붙여 놔도 그만이잖아요?」

「그래.」

「그럼 뭣하러 그 고생을 한 거예요?」

제이크가 한숨을 내쉬면서 말했다.

「그 치들 밤이 돼서야 돌아올 거야. 그때쯤이면 투마로우는 여기 없을 테고.」

갑자기 침묵이 흘렀다.

「그럼 어디로 가요?」

「저기 바깥에.」

아너는 창문을 통해 바깥을 바라봤다.

「지금 농담하는 거예요?」

「아니.」

그는 잠수복 아랫도리를 벗고 물로 씻었다. 그리고 물갈퀴와 장갑을 헹궈 내면서 물소리 때문에 아무 소리도 안 들리는 척했다. 이런 날씨에 바다에 나가다니, 그건 제이크 자신이 생각해도 말이 안 됐다. 하지만 지금은 사정이 달랐다.

아너는 성이 잔뜩 난 얼굴로 욕실로 들어갔다. 홀딱 벗은 모습을 보니까 더 짜증스러웠다.

「제이콥 맬러리, 지금 제정신으로 하는 말이에요?」

「오늘보다 더 심한 날씨에도 바다에 나가곤 했어.」

「난 그런 적 없어요!」

「상관없어. 나 혼자 갈 거니까. 당신은 앨런한테 전화해서 그쪽에 합류하고 싶다고 말해. 나하고 엄청 싸웠다고 핑계를 대면 되잖아.」

「싫어요.」

「그럼 나랑 같이 가겠단 말이야?」

「그렇…….」

「어쩔 수가 없어.」

제이크는 욕조에서 나와 아너를 지나쳐 침실로 갔다.

「당신 혼자 놔두고 갈 순 없잖아. 뱀눈 같은 녀석들이 어떻게 나올지도 모르는데.」

아녀도 제이크를 따라서 욕실을 나왔다. 전엔 해변이 내려다보이는 침실의 정경이 너무 맘에 들었지만, 지금은 어렸을 때의 악몽 그 자체였다. 성난 바다는 모든 걸 집어삼킬 듯이 눈앞에 펼쳐져 있었다.

「앨런한테 전화해. 옆에서 잘 돌봐 줄 거야.」

제이크가 아녀의 뺨을 만지면서 말했다.

「싫어요.」

「날 좀 쳐다봐.」

아녀는 바다에서 시선을 돌렸다. 목소리는 부드러웠지만 제이크의 눈은 그렇지가 못했다.

「카일을 찾게 되면 안전하게 데리고 돌아올게. 이거 하나는 약속할 수 있어.」

「싫어요.」

제이크는 화도 나기도 하고 답답하기도 했다.

「날 믿지 못하겠단 얘기군.」

「그게 아니에요.」

「아니긴 뭐가 아니야.」

제이크는 청바지와 속옷을 집어 들었다.

「안됐지만 앨런과 나, 둘 중에서 한 사람을 선택하라고.」

제이크가 속옷을 걸쳐 입으면서 말했다.

「보디가드 구해 줄 시간이 없어. 앨런의 보스가 계속 기다려 주진 않을 거라고. 억지로 날 이번 일에서 손떼게 할지도 몰라.」

「제이크, 그건……」

「고래 싸움에 새우 등 터진다는 말 들어봤어? 잘못하다 내가 그 신세가 될지 몰라. 카일이야 워낙 배경이 든든하니까 잘 넘어갈 수 있겠지. 옆에서 위로해 줄 가족들도 있고. 난 믿을 사람이 나밖에 없어. 내가 직접 진실을 밝힐 수밖에 없다고. 그러니까 얌전히 내 말대로 앨런한테 연락해. 그런데도……」

갑자기 제이크는 말문이 막혀 버렸다. 차가운 손이 부드럽게 등을 어루만지고 있었기 때문이었다. 제이크가 몸을 획 돌리는 바람에 아너는 뒤로 나자빠질 뻔했다.

「지금 뭐하는 거야?」

「맘을 돌리게 하려고요.」

아너는 손가락으로 가슴을 매만지면서 말했다. 목걸이 줄을 손가락 사이로 스르르 미끄러뜨렸다.

「맘을 돌리게 한다고?」

「그렇다니까요. 벌써 효과가 있잖아요. 당신 목소리가 달라진 걸 보니까.」

아너는 손끝으로 목걸이를 더듬으면서 말을 이었다.

「그날 밤엔 왜 이걸 안 걸고 있었어요?」

「이걸 걸고 있다가 당신한테 의심받으면 곤란하잖아. 질문을 받아도 대답할 수가 있나.」

그가 어깨를 으쓱했다. 그때 아너의 손가락이 맨가슴을 쓸고 지나갔다. 제이크는 숨을 헉 들이마셨다.

「아무리 그래도 소용없어. 나 아니면 앨런이야.」

제이크가 이를 악물면서 말했다.

「지금 생각 중이에요.」

아너의 손이 가슴께에서 아래로 내려갔다. 대번에 제이크의 몸이 반응을 보였다.

「뭘 생각하는데?」

「당신한테서는 어떤 맛이 날까.」

「앨런하고 있는 게 싫으면 보트를 타야 해. 이런다고 내 맘이 바뀌지는 않아.」

제이크는 목에 뭐가 걸린 사람처럼 쉰 목소리로 말했다.

「내가 당신 맘을 바꾸려고 유혹하는 걸로 보여요?」

아너의 조그만 손이 팬티 속으로 미끄러졌다. 아까처럼 차갑지가 않았다.

「지금 유혹하는 게 아니란 말이야?」
「효과가 있긴 한 거예요?」
「아니……, 그래.」
어루만지는 손길 때문에 제이크는 숨을 제대로 쉴 수가 없었다.
「젠장, 계속 그러면 생각할 수가 없잖아.」
「그럼 이건 어때요?」
아너는 재빨리 그의 팬티를 무릎 아래로 끌어내렸다. 촉촉한 입술이 닿는 느낌이 뭐라고 표현할 수가 없었다. 마음속에선 수도 없이 아너를 일으켜 세우고 있었다. 이런 바보 같은 짓은 그만 둬야 한다고, 아무리 그래봤자 소용없다고.
「그만 해.」
더 이상은 참을 수가 없어서 제이크가 쉰 목소리로 말했다.
「이제야 좀 감이 잡히는데 무슨 말이에요.」
아너는 분주하게 혀를 놀리고 있었다.
제이크는 팬티를 벗어 던지고 아너를 들어올렸다. 그리고 허리에 아너의 양다리를 감았다.
「감을 잡고 싶으면 이건 어때?」
어느새 제이크는 아너의 팬티를 벗겨 내고 몸 안으로 들어갔다. 아너는 눈이 휘둥그레졌다. 자근자근 조여 오는 느낌에 제이크는 완전히 자제력을 상실해 버렸다. 입술보다 더 뜨겁고 더 깊고 더 달콤한 동굴 안에 파묻혀서 제이크는 추락과 비상을 거듭했다.
「기절할 것 같애.」
제이크가 숨을 몰아쉬면서 말했다.
아너는 제이크의 말을 듣지 못했다. 벌써 반쯤은 정신을 잃은 상태였으니까.

21

부엌으로 들어갔더니 아너가 연어 샌드위치를 만들고 있었다. 음식 재료들이 탁자 위에 가지런히 놓여 있었다.

「조디악은 제대로 묶어 둔 거예요?」

「그래.」

「그 큰 걸 어떻게 쑤셔 넣었나 몰라.」

「그게 뭐 어렵다고. 이런 날씨에 조디악을 배까지 끌어다 놓는 게 좀 짜증났지.」

「나한테 도와 달라고 하지 그랬어요.」

제이크는 내심 그럴걸 하는 생각을 했지만 그 말은 안 했다.

「앨런한테 전화 거는 게 좋지 않을까? 그러는 편이 안전할 거야.」

「오빠와 당신 걱정하다가 미쳐 버릴걸요.」

「아직도 내가 못미더워서 그러는 거야?」

「아니라니까 왜 그래요.」

그는 아너의 고집스러운 얼굴을 쳐다보았다.

「거짓말.」

「어쩔 수 없잖아요.」

아너는 비닐봉지에 샌드위치를 집어넣었다.

제이크는 치미는 욕지거리를 간신히 참았다. 자신을 믿는다는 얘긴 하면서도 사랑을 나누면서 한번도 사랑한다는 말이 없었다. 두 사람은 어두워질 때까지 몇 시간 동안 함께 침대에 있었다. 그런데도 사랑한다는 말은 한마디도 안 했다.

「내가 앨런한테 억지로 보내겠다면 어쩔 거야?」

제이크가 거칠게 말했다.

「당신이 어디 가는지 다 불어 버릴 거예요.」

「내가 어디 갈 건지도 모르면서.」

「실락(Seal Rock)이요.」

그는 고개를 획 돌렸다.

「언제 지도 읽는 법을 배운 거야?」

「몰래 숨어서 봤죠. 아직 안 가본 데는 실락뿐이잖아요」

「카일이 거기 있다고는 장담 못 해.」

「나도 알아요.」

「그런데도 따라가겠다는 거야?」

「말했잖아요.」

「날 믿는다면 그냥 여기 있어야지.」

「남자들 특유의 논리네요.」

아너는 도시락 꾸러미를 들고 제이크를 향해 몸을 돌렸다.

「그래봤자 소용없다니까요.」

「당신한테 무슨 일이 생기면 안 되잖아.」

「당신한테 무슨 일이 생기면 안 되잖아요」

제이크의 입매가 굳어졌다. 무슨 얘기를 해도 아너는 꿈쩍도 안 했다. 위협도 해보고 달래도 봤지만 막무가내였다.

　카일은 벌써 저 세상 사람일지도 모른다, 시체를 건지러 가는 거나 다름없는데 뭣하러 가느냐는 말이 입에서 맴돌았다. 대놓고 말은 안 했지만 사실 얘기를 한 거나 다름없었다. 힌트를 준답시고 별별 얘기를 해댔으니 못 알아들으면 바보였다.

　아너의 눈에 두려움과 슬픔이 교차했다. 제이크는 자신이 살인자가 된 기분이었다.

「여기 있어. 내 말대로 하는 게 좋다니까.」

제이크가 부드럽게 말했다.

「싫어요.」

「좀 이성적으로 생각해 봐. 왜 그렇게 사람이 감정적이야?」

「뭐 묻은 개가 뭐 묻은 개 나무란다더니.」

그는 가방에 도시락을 챙겨 넣기 시작했다.

「배멀미해도 난 몰라.」

「알았어요.」

제이크는 부엌 불을 껐다.

「침실 불은요?」

「그냥 놔둬.」

「왜요?」

「우리가 침실에서 뒹굴고 있다고 생각하게 해야지.」

「누가 사랑을 나누면서 불을 켜놔요?」

「우린 아까 불을 꺼놨나?」

「몰라요. 그랬어요?」

　제이크의 얼굴에 순간 미소가 떠올랐다. 아너는 달아오를 만큼 달아올랐었다. 달콤한 입술로 자신을 끊임없이 자극하고 괴롭혔다. 마음 한 편에선 자신이 행운아처럼 느껴졌지만 다른 한편에선 그렇지가 않았다. 자신이 아너를 원하는 것 이상으로 아너도 자신에게 반응을 보였다는 점에선 행운아라고 할 수 있겠지만 아너는 자신을 신뢰하지 못하고 있었다.

거기다 아녀는 카일을 찾게 되면 두 사람의 관계도 끝내겠다는 생각을 하는 것 같았다. 그 생각만 하면 기분이 가라앉았다.

「아까는 해가 지면서 주위가 어두워진 거야. 꽤 보기 좋은 광경이었어. 특히 당신이 절정에 올랐을 때의 표정은 압권이었지.」

「제이크!」

「왜? 이제 와서 싫은 척 내숭떨 거야?」

아녀는 바보처럼 얼굴을 붉히는 자신이 싫었다. 그런 모습을 보고 제이크가 씩 웃었다.

「일부러 그런 얘기 해서 딴 생각하게 하는 거죠? 무서워하지 말라고.」

「그런 건가? 효과가 있었어?」

제이크가 물었다.

「그럴지도 모르죠.」

목소리를 들어봐서는 아니라는 대답이 맞을 것 같았다. 그는 아녀를 끌어안고 달래듯이 말했다.

「앨런한테 가 있어.」

「싫어요.」

제이크는 아녀의 머리카락에 입술을 문질렀다. 그러고 나서 뒷문으로 걸어갔다. 두 사람은 바람을 맞으면서 선착장을 향해 뛰어갔다. 숲에 가려 감시자들을 피할 수 있는 지점도 있었지만 나머지는 칠흑같은 밤과 운에 맡기는 수밖에 없었다.

「선착장은 미끄러울 테니까 조심해야 해. 배도 그렇고.」

제이크가 낮은 목소리로 말했다.

아녀는 벌써부터 입 안에서 짭짜름한 소금기를 느끼고 있었다. 습기를 머금은 바람이 피부에 닿으면서 따끔거렸다. 달은 아직 안 떴지만 별빛이 검은 바다 위를 수놓고 있었다. 파도가 부교(浮橋)를 강타하면서 물보라가 다리 위까지 튀었다. 수위가 그다지 낮지 않아서 선착장까지 가는 길이 아까보다는 경사가 완만했고 덜 미끄러웠다.

아너는 비닐봉지를 가슴에 끌어안고 조심스럽게 선착장으로 걸어갔다. 제이크가 먼저 배에 올라서 짐을 받아 주었다. 그는 짐들을 선실에 싣고 갑판으로 나왔다.

제이크 말대로 배 안은 빙판 뺨칠 만큼 미끄러웠다. 그나마 갑판용 신발을 신어서 다행이었다.

제이크는 엔진 뚜껑을 열고 숨을 몇 번 들이마신 뒤, 주머니에 넣어 뒀던 손전등을 꺼내 안을 비춰 봤다. 확실히 지난번에 살펴봤을 때랑 달라진 게 없었다. 모든 게 변함없었다. 그는 몸을 일으켜 세우고 뚜껑을 닫았다.

「송풍기 켤게요.」

아너가 조용히 말했다.

「아니야. 선실에 들어가 있어. 기계는 절대로 손대면 안 돼.」

「그래도…….」

「송풍기나 등을 켜면 안 된다고. 알았어?」

제이크가 아너의 말을 대번 잘랐다.

「하지만…….」

「내가 하라는 대로 안 하면 안 데리고 갈 거야.」

아너는 말다툼해 봤자 승산이 없음을 깨달았다. 거기다 전문가는 제이크이지 자신이 아니었다.

아너는 선실로 들어가서 보조석에 앉았다.

제이크가 바로 뒤따라 들어와 시동을 걸었다. 엔진 소리가 하도 요란해서 바람소리도 당해 내질 못했다. 그 누군가도 보트에서 나는 엔진 소리임을 알고 앨런한테 보고할 게 분명했다.

엔진이 데워질 때까지 기다릴 시간이 없었다. 제이크는 밧줄을 끌렀다. 제이크가 키를 잡는 걸 보고서야 아너는 숨을 크게 내쉬었다. 투마로우는 순식간에 선착장을 빠져 나와 거친 바다를 향해 내달렸다. 바람막이 역할을 해주던 지형이 멀어지면서 파도가 훨씬 더 거세졌다.

아너는 순간적으로 제이크한테 미안한 마음이 들었다. 인생이 복잡해진 건 순전히 카일 때문이었다. 제이크가 한 짓이라고 해봤자 사실 약간의 혼란을 보탠 일밖에 없었다.

하지만 이제 와서 후회해 봤자 별 소용이 없었다. 기왕 마음을 정했으니 모든 걸 제이크한테 맡기는 수밖에 없었다.

제이크는 해도플로터를 불러서 화면에 띄웠다. 레이더 스크린에 점선이 나타났다. 그는 항로를 바꾸고 속도를 높였다.

긴장 때문에 침묵만 지키고 있던 아너가 입을 열었다.

「우리가 나가는 걸 누가 봤으면 어쩌죠?」

「할 수 없지 뭐. 그래도 그 치들이 손쓰기 전에 멀리 갈 수 있을 거야.」

「해안 경비대는 어쩌고요?」

「그 치들 헬리콥터가 샌드포인트에 있어. 여기서 20분은 가야 하는 거리지. 그 시간이면 우린 한참 가 있을걸.」

「우릴 안 찾을까요?」

「구름에 바람, 거기다 밤이니까 우리한테 유리해. 지역에 따라선 불을 완전히 *끄고* 지나가야겠지. 해안 경비대한테 들키면 곤란하니까.」

배가 파도에 부딪히면서 심하게 덜컹거렸다. 평소보다는 속도를 안 낸다고 해도 마냥 느려 터지게 갈 순 없었다. 아너는 양손으로 팔걸이를 꼭 붙들었다.

와이퍼가 분주하게 왔다갔다하면서 바닷물을 닦아 냈지만, 달라지는 건 별로 없었다. 달이 안 떠서 보이는 게 별로 없었으니까.

바람소리와 파도가 선체에 부딪히면서 내는 소리가 신경을 박박 긁어 댔다.

어둑어둑한 선실 안에서 해도플로터와 레이더 스크린만 기묘한 빛을 발했다. 레이더 스크린엔 섬들과 항해표지들이 나타나 있었다.

「왼편에 있는 저건 뭐예요?」

아너가 레이더를 들여다보면서 물었다.

「예인선 같은데. 배를 끌고 다니는 걸 보니까.」

「어떻게 알아요?」

「창 밖을 봐. 저기 크리스마스 트리 같은 거 보여?」

「뭐요?」

「대형 돛대 말이야. 예인선들은 원래 저렇게 등을 잔뜩 매달고 다니거든. 불빛 숫자로 예인 밧줄이 얼마나 긴지 알 수가 있지. 불빛 색깔로 배가 지금 밖으로 나가는 건지 안으로 들어오는 건지 구분할 수도 있고. 지금 이 배는 우현 쪽으로 나가고 있는 거야. 조금 있으면 우리 옆으로 지나갈 거야.」

아너는 바다를 쳐다봤다. 제이크 말대로 예인선은 전등을 일렬로 쭉 매달고 있었다.

「크리스마스 트리로 써먹기엔 너무 빈약하잖아요.」

제이크는 레이더의 범위를 확장시켰다. '마치포인트'를 향해 떠가는 커다란 유조선을 제외하고는 아무것도 없었다. 그저 바람과 파도, 섬들뿐이었다. 배는 계속 덜컹거리면서 나아갔다.

「뒤따라오는 배는 없어?」

제이크가 물었다.

「없어요. 한 번 더 돌아보면 스물한 번째라는 사실만 알아두세요. 레이더에도 안 잡혀요?」

제이크가 미소를 지었다.

「그래.」

「완전히 따돌린 거예요?」

바람이 거칠어지면서 배도 전보다 많이 흔들거렸다.

「그런 거 같애.」

제이크는 웃으면서 말을 이었다.

「혹시라도 다른 배가 지나치면 관광객처럼 굴면 돼. 해안 경비대와 마주쳤을 땐 얘기가 달라지겠지만.」

「목적지까지 얼마나 더 가야 해요?」

「글쎄, 바람에 따라서 달라지겠지.」

배가 엄청난 기세로 파도에 부딪혔다. 아무래도 파도가 점점 높아지는 모양이었다.

「제이크?」

「괜찮을 거야. 위험할 거라고 생각했으면 절대 당신은 안 데리고 왔어. 밧줄로 꽁꽁 묶어서 장롱 안에 숨겨 놨겠지.」

「에이, 설마하니 그랬으려고요.」

말은 그렇게 하면서도 내심 제이크라면 그러고도 남으리란 생각이 들었다.

「그럼, 왜 그렇게 안 했는데요?」

「그랬다간 용서받지 못 할 거 같아서. 그래도 내가 판단 착오를 한 거라면, 그래서 당신한테 무슨 일이 생기면 절대로 나 자신을 용서하지 못할 거야.」

「그런 웃기지도 않은 말이 어딨어요? 당신 잘못도 아닌데. 내가 선택했으니 결과도 내가 책임져야죠. 성인이면 당연히 그래야 하는 거 아니에요?」

「당신 오빠들도 그렇게 생각하는지 모르겠어.」

제이크가 비꼬듯이 말했다.

「그거야 내 사정이 아니죠.」

「나야 그 치들한테 쫓기는 몸인데 당신하곤 사정이 다르지.」

아녀는 뭐라고 하려다가 입을 다물었다. 틀린 말은 아니었다.

「가서 눈 좀 붙이고 와. 한참 가야 하니까.」

「지금 자라는 말이 나와요?」

투마로우의 뱃머리가 파도에 부딪히면서 기우뚱거렸다.

「사실 보는 것만큼 그렇게 심하진 않아.」

제이크가 말을 덧붙였다.

「알류산열도에 부는 바람을 봐야 하는데. 파도 높이가 10에서 20미터까지 될 때도 있거든. 물론 대형 선박들만 왔다갔다하지.」

「20미터라니.」

「그 이상일 때도 있어.」
「그런데도 바다에 나가다니 말도 안 돼.」
「돈이 걸렸으니까 그렇지.」

그는 레이더 스크린을 자세히 들여다봤다. 화면에 뭔가 나타났다 싶더니만 금세 사라져 버렸다.

「가서 눈 좀 붙이라니까.」
「바다를 보고 있지 않으면 더 무서울 거 같아서 싫어요.」

카일과 마르주 때문에 고심할 바에야 차라리 바다를 쳐다보고 있는 게 백 배 나았다. 일부러는 아니겠지만 마르주는 자기 약혼자를 나쁜 놈으로 낙인찍는 말만 골라서 해대지 않았던가.

난 그 사람을 믿었어요. 그래서 가족과 민족까지 배신했다고요. 신이 용서해 주시길 빌 뿐이에요. 그래도 그 사람을 사랑하는데 어쩌겠어요. 분명히 나한테 연락할 거예요…….

아너는 계기반을 꼭 붙들고 검은 파도가 넘실대는 바다를 내다보았다.

제이크가 몸을 일으키는 바람에, 슬리핑백에서 함께 잠을 자던 아너도 잠에서 깼다. 창문을 통해 은색 달빛이 쏟아져 내렸다. 달빛의 도움을 받아 제이크는 신나게 배를 몰았지만 아너는 전보다 더 겁이 났었다. 섬에 정박할 때까지 얼마나 고생을 했는지 말로 다 못 할 정도였다. 바다가 그렇게 거칠어질 수도 있는지는 미처 몰랐다.

「어디 가는 거예요? 아직 밤이잖아요.」
「잠깐 점검 좀 하고 올게. 계속 잠이나 자라고.」
「계속 잠이나 자라고? 그러죠.」

아너는 제이크의 말투를 흉내냈다.

「앞으론 수영하기 전에 수심이 얼마나 되는지 먼저 살펴볼 거예요.」
「그렇게 심하진 않았잖아.」
「끔찍 그 자체였어요.」

「다음부턴 옷장 속에 처박아 둘 거야.」
「다음부턴 그렇게 해달라고 빌게요.」
제이크는 씩 웃으면서 아너한테 몸을 굽히고 키스했다.
「다음 번엔 소원대로 해줄게.」
제이크가 가고 나니까 갑자기 한기가 스며들었다. 둘이서 같이 슬리
핑백 안에 있을 때는 따뜻하기만 하더니.
아너는 장비들을 지나쳐 선실로 갔다. 초긴장 상태가 오래 지속되다
보니 몸이 이젠 무감각해졌다.
그렇지만 꿈을 마음대로 바꿀 수는 없는 노릇이었다. 카일이 자기는
잘못한 게 없다고 어두운 허공에다 부르짖는 꿈. 한 걸음 다가가면 저
만치 사라져 버리는 카일. 너무 생생한 꿈이라서 아직도 가슴이 서늘했
다.
화장실 문이 열리더니 제이크가 나왔다. 몸을 떨면서 아너는 그쪽으
로 갔다.
「어떻게 사용하는지 까먹은 건 아니지?」
「당연하죠. 차가운 변기에 앉는 게 얼마나 짜증나는데.」
「그래? 난 왜 몰랐지?」
「거기 앉아서 한번 소변을 봐보라고요. 그럼 알 테니까.」
문이 쾅 닫혔다. 제이크는 살짝 미소를 지었다.
제이크는 라디오를 켜고 일기예보를 들었다. 커피 물을 올려놓는데
아너가 화장실에서 나왔다. 그는 오렌지색 구명조끼를 건네줬다. 그거라
도 껴입고 있으면 추위는 대강 막을 수 있을 것 같았다.
「날씨는 어떨 거래요?」
아너가 조끼를 입으면서 물었다.
「그렇지 뭐.」
「뭐라고요?」
「달라진 거 하나도 없다고.」
「그거 잘됐네요.」

아너가 비꼬듯이 말했다.

「그거야 당연하지. 이렇게 바람이 계속 불어야 '플라스틱 맨'을 따돌릴 수가 있거든.」

아너는 무슨 소린가 싶어서 눈을 깜빡거렸다.

「실(SEAL) 대원께서 몰고 다니는 배는 싸구려 플라스틱으로 만들었거든.」

아너는 억지미소를 지었다. 겉으론 아무리 침착해 보여도 사실은 긴장하고 있다는 사실만 강조해 주는 미소였다.

그건 제이크도 마찬가지였다. 아너한테는 좋은 면만 얘기해 주었다. 이렇게 바람이 불면 잠수하기 힘들단 얘기는 일부러 안 했다.

무전기가 잠잠한 걸 보니 근처를 얼씬거리던 치들을 확실히 따돌린 것 같았다. 어쩌면 그렇게 믿고 싶은 건지도 모르지만.

두 사람은 커피와 함께 연어 샌드위치를 먹었다. 동이 터오는 기미가 조금씩 보였다. 제이크는 송풍기를 켜고 몇 분 있다가 시동을 걸었다. 해도플로터를 들여다봐도 그게 그거였다.

「실락?」

아너의 물음에, 제이크는 한숨을 내쉬었다.

「왜 그렇게 뚱하고 있어요?」

「내가 언제 그랬는데? 아무튼 오늘도 계속 이렇게 춥고 바람이 불 거야.」

「바람을 피해서 가면 되잖아요.」

「말이야 쉽지. 썰물 때라 수심이 얕아져서 바위들이 수면 위로 나와 있으면 모를까.」

「그럼 거긴 뭐하러 가요? 오빠 분명히 거기 없을 거예요.」

「그럼 나더러 어쩌라고?」

아너는 입술을 깨물면서 고개를 내저었다. 괜히 초조하답시고 제이크한테 화풀이하는 자신이 싫었다.

제이크가 다시 한숨을 내쉬었다. 어쩌면 실락에 가서 카일을 찾는다고 해도 시체만 건져내는 불행한 일이 생길지도 모르는 일이었다. 아너한테는 차마 그 얘기를 꺼낼 수가 없었지만.

「미안해. 사실 나도 당신 못지않게 기분이 착잡해.」

제이크가 아너를 끌어안으면서 말했다.

「가족도 아니면서 내가 어떤 기분이든 신경 쓸 게 뭐예요?」

아너가 제이크의 티셔츠에 얼굴을 묻으면서 말했다.

「당신은 카일 동생이고?」

아너는 뭐라고 하려다가 말았다. 어느새 제이크는 뱃머리로 가서 닻을 끌어올리고는 조타석으로 가서 자리를 잡았다. 아너는 동쪽을 쳐다봤다. 빨리 날이 밝았으면 좋겠다는 생각이 들었다. 주위가 환해야 오빠를 알아보기도 쉬울 게 아닌가.

섬을 벗어나는데 다시 바람이 거세게 불어왔다. 거친 파도와 싸워 가면서 목적지를 향해 가다 보니 어느새 주위가 훤해졌다.

어디를 살펴봐도 눈에 들어오는 건 물거품밖에 없었다. 이렇게 될 줄 알았으면서도 실망이 물밀듯이 밀려들었다.

오빠, 정말 어디 있는 거야? 죽진 않았어. 오빤 절대로 안 죽었어.

아너는 쉰 목소리로 중얼거렸다.

제이크는 아너의 뺨에 흘러내리는 눈물을 봤다.

「오빠가 죽었다고 생각하면서 뭘 그래요? 도둑에다 살인자, 거기다 이젠 죽었다고 생각하잖아요.」

「그거야 두고 봐야 알지.」

제이크가 차분한 목소리로 말했다.

「오빠 안 죽었어요.」

아너가 떨리는 숨을 고르면서 말했다.

「여기말고 또 찾아볼 덴 없어요?」

「바다.」

「왜 괜히 딴소리만 골라서 하는 거예요?」

「들어서 기분 나쁠 얘기 하기 싫으니까. 카일이 저장해 놓은 항로는 이게 마지막이야. 끝이라고. 다른 덴 없어.」

「오빠를 찾지도 못할 거면서 뭣하러 여기까지 왔어요?」

「가능성이 있으니까. 바다 밑에 앰버룸에서 나온 패널화를 숨겨 놨을 지도 모르잖아.」

「그거 찾으면 누군 좋겠네요.」

제이크는 아무 말도 안 했다.

아녀는 고개를 젖히고 눈을 감았다. 눈물을 멈추려고 그랬다면 결국 아무런 효과가 없었지만.

「호박 찾는 덴 시간이 얼마나 걸릴 거 같아요?」

제이크는 얼굴을 찌푸렸다. 아녀의 목소리엔 너무 생기가 없었다.

「얼마 안 걸릴 거야. 패널화를 안전하게 숨겨 놨을 만한 장소가 많지 는 않으니까.」

아녀는 창 밖으로 시선을 돌렸다.

「바다 밑이 얼마나 넓은데 그래요. 배 한 척을 통째로 숨겨 놔도 남 들 눈에 안 띈다고요.」

「조류나 폭풍 같은 외적인 요인을 생각해야지. 지금 조수 상태로 봐 서 해수면은 최소한 4미터 정도 낮아졌어. 그런 걸 무시했다간 본전도 못 건진다고.」

아녀는 제이크한테 시선을 돌렸다. 아주 강렬한 시선으로 바다를 바 라보고 있었다.

「카일은 아마 산소탱크 때문에라도 깊이 숨겨 두진 못했을 거야. 산 소탱크 안의 공기는 아껴 쓴다고 해도 한계가 있으니까. 내 생각엔 산 소탱크 없이 그냥 잠수해서 물건을 숨겼을 거야. 분명히 수심 8미터 안 팎 정도 되는 곳에 숨겼겠지. 웬만큼 훈련받지 않은 사람이라면 산소탱 크도 없이 잠수하는 게 쉽지 않거든. 바다 밑이 워낙 어두운데다가 수 압을 견디기가 힘들어.」

「오빠가 산소탱크 없이 잠수하는 건 못 봤어요.」

「그럴 것 같았어. 지도를 봐서는 가능성이 있는 곳이 다섯 군데 정도 돼. 실락 근처에서 조수나 해류의 영향이 적고 수심도 적당한 곳을 찾아봤거든.」

「오래 전부터 계획을 착착 진행시킨 티가 나네요, 안 그래요?」

제이크는 아너의 비꼬는 말투를 무시해 버렸다.

「그래. 어딘가에 있어야 할 잠수장비와 조디악이 없어졌으니 의심할 밖에.」

「나한텐 왜 말 안 했어요?」

「당신이야 오빠 편이잖아. 그런데 거기다 대고 말하긴 뭐하지.」

「나야말로 오빠가 죄인이라고 단정하는 사람한테 무슨 할말이 있겠어요?」

「그럼 나는 어쩌고? 내가 호박을 훔쳤다는 거야?」

제이크가 다짜고짜 물었다.

「아뇨.」

제이크가 약간 놀란 얼굴로 말했다.

「아처는 그렇게 생각하던데?」

아너가 고개를 저었다.

「말도 안 돼요.」

「왜?」

「옆에서 쭉 지켜봤으니까 알죠. 앰버룸을 훔칠 만한 동기가 없잖아요. 내가 보기에도 당신은 석기시대 예술품에만 관심이 있는 사람이에요.」

「동기라면 6억 달러가 있잖아.」

「돈엔 별 관심 없으면서 그래요.」

아너가 자기 오빠를 믿듯이 맹목적으로 자신을 믿어 준다면 얼마나 좋을까. 제이크는 그런 생각이 들었다. 지금 그런 사소한 일로 기분 상할 때는 아니었지만.

「마찬가지로 카일 오빠는 비취에 심취해 있다고요. 돈이 없는 것도 아니고 누구처럼 호박에 미친 것도 아닌데, 오빠가 뭣하러 그런 짓을 해요?」

「다른 중요한 동기는 왜 빼먹어? ……. 마르주 말이야.」

「오빠는 마르주와 헤어졌어요.」

「그래? 연애 자금 마련하느라고 바보 짓거리를 하다가 된통 당한 건
아니고?」

아너의 입술이 살짝 비틀렸다.

「그래도 돈이 필요해서 그런 건 아니에요.」

아너가 고집스럽게 말했다.

「브라질에서 즐기면서 살 정도로 카일한테 여유가 있는진 몰랐는데.
그 부분은 어떻게 설명할 거야?」

아너는 긴장 때문에 몸을 떨었다.

「자꾸 강요하지 말아요.」

아너가 쉰 목소리로 말했다.

제이크는 아너를 품에 안아 위로해 주고 싶었다. 그래서 손을 내밀다
가 문득 스치는 생각에 흠칫 물러섰다. 화를 억누르느라 입술을 꾹 다
물었다. 자신을 믿고 있다는 아너의 말이 거짓이란 법은 없었다. 하지만
즐길 건 다 즐겨 놓고 아직도 자기 오빠의 원수로 취급하는 건 너무하
지 않은가.

「조금 있으면 게조(憩潮, 밀물과 썰물이 바뀔 때 일어나는 조류의 정지
상태)가 있을 거야. 난 가서 닻을 내리고 잠수장비를 챙겨야겠어.」

아너는 아무 말 없이 낚싯대를 집어 들었다. 그리고 뱃고물로 가서
자리를 잡았다. 그 동안 하도 시달려서 그런지 배가 파도에 출렁이는데
도 별로 신경이 안 쓰였다. 아너는 화풀이라도 하듯이 낚싯대를 쳐들었
다가 앞으로 내던졌다. 낚싯줄이 쭉 뻗으면서 수면 위로 날아갔다.

제이크가 산소탱크 없이 물 속으로 들어가는데도 아너는 아무 말이
없었다. 조금 있다가 산소탱크를 착용하러 배 위로 올라왔을 때도 가만
히 있었다.

제이크가 차가운 바다 밑으로 잠수하고 나서야 반응을 보였다. 아너
는 온몸이 떨리는 걸 참아보려고 낚싯대를 몇 번 바다에 드리웠다가 릴

을 감았다. 아무리 살펴봐도 제이크가 보이질 않았다. 초조한 마음을 달래 보려고 선실에서 스케치북을 꺼내 왔다. 손에 잡힌 연필이 왠지 어색했다. 마음속에 떠오른 이미지조차 참혹한 것들밖에 없었다.

아녀는 신음소리를 내면서 스케치북과 연필을 내던졌다. 별장이라면 왔다갔다하면서 초조한 마음을 달래 보련만, 배 안이라 움직일 공간이 턱없이 부족했다.

그때 무전기에서 지지직거리는 소리가 들렸다. 크기 8미터 정도 되는 시스포트 기종의 투마로우 호를 발견하면 연락해 달라는 해안 경비대의 요청이었다. 아녀는 조타석에 앉아서 재빨리 통신장비의 주파수를 여기저기로 돌려보았다. 다행스럽게도 해안 경비대의 요청에 답해 주는 선박은 한 척도 없었다.

한참 동안 이리저리 주파수를 돌려본 후 안도의 숨을 내쉬었다. 문득 시선을 돌려보니 해도플로터가 눈에 띄었다. 카일이 저장해 놓은 항로가 화면에 떠 있었다. 바위를 둘러싼 점선들이 화면에 나타났다. 일곱 번째 항로라는 표시가 스크린 상부에 기록되어 있었다.

아녀는 메뉴를 선택해서 첫번째 항로를 불러왔다. 아무리 들여다봐도 그게 그거였다. 두 번째 항로를 선택해서 불러왔다. 세 번째, 네 번째, 다섯 번째 그리고 여섯 번째 항로까지 모두 살펴봤지만 소득이 없었다.

「정말 어딨는 거야, 오빠. 어딨냐고! 뭔가 숨기는 게 있으니까 항해일지에다 기록을 안 했을 거 아냐.」

아녀는 항해일지를 잡아채서 훑어보았다. 한참 들여다봤지만, 뾰족한 수가 생길 리 없었다.

「오빠가 좀 도와줘. 암호는 오빠가 맨날 쓰는 게 있으니까 뻔하잖아. 그래도 어디다가 써먹어야 할지 알 수가 있어야지. 어디다 암호를 걸어 놓은 거야?」

갑자기 머릿속에 퍼뜩 떠오르는 생각이 있었다. 아녀는 두근거리는 마음을 가다듬고 장비의 전원을 껐다. 그리고 조금 있다가 다시 전원을 켰다.

모니터 가장자리에 붙어 있는 메뉴 버튼에 불이 들어왔다. 문자 버튼이 두 줄로 나열돼 있었다. 거기서 뭔가 선택해야 수중탐지기나 해도플로터 같은 걸 불러낼 수 있었다. 카일이 복잡하게 깔아 놓은 프로그램들도 마찬가지였다.

「어떤 걸 눌러야 하는 거야?」

아녀가 화면을 들여다보면서 중얼거렸다.

일일이 해보는 수밖에 없었다. 아녀는 우선 글자로 된 암호를 입력시켰다. 카일이 쓰는 암호는 은행구좌며 컴퓨터, 자동응답기까지 모두 동일했다. 숫자로만 이루어진 비밀번호와 글자로만 만든 비밀번호가 각각 하나씩 있었다.

여전히 아무런 변화가 없었다.

아녀는 주먹을 꼭 쥐고 다시 전원을 껐다가 켰다. 이번엔 위쪽에 있는 문자 버튼을 암호에 맞춰서 눌러 봤다. 갑자기 화면이 깜빡거리더니 전체가 까맣게 되어 버렸다. 아녀는 깜짝 놀라서 외마디소리를 내질렀다. 화면이 다시 깜빡거리더니 새로운 지도가 화면 위에 떠올랐다.

아녀가 지도에 나타난 항로를 들여다보고 있는데 갑자기 배가 움직였다. 제이크가 잠수를 마치고 계단을 올라오고 있었다. 계단에 몸무게가 실리면서 배가 약간 그쪽으로 기울었다. 아녀는 조타석에서 일어나 갑판 쪽으로 달려나갔다.

「제이크…….」

「없어. 아무것도 못 찾았다고.」

제이크가 장비를 내려놓으면서 말했다.

「난 찾았어요.」

22

두 사람은 아너가 찾아낸 항로를 따라서 제이드 섬으로 향했다. 위낙 규모가 작은 무인도라서 조디악이나 카누 같은 배가 아니면 접근하기 힘든 곳이었다. 만조 시에는 섬까지 갈 수 있는 길이 여러 갈래 열리긴 했다. 그렇긴 해도 산호초와 암초들이 많은 항로라서 거기까지 가려는 사람들이 별로 없었다. 거기다 다른 섬들과 위낙 동떨어진 곳이라 경고 표지 하나 없었다.

「카일이 왜 조디악을 끌고 갔는지 이유를 알겠군.」

제이크가 말을 이었다.

「그나마 만조라서 다행이야. 하마터면 조디악으로 옮겨야 하는 신세가 될 뻔했으니까.」

아너는 몸을 떨었다.

제이크는 섬의 남쪽 부근을 먼저 둘러보기로 했다. 배는 바위와 산호초들을 피해서 조심스럽게 나아갔다. 해안 주위로 계곡 비슷한 지형이 형성돼 있어서 그 안쪽은 주변보다 수심이 높았다. 식수를 해결할 만한 곳도 없었고, 해변도 형성되어 있질 않았다. 썰물 때라면 해변 비슷한 게 생길지도 모르지만. 낚시할 만한 여건도 갖추지 못한 곳, 한없이 고적하기만 한 섬이었다.

아녀는 수면 위로 삐죽삐죽 올라온 바위들을 쌍안경으로 유심히 살폈다. 갑자기 폭삭 늙어 버린 기분이었다. 너무 실망한 나머지 눈물 한 방울 나오지 않았다. 단서를 찾았다고 생각했는데 그게 아니었다.

「이리 줘봐. 괜히 속만 끓이지 말고.」

제이크가 쌍안경을 뺏으면서 말했다.

아까보다는 바람이 잦아들긴 했지만 아직까지 파도의 기세는 여전했다. 그래도 온몸이 싸늘해진 건 배멀미와 상관없는 일이었다. 이젠 오빠를 단념해야 하는지도 모른다는 두려움에 질식해 버릴 지경이었다.

섬에서 보이는 거라고는 전나무와 바위가 전부였다.

제이크는 한 손으로 키를 잡은 채 쌍안경을 들여다봤다. 아녀는 멍한 얼굴로 가만히 있었다. 제이크도 실상을 봤으니 이제 카일은 단념해야 한단 얘기를 할지도 몰랐다. 그런데 쌍안경을 내려놓고 의외의 말을 했다.

「이젠 반대쪽을 살펴봐야지.」

아녀는 고개를 끄덕였다. 가봤자 분명히 실망만 할 거란 생각이 들었지만.

아주 천천히 투마로우는 섬의 반대편으로 나아갔다. 배는 해안 근방의 수심이 깊은 지역으로 향하고 있었다. 아까 가본 곳과 별 차이가 없었다. 물건을 실은 조디악을 해변 위로 끌어올리고 싶어도 해변이라고 불러 줄 만한 장소가 없었다.

아녀는 갑자기 속이 메슥거렸다. 오빠가 여기 있을 거라고 생각했는데, 그래서 오빠가 무죄라는 사실을 해명해 주리라 생각했는데…… 이제 희망은 완전히 사라져 버렸다.

「바다 밑바닥이 어떻게 생겼지?」

제이크가 무뚝뚝하게 물었다.

아너는 아무 말 안 했다.

제이크는 주먹으로 어딘가 내려치고 싶은 기분이었다. 그 동안 아너한테 암호 비슷한 얘긴 한번도 들은 적이 없었다. 얼마나 자신을 믿지 못했으면 그랬을까 싶어 속이 부글부글 끓었다.

「가서 수중탐지기를 보고 와. 바닥이 대강 어떤 모양인지 알아야 해.」

제이크가 쌍안경을 계속 들여다보면서 말했다.

아너는 선실로 들어가서 탐지기를 살펴봤다. 배가 섬으로 점점 다가가고 있었다. 제이크는 선체의 방향을 90도 각도로 틀어서 해안선과 거의 평행을 이루게 했다. 배는 아주 조심스럽게 조금씩 움직이고 있었다. 아너는 수심이 1미터 이상 변화한다 싶을 때마다 큰 소리로 제이크한테 알려 주었다.

「13.4미터, 12.3, 9.6……. 너무 빨라요. 7.4, 6.3, 4.2, 벌써 2.7미터예요!」

제이크가 속도를 조금 줄였다.

아너는 고개를 들다가 깜짝 놀랐다. 어느새 절벽이 코앞에 다가와 있었다.

「제이크, 앞을 봐요!」

「나도 알아. 접근할 수 있는 만큼은 계속 접근해야 해. 아직까진 괜찮아. 레이더에 뭐 나타난 건 없어?」

「우리 앞에 섬말고 또 뭐가 있어요?」

「뒤쪽 말이야.」

아너는 레이더 스크린을 살펴봤다. 뒤쪽으로도 섬이 하나 있었다. 무슨 섬이었는지 이름을 생각해 내려고 했지만 기억이 안 났다. 패배감이랄까, 정상이 바로 코앞에 있었는데 무너져 버린 느낌뿐이었다.

「아까 지나쳐 온 섬밖에 없어요. 우리 왼쪽에 있었던 무인도 말이에요. 뭔지 기억 나요?」

「그래.」

사실 섬 어딘가 눈에 띄지 않는 곳에다 소형 보트 한 척 숨기는 건 쉬운 일이었다. 그런 얘길 해봤자 아너가 걱정만 할 거 같아서 그만 뒀다.

거기다 다른 배들한테 추적당하고 있는지 어쩐지 알 수가 없었다. 레이더에서 뭔가 본 듯한 느낌을 받은 것도 착각인지 모른다. 앨런과 같이 일하던 과거가 재현되는 것 같아 불쾌했다. 그 세계에는 음흉한 속셈을 숨기려고 하나같이 거짓 웃음이나 흘리고 다니는 그런 사람들밖에 없었다. 그런 사람들과 지내다 보면 먼저 의심하는 버릇부터 생기기 마련이었다.

그는 방향을 천천히 돌리고 선실로 들어갔다. 아너는 참담한 표정으로 창 밖을 쳐다보고 있었다. 무슨 생각을 하고 있는지 물어 볼 것까지도 없었다.

제이크는 아너한테 쌍안경을 건네줬다. 아너는 아무 말 없이 받아 들고 해안을 살폈다. 투마로우는 천천히 곶(串) 주위로 나아갔다. 반대편엔 만(灣)이 형성되어 있었다. 썰물 때라면 바로 거기가 해변이 될 자리였다. 부드러운 바람에 전나무들이 흔들리고 있었다.

「멈춰요.」

아너가 갑자기 큰 소리로 말했다.

제이크는 기어를 중립에서 후진으로, 다시 중립으로 재빨리 움직였다. 배가 바다 위에 떠 있는 상태가 되었다.

현 위치의 수심은 5미터 안팎, 해안은 왼편으로 9미터 정도 되는 거리에 있었다. 그는 아너를 쳐다봤다. 아너는 창문으로 몸을 내밀고 쌍안경으로 바다를 내다보고 있었다.

「뭐 발견한 거라도 있어?」

제이크가 물었다.

「나도 몰라요. 전나무 가지가 바다로 늘어져 있던 아까 그 장소로 돌아가 봐요.」

제이크는 아너가 하라는 대로 천천히 배를 뒤로 움직였다. 갑자기 배가 덜컹하면서 상승했다.

「더 이상은 안 돼. 암초에 부딪힐지도 몰라.」

제이크가 방향을 바꾸면서 말했다.

아너는 창문으로 팔을 내밀고 열심히 주위를 둘러봤다. 해안까지는 이제 3미터 정도 떨어져 있었다.

「저게 뭐지……?」

아너는 말을 하다 말고 신음소리를 냈다.

「산소탱크잖아!」

이쪽에서는 아너 뒤통수에 가려 보이는 거라곤 바다밖에 없었다. 제이크는 잠깐 동안 여기에 정박하기로 마음먹었다. 바람이 별로 안 부는 곳이라 잠깐 동안은 괜찮을 것 같았다.

「여기다 정박할 거야.」

아너는 제이크가 닻을 내리든 어쩌든 거기에는 관심도 두지 않고 눈이 빨개지도록 쌍안경만 들여다보고 있었다. 전나무 사이로 빠끔히 보이는 산소탱크가 가끔씩 빛을 반사하고 있었다. 보이는 건 그게 전부였다.

「오빠!」

아너가 소리를 내질렀다.

「어디 있는 거야? 오빠, 내 목소리 들려?」

돌아오는 건 파도소리밖에 없었다.

「총 다룰 줄 알아?」

제이크가 물었다.

아너는 몸을 획 돌리다 머리를 유리창에 부딪혔다.

「대강은 알아요. 왜요?」

「대강이 어느 정도야?」

「끄트머리에 구멍 뚫린 부분을 표적에 겨눈다. 방아쇠를 당길 땐 눈을 감으면 안 된다.」

「그거야 기본적인 사항이지.」

제이크는 몸을 숙이고 탁자 밑에서 뭔가를 꺼냈다.

「총 쏘는 솜씨는 어느 정도 되는 거야?」

「낚시하는 솜씨가 아마 더 괜찮을걸요.」

「그럴 줄 알았어. 그럼 이건 내가 갖고 갈 거야.」

제이크는 미소를 지을 듯 말 듯하면서 총을 손에 쥐고 갑판으로 나
갔다.

「어딜 가는 거예요?」

아녀가 재빨리 뒤따라 나오면서 물었다.

「총은 왜 갖고 가요?」

제이크는 방수 처리된 가방에 총을 집어넣고 그걸 다시 벨트에 고정
시켰다.

「오빠가 당신한테 총이라도 쏠까 봐 그래요? 총은 왜 가져가요?」

「당신의 소중한 오빠를 쏘진 않을 테니까 걱정 마. 손가락 하나 안
건드리겠다고 약속하지. 내 말이 안 믿겨지나 본데 그래도 사실이야.」

「그래서 그러는 게 아니에요. 위험하지도 않을 텐데 왜 총을 갖고 가
요?」

아녀가 제이크의 팔을 잡으면서 물었다.

「난 원래 소심하거든.」

「정말 말 안 할 거예요?」

그는 화가 나서 반짝거리는 아녀의 눈동자를 들여다봤다. 아녀가 자
신을 믿기만 하면 모든 문제가 훨씬 간단하게 해결될 텐데, 그런데도
저렇게 고집만 부렸다.

「앨런 라자루스 말로는 카일을 쫓는 녀석이 둘이나 있어. 한 녀석은
해변에서 시체로 발견된 그놈이고 나머지는 아직 생사를 알 수가 없어.
다 듣고 나니까 속이 시원해?」

「아뇨. 그럼 가지 말아요.」

아녀가 제이크의 팔을 꽉 붙들었다.

그제야 제이크는 아너가 자신을 걱정하고 있음을 깨달았다. 순식간에 몸에서 긴장이 풀렸다.

「그건 말도 안 돼. 산소탱크를 발견한 건 어쩌고?」

그는 몸을 굽히고 아너한테 키스했다.

「나 때문에 걱정하지 마. 내가 과대망상증 환자라는 거 잊었어? 그만큼 조심 또 조심할 테니까 걱정 마.」

아너는 입술을 꼭 깨물었다.

「내가 돌아올 때까지 여기 있어야 해. 총소리가 나면 해안 경비대에 연락해. 절대로 바깥으로 나오면 안 돼. 해안까지 뒤따라올 생각은 말고. 알았지?」

「내가 도와줄 수 있는 건 없어요?」

「있기야 있지. 배 안에 누군가 들어오면 경적을 울리라고.」

「그게 아니라 같이 가면 안 되냐고요. 바닷물이 아무리 차가워도 몇 미터 정도야 못 가겠어요.」

「그건 얼마나 차가운지 몰라서 하는 말이야. 그러니까 여기 남아 있어.」

「그래도……」

「별장 안에 누가 들어왔던 날 밤 기억하지?」

「그럼요.」

「절대로 그때처럼 몰래 따라오면 안 돼. 나중에 후회할 일 저지르지 말고 내 말대로 해. 알았지?」

「알았어요.」

아너가 재빨리 덧붙였다.

「오빠나 당신한테 무슨 일이 생기면 그땐 나도 모르지만요.」

맘에 쏙 드는 대답은 아니었지만 지금은 그 정도로 만족하는 수밖에 없었다.

제이크는 선체 옆면에 부착된 계단을 내려가서 물로 가볍게 뛰어들었다. 6미터 거리를 가면서 물갈퀴를 신어 봤자 귀찮기만 할 것 같아서 착용하지 않았다. 오래지 않아 제이크는 바위로 둘러싸인 해안에 도착할 수 있었다. 물갈퀴 안에 신는 얇은 신발을 신고 뾰족한 바위를 넘어다니는 게 보통 일이 아니었다. 제이크는 전나무 사이를 헤집어 보다가 산소탱크를 발견했다.

'카일 도노반'이라는 이름이 산소탱크에 선명하게 새겨져 있었다.

제이크는 주변을 살폈다. 누군가 밟고 지나간 흔적도 없었고 야영을 한 흔적도 없었다.

그리고 시체도 없었다.

조디악을 숨길 만한 곳이 없는지 다시 한 번 해안선을 쭉 훑어봤다. 섬에는 사람이 숨을 만한 장소가 거의 없었다. 하물며 텐트를 몰래 치고서 야영할 만한 장소는 더 말할 것도 없었다.

제이크는 좁은 골짜기를 따라 올라갔다. 골짜기에서 섬 정상까지는 대략 60미터 정도 될 것 같았다. 얼마쯤 갔을까, 끙끙대면서 바위 위로 기어올랐더니 숲이 눈에 들어왔다. 풍파에 시달린 흔적이 엿보이는 나무들이었다.

그때 갑자기 22구경 권총이 눈앞에 불쑥 나타났다.

「날 쏘는 건 괜찮은데 다음 타자가 오면 그냥 놔둬.」

제이크가 거친 목소리로 말했다.

「네 녀석 동생, 아너일지도 모르니까.」

카일이 눈을 가늘게 뜨고 이쪽을 살폈다.

「제이? 여기서 지금 뭐하는 거야?」

「네 녀석 찾으러 왔지.」

제이크의 시선이 카일의 수척한 얼굴이며 퀭한 눈동자, 부들부들 떨리는 손을 재빨리 포착했다. 갈색 머리는 지저분하게 헝클어지고 황록색 눈엔 핏발이 서 있었다. 칼에 찔렸는지 잠수복의 어깨 부분이 찢겨 있었다.

「아너라니 무슨 얘기야?」

카일이 쉰 목소리로 물었다.

「아녀하고 같이 왔어.」

「빨리 여기서 내보내.」

「왜?」

「위험하니까 그렇지!」

「내가 보기에 총 들고 설치는 사람은 너밖에 없는데. 그걸로 아녀를 쏠 생각이야?」

「내가 미쳤어?」

「그럼 날 쏠 건가?」

카일이 말도 안 된다는 듯이 고개를 저었다.

「지금 무슨 소릴 하는 거야? 내 조디악을 엉망으로 만든 놈 때문에 그러는 건데. 내가 그 녀석 파트너를 해치웠거든.」

「그게 일 주일 전 일인가?」

「그럴걸. 날짜 개념이 없으니까……」

카일이 눈썹을 내리깔았다. 그 동안 제대로 먹지도 못하고 잠도 못 자서 쓰러지기 일보 직전이었다.

「물 갖고 온 거 있어?」

「그 총 내려놓으면 갖다주지.」

카일은 놀란 얼굴로 총을 내려다봤다. 여태껏 제이크한테 총을 겨누고 있었다는 사실을 깨닫지 못한 모양이었다.

제이크는 총을 빼앗아 들고 한 팔로 억지로 카일을 앉혔다. 카일은 반사적으로 저항을 했지만 이내 그만 뒀다.

「아녀한테 자넬 안 건드리겠다고 약속한 걸 다행으로 알아. 난 누가 나한테 총을 들이대는 건 딱 질색이야.」

제이크가 이를 악물고 말했다.

「자넨 줄 알았으면 안 그랬지.」

카일이 고개를 흔들면서 말했다.

제이크는 카일의 상태를 꼼꼼히 살폈다. 왼쪽 어깨 부근에 딱지가 앉아 있었다. 너덜너덜해진 잠수복은 무릎이 찢어져 있었다. 신발도 바닥이 닳아빠질 대로 닳아빠진 상태였다. 전엔 보기 좋던 몸이 이젠 형편 없이 말라 있었다. 카일은 앉아 있는 것조차 힘겨워하고 있었다. 양손에는 긁히고 멍든 자국이 가득했다. 어디서 실컷 고생하다 온 사람처럼 안색도 나쁘고 수척했다. 그렇긴 해도 당장 목숨이 왔다갔다할 정도는 아니었다.

제이크는 안도의 숨을 내쉬었다. 아너를 위해서라도 다행스러운 일이었다.

「물은……」

카일이 간신히 쉰 목소리로 말했다.

제이크는 아무 말 없이 카일의 손목을 붙잡았다. 맥박이 약하면서도 빠르게 뛰고 있었다.

「혀를 내밀어 봐.」

「뭐라고?」

「자네나 아너나 하나같이 왜 그래? 잔말 말고 빨리 혓바닥이나 내밀라니까.」

카일이 미소를 지었다. 갈라진 입술이 터지면서 피가 나왔다. 그래서 피를 핥은 다음에 혀를 내밀었다.

「어때?」

「어떻긴, 끔찍하지. 그래도 심각한 탈수 증세는 안 보여. 언제 물을 마신 거야?」

「비가 어젯밤에 왔나?」

「그래.」

「그럼 어젯밤이야. 많이 마시진 못했지만.」

「여기까지 오면서 물도 안 챙겨 왔단 말이야?」

「조금은 갖고 왔지. 일 주일이나 머물 생각은 없었거든.」

「식량은?」

「조난당한 사람들이 즐겨 먹는 음식 있잖아.」

카일이 눈을 감고 작은 목소리로 말했다.

「조개하고 해초.」

순간 제이크는 측은한 마음이 들었다. 동정할 가치가 없는 녀석한테 그런 감정을 느끼는 것 자체가 불쾌했지만.

「호박은 어됐어?」

「자네한테 넘겨받은 건 캄차카에 있어.」

「그거말고 나머지는 어됐어?」

카일이 감았던 눈을 떴다.

「뭐?」

「앰버룸.」

제이크가 매정하게 말했다.

「그건 어디다 됐냐고?」

갑자기 카일의 얼굴이 전보다 더 수척해 보였다.

「자네도 그놈들하고 한패였어? 젠장, 그래서 날 죽이려고 한 거야?」

「그런 적 없어. 나한테 절도죄를 뒤집어씌운 주제에 무슨 소릴 하는 거야?」

「말도 안 돼.」

카일이 쉬어빠진 목소리로 간신히 말을 이었다.

「내가 고용했던 트럭 운전사 알지? 그 자식이 갑자기 날 죽이려고 덤벼들었다고. 그제야 뭔가 문제가 생겼구나 싶었지.」

「그래서 그놈을 죽이고⋯⋯.」

「내가 떠날 때만 해도 살아 있었어. 그런데 사람들이 발견했을 땐 죽어 있었고.」

카일은 고통스러운 듯 눈을 꼭 감았다. 인내력이 한계에 도달한 사람 같았다.

제이크는 한숨을 쉬면서 뭐라고 중얼거렸다. 전보다 문제가 더 복잡해졌다. 카일 아니면 자신, 둘 중 하나가 범인이라는 이중 구도에서 벗어난 셈이었다. 그나마 카일이 결백하다는 사실에 안심이 됐다.

「동정받을 가치도 없는 놈이야. 먼저 덤벼든 건 그놈이잖아.」

카일은 아무 말이 없었다.

「손에 들어온 물건이 앰버룸이란 건 언제 알게 됐지?」

제이크의 물음에 카일은 천천히 눈을 떴다. 차가운 눈동자가 제이크 쪽을 가늠하고 있었다. 총이 없어서 애석해하는 눈치였다. 당장이라도 싸울 태세였다.

「그건 어떻게 알았냐고?」

「아는 사람한테 들었지.」

「러시아 사람이야?」

「우리 나라 사람. 회사 차리기 전에 같이 일하던 사람들.」

「아, 그 치들? 젠장, 이거 일이 꼬일 대로 꼬였네.」

「그런 셈이지. 패널화는 갖고 있는 거야?」

카일이 고개를 끄덕였다.

「여기 어디에다 둔 거야?」

「저쪽에.」

카일이 바다를 손으로 가리켰다.

제이크는 카일의 어깨를 한번 두드려 주고 일어났다.

「가서 물 가지고 올게. 가족들한테 연락 한 번 안 하다니 제정신이 야? 마음 같아선 목을 졸라 버리고 싶지만 약속은 약속이니까.」

「나한테 물만 갖다 주고 아녀는 어디 딴 데로 보내.」

「무슨 소리 하는 거야? 그 아가씬 누가 이래라저래라하는 걸 아주 싫어하잖아. 누가 도노반 아니랄까 봐서.」

「그럼 자네는 누가 이래라저래라해도 상관없단 말이지.」

「당연하지. '순종' 하면 나 아니겠어.」

카일의 입가에 지친 미소가 어렸다. 그리고 반쯤은 의식을 잃은 상태로 졸기 시작했다. 조그만 소리만 나도 흠칫 놀라서 깨곤 했다.

카일이 눈을 떴더니 아녀가 옆에 있었다. 아녀는 카일을 일으켜 앉히 려고 힘을 쓰고 있었다.

「자꾸 그렇게 팔을 잡아당기지 마. 다쳤단 말이야.」

제이크가 아녀한테 주의를 줬다.

「다친 데 없다면서요!」

화가 잔뜩 난 아녀의 목소리엔 애정이 담뿍 배여 있었다. 카일은 미소를 지어 보려고 했지만 입술이 너무 쓰라렸다. 눈도 바늘로 콕콕 쑤시는 것처럼 아팠다.

「항생제 먹고 링거 주사 맞고 24시간만 자면 괜찮아져.」

제이크가 말했다.

「깨어 있는 거야, 카일?」

「그래. 물은?」

카일이 쉰 목소리로 말했다.

「여깄어. 내가 도와줄 테니까 앉아 봐. 누워서 먹으면 사레들릴지도 몰라.」

제이크는 겨드랑이에 팔을 넣어 카일을 일으켰다. 카일의 앙다문 입술에서 신음소리가 새어 나왔다.

「왜 그래?」

「갈비뼈가 어떻게 됐나 봐. 망할 놈의 자식이 걷어찼거든.」

「운전사란 놈?」

아녀가 물었다. 여기까지 오면서 제이크한테 대강 설명을 들은 뒤였다.

「내 뒤를 쫓던 러시아 놈들 중에서 한 명이 그랬어.」

「일 주일 전에 해변에서 발견된 놈?」

제이크가 조용히 물었다.

「물 좀 마시게 심문은 그만 해요.」

아녀가 딱딱하게 말했다.

그녀는 물병을 카일에 입술에다 댔다. 처음엔 제대로 마시질 못해서 목구멍으로 넘기는 물보다 흘리는 물이 더 많았다. 그러길 몇 번 반복하고 나서야 익숙해졌는지 허겁지겁 마시기 시작했다.

「천천히 마셔. 계속 그렇게 마시다간 동생 옷에다 몽땅 토할지도 몰라.」

제이크가 병을 치우면서 말했다.

카일은 한숨을 쉬면서 제이크의 팔에 등을 기댔다. 그러다가 갑자기 입술에 뭔가 닿는 느낌이 들어서 움찔거렸다.

「괜찮아.」

제이크가 아무렇지도 않게 말했다.

「맘놓고 웃으라고 발라 주는 거니까. 입술이 갈라져서 자꾸 피가 나오잖아.」

「뭘 바른 건데?」

카일이 물었다.

「닭똥.」

아너가 무심하게 대답했다.

「그래야 빨아먹을 생각을 안 할 거 아냐.」

카일이 웃다가 가슴께를 움켜쥐었다.

「팔은 어쩌다 그런 거야?」

카일의 얼굴을 봐서는 어떻게 이 상황을 피할까 고심하는 눈치였다.

「그냥 얘기해 줘. 아너는 보기보다 강하니까.」

제이크가 말했다.

「총알이 스쳐서 그래. 지금은 옆구리가 더 결려.」

카일이 솔직하게 얘기했다.

「가만히 있어. 상처를 좀 자세히 살펴봐야겠어.」

제이크가 카일한테 말했다.

그는 칼로 카일의 왼쪽 어깨를 감싼 잠수복을 살짝 찢어 냈다. 모래와 피가 팔에 잔뜩 말라붙어 있었다. 팔뚝엔 손가락 굵기만큼이나 생살이 떨어져 나가 있었다. 딱지가 지지 않은 곳은 부어 올라 있었다.

아너는 상처 주위를 손가락으로 만져 봤다. 너무 뜨거웠다.

「감염된 거 같아요.」

「그렇게 심하진 않아.」

「어떻게 알아요?」

「피부색을 보면 알지. 뱃속은 어때?」

제이크는 카일을 보면서 말했다.

「목이 말라.」

제이크는 바다를 쳐다봤다. 갑자기 콘로이가 말했던 정체 불명의 네 번째 배가 떠올랐다.

「투마로우에 가면 배 터지게 실컷 마실 수 있을 거야. 먼저 여기서 나가야 해.」

「패널화는 어떻게 하고.」

카일이 말했다.

「어딨는지만 말해. 자네하고 아녀를 안전한 곳까지 데려다 주고 나서 찾으러 오면 되니까.」

카일이 고개를 저었다.

「왜 그래?」

아녀가 물었다.

「그럴 순 없어.」

카일은 고개를 계속 흔들었다. 얼굴을 보니 한 걸음도 양보할 수 없다는 표정이었다. 황소고집이 집안 내력인지.

「왜 안 되는데?」

아녀가 물었다.

「나한테 호박을 맡기는 게 불안하다 이거겠지. 날 못 믿는 건 오빠나 동생이나 똑같군. 안 그래, 귀염둥이 아가씨?」

「젠장, 그게 아니라니까.」

카일이 쉰 목소리로 말했다. 마음은 급한데 입술이 쓰라려서 말하기가 힘들었다.

「산소탱크 갖고 있는 거 있어? 내 건 산소가 다 떨어졌어.」

「있기야 있지.」

「GPS 수신기는?」

「있어.」

카일이 한숨을 쉬면서 미소를 지었다.

「정말 철두철미하시군.」

「GPS 수신기는 어쨌어?」

「조디악하고 같이 가라앉았지.」

「어쩌다가 그런 거야?」

「총알받이가 됐거든. 제이크, 제발 부탁인데 패널화를 빨리 꺼내다 줘.」

카일이 지친 목소리로 말했다.

「지금, 그게 무슨 소리야! 의사한테 빨리 가야 한단 말이야.」

아너가 소리쳤다.

카일이 충혈된 눈을 똑바로 뜨고 제이크를 쳐다봤다.

「아너 말대로 해. 자넨 지금 의사가 필요해.」

「난 괜찮아.」

「놔두고 가도 별일 없을 거야.」

「잘못하다간 떠내려갈지도 몰라. 너무 서두르느라 제대로 확인도 못 했어.」

「그냥 놔둬.」

아너가 딱딱하게 말했다.

「말도 안 돼.」

「왜 말이 안 돼?」

「자네가 대신 설명해 줘.」

카일이 제이크한테 도움을 요청했다.

아너는 고집스러운 얼굴로 제이크를 쳐다봤다.

「무슨 소릴 해도 나한텐 안 통해요.」

「내 그럴 줄 알았지.」

제이크가 한숨을 내쉬면서 말했다. 사실 아너를 안전한 곳으로 데려

가는 게 시급한 일이긴 했다. 앰버룸 때문에 무슨 일이 생길지 장담할
수 없는 상황이었다.

「앰버룸에서 나온 물건을 카일이 갖고 있는 걸로 돼 있어. 그런데 그
걸 잃어버렸다고 하면 뱀눈 같은 녀석들이 믿어 줄까?」

「그래도…….」

제이크가 모른 척하고 계속 말했다.

「일이 해결될 때까지만 어디 따로 보관해 놨다고 하면 믿겠어? 믿는
다고 쳐. 뱀눈이 가만있을 거 같아? 카일한테 그 얘길 캐낼 때까지 별
별 짓을 다 할 거라고. 사랑스런 여동생을 납치해서 위협을 한다든
지…….」

「말도 안 돼요.」

제이크는 아너를 무시하고 카일한테 물었다.

「패널화는 어디다 둔 거야?」

23

아너는 너무 화가 나서 투마로우 안에 들어가 있었다. 제이크는 조디악을 끌고 카일이 알려 준 지점으로 갔다. 바다 밑 암초 사이에 숨겨 놓았다고 했다. 카일은 바다와 인접한 곳에서 바위에 등을 기대고 있었다. 손엔 물통을 들고 제이크가 잠수한 지점을 바라보고 있었다. 제이크는 해변에서 30미터 정도 떨어진 곳에 부표를 달아놨다. 그 지점에서 투마로우까지의 거리도 30미터 정도였다.

카일은 패널화를 먼저 찾지 못하면 섬을 떠날 생각이 없었다. GPS 수신기가 있다고 해도 바다 밑에 가라앉은 패널화를 찾는 건 쉬운 일이 아니었다. 수심이 9미터 남짓 되는, 차갑고 깜깜한 바다 안을 헤맨다는 게 어디 쉬운 일인가.

아너는 뱃고물에 가만히 서 있었다. 분에 못 이겨서 오빠한테 고함을 쳐댔지만 제풀에 지쳐 버렸다. 너는 짖어라, 나는 나다, 이런 식으로 카일은 들은 척도 안 했다.

아너는 선실 옆에 세워 둔 낚싯대를 흘끗 쳐다봤다. 루어 무게 때문에 낚싯대 끝이 휘어져 있었다.

「사실 엉뚱한 데다가 던질 수도 있잖아. 신경질 나는데 오빠 머리에다가 낚싯줄을 던져 버려?」

아너는 혼잣말을 했다. 초조한 마음이 들어서 이쪽저쪽으로 왔다갔다 했다. 완전히 덫에 걸린 기분이랄까. 차라리 오빠 옆에 가 있을걸. 그러면 맘놓고 잔소리라도 해댈 수 있었을 텐데.

저쪽 부표 근처에서 수면 위로 상자가 떠올랐다. 조금 있다가 제이크가 얼굴을 내밀었다.

「찾았어!」

카일은 갈라진 입술로 웃으면서 물병을 치켜 올렸다.

뭐라고 치하의 말을 하려는데 뒤쪽에서 새로운 목소리의 주인공이 나타났다.

「정말 잘했어. 역시 친구는 달라. 빨리 그걸 해안까지 끌어오라고. 잘못했다간 미스 도노반을 쏴야 할지도 몰라.」

아너는 주위를 둘러봤다.

카일 위쪽으로 한 60미터 정도 되는 거리에 페튀르 레즈니코프가 몸을 숙인 자세로 장총을 겨누고 있었다. 총구가 아너 자신을 똑바로 향하고 있었다.

「움직이지 마.」

레즈니코프의 목소리가 바다에 울려 퍼졌다.

「잘못하다 사고로 죽는 일이 생기면 안 되잖아. 나로 말하자면 베를린 장벽이 헐리고 나서 그런 일을 꽤 많이 겪어 봤지. 미스 도노반한테 그런 일이 일어나면 되겠어? 제이콥, 움직이면 네 애인은 그날로 가는 거야. 알아들어?」

지금 상황에서 제이크가 할 수 있는 일은 아무것도 없었다.

「그래.」

「그럼 그래야지. 죽는 사람이 생기면 되겠어? 미스 도노반, 한 발짝 앞으로 가서 선실 문을 닫아. 딴 짓 하면 재미없어.」

「괜찮으니까 하라는 대로 해. 무전기 때문에 저러는 거야. 페튀르가 하라는 대로만 하면 돼.」

제이크가 말했다.

아너는 레즈니코프가 하라는 대로 문을 쾅 닫아 버렸다. 이쪽이 움직이는 대로 총구도 같이 움직이리라. 그건 안 봐도 뻔한 일이었다.

「계속 그러고 있어야 해, 미스 도노반.」

레즈니코프가 말했다.

「안 그랬다간 오빠하고 애인이 죽는 수가 있지. 그런 불필요한 일은 안 생기는 게 좋잖아. 안 그래?」

아너는 움찔거렸다. 방금 전까지 물 속으로 뛰어들까, 몰래 선실 안으로 기어들어 갈 순 없을까, 별별 생각을 다 하고 있었다.

「제이콥, 상자를 빨리 해안으로 끌어와. 여기선 무슨 짓을 하는지 다 보이니까 허튼 수작 말고.」

제이크는 천천히 상자를 붙들고 해안 쪽으로 헤엄을 쳤다.

「친구는 워낙 만만한 상대가 아니잖아. 그래서 내가 힘들긴 했지. 그래도 생각해 보니까 친구 하는 대로 놔두는 게 좋을 것 같더라고. 결국 이렇게 만족스러운 결과가 나왔잖아. 안 그래? 나로선 최상의 결과를 얻은 셈이지. 괜히 목숨만 축내 봤자 기분만 고약해지잖아. 빨리 이쪽으로 갖고 와, 제이콥.」

레즈니코프의 말이 사실일 수도 있었다. 그래도 그 말만 믿었다가 무슨 일이 생기면 큰일이었다. 만약 아너한테 무슨 일이 생긴다면……

「천천히 움직여, 친구.」

레즈니코프가 경고하듯이 말했다. 제이크는 바닷물이 허리까지 오는 곳에서 상자를 앞쪽으로 밀었다.

「이쪽으로 올라와. 물갈퀴는 벗지 말고.」

「이걸 신고 있어야 불편해서 잘 못 걷겠지?」

제이크가 앞쪽으로 움직이면서 물었다.

「바로 그거야, 친구. 산소탱크도 내려놓지 그래.」

「총알이 튈까 봐 걱정하는 거야?」

제이크는 물을 철벅철벅 튀기면서 우스꽝스러운 모습으로 움직였다. 물갈퀴 때문에 바위가 가득한 해안을 걷는다는 게 쉬운 일이 아니었다. 그는 카일한테 시선을 주지도 않고 산소탱크를 내려놨다.

카일이 가만히 있을 리는 없을 테고 분명히 뭔가 꿍꿍이속이 있을 것이다. 그래도 레즈니코프가 이쪽으로 내려올 때까진 가만히 있는 게 도와주는 길이었다. 지금 섣불리 움직였다가는 레즈니코프를 손봐주기도 전에 당하고 말 것이다.

「카일, 괜히 움직일 생각 하지 마.」

레즈니코프가 차가운 목소리로 위협했다.

「그랬다간 동생이 어떻게 될지 몰라. 나 좀 봐주라고. 나도 괜한 사람 죽이긴 싫거든.」

「웃기시네. 다들 죽일 거면서 그따위 소리가 나와?」

카일이 쉰 목소리로 말했다.

「피치 못할 상황에서야 그렇지. 그러니까 미리미리 조심하면 되잖아.」

아녀는 하얗게 질린 얼굴로 오빠를 쳐다봤다. 카일은 손으로 바위를 쥐어짜듯이 움켜쥐고 있었다.

「그거 갖고 빨리 꺼져 버려.」

카일이 악을 썼다.

「그럴 테니까 걱정 마. 그래도 우선 진품인지 살펴봐야지. 그러려면 도와줄 사람이 있어야 하고. 음, 제이콥이 있으니까 걱정할 건 없지만. 안 그래, 친구?」

「당연하지.」

제이크가 냉랭한 목소리로 말했다.

「친구는 서로 돕고 살아야 하니까.」

「상자를 열어, 친구.」

레즈니코프가 명령했다.

제이크는 못이 박혀 있는 상자를 쳐다봤다. 바깥으로 물이 줄줄 새어 나오고 있었다. 상자 바깥에 잉크로 쓰여진 글자가 희미하게 보였다. '드라이 아이스, 낚싯밥, 부패 주의'.

「이걸 열라고? 말이야 쉽지. 어디 되나 안 되나 이빨로 뜯어 볼까?」

「갖고 있는 칼을 쓰면 되지. 안 그래? 일 끝나면 칼은 바다에 던져 버려.」

제이크는 잠수용 칼을 꺼내서 상자를 뜯었다. 생각보다 일은 수월했다. 나무와 못이 부식돼서 헐거워진 상태였으니까.

그는 뚜껑을 잡아뜯었다. 그 안에 비닐 포장이 된 물건이 들어 있었다. 제이크는 조심스럽게 칼로 한 귀퉁이를 잘라 내고는 칼을 칼집에 다시 넣었다.

「칼은 바다에 던지라고 했잖아.」

레즈니코프가 소리를 질렀다.

「아직 써먹을 데가 남았어.」

「좋아, 제이콥. 대신 내가 지켜보고 있다는 걸 명심해.」

레즈니코프가 잠깐 망설이다가 말했다.

「총도 있으면서 되게 소심하게 구는군.」

「친구를 아니까. 칼리닌그라드에서 나도 그 솜씨를 봤지.」

「나보다 두 배는 더 빠르면서 뭘 그래.」

제이크가 말했다.

「그럴지도 모르지. 그래도 지금 여기서 누가 한 수 위인지 겨뤄 보고 싶은 맘은 없어.」

제이크는 천천히 길이 90센티미터, 너비 120센티미터 정도 되는 물건을 꺼냈다. 그리고 조심스럽게 포장지 테이프를 칼로 끊었다.

갑자기 태양빛을 머금은 광채가 주위로 퍼졌다.

「칼은 바다에 던져.」

제이크는 고개를 들었다. 장총이 똑바로 이쪽을 겨누고 있었다. 밀빛 머리가 햇빛에 반사돼서 반짝거렸다. 대신 총은 최신 무기인지 아무런 빛을 반사하지 않았다. 그 덕에 사람들 눈을 피해서 공격하긴 쉬울 것 같았다. 일 벌이기 전에 준비를 철저히 했군.

「포장이 한 겹 더 있어.」

제이크가 말했다.

「그럼 이빨로 뜯어 내. 빨리 시키는 대로 하라니까.」

제이크는 바다에 칼을 던졌다. 그리고 천천히 상자가 있는 쪽으로 돌아섰다. 여태껏 살아오면서 호박을 눈앞에 두고도 마음이 동하지 않은 건 이번이 처음이었다. 조심스럽게 비닐 포장을 벗겨 냈다.

호박이 아니라 바로 눈앞에서 태양을 보는 기분이었다.

순간 머리털이 쭈뼛쭈뼛 곤두서는 기분이었다. 이름 없는 장인의 숨결이 배여 있는 빼어난 예술품의 실체는 숨이 멎을 정도로 압도적이었다. 그 장인에 대한 경외감이 저절로 우러나왔다.

그는 모자이크 식으로 치장한 패널화를 들어서 햇빛에 여기저기 비춰 보았다. 붉은색 호박으로 새겨서 만든 R자가 황금빛 광채에 휩싸여 있었다. R자 위로 로마노프 왕조를 상징하는 왕관이 보였다. 화려한 호박의 광휘 속에 찬연했던 왕조의 위엄이 되살아나고 있었다.

위대했지만 이젠 모든 게 사라져 버린 역사의 편린.

「진품이야?」

레즈니코프가 큰 소리로 외쳤다.

「그건 아직 모르지만 정말 대단한 물건이야.」

제이크가 패널화를 햇빛에 비춰 보면서 말했다.

「진짜냐고?」

레즈니코프가 다그쳤다.

「그걸 내가 어떻게 알아?」

「괜히 수작 떨지 마.」

「정확하게 감정하긴 힘들어. 장비도 트럭 안에 놔두고 와서 없으니까. 내려와서 직접 살펴보든지.」

제발 부탁이니 여기까지만 내려와라, 제이크는 속으로 중얼거렸다.

「이젠 나와도 돼.」

레즈니코프가 소리를 질렀다.

「뭐…….」

제이크는 말을 끝까지 잇지 못했다.

레즈니코프가 자신한테 한 말이 아니었다. 6미터쯤 떨어진 바위 뒤에서 한 여자가 권총을 들고 나왔다.

「당신이었군, 조운즈.」

제이크가 입을 열었다.

「안 그래도 페튀르가 어떻게 할지 궁금하던 참이었지. 우리한테 계속 총을 겨누면서 움직인다는 게 어디 쉬운 일이어야지. 이제 보니 둘이서 같은 편이셨군. 저번에 별장에 와서 진창 울어대던 날 아너 몰래 가방 안에 추적 장치를 살짝 떨어뜨려 놨겠지?」

마르주가 미소를 지었다.

「그래요. 오빠나 동생이나 똑같더라고요. 둘 다 너무 순진해 빠지기만 해서 세상 물정을 너무 몰라.」

아너는 당장이라도 마르주의 머리채를 휘어잡고 싶었다.

「그래? 그래도 당신보다는 백 배 낫지.」

제이크가 말했다.

「무슨 소리예요?」

「당신처럼 멍청하진 않거든. 세상 물정이야 살면서 배우면 되지만 멍청한 건 불치병이나 다름없거든.」

「내가 멍청해요? 지금 총을 들고 있는 사람이 누군데 그래요.」

「글쎄…….」

제이크가 몸을 일으키면서 말했다.

「가만있어!」

레즈니코프가 제이크한테 소리를 질렀다.

「그대로 앉아. 손을 패널화에서 떼지 말고, 어서!」

제이크는 레즈니코프가 하라는 대로 했다. 마르주가 카일을 지나쳐 이쪽으로 다가왔다.

「가만있어, 카일. 페튀르가 아너한테 총을 겨누고 있단 말이야.」

제이크가 황급히 말했다.

「그럴 생각 없어. 저 여자가 나한테 수작 부리는 건 이젠 안 통해. 내 손이 썩을까 봐 건드리기조차 싫어.」

카일이 딱 잘라 말했다.

제이크는 참고 있던 숨을 내쉬었다. 카일이 이성을 잃지 않아서 그나마 다행이었다.

마르주는 카일과 제이크를 사이에 두고 섰다. 그 바람에 아너한테 등을 보이는 자세가 됐는데도 별 신경을 안 쓰는 눈치였다. 두 사람을 감시하는 데에만 온 정신을 쏟고 있었다.

「됐으니까 내려와요, 페튀르.」

마르주가 소리를 질렀다.

레즈니코프가 천천히 장총을 내려놓았다.

제이크는 할 수 있으면 아너한테 가만히 있으라고 소리를 지르고 싶었다. 레즈니코프가 경사진 비탈을 내려오느라 정신이 없을 때까진 가만히 있는 게 상책이었다.

제이크는 가만히 앉아 있을 수밖에 없었다.

레즈니코프가 장총을 들고 비탈길을 내려오기 시작했다. 제이크는 그쪽을 뚫어져라 지켜보고 있었다. 세 걸음쯤 걸었을까 갑자기 발이 미끄러졌다. 차가운 바위틈에 계속 누워 있다 보니, 몸이 말을 안 듣는 모양이었다. 레즈니코프는 순간적으로 균형을 잡고서 재빨리 세 사람을 훑어봤다.

다들 움직이는 기척이 없었다.

레즈니코프는 아까보다 훨씬 더 조심스럽게 발을 내디뎠다.

제이크는 비탈길까지의 거리며 각도를 대강 눈대중해 봤다. 레즈니코프와 한편이 되다니, 마르주가 멍청한 건 사실이었지만 지금 당장은 그렇게 허술해 보이지 않았다. 그건 레즈니코프가 발을 헛디뎌서 데굴데굴 구른다고 해도 마찬가지였다. 마르주한테는 총이 있었으니까.

이번에도 레즈니코프는 미끄러지고 말았다. 깡총깡총 뛰면서 어떻게 피해 보려고 했지만 여의치가 않았다. 결국 몸이 허공으로 붕 떴다가 요란한 소리를 내면서 바닥에 떨어졌다.

아너는 재빨리 낚싯대를 들었다가 있는 힘껏 던졌다. 낚싯줄이 풀리면서 허공을 갈랐다. 이내 마르주의 뒤통수에 납덩어리가 정확하게 내리꽂혔다. 마르주는 아픔을 못 이겨 비명소리를 내질렀다.

제이크는 재빨리 일어나 마르주의 손에서 권총을 뺏었다. 그리고 바닥에 뒹굴고 있는 레즈니코프한테 다가갔다.

어느새 카일이 레즈니코프의 몸을 위에서 누르고 있었다.

「빨리 비켜!」

제이크가 카일한테 소리를 질렀다.

「권총을 뺏었으니까 내 말대로 해.」

카일은 간신히 몸을 일으켰다. 카일 몸에 깔려 있던 레즈니코프 목구멍에서 쉿소리가 났다.

「숨을 못 쉬어서 그렇지 목숨에는 지장 없을 거야.」

카일이 쉰 목소리로 말했다.

제이크는 천천히 숨을 내쉬었다.

「오빠, 괜찮은 거야?」

아너가 소리를 질렀다.

「괜찮아. 기운이 없고 목마르고 구역질나고 놀란 것만 빼면. 그나저나 낚시는 언제 배웠냐?」

「제이크한테 배웠어.」

제이크는 마르주의 총을 잠수복 벨트에 꽂고 있었다. 카일은 제이크한테 곁눈질을 하면서 놀리듯이 말했다.

「낚시를 가르쳐 줬다고? 음……, 선생 노릇 좀 했겠군.」

「유, 아주 지독한 학생이었지.」

　제이크는 레즈니코프한테 다가가서 뒷머리를 휘어잡았다. 레즈니코프
는 비명소리도 못 내고 축 늘어져 있었다.

「이 치들이 정신 차리면 곤란하니까 낚싯줄로 단단히 묶어 놔. 난 전
화부터 해야 하니까.」

　제이크가 몸을 돌리며 아너한테 큰 소리로 말했다.

「앨런한테요?」

「그래, 걱정할 거 없어. 내가 잘 말해 둘 테니까. 그럼 카일이 영웅
대접 받게 되는 건 시간 문제야.」

「마르주하고 페튀르는 어떻게 되는 거예요?」

　아너가 물었다.

「누구라고?」

　제이크가 삐딱하게 말했다.

「무슨 말 하는 거예요?」

「나중에 앨런한테 들어. 원래 있었던 일도 없는 일처럼 꾸며대는 덴
도사거든.」

24

「병원에 빨리 갔어야 하는 건데……. 병원에서 집으로 올 때도 아처 오빠한테 업히다시피 해서 왔잖아.」

아너가 카일을 내려다보면서 말했다.

카일은 침대에 누워서 미소를 지었다.

「와우, 여기서 보니까 석양이 너무 멋지다. 예전에는 몰랐는데 말이야.」

그는 창문을 내다보면서 손을 흔들었다.

「간호사 잔소리가 심해서 그렇지.」

「간호사라니?」

아너는 카일이 덮은 이불을 턱까지 끌어내렸다.

「의사 안 시켜 주면 안 논다고 했잖아. 난 의사니까 오빠는…….」

「그만 해.」

아처가 주스병을 탁자에 놓으면서 두 사람 얘기에 끼여들었다.

「의사 말대로 수분만 계속 섭취하면 괜찮아질 거야. 카페인과 알코올
은 안 되지만.」

「말이야 쉽지. 침대에 한번 누워 있어 봐. 그런 소리가 나오나.」

아너가 아처를 올려다보면서 말했다.

「나도 맘 같아선 그러고 싶다.」

아처는 쓸쓸하게 미소지었다.

정말 그래 보였다. 잔뜩 구겨진 옷에, 거뭇거뭇하게 자란 턱수염이
까끌까끌했다. 잠을 설쳐서 눈은 발갛게 충혈되어 있었다. 큰오빠는 엄
마의 검은 머리와 아버지의 눈동자를 물려받았다. 기분에 따라서 눈 색
깔이 청회색이나 녹색으로 변하곤 했다.

아너는 밀려드는 연민의 감정을 억눌렀다. 큰오빠는 피곤에 찌들었으
면서도 동생들 돌보는 건 여전했다. 지금도 카일한테 먹이려고 오렌지
주스를 직접 잔에 따르고 있었다.

「걱정 안 해도 돼. 하루면 멀쩡해질걸 뭐. 이틀 이상은 안 걸릴 거
다.」

탁자에 주스잔을 놓으며 아처가 아너한테 말했다.

「어떻게 걱정이 안 돼! 어젯밤엔 그 끔찍한 바다에 나가서 고생하고,
새벽엔 총을 겨누는 인간들이…….」

「그만 생각해라.」

아처는 아너를 끌어안더니 아기처럼 토닥거렸다.

「아무 일 없었잖냐. 너희 둘 다 무사하니까 그걸로 된 거야.」

아너는 뭐라고 한바탕 소리를 질러 주려다가 참았다. 가까이서 오빠
얼굴을 보니 평상시보다 늙어 보였다. 아무리 그래도 치미는 화를 삭이
기가 힘들었다.

「그만 생각해라, 아무 일 없었잖냐?」

아너가 냉랭한 목소리로 아처가 한 말을 반복했다.

「그런 말이면 다 해결되는 줄 알지. 오빠야말로 쥐구멍에 들어갔다
나온 사람 같네. 잠은 제대로 잔 거야?」

아처가 웃으면서 카일한테 몸을 돌렸다.

「저스틴하고 로위한테 연락했어. 며칠 있으면 도착할 거야. 아버진 내일 오실 거고. 어머니도 옷에 물감을 잔뜩 묻힌 채로 아버지랑 같이 오신댄다.」

「병원에 그냥 있을걸 그랬나. 아버지는 분명히 사무일이나 하라고 닦달하실 텐데. 난 지금 싸울 기운이 없다고.」

카일이 장난스럽게 말했다.

아처는 주스잔을 카일한테 건네줬다.

「이거나 마셔라. 싸우려면 원기를 회복해야지.」

「그나저나 제이는 어딨어?」

카일이 물었다.

「앨런 라자루스하고 같이 있지.」

아처가 하품을 하면서 말했다.

「뒤처리할 사람도 있어야 하니까. 제이하고 앨런이 사귄 건 아주 오래 전 일이야.」

카일이 아너의 안색을 살피면서 말했다.

「그래도 한 번 그 세계에 발을 들여놓으면 헤어 나오기가 힘들지.」

아처가 말했다.

「맞는 말씀.」

「앨런이 누군지 아는 거야?」

아너가 아처한테 시선을 돌리고 물었다.

아처는 아무 말 없이 커피를 담은 보온병을 집어 들었다.

「아니, 형은 앨런을 만나 보진 못했어. 대신 그 세계에 대해선 잘 알지.」

카일이 대신 대답했다.

「무슨 세계?」

아처가 보온병을 흔들었다. 벌써 다 마셔서 남은 게 없었다. 아처는 아너한테 '커피 좀 타다 주겠니?' 하는 시선을 던졌다.

「싫어. 그건 내가 탔으니까 이젠 오빠 차례야.」

아녀가 고개를 저었다.

「제이가 오면 타달라고 해봐. 정말 커피 맛 하나는 죽여주거든.」

카일이 제안했다.

「커피 맛이 죽여주든 말든 너랑은 상관없는 일이다.」

아처가 옆에서 잔소리를 했다.

「넌 앞으로 24시간 동안 커피 마시면 안 돼.」

「형이 타준 커피를 마시는 사람은 아마 병원에 실려 가게 될걸.」

카일이 장난스럽게 말했다.

「너부터 한 잔 먹여 주랴?」

아처가 아무렇지도 않게 응수했다.

아처가 움직이는 걸 보니 제이크가 떠올랐다. 오빠가 뭐랬더라? 아녀는 찌푸린 얼굴로 생각에 잠겼다. 싸움꾼처럼 움직인다고 그랬나?

「제이하고 앨런은 아무 사이도 아니야.」

카일은 아녀의 얼굴에 떠오른 표정을 살피며 조심스럽게 입을 열었다.

「두 사람 다 성인이잖아. 둘이서 뭘 하든 나하곤 상관없는 일이야.」

아녀가 아무렇지도 않다는 듯이 말했다.

「진심으로 하는 얘기야?」

「당연하지. 무슨 말을 하는 거야? 오빠 찾느라고 잠깐 그 사람 도움을 받았을 뿐인데. 제이크는 자기 명예를 회복할 생각으로 나한테 접근한 거야. 상부상조한 셈이지. 이제 일도 끝났으니까 서로 볼일은 없을 거야.」

「하지만……」

그때 별장 문을 두드리는 소리가 들렸다.

「내가 열게.」

아녀는 방에서 재빨리 나와 버렸다. 더 이상 두 사람 입을 통해 제이크 얘기를 듣고 있을 자신이 없었다.

그 남자가 자신한테 바라는 건 가벼운 섹스밖에 없다는 애기를 오빠한테 할 순 없지 않은가. 제이크의 말이 순간 뇌리를 스쳐 지나갔다.

아직도 난 전부인한테 고맙다고 하루에 두 번씩 절한다고. 결혼하고 3주 정도 지나면 섹스도 슬슬 지겨워진다는 사실을 가르쳐 줬으니까.

「누구세요?」

「손님.」

목소리의 주인공은 제이크였다.

아너는 옷매무새를 재빨리 고치면서 숨을 깊게 들이마셨다. 나이도 먹을 만큼 먹은 주제에 얼빠진 짓을 할 순 없었다. 사랑이니 어쩌니 바보같이 주절거렸던 말들을 생각하면 아직도 얼굴이 화끈 달아올랐다.

문을 열었더니 제이크, 앨런, 레즈니코프까지 와 있었다.

「같이 온 사람들이 있단 애긴 왜 안 해요?」

아너가 차갑게 말했다.

「여기 이분들이야 손님이지만, 나는 가족이나 다름없지.」

제이크가 넉살좋게 대꾸했다. 그러고 나서 같이 온 일행한테 몸을 돌렸다.

「약속 지켜야 해. 두 사람 다 꼭 5분씩이야.」

제이크가 먼저 집으로 들어오고 앨런과 레즈니코프가 따라 들어왔다. 다들 샤워하고 잠까지 한숨 자고 온 사람들처럼 말쑥했다. 앨런은 전에 봤던 빨간색 재킷을 걸치고 있었다.

「오빠 너무 아파서 말도 잘 못해요.」

아너가 언짢은 기색을 보이며 대놓고 말했다.

「그 정도로 심하진 않아. 두 사람 다 시간 지켜요. 딱 5분입니다. 만약 어기면 영장을 요구할 겁니다.」

아처가 부엌에서 말했다.

「똑같은 말만 골라서들 하시네. 미리 둘이서 짜고 애기하는 거예요?」

앨런이 제이크한테 물었다.

「뻔한 얘기니까 그렇지. 페튀르, 제비뽑기에서 졌으니까 먼저 들어가. 우리 덕에 살았다는 거 잊지나 말라고.」

「내가 듣기론 아주 때려 눕혔다던데요.」

앨런이 제이크한테 말했다.

「무슨 소리, 내가 선심을 좀 썼지. 페튀르하고 마르주는 한 쌍의 사마귀였다니까.」

제이크가 장난스럽게 말했다.

「사마귀요?」

앨런이 물었다.

「사마귀 암컷은 교미하는 동안 수컷을 먹어치우거든. 수컷은 그걸 피해 보려고 벌레를 갖다 바치지. 그러고 나선 아마 죽더라도 절정에 도달하고 나서 죽게 해달라고 빌겠지.」

앨런이 의미심장한 시선으로 레즈니코프를 쳐다봤다.

「깊이 파고들어 보니까 마르주하고 재미본 얘기까지 나오네.」

레즈니코프는 아무렇지도 않게 웃어넘기고 침실로 들어갔다.

「그 성격 어디 가.」

제이크가 중얼거렸다.

「뭐라고요?」

아너가 물었지만 제이크는 대답을 안 했다.

레즈니코프는 방 안으로 들어가자마자 카일한테 물었다.

「패널화를 어떻게 페트로파블로스크까지 운반했지?」

카일은 오렌지 주스를 한 모금 마시고 잔을 내려놓았다. 그리고 침묵을 지켰다.

「우리도 누가 도와줬는지 알아낼 수 있어.」

레즈니코프가 말했다.

「난 모르는 일이야.」

「러시아 공화국에서 ‘도노반 인터내셔널’이 일 못 하게 돼도 좋아?」

「웃기시네.」

「가족들이 이런 얘기 들으면 뭐라고 할까?」

「그야 피땀 흘려 가며 옆에서 도와주겠다고 하겠지.」

아처가 문가에 서서 대신 말했다.

제이크는 쓸쓸한 미소를 지었다. 도노반 집안이라면 새삼스러운 일도 아니었다.

「페튀르, 시간 낭비하지 말고 딴 질문이나 해.」

「패널화를 손에 넣으려고 마르주한테 접근했지?」

「아니.」

「마르주는 그렇다고 하던데.」

「자기 밑에서 일했다고 그렇게 쉽게 믿으면 안 되지.」

카일이 말했다.

아너가 듣기에도 목소리에 지친 기색이 역력했다. 피로해서 그렇다기보다는 딴 데 이유가 있는 것 같았다. 누군가한테 이용당하고 배신당하면 원래 인간에 대해 회의를 품기 마련 아닌가.

「우린 나중에 가서야 서로 합의하에 협조하기로 한 것뿐이야. 마르주가 패널화를 어떻게 손에 넣었지?」」

레즈니코프가 단호하게 물었다.

「나도 몰라.」

「그 말을 지금 나더러 믿으라고?」

「왜 못 믿어? 그럼 그쪽은 몇 번 같이 잤다고 다 믿나?」

레즈니코프의 입술에 언뜻 미소가 어렸다.

「그럴 순 없겠지.」

「마르주는 날 믿지 못했어. 그저 이용만 했을 뿐이지.」

카일의 말에 아너는 순간 몸을 움찔했다.

「나한테 도움이 될 만한 얘기 좀 해봐.」

안타깝다는 듯이 레즈니코프가 간청을 했다.

「러시아 정부 밑에서 일하는 거라면 이쪽도 말하기가 곤란하지. 안 그래? 아무튼 마르주 말로는 사촌한테 정보를 들었다고 하더군.」

제이크가 대신 대답했다.

레즈니코프는 제이크한테 몸을 돌리고 물었다.

「그 말을 믿는 거야?」

「사촌이란 작자는 분명히 카일한테 죽은 킬러 녀석의 파트너였을 거야. 칼리닌그라드의 마피아들한테서 패널화가 나온 거라면 가능성이 있는 얘기지.」

제이크가 시계를 보면서 말했다.

「이젠 내 차례야. 저번에 별장을 뒤졌던 건 자네 짓이었어?」

「그래.」

아녀의 몸이 굳어졌다.

「그럼 우리 배를 덮치려고 했던 화물선은?」

「난 거기 안 타고 있었어. 선장 녀석이 워낙 콧대 세게 굴다가 그런 거지. 바시 녀석한텐 내가 알아서 한마디해 놨어. 그래도 워낙 지저분한 일을……, 뭐라고 해야 하나…….」

「즐기는 놈이라고?」

제이크가 대신 말했다.

「뭐 그런 셈이지. 그러니까 러시아를 떠났지.」

「또 그 어선 타고 나타났다간 여긴 발도 못 붙일 줄 알라고 해.」

레즈니코프가 고개를 끄덕였다.

「벌써 그 비슷한 얘길 해뒀어.」

「그럼 콘로이가 말한 네 번째 배에 타고 있었군. 해안 경비대 뒤에 숨어서 우릴 쫓아다닌 거 아니야?」

「하마터면 그날 새벽에 들킬 뻔했지.」

「배 안에 한 사람 더 있었잖아. 누구야?」

「마르주.」

「또 마르주야?」

「이용 가치가 있으니까 그렇지. 친구가 내 부탁을 거절했으니 할 수 없잖아. 그래서 마르주에게 약혼자 여동생한테 가보라고 했지.」

「마르주하고 같이 섹스는 했어도 약혼한 적은 없어.」

카일이 퉁명스럽게 내뱉었다.

「그래도 미스 도노반은 잘만 속아넘어가던걸. 미래의 올케를 위로하느라 땀 꽤나 뺐다지 아마.」

카일의 표정이 순식간에 싸늘해졌다.

「만약에 아너한테 무슨 일이 생겼으면 가만 안 뒀어.」

「뭐 그렇게 나올 것까진 없잖아. 미스 도노반도 한몫했는데.」

「아너는 이 일하고 아무 상관 없어!」

카일이 소리를 질렀다.

「그래? 그럼 제이콥 맬러리와의 관계는 뭐지?」

「그러고 보니 그 전화를 건 사람이 당신이었군요. 제이크를 내보내지 않으면 오빠한테 곤란한 일이 생길 거라고 위협했잖아요.」

아너가 갑자기 화제를 바꿨다.

「어쩐지 어디선가 들어본 목소리라고 했더니.」

「그래도 성공 못 했잖아요.」

레즈니코프가 아너를 보면서 말했다.

「그럼 전화만 하고 아무 말 안 한 사람도 그쪽이에요?」

레즈니코프가 고개를 저었다.

「내 생각엔 파블로프 같애.」

「원래 여자들 무섭게 하는 덴 도가 튼 놈이거든.」

제이크가 아너한테 살짝 귀띔해 주었다.

「마르주는 어딨어요?」

아너의 물음에 레즈니코프는 앨런을 쳐다봤다. 앨런은 그 시선을 똑바로 받았다.

제이크가 시계를 들여다보면서 말했다.

「질문 하나 더 할 시간은 되겠어, 페튀르.」

「그럼 패널화는 진품이야?」

레즈니코프가 제이크한테 물었다.

「그건 내가 물어 보고 싶은 말인데.」

「직접 봤으니까 알 거 아냐?」

「그건 내가 할 소리.」

「나보다 친구가 한 수 위잖아.」

「눈으로만 보고서 진짜니 가짜니 알아내는 게 쉬운 줄 알아? 감정을 해봐야 안다고. 거기다 지금 내 손에 없으니 그림의 떡이지. 윗대가리들이 가져갔어.」

「호박은 진짜였어.」

레즈니코프가 말했다.

「발트산? 멕시코산? 도미니카산? 어떤 거?」

「천연 발트산.」

「그거 알면 답은 뻔하잖아. 그게 어디서 나왔는지 나보다 더 잘 알겠네.」

「그래도…….」

「시간 다 됐어. 잘 가, 페튜르. 이젠 앨런 차례니까 자리를 비켜 줘야겠어.」

레즈니코프는 망설이다가 포기했다. 지금은 나설 때가 아니었다.

「남는 게 시간이니까. 그럼 나중에 보자고.」

앨런은 레즈니코프가 별장 앞에 세워 둔 차를 타고 사라질 때까지 아무 말도 없었다.

「패널화를 들고 어떻게 러시아 국경을 넘었죠?」

앨런이 카일한테 물었다.

「달러를 좀 썼지요.」

카일이 간결하게 대답했다.

「그럼 누굴 고용한 건데요?」

「그거야 뭐, 음…… 아무나 하겠다는 사람 돈 주고 썼어요.」

앨런이 카일한테 차가운 시선을 던졌다.

「그렇게 대답을 회피하지 말아요.」

「그냥 편의상 돈 주고 고용한 거면 말해도 괜찮잖아. 정 얘기하기가 뭐하면 구체적인 이름은 빼고 말하든지.」

제이크의 충고에 카일은 잠시 망설였다.

아처가 문가에 서 있다가 끼여들었다.

「그렇게 해.」

「칼리닌그라드에 주둔한 러시아 군인들을 고용했어요.」

그제야 카일은 앨런한테 사실대로 말했다.

「그 친구들, 돈이 너무 궁해서 신던 양말까지 팔아야 할 신세였어요. 그래서 돈을 받고 날 캄차카까지 데려다 줬습니다. 그러고 나서 나와 용모가 비슷한 사람한테 트럭을 내줬지요. 그 친구가 나 대신 그걸 러시아까지 몰고 갔던 겁니다.」

아처와 제이크는 순간적으로 눈길을 주고받았다.

「갑자기 터진 일인데도 꽤 잘 처리했구나.」

아처가 말했다.

잠시 동안 방 안에선 침묵이 흘렀다. 앨런이 손톱으로 가방을 톡톡 두드리는 소리만 유난히 크게 들렸다.

「그래서요? 캄차카에 있다가 어떻게 된 거예요?」

「화물 상자를 봤으니까 대강 알 거 아닙니까?」

카일이 쉰 목소리로 말했다.

「블라드 키로프가 캄차카에서 빠져 나오는 걸 도와줬겠죠. 안 그래요?」

카일은 고개를 끄덕였다.

「그럼 시택 공항에 들어오긴 했군요. 우린 다른 사람이라고 생각했는데. 해변에서 발견된 그 인물은 어쩌다가 죽었어요?」

「안 돼!」

제이크와 아처가 동시에 소리를 질렀다.

카일은 아무 말 안 했다. 사실 설명하지 않아도 되는 상황이었다. 하는 수 없이 앨런은 다음 질문으로 넘어갔다.

「마르주한테 속아넘어갔다면서 가족들한테는 왜 전화 안 했어요?」

카일의 입가가 살짝 비틀렸다.

「혼자서도 할 수 있는 일이니까요. 괜히 가족들까지 위험에 빠지게 할 순 없잖습니까.」

「제이크도 마르주와 그런 사이였어요?」

카일은 대답은 안 하고 앨런을 빤히 쳐다봤다.

「자꾸 답답하게 그러지 말아요. 가장 친한 친구가 자기 연인하고 눈이 맞았다는 얘기처럼 흔한 얘기가 어딨어요?」

앨런이 대답을 재촉했다.

「제이는 마르주를 싫어했어요. 나한테 조심하란 얘기도 했으니까요. 그 말을 들었어야 하는 건데.」

카일이 담담하게 말했다.

앨런이 뭐라고 말을 하려는데 제이크가 선수를 쳤다.

「패널화에 대한 정보는 어디서 얻은 거야?」

「다른 말로, 누가 카일을 배신했냐는 말이에요?」

앨런이 되물었다.

「그래.」

「마르주였어요.」

「그럴 리가. 마르주한텐 우리 정부하고 닿을 연줄이 없어.」

제이크가 고개를 저으며 앨런한테 말했다.

「내가 말해 주면 뭘 말해 줄 건데요?」

앨런이 물었다.

「뭘 묻고 싶은데?」

「확실히 진품이에요?」

「페튀르한테 말했다시피 감정을 안 해봤어.」

「전문가로서 견해를 얘기해 달란 말이에요.」

「어차피 알게 될 거야. 누가 카일의 탈출 경로를 발설한 거야?」

앨런의 눈썹이 치켜 올라갔다.

「지금 복수하자는 거예요?」

「왜, 정부측 사람이었어?」

「아뇨. 키로프의 매부가 그랬어요. 정보를 주는 대신 돈을 요구했어요. 도박을 하다가 마피아한테 빚을 졌다고 하더군요.」

「그래서 그 얘기가 페튀르 귀에도 들어간 거군.」

앨런이 어깨를 으쓱했다.

「나보다 레즈니코프를 더 잘 알면서 그래요.」

「글쎄, 그럴까? 처음부터 당신네들은 뭔가 수상쩍은 면이 있었지. 어떻게 해서든지 구린 구석을 숨기느라고 안간힘을 쓰는 게 눈에 보이더군. 그 얘긴 정부에서도 사기극이란 걸 대강 눈치채고 있다는 얘기겠지?」

「그럼 가짜란 말이에요?」

「몇 년 전부터 러시아 정부에서 앰버룸을 고스란히 복원하는 작업을 추진하고 있잖아. 잃어버린 유산을 되찾겠단 얘기를 떠들어대면서. 국고가 부실하다 보니 기술자들한테 월급을 제대로 못 줬겠지. 마피아들이 여기 개입된 거야. 자기들이 광산에서 훔쳐낸 최고급품 발트산 호박으로 앰버룸의 모조품을 만들게 한 거지. 그래서 그걸 해외 시장에 내다 판 거야.」

「그럼 패널화도 그런 식으로 만들어졌단 말이에요?」

앨런이 물었다.

「그럴 수도 있지. 진품일 수도 있고. 자꾸 나만 귀찮게 들볶아 대지 말고 상관한테 전화해 봐.」

순간적으로 앨런의 몸이 긴장했다.

「왜요?」

「정말 앰버룸 전체를 찾았다고 쳐. 그래서 그게 과격파 공산당이나 리투아니아 분리주의자 손에 들어갔다면 어떻게 되겠어? 러시아에 불똥이 떨어지는 건 시간 문제야. 만약에 가짜라고 해도 권력을 원하는 집단 손에 들어가면 골치 아픈 건 마찬가지라고. 가짜라는 걸 밝히려면 정부에서 꽤 고생을 해야 할 테니까. 마피아들이 배후에서 가짜를 만들어 낸 거라고 해도 그건 마찬가지야. 가뜩이나 경제적으로 엄청난 영향력을 행사하는 녀석들인데 더 세력만 커지겠지. 돈만 있으면 권력도 얻기 쉬워지니까. 윗대가리들한테 말할 거면 미리 물어 보고 얘기해. 의연하게 받아들일 자신이 있으면 얘기해 준다고 하라고.」

한참 동안 침묵이 흘렀다. 앨런은 미소를 지으면서 문가로 향했다.

「당신 같은 사람이 계속 우리 일을 해줘야 하는데. 그럼 다음에 봐요.」

앨런이 나가고 문이 닫혔다.

그제야 제이크는 한숨을 길게 내쉬었다.

「페튀르 녀석은 마피아야, 정부 끄나풀이야, 아니면 프리랜서야?」

카일이 물었다.

「전엔 정부 밑에서 일했지만 지금이야 잘 모르지.」

제이크가 말했다.

아너는 머리가 지끈거려서 손가락으로 이마를 꾹꾹 눌렀다. 누가 어디서 무슨 목적으로 뭘 했는지 등등을 듣고 있으려니까 머리가 아파 왔다.

「미래 지향적인 사업가라고 부르면 되겠군.」

아처가 장난스럽게 말했다.

「지금쯤 마르주는 심문받고 있겠지?」

「그럴 수도 있지. 아마 정부하고 협상이 잘 안 된다 싶으면 러시아로 돌아가서 동료들이나 팔아먹겠지. 아니면 자기 동료들 때문에 스파이 노릇을 하는 걸지도 모르고.」

「아마 동료들 때문에 스파이 짓을 했다는 쪽이 맞을걸.」

카일이 씁쓸하게 말했다.

「왜?」

「그 여자 관심 대상은 오로지 리투아니아를 해방시키는 일뿐이었어.」

「그럼 왜 레즈니코프하고 한편이 된 거지?」

아녀가 물었다.

카일의 입술에 미소가 어렸다.

「레즈니코프를 죽이고 패널화를 자기 동료들한테 가져다줄 생각이었겠지. 그 와중에 우릴 안 죽인 게 얼마나 다행인지 몰라.」

아녀는 숨을 훅 내쉬었다.

「그럼 뱀눈은? 옆에서 마르주를 도와주느라고 그랬던 거야?」

「아니, 그 녀석은 마피아야. 마르주 사촌한테 패널화 얘기를 듣자, 한몫 잡자는 생각이 들었겠지.」

제이크가 카일 대신에 대답했다.

「그 인간은 지금 어딨어요?」

「칼리닌그라드로 돌아가고 있을걸. 안 그랬다간 잡혀서 곤욕 좀 치르겠지.」

아처가 말했다.

「곤욕을 치르다니?」

「감옥에 안 가는 대신 스파이 혐의로 본국에 송환될 거야.」

「이제 그만 해! 머리가 지끈거려 죽겠어.」

아녀가 눈을 감으면서 소리를 질렀다.

조금 있다가 눈을 떴더니 제이크가 바로 코앞에 서 있었다. 하도 가까이 서 있어서 숨결이 느껴질 정도였다. 그는 손가락으로 긴장된 목 근육이며 머리를 꾹꾹 눌러 주었다.

「머리가 지끈거린다고?」

그가 물었다.

「해결 방법이 하나 있는데 들어볼 테야?」

「몇 시간 줄곧 섹스만 하면 두통이 낫는다고, 누가 그래요?」

아녀가 내쏘았다. 그제야 방 안에 오빠들도 있다는 사실을 깨달았다.

아처가 킥킥거리면서 웃기 시작했다.

「내가 언제 섹스란 얘길 꺼냈나?」

제이크가 장난스럽게 물었다. 그러면서도 아너가 한 말이 맘에 드는 눈치였다.

「'베터데이즈' 호를 타고 알래스카까지 가면 어떨까 생각 중이거든.」

「'베터데이즈' 호는 또 뭔데요?」

「제이크가 갖고 있는 시스포트 기종 배야.」

카일이 대신 대답했다.

제이크는 그쪽엔 신경도 안 쓰고 아너한테 말했다.

「내가 아는 건 모두 전수해 주고 싶은데, 어때? 그거 다 배울 때까지 같이 항해할 생각 없어?」

「낚시를 배우라고요? 내가 그런 짓은 뭣하러 해요?」

아너는 말도 안 된다는 듯이 고개를 내저었다.

「내 낚싯대 쓰게 해줄게.」

아너는 뭐라고 하려다가 말았다.

「신혼부부가 신혼여행 가는 건 당연하잖아.」

아처가 옆에서 끼여들었다.

「시끄러워, 아처. 내가 했던 얘기 그새 잊으셨나?」

제이크가 소리를 질렀다.

「무슨 얘길 했는데?」

아너가 아처를 쳐다보며 물었다.

「두 사람 사이에 끼여들면 널 아주 먼 데까지 끌고 가겠댄다. 전자우편을 띄워도 하루가 넘게 걸리는 그런 데로 말이야.」

아너는 눈을 커다랗게 뜨고서 조심스럽게 제이크를 바라보았다. 희망을 갖는다는 게 두려웠지만 가슴이 뛰는 건 어쩔 수 없었다.

「우린 결혼도 안 했는데 신혼여행이라니 말도 안 돼요.」

「할 거야.」

제이크가 말했다.

「왜요?」

「당신이 날 사랑하니까.」

아너는 눈을 감고 씁쓸한 미소를 지었다.

「됐어요, 제이크.」

「그리고 내가 당신을 사랑하니까.」

순간 아너는 눈을 떴다. 커다란 눈동자에 의혹의 그림자가 스쳤다.

「내 말 믿어.」

제이크는 아너의 눈을 바라보면서 담담하게 말했다. 아너는 가만히 그 자리에 서 있었다.

제이크가 뭐라고 하려는 순간, 아너는 갑자기 발끝을 들어올리고 양 팔로 그의 목을 끌어안았다.

「뭐 당신이 좋다면 나도 좋아요. 귀염둥이 아저씨, 빨리 낚시하러 가 자고요.」

가끔 로맨스 소설에 진력이 났다는 사람들 얘기를 들어보면 그 이유가 그럴듯하다. 모든 걸 남자한테 맡기는 수동적인 여주인공이 답답하다, 줄거리가 뻔해서 진력이 난다 등등.

엘리자베스의 신작 소설 <황금빛 해변>은 어떨까?

소설의 주된 소재가 되는 앰버룸은 1716년 프러시아의 빌헬름 황제가 표트르 대제한테 선물한 것으로, 10만여 점의 앰버(호박)를 이용해 제작되었다. 러시아에서는 앰버룸을 세계 8대 불가사의에 넣어야 한다고들 한다. 방 안에 들어서면 앰버가 반사하는 황금빛에 넋을 잃을 정도라고 하니까 그럴 만도 하다. 앰버룸은 2차 세계대전 당시 독일군에 의해 약탈되어 행방이 묘연해졌다.

이 소설은 여주인공 아너 도노반의 오빠, 카일이 앰버룸에서 나온 패널화와 함께 종적을 감추는 데에서 시작된다.

주인공 아너는 오빠를 찾기 위해 바다로 나갈 결심을 하고 제이크 맬러리를 고용한다. 제이크는 제이크 나름대로 아너를 이용해 카일을 찾으려고 한다.

아너는 제이크에게 모든 걸 맡기는 그런 수동적인 여주인공이 아니다. 때로는 무모하게 보이지만, 바다와 배에 대한 공포를 뿌리치고 항해술을 익히겠다고 덤벼드는, 그런 적극적인 여주인공이다.

제이크는 남성적인 면이 부각된 캐릭터이다(실제로 미국 로맨스 소설을 대상으로 한 조사에서 가장 터프한 남주인공으로 뽑히기도 했다). 그러면서도 한번 마음을 주면 한없이 다정한 모습을 보인다.

소설은 대략 3~4일 동안 벌어진 일을 담고 있다. 길지 않은 시간적 배경에도 불구하고 두 주인공의 관계가 진전될 수 있었던 이유는 서로 격의 없는 농담을 나누면서 친밀감이 싹텄기 때문이다. 그렇지만 아너가 제이크의 정체를 알게 되면서 상황은 뒤바뀌게 된다.

소설의 재미는 두 사람간의 격의 없는 대화에서도 찾아볼 수 있다. 주인공들이 티격태격하면서 서로의 관계를 진전시키는 로맨스를 좋아하는 독자들이라면 흥미를 느낄 만한 부분이다.

작자가 가공한 소설 결말과는 다르지만 알려진 바에 의하면, 앰버룸의 행방이 밝혀졌다고 한다. 2차대전 당시 자취를 감췄던 앰버룸은 어떤 독일군의 지하실에 숨겨져 있다가 현재는 독일 브레멘 지방의 '카이저'라는 변호사의 소유로 되어 있다. 경찰이 앰버룸을 약탈 문화재로 분류, 모두 압류했다. 그렇지만 양국간 문화재 반환 문제가 매듭지어지지 않아 앰버룸은 아직 러시아로 반환되지 못한 상태라고 한다.

1998. 7. 장은영

LINDA HOWARD

Shades of Twilight

대번포트 집안의 어린 손녀, 로안나와 제시.
끔찍한 교통사고로 부모를 잃고, 할머니와 함께 사는 두 소녀는
어릴 적부터 서로 비교를 당하며 자란다.

못생긴 말썽꾸러기 로안나와 예쁘고 조신한 제시.
친척들이 냉대하고 제시가 업신여겨도
로안나는 자신을 이해하고 돌봐주는 웹이 있어 행복하다.

하지만 십 년 후,
웹은 로안나의 사랑을 뒤로한 채 아름다운 제시와 결혼한다.
하지만 예쁜 얼굴에 감추어진 제시의 실체는……

첫사랑의 추억을 간직한 착한 연인의
마지막 사랑 고백은 공허한 외침이 되고 말 것인가.

※ 9월 초 발간 예정

옮긴이 **장 은 영**

서울 출생, 덕성여대 영문학과 졸업
번역서로는 <텍사스가 당신을 부를 때>
<신부에게 주는 선물> <남자가 여자를 사랑할 때> 등이 있다.

황금빛 해변

지은이 : 엘리자베스 로웰
옮긴이 : 장은영
펴낸이 : 양장목
펴낸곳 : 현대문화센타
  (122 - 030) 서울시 은평구 대조동 191-1
  전화 : 384 - 0690~1 팩스 : 384 - 0692
  E-mail : hdpub@elim.net 천리안 ID : hdpub
출판등록일 : 1992년 11월 19일(제3 - 448호)

초판 1쇄 인쇄일 : 1998년 8월 10일
초판 1쇄 발행일 : 1998년 8월 14일

값 8,000 원

ISBN 89 - 7428 - 094 - 9

※잘못 만들어진 책은 교환해 드립니다.